紫砂壶 长篇小说书系 之22

杨沐◎著

双人舞

中国华侨出版社

# 第一章

　　如果我们的故事从一个"骞"字开始会怎样呢？骞，本意马腹垫也。作动词用时，也做"惊惧"、"亏损"或"高举"、"飞扬"之意。古时通"蹇"，跛足的意思。

　　一个女子从前不叫喻小骞。当她长到如花似玉的年龄当然要遇到爱她的男人，她遇到的第一个好男人是拍纪录片的，他爱上她，带她拍纪录电影，并把她的名字打在银幕上。这个打在银幕上的名字就是"喻小骞"。一般说这叫笔名，时间长了，认识这个女子的人都叫她喻小骞；时间再长些，人们已经不再提她的本名。这中间，经历了那第一位好男人离开她，也经历了她的名字从纪录电影的片尾转到剧情电影的片首。现在，她是位剧情片导演，这个转变花了她十九年时间。现在没人问起这个已经四十岁的女人为什么笔名叫"喻小骞"。这个名字比喻或暗喻的，到底是"跛足"、"惊惧"还是"飞扬"呢？也许只有她自己知道，也许连她也不知道——不到一定年龄，女人对许多事情还是茫然模糊的。她需要继续去经历，继续拨云见天——

　　现在这位喷着热气，像纯种安达卢西亚马一样迈高腿，抖着上翘的屁股，从灰蒙蒙的雪幛跑向近景的女人就是喻小骞。这才年初六，像她这样大清早冒雪跑步的真算是异数。透过朦胧的雪幛，能看见她穿了一身烟灰白的紧身运动服，膝盖上套着铁灰色护膝，脖子上、头发上箍着亮棕色的围脖、发箍。仿佛是突然从地上跳起的鹿，她每一步都高抬腿，脚前掌先着地，半尺厚的干雪就发出嘎吱嘎吱响声。这响声看来让她很受用，她跑着跑着自己就笑了。

这雪从初一下到现在已经六天了。过好几年才有一位新疆歌手唱红一首歌：《2002 年的第一场雪》。歌词中有这么一句："2002 年的第一场雪比以往来得更晚一些"倒是真的。北京的第一场雪，一年比一年晚，一年比一年下得薄，这"年下雪"也才是入冬的第二场。大概是弥补春节不让放炮以及大批务工人员回乡的冷清，这雪还真下得跟不知疲劳的主妇筛的面似的，灰不溜秋的北京城终于披上一身白，收了些京城的喧嚣和霸气。老话说人逢喜事精神爽。这一爽，这大过年的冒雪跑大街也说不定。喻小骞这不是睡不着嘛，她筹备了六年的情节剧《过山车》再有十天就开机了，眼下她这是跑步去八站路外的办公室。上午十点，《过山车》的全体主创要开个碰头会，届时，除了"今天"工作室的铁三角，聘请来的美工、音乐、服装、道具主创主理都会到位，主要演员、也就是阿木六年前就到位了——唉，也就是说从今天开始，《过山车》就算是拉弓上弦进入开机倒计时了。怎么说呢，六年了，《过山车》三上三下，生个孩子也都会打酱油了，少妇也熬成喻大妈了，总算是总算是，开机就在眼前了！

有一份可以在百度上搜到的简历是这样介绍喻小骞的：1961年 10 月出生于北京，除个别年份外一直生活在北京。父亲生于杭州，母亲生于印尼雅加达。父母都曾是北农大教师。她 18～20 岁就读并毕业于北京银行学校会计班；20～23 岁为工商银行北京海淀新街口外储蓄所出纳，自修并发表诗歌；24～28 岁，作为场记参与拍摄 16 集纪录片《中国通商口岸录》；30～31 岁作为第二执笔和出镜人，拍摄 18 集纪录片《藏地漫游》；34～40 岁，作为编剧、导演拍摄长篇剧情剧《卖脸》。曾有过两次婚姻，未生育。当然这是对外的简历。她的搭档和朋友们还知道，她的第一次婚姻是 28～29 岁，丈夫门洪，既是她电影艺术的领路人，又是那位给她起名"喻小骞"、并把这个名字打在银幕上的人。他们恋爱了四年，婚姻只有一年，共同拍摄了《中国通商口岸录》。第二任丈夫是位大学讲师，两人共同拍摄了《藏地漫游》。结婚三年后又离婚。后来喻小骞不无调侃地对搭档邵洋说，"新女性"在寻找自我之初的失误是，无不把搭档变成丈夫，而婚姻往往无以为继。两段婚姻都没给她留下孩子，离婚之初她还庆幸，现在想来则是失误。现在的喻小骞认为，没有丈夫是可以的，没有孩子对女人是不完整的。但在孩子问题上她还没甘心，盘算着拍完《过山车》借种也要生个孩子。当然这是她的计划。还有十天《过山车》就开机了，电影一开机就忙得除了吃饭睡觉啥也顾不上了。她希望今年给自己的前半生挽个结。她四十一岁了，拍完《过山车》似乎应该重新调整生活方向，包括成个家，生个孩子，包括是否继续拍电影。

　　跟第二位丈夫散伙后，有四五年喻小骞是孤军奋战。两年半前她遇到拍纪录片的邵洋，她们一拍即合成立了"今天"电影工作室。邵洋把自己的搭档带进来，摄影师柏树则，于是就有了"今天"现在的格局：邵洋是法人代表、制片人，喻小骞是编剧、导演，摄影师柏树则兼艺术总监。他们去年拍摄了农民工进城的故事《卖脸》，现在正在柏林电影节参加"青年论坛"的竞赛。因为没有经费，他们只能把片子寄过去，人无法到场，最后能不能得奖也听天由命。不过，俩女当家的认为，现在的精力应该投在《过山车》上，明年才是他们去欧美各电影节"扒奖"、接受同行注目礼的时候。《过山车》准备了六年，喻小骞也把剧本打磨了六年，邵洋、柏树则之所以义无反顾加入，除了看重喻小骞这个人还因为有这个本子。"有这个本子，咱们能到戛纳、柏林转一圈了。"邵洋看过本子后毫不犹豫地说。她收起自己的拍摄计划，开始运作喻小骞的两个剧本。1999年，《卖脸》列入"香港青年电影计划"，新千年伊始开拍。《过山车》呢，则遭遇几上几下的命运，原因是这个剧本传达的反抗、批判意念太强，投资人即便不怕赔本，也怕惹上麻烦。"生活时代么，要么娱乐，要么主旋律。""八十年代是个情志不健全的年代，没必要死抱住不放。"投资人抛弃她们时总这么说。去年十月，《过山车》面临第三次下马，火烧眉毛时被从没听说过的红画文化投资公司救起。第三个准备临阵脱逃的投资人夏大邑，把《过山车》打包卖给红画公司。红画公司答应填上夏大邑前期支出的100万，又预支了100万场景搭置费和演员培训费。去年十月，喻小骞和邵洋为换东家的事，几次去红画公司讨论"转户"细节。因为"红画"与夏大邑之间的资金往来尚未理清，双方协议，"红画"和"今天"先签订个备忘录，备忘录声明：红画公司接手《过山车》的拍摄、宣传、发行；"红画"填补夏大邑前期支付的100万元，将来从电影成本中扣除；"红画"预支给"今天"100万的前期费用，以免《过山车》准备工作中断。备忘录还写明，正式合同将在开机前签订，在正式合同签订之前，由"今天"创作室出具一份借条，"预支"上述200万元，将来在电影成本中扣除。

"顺利得就像陷阱。"三个月前，走出红画公司，喻小骞对邵洋恶狠狠地说。邵洋比喻小骞大六岁，是"今天"这盘营生里挣米回家的人。她们在电梯里四目相对，好像自己设下天大的骗局，让对方上了当。

"没什么不对的吧？"喻小骞回想整个过程，不相信这等好事。自从有了邵洋，她在"今天"的角色是怎么把米做成好饭。

"你是'十年怕井绳'。咱不是骗子吧？有这么好的剧本对吧？"邵洋佯装恶狠狠的，叫她别说扫兴话。

出了电梯，俩女人哈哈大笑。邵洋还瞪了她一眼说：

"悲观主义者就你这德行！你以为你还有什么？黄花大闺女啊，让人家骗财骗色？"

"也是啊，俩又老又穷的疯女人，也没什么好骗的。"

喻小骞怔怔的。因为这个电影，她快被打击成"周星驰的小强"，不过她是"打不死的小强"。看来皇天有眼，天不绝她。

"前期款拿到，我们就可以招兵买马看演员了。"她的高兴有点强装，但对即将到来的创作充满恶狠狠的激情。

邵洋倒没心没肺兴致勃勃的：

"你负责新片筹备，我负责《卖脸》的宣传发行。不能喜新厌旧不是？大闺女还得往出嫁呀！"

"嗯，多嫁几次。不嫌夫家富，也别计较情人太漂亮。"

喻小骞腰杆挺直，不动声色地开玩笑。邵洋哈哈大笑：

"你个老妖蛾子！"

"你老，我不老，我才八九点钟呐！"喻小骞抻着脸继续开玩笑，然后拉开门，跳进停在路边的出租车。

邵洋跟在后面，撑住车门，努努下巴：

"头里去去，给老人让座。"

喻小骞掀动屁股往里腾出座位,邵洋"咣——"地一声坐进来。喻小骞嗔嗔的,忍住笑。那是自阿木离开后最快活的一天,现在想来她嘴巴里还能渗出甜味。

喻小骞跑步去办公室是几年来养成的习惯,她以为自己的身体必须动,而且要内循环动起来,不然,皮肉泡,骨头酸。一想到身体里可能像桥下滞厚的黑水,她就立马换上鞋子跑到大街上。今儿早上五点半她就醒来,不等到天亮就跑出门,想早点去办公室看阿木一眼。进入冬月,阿木就退掉出租房搬进办公室。一想到推开办公室的门,阿木还睡在会议桌上喻小骞就愉快。阿木是《过山车》的男一号,是她六年前从大凉山里挖出来的舞者,是个瘸子,有那么两年还是她的情人,更主要的是,《过山车》是为他量身定做的。开机在即,喻小骞第一要看看阿木的状态,如果一个人在办公室过年还没在他身上积累起足够的寂寞和愤怒,则要考虑找一间够冷够小的废弃仓库,让他再呆上十天。十天后,足够的封闭和足够的寂寞,应该会在阿木的肉体和表情上有所表现。她封闭了他六年,要的就是这效果。喻小骞披着一身雪花,嘴里喷着热气,跑进影视大厦门前不大的小院,看见门口雪地留下不少脚印,看来已经有人到了。不仅有"今天"的,其他影视公司看来也有大过年赶早吃虫的,院子里停的车显然是要出外景的。影视大楼有二十多家影视公司,"今天"在五楼,看着一个楼里忙忙活活喻小骞就高兴。话说扎堆儿卖,大家赚。影视也是这样。森林里生物多样,大家都能长好,拔不拔萃就看你的样儿好不好。大家比着,样儿就会越长越好。电梯才上到四楼,五楼的音乐声、说话声已经灌下来,声浪像春晚了。

喻小骞一进门就被人抱住了。她闻到对方毛衣里的菜汤味,就哧地笑着,推开老柏。"装神弄鬼干嘛呢。""喻子,年过得好吧?"柏树则的红豆沙嗓儿真好听。当初老柏刚入伙那会儿喻小骞对他还有点小着迷,但过不了两周就发现,老柏身上让她小着迷的都是假象,这假象只能哄骗搞艳遇的或偶尔见面的人。呆不上两周老柏身上的伪装就惨不忍睹地一片片溃散,他这个人,就像长了癞癣的脑袋,把掩盖的假发一拨,斑斑驳驳的脑袋没几处好的。褪了伪装的老柏就是个长不大的男孩,他凡事推诿、逃避，脾气暴戾，人又单纯。这种人一定从小生活在暴力家庭里，这种男人猛一下会蒙住渴望新鲜生活的乖乖女，但对喻小骞之流哪能唬得住？不过说到摄影柏树则倒是能出好活儿。"我一般不吃窝边草。"柏树则也知道自己总被女人看穿的命运，入伙不久就这么嘟囔。"窝边草吃你！"邵洋反正是拿他调侃惯了。邵洋虽是他的学生却大他两岁，这两岁让柏树则的耍赖和邵洋对他的恩威并施都显得合情合理。喻小骞一般游离在邵柏的师生关系外，遇到这情形都假装没听见。由此，柏树则始终保持对喻小骞的小暧昧。

大屋里飘着炭烧咖啡的香味。越过柏树则的肩膀，喻小骞看见邵洋一手捧着电话机座，一手抠着听筒打电话。"你给我再推荐几个女演员。要特别沉溺的、容易受伤害的那种。劲劲儿的，不太好看都行。"邵洋是那种在家里也要穿硬底高帮鞋的人，经常是一手拿眼镜，一手拿烟，你看到的她，如果不是正把眼镜套到耳朵上，就是正把纸烟往嘴唇上送。不过她有一双迷离而甜蜜的眼睛，在她年纪尚轻、也就是不太嚣张时，她可算是中性美人。但随着年龄增长，脸越来越大，高大的骨架充塞了肉，最主要的是，她的性格、智力、领导力张扬到嚣张的地步，中性到了扩张，美不美的，就见仁见智了。她在成都某军工研究所大院长大。十五六岁时，念叨过去越南打游击，输出国际共产主义什么的。但那时，这样的小团体常被定性为"流氓团伙"，不断受到损兵折将的冲击。到七十年代中，小团体发展成地下文艺团伙，邵洋开始跟着大家写诗。由此，邵洋是"文革"后第一批诗人，也是非非派早期成员。她三十岁和一位离婚画家结婚，婚后在国外游历六年，三十七岁离婚回国并开始北漂。六年海外游历让她有这种见识：影像艺术是未来三十年最生机勃勃的艺术形式。遂进北京电影学院，边自费上学，边拍纪录片。柏树则是她的摄影课老师，后来辞职成为她的搭档。邵洋颇有远见地将拍片方向定位女性，拍过妓女生活《午夜开花》，夜总会舞娘生活《23点》；正常妇女生活也拍过《人流室的妇女们》。正当她拍《北漂女人》，采访各路漂在北京的文艺女人时，遇到正在四处找投资的喻小骞。"我用这张不好看的脸，挡住你那张好看的脸。咱俩演双簧。"两年半的合作两女人一直像演双簧，邵洋表外，喻小骞表里。

喻小骞越过柏树则的肩膀向邵洋拱拱眉毛，转身与从沙发上站起的服装师孟小楼握手："年过得好吗？年里想咱们的服装没？"但见孟小楼吃惊地看着自己面孔，喻小骞嘴角翘出一丝笑。她知道自己从清华东路跑到学院桥，脸色一定是粉白透红，眼仁儿也熠熠生津，这也是她下着雪跑步来此的原因之一。美丽女人总忘不了展示自己的美，这成了她们生活的一部分。她扫了一眼没看到阿木，多少有些遗憾，但笑容松弛多了。

"什么呀！什么呀！我给您请安，你应都不应转身问候人家。喻子啊喻子，我白对你这么好了，见色忘友也没你这样的！"柏树则故意大声抱怨道。喻小骞岑岑地笑着，脑袋对老柏点着："柏子，我就不说你了。叫你闷在家里想镜头，你倒好又偷跑到三亚。老实交代，在三亚艳遇了没有？""今天"工作室是光棍工作室，仨主创都是单身。"现在韩国人是不是特别多？遇到好几个，都说是韩国人。"柏树则装作无辜，实则炫耀。"大爷，你恐怕遇上冒牌货了。据说北朝人大量涌入，冒充韩国人。男的谎称护照丢了，钓中国女孩同情，骗吃骗喝骗打炮。"屋子里爆发出大笑，邵洋在大家的笑声中继续说，"女的呢，则冒充富家小姐，越拽男人越骚。"邵洋望着老柏，一脸的幸灾乐祸。屋子里是第二波讪笑。喻小骞趁机闪进自己的小间儿。"今天"的办公室是大屋套四个小间儿，小屋就是玻璃隔间儿，既不挡声音也不挡人影儿。喻小骞放下百叶窗帘，从柜子里拿出干净毛衫、牛仔裤换上，把湿运动衫搭在椅背上，拉开门再出来，听见柏树则结结巴巴地反击："不过我不担心你，你再怎么捯饰，人家也不会冲你骗色。"邵洋反唇相讥："我估计你肯定装得不开萌，假装特天真不知道自己被骗。"屋子里又一阵哄笑。喻小骞收住笑，正了正色，招呼孟小楼："这些是图样么？小钢还没到是吧？"她扬声问邵洋。小钢就是大名鼎鼎的钢琴王子耶小钢，"今天"请他给《过山车》作曲。"小钢这几天正忙新春音乐会，过了十五一定到位。他保证给我们预留四个月时间。"邵洋答道。她的手机响了，喻小骞示意她先接电话。

喻小骞重新面对孟小楼，寒暄了几句过年的喜兴话，眼睛已经瞄到摊在会议桌上的服装草图。她边看草图，边拆开挽着的头发，让湿溜溜的头发透口气。这把头发让孟小楼悸动，他忍不住一会儿偷看一眼，一会儿又扫一眼，血的流动都听得见。这对喻小骞是常事。许多刚认识的男人会为她身上的某一点惊动，但大多数男人只需要她像一朵花飘过他们的生活，而不接受她开花、结果、败落，甚至残朽、死亡这个过程。她相好的男人只需要她的片段，这是她的命，那么，她也只能裁取男人的片段，但她要的是好片段。像柏树则、孟小楼这样的半老艺术男，自己既没什么好片段，又不打算善待对方下半生，还是省省算了罢。

"符号化有点太强了。"如此这般，喻小骞常能泰然自若，专心于做事。她俯身图上，身子也不抬，这样对孟小楼说。听不到对方回应，她才直起身，把目光投向孟小楼，"哦，我是不是应该先肯定一下？"

孟小楼有点走神儿，也可能认为对付个小成本的当代剧，自己的想法已经绰绰有余。现在蓦地看见喻小骞的目光他慌忙说：

"哦，不需要。"他停顿了一下又说，"我的意图是，既是当时的服装，又有些抽象。表现主人公的叛逆。"

"我们需要不虚荣的服装师，大家不需要乱恭维，耽误事是吧？你同意？好。我们就在不虚荣的基础上共事。"喻小骞接过邵洋递过来的茶杯，放在茶几下层。随口道："你看我们的制片，给大家倒水安排饭，这就是不虚荣。别把自己弄得跟演员似的。"

"OK！"孟小楼收神凝目。

"你刚才说既是当时穿的衣服又有点抽象是对的。"喻小骞等对方调整好思路继续说，"不准确的是叛逆。这个错了，他们不是叛逆，是反抗。"

"叛逆、反抗……我理解是一个意思……"

"叛逆是不满，但不知道怎么办，是茫然，是气急败坏；而反抗是……"

"OK，懂了！"孟小楼身体一跳，右手食指在胸前竖起来。

"明白了？"喻小骞看着孟小楼的眼睛，知道对方明白了。"另外，那个年代大家没钱。没钱也要穿得特立独行。这体现在对现有衣服的改造上。'改造'，明白？让'改造'表现性格，表现反抗。"

"还有对平庸生活的轻蔑。"柏树则插了一句。喻小骞也跟上一句：

"他毛衣里的菜汤味儿就是对当下水光溜滑生活的蔑视。"

屋子里又一阵轻笑，但这是心领神会的笑。"你能把毛衣里的菜汤味儿表现出来，你就抓住了我需要的是什么服装。"

邵洋站在自己小间儿门口插言道：

"现在的文艺人已经没有为理想自杀的精神姿态了，他们也努力，但仅仅为了改善生活质量，拓展生活空间。"

"同时忙于隐身流行和时尚。"孟小楼也跟上一嘴，但这句没开拓性。喻小骞喜欢每一句都向前拓进，而不是附和或重复。她拍了一下巴掌说：

"现在谈那个隐喻。你有什么话？"她转向邵洋，邵洋说美工马上就到，他会带来场景图。柏树则也插话道，他虽人在三亚，脑子可没停，一直在想三段舞蹈这么拍，怎么剪辑。喻小骞安抚他："我知道，知道。我们还要专门讨论舞蹈怎么拍。初一初二我看了迈克·杰克逊的所有 MTV，还有皮娜鲍什的舞蹈，关于怎么拍、怎么跳我又有新想法。咱待会儿讨论。你——"她转向孟小楼，"刚才说到哪儿了？剧中那个隐喻。我打算用男主角一高一低的鞋跟表现那个隐喻……"一部好电影都隐藏着一个隐喻，它可能始终不被剧中人说起，但能让观众意犹未尽。

"你在剧本里反复强调了五六次，阐述一下。"孟小楼打着手势帮助自己说话，"你的男主角为什么设计为一个瘸子？"

"这是全剧的一个隐喻。这代人，甚至几代人，在精神上都是跛子。他们没有健全的人格、健全的精神状态，没有完整的知识结构，甚至没有健康的生活环境，健康的性爱……什么都是残缺的，甚至是畸形的，所以，就像戏中人物，他们非常努力，却不一定能创作出真正的作品，充其量只是对自身命运的反抗，对陈规陋习的反抗，其命运注定是悲剧性的。"

孟小楼的眼眸里闪出光，一些爱慕升上来，这也不算什么坏事。一个人为什么要拍电影，获得别人的爱和尊重是基本的心理需求。有一个笑话在圈子里流传，说那些长得不好看的文艺男，之所以拍电影是为了能泡到妞，或者泡到更好的妞。这说法对女人也合用。喻小骞费劲巴拉地拍电影至少有一个私心，那就是跟最出色的男人合作，将来号定某一个做自己孩子的爹。就这么回事儿，没什么可隐瞒的。喻小骞号定的不一定是孟小楼这样基因并不优良的男士，但不妨碍在对方爱慕的目光中获得快意。经过六年的爬雪山过草地，现在，她该享受拍片带来的荣誉和快意了。

这时，她的手机响了。

喻小骞推开手机滑板，支到耳朵上，一个太监破锣嗓儿在听筒里炸响：

"小骞老师新年好！我是大武集团的总裁助理常一。"这人妖嗓儿让喻小骞一激灵，松弛的心情和皮肤一凛，汗毛都竖起来了。"签署备忘录的那天我在场，不知您留意没有。"

这一说喻小骞隐约记得，签署备忘录那天，除了美得像机器人的总经理洪笠笠，在场的有几位梳背头穿"便中"的男人，不知哪一位是常一。

"感谢您的问候！"喻小骞敷衍道。"《过山车》准备得怎样了？"对方执意要寒暄，喻小骞打断他：

"你来电话有什么事？"

"到底是艺术家，节约时间是吧？哈哈哈，言归正传。'红画'今年的投资计划拿到董事会上讨论了……"他停顿一下，喻小骞下意识地心脏一紧，站起来蹑到自己小办公室门口，回身向孟小楼点头致歉。"董事会的决议是，《过山车》将作为明年的项目……"喻小骞的脸哗地被血冲红了，脱口叫道："明年？你是说2003年？""是的。""可我们已经严阵以待了，演员服装道具都到位了……"对方真是太监脾气，等喻小骞说完，才慢慢悠悠接上被打断的话："今年投资一本名叫《海南往事》的小说，把它改编成故事片……"

"你们没搞错吧？"喻小骞耳都鸣了。屋外的同事被她这一嗓子镇住了，停下手里的活儿，看着玻璃门里面的她。

"啊，再说一遍。"电话里面说。喻小骞抬头示意屋外的同事安静。"我们手上有部叫《海南往事》的长篇小说，董事会决定今年先投资这部电影。您被选为编剧和导演，也就是说，您要把《过山车》放一放，先把《海南往事》改编成120分钟的情节剧。"

喻小骞退了半步，靠在椅背上，感觉四周的玻璃墙压向自己。她换了一边耳朵听手机，用这个间隙思考如何应对突如其来的事件。

"剧本可以给你们写。可以跟《过山车》同时进行。"她已经慌得从点射到乱扫了。

"您没明白我的意思，小骞老师。董事会把《海南往事》列为今年的投资项目，《过山车》是明年或后年的项目。"

"董事会？'红画'的东家是谁？我去董事会上说。我准备了六年……我会说服董事会的。"喻小骞沉闷的大脑透进一丝光，仿佛说服董事会是突然到来的希望。

"呵呵呵呵，"对方料定会这样，仁慈得像演戏。"没有用了，董事会已经决定了。况且《过山车》并没取消，只是往后推推。"常一笑起来的嗓门像是盐腌过。

"推不得了，主要演员都老了。再推一年，他就跳不好戏里的舞了……"喻小骞几乎是央求道。搭档们已经看出情况有变，聚集在小办公室门口。孟小楼和后到的美工自觉退到后面，他们的神色里已经有了某种灰心。喻小骞对着手机继续说："况且，主要演员都到位了，音乐已经开始写，服装师已经开始工作了。我们已经花去至少200万了。"

"那也得往后推。《海南往事》必须今年开拍，明年参加欧洲三大电影节。"

"你们可以找其他导演。现在等活干的导演太多了。我们的心思全在《过山车》上……"

"这是公司行为，小骞老师。《海南往事》必须今年开机，并且必须由您操刀。"

"这违反创作规律，电影不是这么拍的。"喻小骞本能地提高声音。搭档们已经知道怎么回事了。邵洋要过电话，镇定地说：

"我是邵洋，这儿的法人代表。你的话我都明白了，但我告诉你，放弃一个成熟项目，去弄一个八字没一撇的项目，这不是公司行为。谁是真正管事的？我跟管事儿的说。"

电话里，常一不打算跟邵洋对话，他让邵洋把手机还给喻小骞。邵洋申辩一句："我是'今天'的法人代表，你跟我说正合适。"但对方显然坚持此话非要跟喻小骞说。邵洋只得把手机给喻小骞。常一在电话里接着自己被打断的话头说：

"公司有公司的考虑，小骞老师。您只是暂时放下个人项目，去完成一个同样需要高强度工作、高水平发挥的项目。您的剧本改编费 30 万元，导演费不少于 100 万，新项目投资不低于三千万。这是天上掉馅饼，您的团队从现在开始可以转产了，改编剧本和签合同同时进行。如果《海南往事》要参加明年二月的柏林电影节，您得预留足够的拍摄、制作时间。"

"可这是为什么？"喻小骞脑子里堵满雪花一样的絮瓢，执迷不悟地问。

"您还不明白？因为我们选中了你！"常一的太监嗓儿也憋着庄重。

"为什么选中我？好导演多得是，好演员没戏演都去演电视剧了。你们完全可以再拉个摊子。"

"不要再怀疑了，这样的好事不是每天都有的。回头想想自己烧过什么高香吧？那本书已经寄到你办公室，五本。你们赶快把它读了，我要在十天内听到你们的决定。"

"你？"喻小骞的语气里毫不留情地充满轻视。

"我们董事会。"

"《过山车》怎么办？演员怎么办？花去的 200 万怎么办？"

"如果我们签署《海南往事》的改编、拍摄合同，《过山车》的损失我们暂时给你们挂着账，来年开拍，再划入成本。"

"事情不是这么干的！一本小说到一部电影最快需要两年……"

"所以您需要抓紧喽。先读小说，后给我回话。就这个电话，24 小时为您开着。另外善意地提醒您，如果'今天'不跟我们签《海南往事》，那么《过山车》的合作就泡汤了。你们可是欠红画公司 200 万，可要还的哟。"说完对方挂了电话。这最后一句让喻小骞从后背凉到脚后跟。她瞪着站在眼前的邵洋，蓦然意识到，备忘录、借条、开机前签合同可能都是阴谋，就是为了这一天撕毁协议，把她们再一次撂到半道上！

搭档们的话语、行为，屋子里的音乐声，楼下汽车轧过雪地的嘎嘎声，天上飘落的雪花，楼下小店飘来的炸带鱼味，都定格在这个念头轰隆砸下来的瞬间。喻小骞的身体里下雪了……

# 第二章

"我就知道会这样！我就知道会这样！一下子欠人 200 万！俩傻女人乐乐呵呵的，还以为天上真会掉馅饼？这下好了，200万呐。把咱仨家当都卖了看看值不值 200 万。"柏树则首先发难，他手掌拍得啪啪的，气儿不打一处来。邵洋瞪他一眼，叫他少说几句。他还来劲了，又"傻女人"、"掉馅饼"地嚷嚷一阵。孟小楼上去搂住他肩膀，把他拽进他自己的小间。后到的美工老叶向孟小楼打听情况，然后侧身进来看俩女当家的怎么说。

邵洋进小屋抱住喻小骞，拍着她的肩膀低声说："稳住，忍住情绪。先看了书再说。"喻小骞压住身体的颤抖，推开邵洋的怀抱。对方说已经把书寄来了，一切等看了书再说。她和邵洋奔到大屋一角，从收纳箱里找出一个模样差不离的邮包，豁开包装袋，五本小 16 开本、装潢华美的书掉出来。

邵洋把五本书平铺在桌子上。喻小骞和从小屋出来的柏树则凑上前看。书的封面是一个红衣女子举双拳大跳，后飞腿和后射腰之间，是一面飘扬的红旗。喻小骞瞪着书端详了会儿，封面上这个向上仰下巴的女子说不上哪点儿似曾相识。三人发了会儿呆，邵洋拿起邮包皮看了看，道："寄出时间是年三十那天上午九点。"

"就这本书？"柏树则拿起翻了翻。邵洋转身对老柏说："你招呼大家去东来顺，我已经订好了。"

"算了罢。还在年下，家里的肉都懒得吃。我们先撤。听你们再招呼。"孟小楼说。

"不不不,已经订好了。原准备是开门饭,现在看来又得另说。柏老师招呼大家。酒一定要喝,这个不拍还有下部,我们总是要拍下一部的。只不过可能是重打鼓另开张。柏子招呼好,招呼好,我们说两句话就下去。"

邵洋阿庆嫂似地招呼大家的当儿,喻小骞前前后后翻看这本书。《海南往事》的作者叫武凰,出版时间是2001年3月,出版社倒是正规的,但这家效益很好的出版社书号卖得像萝卜白菜,但凡是个文化人的饭局,就能听见有人在兜售该出版社的书号。喻小骞从书尾浏览到扉页,又从扉页拨弄到书尾,从段落的长短,词语的疏密度可判定,这是一本自费出版的小说。能被出版社看中的小说要么特文学,要么特不文学,但有一点可以肯定,那就是类型没毛病,结构没毛病,句子是通顺的。自费出版的小说不是用文学性来衡量,也不是用卖钱与否衡量,而是没有任何标准。这本书打眼一看就知道结构乱七八糟,任何类型都不算,甚至还有病句。自费出版物的另一个特点是,封面版式要么过于简陋,要么过于华美,要么就是不可理喻的古怪。《海南往事》把自费出版物的特点都占完了。

邵洋送走这拨加盟的,返回来也拿起一本书封面封底勒口地查看,但见喻小骞踱回小办公室,打开电脑,便也跟了进去。"什么印象?""一本自费出版物。""所见略同。"邵洋边翻着书,边逮空瞅一眼喻小骞的网上搜索。喻小骞在网易搜索框输入"长篇小说海南往事"几个字。电脑上随即跳出十几个网页,邵洋站在喻小骞身后一条一条看过,后者也不断拿起桌上的小说比照。两人几乎同时感叹:"果然是自费出版的。连朋友之间的相互吹捧都没有。"喻小骞又键入"武凰"这个词条,出现频率最高的是"大武集团"。喻小骞仿佛记得,常一自称是大武集团总裁助理,而武凰,是大武集团的董事长!这让喻小骞一惊,她回眸告知邵洋。"是个玩票的?"从邵洋的表情看这似乎不出她的意料。喻小骞思忖了会儿,又键入"武凰海南往事",基本还是"武凰"词条所显示的内容。她将身子靠到椅背上,脚下一蹬,让椅子滑出一点距离。邵洋则凑近继续看武凰的资料。

喻小骞思忖这到底是怎么回事:大武集团的董事长武凰写了

一本无人问津的小说。而他（她）说服董事会投资三千万改编成电影。而这部电影必须由她喻小骞改编拍摄。这事蹊跷吗？喻小骞又拿起书翻了几页，找到书中一个主人公的姓名：舞红妆。"你搜一下舞红妆。"邵洋这么做了，但网上有关舞红妆的网页，不是美容院，就是某个武侠小说的人物名。"还是回到大武集团这个词组。"邵洋把缩小的网页复原，有关大武集团的网页像沙丁鱼一样稠密，其中在北京市工商管理局的网页上，说大武集团主营房地产，兼营贸易、旅游、慈善，总部设在北京。喻小骞脚跟蹬地，椅子又滑回桌边。她键入"红画文化投资公司"，只搜罗出五六条网址，内容都是重复的，也就是这组词汇仅仅出现在北京市工商管理局网页上，主营文化投资，注册时间是 2001 年10 月。

"他们刚注册就找到我们！我的天！"喻小骞猛地跳起，又跌回椅子，滑轮椅撞出很远。邵洋也凑近细看。

"难道他们是为了我们成立的公司？然后……签一个所谓的备忘录，就为了今天推翻它？让我们按他们的意图走？难道——果然是套？"邵洋在房间里兜了两圈，又站在电脑前。"可这是为什么？"两个女人四目相对，喻小骞的目光往心里走了，她返身俯在桌子上，拿起一支笔在纸上划拉着"武凰"、"常一""大武集团"，她又一一在脑子里过了这几个名字，确信自己跟这些人或单位没有接触。"如果是骗局，他们要骗什么呢？"她仿佛自言自语。

"嗨，不管是骡子是马，先拉出来遛遛。看了书再说。"邵洋总能拨开枝杈，直取主干。

喻小骞同意这说法，她拒绝下楼吃饭，哄着邵洋赶快跟那帮爷们会合，活不干饭也得吃，将来还得请人家帮忙。邵洋下楼奔东来顺了。屋子里就剩喻小骞，一时间哀从中来。《过山车》习惯性的"下马"、"流产"的轮回又来了，它的气数怎么就这么短？同时，那从少年就开始的、间歇发作的挫败感又来了。怎么着都要拍电影就是反抗，向以往所有的挫败示威。怕只怕，有一天她反抗不动了，而在此之前她没有干成一件自己想干的事，那才是悲哀。为了不落得这个悲哀，哭过之后，消沉之后，她总能从筋疲力尽中爬出来。现在，这个时刻又到了。目前她还不清楚是怎么回事，但她需要把自己从哀伤的肉腔深处拉出来。

喻小骞脚翘到桌子上，窝在圆椅里，花了三小时，读完这本327页的小册子。怎么说呢？《海南往事》果然是一本业余写手写的、算不得严格意义的长篇小说。全书就两人物，一个大女人叫舞红妆，一个小女人叫杉子，故事发生在1975年2月到1977年2月的海南岛。说一个在北京遭排挤的十五岁少女杉子，随单身母亲和姐姐下放到海口，入学"五七二中"，在二十九岁女教师舞红妆的帮助下，通过跳舞剧《红色娘子军》，从丑小鸭变成风口浪尖红人儿的故事。小说以舞红妆的视角回忆往事，全书包括十三章，从"1998年18号台风"开始，用倒叙的方法回忆："下船"、"家属院里的芭蕾明星"、"初见"、"五月的舞台"、"暑期双人舞"、"跳遍海南岛"、"头版头条"、"1976·多事之春"、"等待广州之约"、"蹉跎"、"十月万民大游行"、"破裂"，"最后的双人舞"。最后一章"未了结"，叙述人回到台风肆虐后的海南岛，缅怀那段峥嵘岁月，忧伤地搞了一个开放式结尾：

1977年春节前，杉子随母亲回北京。次年考上北京某大学，从舞红妆的视野里消失了。1978年6月之后，国家清算"文革"中的极端分子，他们被叫做"三种人"，这时，舞红妆也从"五七二中"师生的视线中消失。她们跳舞的故事，杉子印在头版头条朝气蓬勃的照片，又在"五七二中"师生的口头流传了几年，然后像所有的故事必将消失一样，她们和她们的故事也无声无息了。

喻小骞把小说读到最后一个字，人像虚脱一样瘫在圆靠椅里。她合上书，在椅子里闭了一会儿眼，然后又拿起《海南往事》翻来覆去看：作者姓名、出版社名、勒口、扉页、封底，然后瞅着封面大跳的红衣少女发呆。

"故事怎么样？"午后一点，邵洋、老柏带着满身羊膻气韭菜花味回来，他们给喻小骞打包了一份麻酱火烧加炒红果，邵洋进门就这么问。她的务实表现在，她见招拆招，不在牢骚上浪费时间。

"根本算不上一部小说。"喻小骞的恼怒比他们离开时更甚些，她甚至有些气急败坏。"整个儿就是一个老女人的意淫！头脑暴力＋意淫！从头到尾就是一个老处女对一个十五岁少女的精神暴力。"喻小骞的声带在最后一句破了。

邵洋把食品递给柏树则示意他放到暖气片上，自己沉郁地看着喻小骞。后者的暴怒有些出乎她的意料。以她近三年对喻小骞的了解，后者是那种既脆弱又沉得住气，既不顾一切往前冲又后发制人的人。而通常，遇到类似情况，她也是最先冷静的那个。今天的怨毒大概是《过山车》泡汤引起的郁愤太大了吧？她这样以为，便上去环住喻小骞，拍了拍她。

"根本没价值？"她退了一步，看着喻小骞的眼睛。

"简直不可理喻。"

喻小骞的口腔里喷出腥味的火气。邵洋以为是喻小骞对《过山车》付出的太多了，她不能接受这个现实。她示意柏树则拿本书回自己小屋看，自己拉着喻小骞坐在大办公室的沙发上。

"这件事不会无缘无故。你认识这些人么？"她没看喻小骞，思忖着下面的话怎么说。"吃饭的时候我跟柏子交流了，我和他都不认识大武、武凰这些人，应该没什么瓜葛。你呢？"她转过眼睛看喻小骞，看到对方悲愤的目光，便替她说：

"我打了一圈电话。现在得到的消息是，这个武凰是海南人。"

"是海南人还是从海南发迹的？"喻小骞这么问有些出乎邵洋意料。喻小骞一般不这么说话。她的下一个问题总是跟上一个甩出一个角度。

"应该是海南人。书里写的是海南的故事么？"

"是。"

"那……如果这个武凰是海南人，"邵洋思忖道，"你恐怕也不会认识她……但现在的问题是，这是为什么！"邵洋意味深长地看着喻小骞，而后者脆弱的目光仿佛喝醉了酒一般。

"这甚至超出了商业欺诈。"邵洋补充道，"商业欺诈要图利。显然在我们身上，他们无利可图。是不是有人看上你了？"邵洋边思忖边说，瞥了喻小骞一眼又改口道："武凰是个女的，一般情况下也不是这个问题。"

"……"喻小骞看上去快要昏过去了，邵洋拍拍喻小骞的手，轻声安慰道："先吃饭。吃完睡一觉。你现在，一个指头就能戳倒。"

她去拿来食物，放到喻小骞身边，又拍拍对方的手，自己拿本《海南往事》别进自己的小办公室了。

人在什么情况下会隐瞒自己的过去，大凡是因为那个过去耻辱、不堪，甚或不值一提。喻小骞显然对搭档们隐瞒了一个事实，当然不仅仅是搭档，这个事实在她心里隐藏了二十多年，她不曾对任何人提过，包括同学闺蜜，包括两任丈夫。可以这么说，除了她家人，没人知道她这段经历。那段经历就像没发生过一样，在她的履历中消失了，甚至，连她自己都忘了；她有时会蓦然想起，但马上就在脑子里自己屏蔽掉了。她以为生活可以这么过下去，直到她有足够的力量面对，或者到足够的年老。据说在历史的目光中，大多数事情会呈现应有的光泽；而在历史的叙事中，大多数事件除了是段个人经历外，啥也不是。喻小骞就等着时间足够长、自己足够的年老，以为日子能这么过下去，想不到的是，一本《海南往事》将一切结束了。每个人都有软肋，这本《海南往事》像一支从迷乱的远处射来的箭，正中她的阿喀琉斯之踵。简单说吧，细究喻小骞发布在百度上的简历她也不曾撒谎：除个别年份外，一直生活在北京。这个别年份她去哪儿了？答案是，随母亲下放到海南海口了。时间就是 1975 年 2 月到 1977 年 2 月。这两年是喻小骞的伤疤，是她的阿喀琉斯之踵，她十七岁时就决心不对任何人说起，她也做到了。但一本《海南往事》似乎要结束这一切。那么《海南往事》到底写了些什么？

作为根本没掌握长篇小说写作方法的作者，《海南往事》被武凰笨拙地分成两部分。第一部分写身为中学教师的舞红妆充当政治发条娃娃的生活：

——"两报一刊"是风向标，是发给全国人民的红头文件。从 1975 年 3 月开始，她在五七二中乃至整个海南地区，大搞——①配合 2 月份开展的"学习无产阶级专政理论"运动，舞红妆把《马克思、恩格斯、列宁论无产阶级专政》通学了一遍。石板压不住笋出土，舞红妆很快成为全市教育系统活学活用先进分子，在全区做

18

活学活用巡讲。②配合"经验主义是当前的大敌"这一斗争新动向，3月，揭批一批经验主义老教师，舞红妆被结合进校革委会三结合领导班子。③4月，张春桥在"两报一刊"发表《论对资产阶级的全面专政》。到这会儿，舞红妆想明白了：革命就是追求平等。但平等到来了吗，她暗自以为离理想还有一定距离，还要继续革命。只不过不是拿枪杆子，而是拿笔杆子，用写文章、搞文艺的形式，口诛笔伐。过去是消灭敌人的肉体，现在是消灭人们头脑里的资产阶级思想。是"把你的思想改变过来，让你的肉体为新的目标服务"。谁说热带气候不利于思考？舞红妆边干边学，边学边想，把纷繁复杂的政治运动搞清楚了，事情在她看来也简单了：只要她跟上"两报一刊"的节律，以文章、文艺形式为武器，她就能实践革命，达到或部分地达到最终平等的革命目的。而其中，关键是消灭人们头脑里的资产阶级思想。

　　——到这时，舞红妆的身体节律，跟"两报一刊"斗争信号的节律相一致了。也就是说，当她的内压达到忍无可忍，"两报一刊"准会冒出什么新的斗争信号，而这个信号能给她的思想、她的身体带来激荡的活塞运动，她的热情便像性高潮，喷涌而射，登峰造极。这时候，她整个人就像刚刚告别处女的新娘子，光芒四射，活力无限，充满对未来的憧憬。相反，一旦脱离"两报一刊"的指引，她不仅思想茫然，连肉体都无从着落。她这时的生命，已经异化出像月经一样定期来潮的"政治排卵"，她的生活也随着这"政治排卵"，一涨一伏……她把杉子叫到学校，让她着手排练全本《红色娘子军》。他们要跳到广州去，跳到北京去。

从第77页开始，小说写大女人舞红妆和小女人杉子的故事：

　　——舞红妆走近一堆正在吹牛的女生，对正在大肆吹嘘北京公映《卖花姑娘》盛况的高个女孩说："她们都说你会跳舞。跳一个看看。"高个女孩大笑着回过头来，见是舞红妆便收住了笑，眸子亮晶晶的闪过一丝羞涩。这一眼把舞红妆的内脏在腔子里提了提：这妹仔充分显示了诱饵的特质，她像海岛上的水果，个大多汁的样子，而她的神态又有种捂在被窝里刚刚拿出来的羞涩新鲜。这闪闪发光的新鲜，晃住了舞红妆的眼睛。对舞红妆来说，她以为这辈子再也遇不到一个北京人，也不会从活生生的人嘴里听到好听的北京话。而北京人北京话，意味着深沉、板正、含蓄、有教养，总而言之，是散漫、扁平、世俗懒惰的当地人不具备的。当她遇到这个北京人，就像遇到了隐秘的知音。很快，她就跟这个高个儿女孩发生了千丝万缕的联系，而这一切都是从这段舞蹈开始的。

在她的注视下，杉子跳了一段《红》剧中的《老班长和小战士舞》，这一跳，改变了两个人的命运。就像牡蛎长在石柱上，这两个女孩长在《红色娘子军》这个舞剧中。没有这个舞剧，就没有她们俩的火红年代，也没有她们俩的故事，更没有这本书。

——大女人在小女人的指导下学跳洪常青。大女人这时已对小女人动了心，而小女人麻木不仁，恃才傲师。她可笑的严厉，娇嗔的神情，无不让老师怦然心动。

——小女人经期腹痛，又淋了雨，大女人给她推拿揪皮——十字揪。大女人将女孩的小裤衩一点点褪到耻骨上面……

——1976 年暑假，两人已经一起跳了一年多。开始性萌动的小女人发现大女人缠着她，便回避。大女人在学校等了半个暑假也没等到小女人，便追到小女人暑期生活的热带植物研究院的实验林场。她在热带林木中看到小女人在蝴蝶、花丛中跳舞的样子，第一次发现了美……大女人以为这个女孩改变了她，芭蕾之美，杉子容颜之美，她们的关系之美改变了她。她"活塞运动"的热情减低了，更愿意跟杉子在一起，跟她学跳芭蕾。这种对美的认识和自身改变，让她时隔二十年还要提笔写这段往事……

——大女人骑自行车载小女人从儋州回海口，屁股都磨破了。当小女人在她宿舍竖起脚尖跳舞时，她躲在蚊帐里，一边透过纱帐看跳舞的杉子，一边给磨破的臀部抹紫药水。她边看杉子跳舞，边手淫，由此发现了爱情的美妙。

——这年的国庆汇演因为领袖的国葬不能如期进行。大女人带小女人回她海边的老家。大女人驾小船带小女人出海，在傍晚漫天的云霞中，小女人在船舷上，在那么一小条木板上，竖起脚尖跳芭蕾舞。这时，可能因为远离陆地，本来骄傲的小女人眼下异常乖顺，也可能是碧蓝的海水衬得小女人异常洁净、柔美，大女人看着跳舞的小女人哭了，她想今生今世都跟这个女孩在一起……她甚至都起了性欲，她把手夹在自己的两腿间，翻过身去，一头栽进海里。小女人以为她落水了，急得大喊大叫，她则从水里看着女孩，隔着薄薄的像玻璃一样的海水，她看见天使般的小女人惊慌失措的样子。她的美和无邪让大女人心醉，她在水下手淫，有一瞬间，她都想在高潮中看着杉子，就这么让自己淹死……

世间的事儿怎么就会这么寸？《海南往事》中的时间地点人物跟她少年时的海南经历相仿，其中的细节如果不是书里提起她自己都忘了，只不过这些细节在书中指向正面的情感和价值，但在她的记忆里，大多指向耻辱、担心、后怕。正如书中说的，在海南的两年她曾出尽风头，但再大的风头也是负面的，就像汉奸在日伪时期风光一样。那些风头后来被定性为"'四人帮'反动文艺路线的帮凶"，与女老师的交往也是献媚、讨好、屈从，最后因为抓在人家手里而忍气吞声。这就是为什么喻小骞从不对人提起的原因。而小说的主线，俩女人的暧昧关系，让她阴火满腔，还不是因为胡编乱造，而是那些事儿虽然存在，但不指向暧昧朦胧。武凰那样演绎，照喻小骞看来，纯粹是一个老女人对一个少女的意淫。但是这个武凰是谁？《海南往事》是作者听来的故事还是自传？武凰为什么要找她改编这个剧本，是偶然还是蓄谋？最后一个问题是，她多大程度上告诉搭档真相？这些问题想得她脑仁儿疼。她吃不下什么麻酱火烧，只喝了半碗炒红果，和衣蜷在沙发里。她想睡一会儿，脑子里金蜂乱舞，不知自己是睡着还是没睡着。

——一个没有出镜的摄像机，往一个锥形隧洞奔跑，不断退后的灰碴碴的洞壁，显示着速度。惊慌、喘息，却收不住的速度。

——跑，跑——隧洞和混沌都消失了；空白，没有光源的光，好像是往人生的另一面奔突。强光之后是一条没有来路的小径。慢慢地小径两旁有了草、灌木、藤蔓，有了藤蔓，然后就有了被藤蔓攀附的大树。大树被帐篷一样的藤蔓灌木包裹，不堪其重。

——（她的职业让她习惯于在镜头后看景物，她的梦或者是浅睡，也很职业病地叠在镜头后面。）她的意识离开了镜头，睡眠浮向更浅的表层，她甚至都能意识到这是在做梦——她在梦中继续向网一般的密林深处奔跑，跑到绝望，热到绝望，找不到出路的绝望——四十年来她总遭遇绝望，女性的绝望。女性本能与抽象思维的两难，女性创造与公众对女性认知的两难，自我不自信与男性不信任的两难，妥协与奋争的两难……她透不过气来，感觉心脏就要跑到自己的嘴里了，她大叫一声："全是谎言！"人被自己的大叫吵醒了，腾地一下坐起。她发现自己咬着沙发靠垫的一角，内衣全部汗湿了。

这天较晚的时候，喻小骞声称要留下等阿木，让邵洋老柏先走，至于那个总要面对的"怎么办"说好了明天再碰头。熬了一天，邵洋老柏也认为事情必须待人冷静后再说，他们就撤了。喻小骞听着电梯下楼的声音，深吸一口气，回拨常一的电话。她终于没对搭档交底儿。人到最后还是她自己，她的城府能让她憋二十年，也能忍住这一时。特别在阿喀琉斯之踵的问题上。

"我要见作者武凰！"电话接通后，喻小骞劈头这么说。

"您这么快就来电话真有点出我所料。"电话里，常一操着大公司的外交辞令，"总裁在外地……另外，现在似乎还没到见面的时候，您还没答应接受我们的条件呢。"

"告诉我，武凰是谁？"喻小骞脱口而出。

"武凰？是我们的董事长。"常一放低了语气，他似乎要辨别喻小骞的态度，他的狐狸气质让喻小骞有所警觉。

"《海南往事》是自传还是她听来的故事？"

"呵呵呵。"对方的笑声都像狐狸。"您想说什么呢，小骞老师？一个作家的写作，哪分得清写的是自己还是杜撰？我们认为这本书……既是海南题材、女性题材，又是'文革'题材、舞蹈题材。小说包涵的诸多元素都有利于改编电影……您说实话，小说写得怎样？"

"不怎么样。这题材没什么新鲜的，小说更写得三流。老实说它是一堆垃圾，而且是霉变发臭的垃圾。根本没理由改编电影。"喻小骞就想激怒这个雌激素分泌太多的男人。

"嘿。嘿。"常一在电话那头压抑地笑两声，好像多笑一声，就会呛住。他忍住"咻咻"，吧嗒着肉嘴说："您发火的样子一定跟您笑时一样动人。关于舞蹈，关于海南，你难道真没什么可说的？"这个常一好像站在笼子外，看着猴子在笼子里发怒。

"武凰是作者的本名吗？她以前叫什么？"喻小骞才不会上这个当。

"我不懂您的意思。武凰这个名字难道给小骞老师什么联想？"

"她是海南人么？"

"是啊。皇城根儿的人还不是给她打工？"

喻小骞一激灵，她注意到对方每句言辞不是炫耀就是挑衅。

"你说话的定语太多了。我需要见作者，这是我决定接不接手的条件。"

"您没得挑！小骞老师。"常一严厉地说，"你还是跟搭档好好讨论自己的前途吧，不要在这种鸡毛蒜皮的事上讨价还价。"

"我必须见你们董事长。"喻小骞不屈不挠。

"我是董事长在电影事宜上的全权代理……"电话那头声调傲慢。

"那么，"喻小骞停顿了一下，"你听说过武玉梅这个名字么？"她等待对方回答。对方也停顿了一下，狡猾地试探道：

"您要说什么，小骞老师？"喻小骞抻了一会儿，转而说："你们武总为什么要干这么不正常的事？仅仅出于虚荣她要拍自己的小说?"

常一在电话里奸笑:

"噢——您不了解我们董事长,她是成功企业家,也是个理想主义者。她有个梦想,呵呵呵,像马丁·路德·金一样。她的梦想是,一辈子,为这个世界建一座桥,修一条路,盖一座大厦,修一座庙,供一尊菩萨,写一本书,拍一部电影。现在我们正讨论的是,完成'拍一部电影'的梦想。"

喻小骞有些吃惊,她对刚刚成气候的富人阶层不了解。以她的认知,以为富人没有理想,如果有的话也是赚钱即为理想。而谁不会赚钱呢?让她一时恍惚的是,这个看似不错的梦想跟她有什么关系,跟推翻《过山车》有什么关系?抑或《海南往事》就是武凰的自传,在她把自己的故事昭告天下时,让喻小骞为她服务?

"出于什么原因选中我?"喻小骞这样问不是没转个心眼儿。

"您不必不自信。关于女性题材、舞蹈题材,甚至海南题材,还有比您更合适的导演么?您是个怀才不遇的导演,我们现在是给您机会,让您拍出比《过山车》更宏大深邃的电影。"

"谈不上不自信。你们要拍《海南往事》完全可以直接谈,用不着拿投资《过山车》做诱饵……"

"呵呵呵,您复杂的头脑把事儿想深了。"对方傲慢地打断她,"如果非要问这是为什么?那我就告诉您,这是资本的力量。董事会要让资金流向《海南往事》,就不会流向《过山车》。您可能不服,但经济就这么回事儿。"

"如果我不做呢?"喻小骞赌上一口气,从脚底升上来搞艺术的常有的傲慢。

"您不会不做。《海南往事》不拍出来我们不会再投资《过山车》……"

"如果我们全身而退呢?"

"那您将失去至少两次机会,另外背上 200 万的债务。"

喻小骞感到被对方逼到角落。成年后,她时不时被逼到角落,要么放弃,要么屈从。在以往的经历中,比如说有人要用投资换她的皮相,她宁可放弃投资。因为天生丽质,她从少年开始就死抱住一个理念:决不把自己当成本。

"您还是接受吧,这么倔下去,对您和您的团队都没好处。"

"我要先见武凰。"喻小骞发现，此时能抓住的只有这个。

"见不见她都一样。您的路子就是这个，只有走还是不走两个选择。"

说完对方挂掉电话。

# 第三章

喻小骞留下的确要跟阿木碰个面。《过山车》是为阿木写的，如果再次下马，喻小骞最需要与之抱头痛哭的是阿木。

阿木跟喻小骞、跟"今天"工作室有个奇怪的三角关系。十一年前，喻小骞在川、云、藏拍摄纪录片《藏地漫游》时，在西昌第一次见到十五岁的彝族少年阿木。瘸子阿木因为会跳舞，被喻小骞收入镜头。第二年，喻小骞跟第二任丈夫王莳香蜜月旅行，两人在大凉山漫游时又遇到阿木。在对阿木有更多了解后，喻小骞对这个少年产生恻隐之心。利他情绪一膨胀，喻小骞曾冲动地许诺，要写一个少年立志当舞蹈家的故事，由阿木主演。这话说过就过去了。离开大凉山，那股替人铺路的心气儿也就过了。之后两年，喻小骞经历了第二次离婚，写剧本《卖脸》，四处奔走筹资，把对阿木的许诺撇在一边。1995 年，《卖脸》筹资受阻，有人建议写一部反映八十年代青年苦闷和反抗的电影，为这代人的青春立传。喻小骞感觉有戏。她在设计人物时把男主角设计成一个跛子，寓意那个时代的青年从精神到肉体，是营养不良者和先天残疾人。当设计这个跛子"是干什么的"时，她反推一个跛子干什么最困难，不言而喻是跳舞，这时她想起几年前在西昌见到的阿木。当阿木的形象进入大脑，她的思路打开了，决定去一趟西昌，看看阿木还能不能跳。那年的十二月，西昌下着雪，她在雪地里看了十九岁的阿木身穿紫红大脚裤，身披紫黑色"察尔瓦"跳的现代舞。她为对方出落的英俊面孔暗自惊心，拍了一系列阿木的面部特写和舞姿，向对方承诺，自己回北京后为他写一部电影，等投资有眉目，就请对方出演。回到北京，喻小骞用三个月写出剧本《过山车》，投资还没眉目阿木就自己找来。那是 1996 年 3 月，在西昌雪地里看上去很酷的阿木，站在北京站，实则一位羞怯的彝族少年。喻小骞留下了阿木。建议写这剧本的老兄倒是积极帮助喻小骞找投资人，一时间《过山车》很有希望马上上马。喻小骞便送阿木到舞蹈学校学习舞蹈，请了台词老师教习台词，还请了表演老师指导表演。这个过程延续了十个月。刚开始，阿木住在舞蹈学校一个高低床的上铺，暑假到来时，阿木成了喻小骞的情人，搬进喻小骞那间抽斗公寓。他们有过好时候，不过就十个月。一般恋人的好时候也就半年十个月，他们也不例外。来年三月，《过山车》第一次上马，一个月后第一次下马，连带打击的还有两人的关系。他们从想象的神仙生活，跌入现实境况。阿木看到所谓电影人的真实生活，也看到"在家里"的喻小骞。女导演在家里和在外面是不一样的，少年总是被在外面的那个女人迷惑。之后，虽然他们又相处了两年，但相互间的怨恨愈来愈深。1999 年 3 月，《过山车》第二次上马，两个月后第二次下马。阿木开始夜不归宿。刚开始，阿木还谎称到彝族兄弟那里唱歌，或到藏族兄弟那里借宿，后来，阿木一连几个星期不出现，再后来，只有失恋或钱用完时才回到喻小骞的公寓。心还没暖热，人又不见了。"今天"工作室是在阿木离开后成立的，虽然阿木最早跟着喻小骞，但"今天"的核心成员没有他。这也是阿木怨愤的原因。去年八月，夏大邑第三次投资《过山车》，喻小骞再次安排阿木训练舞蹈、训练台词，阿木才回到喻小骞的视野。这时，二十五岁的阿木已经进入他舞蹈能力的巅峰，也许过了这一年，他这朵花就败了。他的面孔和形体，经过这些年的历练，更加英俊、痛苦、暴躁、脆弱，甚至有点邪恶。这正是喻小骞想要的面孔和气质。她的主人公是那种生活境况极度压抑，因残疾又极度脆弱、自尊的人。她暗自庆幸等了这六年，没有这六年的磨难，阿木这张脸就嫌"白"了。第三次上马的喜悦和希望重新勾起两个忘年旧情人的温情，阿木回到喻小骞的公寓，但住了几晚喻小骞就发现，阿木恐怕是有女孩了，他被电话、短信追得身心不宁。喻小骞不再留宿，做了爱，就让他走。对老情人来说，做爱就像相互阅读。当分别不短的时间，做爱就是相互体味对方熟悉的和不熟悉的，体味对方的生命走到哪一步，思想拓展的方向和世界，最后，拨开这表层的一切，体味对方还爱不爱自己。这不需要很多次，当确认对方还爱自己，相守和缠绵就不在乎朝朝暮暮。不久，夏大邑又来个"下马"，虽然"红画"接了手，但阿木的气急败坏就像慢性病，虽病灶不在了，但病体一直没好。他再次离开喻小骞，像发了毒誓，再也不近后者的身。

在爱情的格局里，喻小骞经历着这样的变化：在前两次婚姻中，喻小骞是全心全意爱对方，依顺对方，却不承想对方还有其他心事：第一任丈夫门洪是无法放弃和前妻生的三岁儿子，第二任丈夫王莳香则要追随佛法宏大的智慧。也就是说，门洪和王莳香爱的范畴比她广阔，走得比她远。当她发现自己在别人的爱情里只占一部分，她很"文艺地"认为，这种爱不全心全意，便自己撤出了。二十岁的阿木成为她的情人后。她吃惊地发现，自己已经做不到全心全意，却为阿木宗教般的依顺着迷。阿木有着或许来自少数民族，或许来自年少的简单直接，但其智力、思辨力和表达力，只是个初中毕业生水平。他肢体表达比语言好，行动比嘴巴快，这给喻小骞前所未有的、原始的体验；甚或说，她的肉体经验倒是这个少年开发的，她欣欣向荣的肉体感知来自这个少年的开疆扩土。后来，一切变成一个习惯，喻小骞已不试图在精神上、语言上跟阿木深入交流，深度交流仅仅停留在感官上。待阿木夜不归宿喻小骞才蓦然发现，自己的身体多么依恋阿木，但在精神世界，自己已经走出老远。她有时这样胡思乱想，自己这样跟一些男思想家与女性交往的格局相仿：他们已经不指望在智力上、学识上跟女性交流，只认命地退缩到肉体和日常生活上，把思想交流留给同性思想家。这样想来，最优秀的女知识分子女艺术家为找不到思想情感交相辉映的伴侣而愤世嫉俗就大可不必，这里的原因跟男思想家相仿，即，已经没多少能与之匹配的男人，灵与肉双向对接的就更少。这样想，她也就想通了，身心也突然间自由了。阿木离开后她的性爱生活是这样的：她自以为能够自由掌握性权利，按自己的意愿跟心仪的男人上床；但在内心深处，又等待如阿木那样宗教般的身心归依。

阿木回来已经小半夜了。日光灯惨白，办公室里弥漫着灰尘的气味，暖气烧得如火如荼。阿木既惊讶又不打算介入地瞅着喻小骞，一副等待对方赶快走人的神情。

"给我点水。"坐在电脑前的喻小骞哑声说道。她刚一发声就被干燥的嗓子噎了一下，不得不清清嗓子。阿木转身去拿喻小骞放在桌子上的茶杯，饮水机上续了热水递过来。

"我把房子都退了，就等着住剧组免费宾馆呢。"

他试图开个玩笑。他对喻小骞是熟悉的，只要看见对方肝火旺的眼神和准备战斗时耸起的眉头，就知道悲苦的事又发生了。过去六年，他常在喻小骞脸上看到这种神情。过去，只要遇到这种情况，他们总会在床上找到对方，在对方身上找到安慰和度过苦痛的力量。他们的关系是这种格局：他是喻小骞的糖果，她在外面经风雨冒雪霜后总是返回身，在他身上找到安慰。而对于他，喻小骞就是房屋、是家，喻小骞快乐了，他也就快乐了；同时他又多希望喻小骞快乐，这快乐是他的安全带。后来，他在喻小骞身上看到贪婪和对他的消耗，他不愿意了，爱惜起自己，怨恨也由此产生。今天，他感觉喻小骞内压快涨破身了，这让他发怵，这是一个流浪京城的少年对收容自己的人发自心底的害怕。《过山车》就要开机了，他等了六年，在这节骨眼儿上，他可不愿得罪她。

"男二号已经来北京了。"他没话找话，"我看他挺喜欢你的。你发现没，年轻人喜欢你这年纪的女人。少男杀手哈。你要不要他的手机号？"这几年混迹街头娱乐圈，阿木学会了怎样把女人的注意力从自己身上引开。

"阿木，《过山车》又要下马了……"

还没等喻小骞说完，阿木高叫起来：

"怎么回事？你再说一遍？"

"我们被红画公司骗了……"

"啥？涮了？那我怎么办？"

喻小骞原想细说"红画"的骗局，阿木显然没兴趣。他只关心自己，他只看到自己又要被束之高阁。

"我都不知道《过山车》怎么办……"

"是不是已经没戏了？彻底没戏了，是吧？你们就会弄这事！

几次了？啊?！每次都是下马、下马、下马！"阿木怒不可遏，别着一条残腿来回奔走，"咣咣咣"地擂办公桌，桌上的纸张、一次性杯子震得跳起来。"真是瞎了眼，跟个不中用的导演……人家跟个导演，不管怎样最后都能弄成事！你呢？到目前为止，你到底干成什么？"阿木拖着两条不一般粗细的腿，前奔几步，抓起桌上的报纸、书本、矿泉水瓶，一个一个往地下砸，又趴在桌上，挥手一扫，桌子上的东西横着飞出去。"下马，又是下马，你们这班猪脑就会骗我！你们也去骗人家啊，一次一次让人家骗！你们说说，你们要把我耽误多长时间？啊？"他跺着脚大叫。"你们，到底还要把我耽误多久?！给我个时间好不好?！啊？好不好？好不好？"阿木咆哮，脚踢着地面的纸片、杯子。"六年了！六年了呀！说什么给我一个前所未有的角色，让我灿烂！全是骗人！自欺欺人！你做不了就别做，害人害己！我也是瞎了眼，居然相信你！你有什么可相信的？啊？你有个屁的才华！你就是个中专生！就是个自谋职业者！自以为有才华！还标榜导演，导演个屁！屁！屁！"阿木喉咙喊哑了，在屋里团团转，突然站定了，指着大门喊：

"你给我滚！臭婆娘！给我出去，我再也不想见到你！"阿木跺着那只健康的脚，大喊。这情状不止一次两次了。前两次《过山车》下马阿木都发作过，只不过，一次比一次暴烈，他快精神分裂了，或者已经是了。只不过喻小骞需要这种暴躁、分裂的人格，她的男一号就是这种性格。过去六年，她有意无意把阿木限制住，圈在一个小范围内。她知道关起来的人会成为疯子和野兽，她的男一号就是一个困在夕阳产业的业余文艺爱好者，一个困在自己残疾身体里的艺术疯子。她要把阿木塑型成她要的人物，所以每次发作并不制止他，甚至看着他发作，挑动他发作，纵容他被愤怒、歧视、"被耽误"、"被边缘化"所煎熬；这一切都会烙印在他眼里、心里、神态里。

听到阿木喊出"滚"，喻小骞转身就走。以往他们相互喊过"滚"，都会仨月半年互不联系不见对方踪影。今天阿木这么一喊，是不是她就可以半年见不着他了？但愿是吧，反正《过山车》要推到明年了。

　　显然这是喻小骞的一相情愿。第二天还没起床，阿木就在外面敲防盗门。喻小骞穿着睡衣，披着被子，跑出去开门。阿木带着一身寒气和多天没洗澡的汗酸气，横在门口。

　　"手机怎么不开？人死了都找不到你！"阿木瞅一眼喻小骞干枯的面孔，它像烧过的胶片，随时可能化成黑烟，变成枯渣。

　　"给我弄五千块，我没钱了。我要洗个澡，你给我找件干净内衣。我的东西你不会都扔了吧？"阿木的高帮皮靴嘎嗒嘎嗒踏着木地板。为了给阿木跳舞，六年前，喻小骞换了压缩板地面。

　　喻小骞披着被子，绷着脸，坐在床沿看阿木。

　　"给我个浴巾。"见女人不动，阿木坐在客厅的板凳上把靴子脱下，光脚走进卫生间。卫生间传来流水声，阿木在里面喊："这里还有我裤衩没有？给我找一个。再找一双袜子。干浴巾啊，挂在门上。"卫生间打开一条缝，内衣从里面扔出来。

　　喻小骞蹙着眉头，把卧室门合上，换上出门的衣服，把被子叠好。之后她打开大衣柜，从里面拽出一个长方体收纳袋，那里盛着阿木没有带走的衣服、袜子、"察尔瓦"、彝族风格的首饰。她找出一套内衣、一件羊毛衫和一双袜子，把收纳袋拉好拉链，重新塞回大衣柜。她拿了条浴巾，搬了个方凳，把衣物放在方凳上，摆在卫生间门口。

　　暖气把阿木湿衣服里的人油味儿、荷尔蒙味儿吹出来，这健康的男人味儿让人恼火。喻小骞把笔记本塞进背包，开始烧开水，准备冲鸡蛋、冲咖啡，喝完就去办公室。

　　"钱准备好了？你给我冲碗奶茶，我饿了。"

　　"我也没钱。年前，你不是从剧组支走了两千？"

　　"这是北京！两千块能干啥？已经没有了，还剩一百来块。你这电影又下马，我到哪儿吃饭？租房子？你至少得给我五千，我先扛两个月。"

　　"我好像不是你妈。"喻小骞说完转身进厨房，冲鸡蛋冲咖啡。

　　"你不开工，你说我怎么办？"

　　"找你相好的，或者去工作。"

　　"她没钱。"

　　"我也没钱。"

阿木跟进厨房。闻着阿木身上混杂人体味的潮气，喻小骞一阵心酸。她从手腕上褪下皮筋儿，将头发挽成把儿。

"你都没有心软的时候？"阿木暴跳起来，"你耽误我六年，说不拍就不拍了，连吃饭睡个床铺的钱都不给？"阿木的肩头和头发冒着白烟，脸上忧伤哀怨。喻小骞被他挤在灶台边，垂着眼帘，不忍看他。

"我到哪儿弄钱？这几个月，我全部精力都在筹备上。再说你大年初七跑到人家家里要钱，还说我没有心软的时候？"

"你不就是想要我么，"阿木盯着喻小骞恼火地说，"我还不知道你啥心思？如果我住这儿，你啥都有，啥都可以给我，是不？你说是不是？！"阿木用身体顶住喻小骞，后者不得不后下腰，避让阿木伸过来的下巴，而肚子被阿木顶住了。阿木完全不在意喻小骞是否撑得住，继续逼向后者。"你想要我，那就要啊，来啊！反正男人也不值钱！给你，都给你！"喻小骞推阿木一下，根本推不动。阿木则一把抓住喻小骞的手腕，往卧室拽。喻小骞挣脱两下没挣开，被阿木拽着，一起摔在床上。摔在床上的阿木哭起来，喻小骞从床上跳下来，羞耻地站在地下。

"你来啊，你买我好不好？买完，让我有口饭吃，有个破房住，好不好哇！我算是让你耽误完了！啊——"阿木低声咆哮，拳头擂着床。

喻小骞活动着被阿木弄疼的手腕。这时她才看清阿木留着凤头长发，鬓角剃光，留青茬，青茬上精工划出两条鞭痕般的细筋。这颗脑袋还是那么性感。她叹口气说：

"穿上衣服走吧。今天邵洋去办公室，你先预支点。"

喻小骞说完，回厨房喝冲鸡蛋，喝咖啡，听着阿木站起来，整理好内衣，走到外屋，从地上拾起外衣往身上套。穿好衣服，阿木吸着哭过的鼻子，站在厨房门口，竭力心平气和地说：

"我不能再耽误了。我已经二十六了，出来混了这些年一点成果都没有，我爸妈还以为我自杀了呢。这样吧，你们弄那个《海南往事》，我再等你们一年。你把那四盘胶片给我，我找人找钱，把它剪出来，成个成片儿，可以卖点儿钱，也可以出去打个奖什么的。"

阿木说的是这六年，喻小骞用一些零碎胶片拍摄的阿木练功、练台词、跳舞的片段，以及他们筹备《过山车》的过程，挨饿、烦恼、相爱的记录。这四盒胶片断断续续拍了六年，有个三五十米的胶卷就拍，拍完顺在别人的电影胶片里去冲洗，慢慢积累起来的。喻小骞以为它们至少可以剪出两个纪录片，一个叫《舞者》，一个叫《地下》。不久前她还说，将来跟《过山车》一起剪，《过山车》拿到欧洲参加某个电影节，纪录片拿到美国参加圣丹斯电影节，也许都可以拿个奖。现在阿木的主意打到这四卷胶片上，喻小骞想都不想、不容商量地说：

"不行。"

"为什么？"

"我信不过别人。他们剪不出我们的寂寞、我们的无奈以及拼其筋骨的抗争。他们会把它剪成好人好事，拿到电视台一播了事。"

"你什么时候才能剪啊？"

"等我有钱。五六十万就够了。"

"你要是一辈子都没钱呢？《过山车》不是又下马了？"

"就是沤烂在手里，我也不让它糟蹋了。"

"你怎么不为我想想？剪出来，拿到美国参赛，就算得不了奖大家也知道我是个跳舞的，我父母也知道这些年我在北京不是当鸭。"

听到最后一句喻小骞脱口喝道：

"阿木！"

阿木自知失言，恼火地皱着眉头，转身往外走。

"你等着！"他恨恨地撂下一句。经过卫生间门口，他把扔在地上的脏衣服一卷一扎，拿在手上。"你把我逼死了，你的电影也拍不成了。"

他橐橐地奔出抽斗公寓，掌钉皮靴的橐橐声长久地留在楼梯间里。房间里弥散着他的人体味、荷尔蒙味、湿衣服发出的混合气味，喻小骞心酸地蹲在地下。

这天较晚的时候，"今天"核心成员汇集办公室讨论"怎么办"。邵洋说她已经去了趟"红画"公司，洪笠笠坚称这对"今天"是件好事，一下子有两部电影投资，就现在的国产电影环境，这简直就是天上掉馅饼。邵洋调侃道：看来现在的电影人已经不作为，就等着天上掉馅饼呢。说完邵洋和柏树则都不做声，等着喻小骞表度。他们似乎已有这样的共识，即便这是"红画"坑他们，现在也只好往里跳，而且未见得这就是坏事。

"两部电影投资，上哪儿找去！"柏树则似乎也发现这是好事，不再抱怨俩傻女人。"不就是老板玩票呗，咱陪她玩儿。香港电影不是像出汉堡包一样出滥片儿？就当咱练手。"

不管是搭档还是旧情人，没人指责"红画"，也没人去揭穿对方的骗局。大家首先是愤怒，然后责怪身边人，最后是顺从。顺从已成大家最后的行为模式。从前顺从于政治，现在顺从于金钱。"如果不接受，我们立马背上 200 万的债务。200 万就是个小成本电影，片子还没拍，倒背 200 万债务？这显然不是意气用事的事儿。"邵洋说，"如果不拍，我们可就真的死了！哪个东家肯先背 200 万债务，再拍电影？！"这是老柏的话。这些话都是对的，她似乎不能任性地置大家的利益于不顾，同时她也有个私心，倒要看看武凰到底是谁？那个尘封了二十多年的故事怎么就变成《海南往事》？

早上阿木走后，喻小骞打开手机，姐姐连篇累牍的抱怨短信噼噼啪啪的，最狠的一句是："你这是逃避。你根本没勇气面对。你从小就这样子。就这脾气你还拍什么电影？"这是抱怨她这个春节没回家看患老年痴呆症的母亲和离婚多年的姐姐，姐姐约她吃顿年饭她一直没回，惹得姐姐如此怨怼。怎么说呢？自从父亲二十多年前去世，喻小骞时常感觉自己是实际上的孤儿。她和母亲、姐姐虽同住北京，但每年相聚的次数有限。她不愿面对那个死气沉沉的家，也希望自己这边儿能成点事，给这个缺少阳气的家庭带进点阳光。即便出于聚阳气的考虑她也不能光承受失败了，她好歹得动起来。

"如果接手，"喻小骞发现这句话出口，俩搭档都暗舒一口气。看来事情只能这样了。"你们以为应该拍个什么类型的电影？"

"我们得看那个玩票的想要什么类型片。"柏树则抢先说。除了给"今天"拍片他还给别人拍广告，自觉比俩艺术纯女有发言权。"商业片俩规矩，一个看上家，一个看下家。这玩票的，可能不在乎赚不赚钱，那就看她好哪一口。"他说完，颇为自己简洁的表述得意。

"我们得有自己的想法。如果东家是土鳖呢？"邵洋到底是诗人出身，什么时候都不会没立场。"我们虽然是她的玩具，但也可以是变形金刚。"

"那好！你说高见。"柏树则很容易放弃自己的想法。

"我看那个'活塞运动'的隐喻倒不错，可以发展成一个荒诞剧，借鉴一下《推销员之死》，表现一个老处女被政治活塞运动折腾致死的故事。结尾我都想好了——这个老处女临死前说，她很想做爱，但他妈的三十年了，连那个味儿都没尝过。"诗人的质地就是这样，什么破烂里都能发现有用的材质。

"太恶毒了。你这恶心女人！"柏树则爆发出大笑。两天来喻小骞也头次展颜。

"滚蛋！我是用'政治活塞运动'借喻跟着运动跑的人可悲可笑的生活。"邵洋正色道。

"有意思！不见得写不出一个一流本子。"喻小骞有点过分积极地抓住这一点。搭档们关注这一点是否就可以忽略俩女人的关系？

"扒一个细节啊，你们听听——"邵洋哗哗哗地翻着书，念道："舞红妆翻看日历牌说：这个月，还没来红的啊。一辈子喜欢传播小道消息的窦老师好事地问：小舞，你有男朋友了？没多久，红妆没来月信的消息在教师中流传，他们聚在一起就嘀嘀咕咕，而他们哪里想得到，我们的红妆就像女孩子每月担心不来月信一样，担心不来红头文件。"

"嗬，还我们的红妆。"喻小骞恶狠狠地说。

"还有一段，第 84 页——"邵洋继续哗哗哗地翻着书，念道："她家在海边，她天生知道风怎样吹，帆怎么挂。她要做的，就是顺着风走。她把杉子叫到学校，让她着手排练全本《红色娘子军》。她们要跳到广州去，跳到北京去。

"这里的关键词是'风向'、'风帆'，这可以是电影里必须的那个隐喻。"她把眼镜拿下来插到头发里，好像一个剧本已经成型，兴奋地看着搭档。

"如果强调'活塞运动'，就不要跳舞情节了。"喻小骞舒了口气，她不希望电影故事是俩女人的姐妹情谊。"一个政治发条娃娃的故事，让她不停地做'政治活塞运动'，把她累死，逼疯。说不定，这是一个前所未有的艺术形象。"她甚至有点兴奋。

"哎哎哎，我说姑娘们——"柏树则托着下巴一直不动声色，这时他认为该出马制止女人们的疯狂行为了。"这个活塞暗喻好是好，但太残酷、太绝望了。咱能不能写一个柔情的、给人安慰的故事？人们太需要柔情、坚贞这些美好情感的安慰了。他们坐在电影院里，可不想跟外面一样绝望。"

见俩女同事不情愿地刹住狂想，柏树则得意地说：

"我估计这个骚情的董事长想要个爱情故事。玩票么，就跟玩戏子一样，要的就是满足自己老而不能得的心愿。我估计这老儿年纪不小了！"

没等他说完，喻小骞勃然而起：

"这是两个女人的故事，扯不上爱情。"

"喻子，同性之间怎么就扯不上爱情？"他说完狡黠地斜一眼邵洋。

"同性之间，在那个时候，根本没有爱情一说。"喻小骞不假思索地反击道。想到搭档们已经看过书中的情节、细节，她袭上仿佛被熟人偷看了日记的窘迫。

"正是没有，才犹抱琵琶半遮面。这类题材最近很惹火，擦边球，能拍得极性感……我最近对拍暧昧关系和性感的身体跃跃欲试……"见喻小骞莫名其妙地涨红了脸，老柏饶道："好好好，言归正传。"他正经道，"我是从作者是最后掏钱人这个角度来考虑的。你们想想，这富婆为什么想拍一部电影，还不是意淫一下当年的小姑娘？这老家伙估计是同性恋……"

"同性恋题材是踩地雷的，根本行不通。"喻小骞不由分说打断他。

"同性恋不行，'姐妹情谊'总可以吧？什么大屋里的女人，什么惠安女，对女性之间体恤互助关系，舆论不仅默许，还赞许吧？主旋律啊！"柏树则又开始沾沾自喜了。

"好啦，先打住。"邵洋发话道，"讨论拍什么类型为时尚早。我们先要决定是不是接手。"

柏树则扭头看喻小骞。喻小骞也突然间身麻皮凉。看来这个决定一定得自己拿，而现在看来任何决定都无益于《过山车》。这个准备了六年的宝贝最终还像是后娘养的，灰姑娘似的，只能先放到灶火间儿了。

"我先去海南看看再说吧。"喻小骞出了口气，不愿把话说死。

"为什么要去海南呢？"柏树则异议道，"接不接手在北京就可以决定。"

"就当是换位思考。"看喻小骞脸色沉郁，邵洋替搭档说。

喻小骞肉身深处泛出一丝对《过山车》的惜别，哑声道："我也不知为什么。事情往往是到了现场才知道自己要解决什么问题。"她对搭档一笑，"冤有头债有主不是？我倒要去看看是谁、什么人，挡住了我的《过山车》。"这最后一句是说给自己听的。

"实际上根本不是书的问题。事实上，再臭的书也能改编出好剧本，就看改编者对剧本写作的稔熟程度了。"柏树则继续不以为然。俩女当家倒像是笃定了。

这天傍晚，邵洋给洪笠笠打电话，说明"今天"的决定。洪笠笠仿佛知道事情一定会这样，在电话那头拽着腔说："我们给你们十天时间以便做出最后决定。另外提供两张往返 OPEN 票，明天上午送到你们工作室。"洪笠笠捏着大公司前台接待员的腔调叽喳道："你们怎么叫工作室啊？有没有法人资格？将来，我们必须跟有法人资格的签合同哦。"

邵洋挖苦道：

"在合同上做手脚好像正是你们这号大公司。"

"话不能这么说……"洪笠笠依然用不正常的音速和断句嘀嘀咕咕，邵洋厌恶地挂上电话。

"什么破人儿呀，她有什么资格跟我们这些人说话？"

老柏两手插兜，在裤兜里做个摊手的姿态。仨所谓的艺术家对眼前的荒唐摇头。

第二天上午，洪笠笠带着一个穿紧身裤的黝黑马仔送来两张OPEN 票，并带来一张合同意向书。合同大致内容是：《海南往事》总投资三千万，2003 年 1 月底完成，质量要求是必须达到参赛或参展欧洲三大电影节的任何一个。喻小骞的编剧费为 30 万元，合同签署的当天，可以收到第一个 10 万元，一个月后交出处理台本并通过，拿到第二个 10 万，电影开镜拿齐 30 万编剧费。导演费是 100 万，电影杀青拿到 60 万，出成品累计拿到 80 万，被欧洲三大电影节任何一个选中，则拿齐 100 万。《过山车》投资不少于两千万，在《海南往事》国内公演之后启动，一年后完成，目标是 2004 年三大欧洲电影节的参展、参赛影片。

洪笠笠和黝黑马仔走后，"今天"的仨搭档好一阵面面相觑。凭直觉他们以为里面有猫腻，但又看不出猫腻在什么地方，遂决定，一切等喻小骞去了海南再说。仨人分工：喻小骞去海南；柏树则负责《过山车》的善后；邵洋集中精力跟"红画"、"大武"、常一打交道，这次把合同坐实喽。

除了搭档，喻小骞不需要告知任何人自己出门。她只需要把门窗关好，煤气关好，把座机来电转接到手机上。她每年开年都去预存全年的电话费、水电煤气费和小区物业费。她既不跟邻居说话，也不搭理居委会老太太和楼门前戴红袖章的"三安"（警察是大安，交通协管员是二安，楼门安全员是三安）。她曾说，如果她死在家里也没有人知道。她在社会中的位置就是电影放映 20 秒钟后出现的那几个字："喻小骞作品"。而走在大街上小区里，没人知道她就是"喻小骞"。

喻小骞把适于摸爬滚打太阳晒的、够一周穿的春夏衣服放进行李箱，另带一把雨伞和一双平底皮靴。一个电影导演就是一个野外工作者，野外工作者第一需要带把锋利的五寸刀，第二需要一双舒服的、便于长途跋涉的鞋子。有时候，电影拍得好不好还不完全在于你有多高的技巧，而在于你有多少投资和作为导演你有多强的体力和耐力。另一个箱子放着她工作的家伙：一部松下手提电脑，一部佳能 XM2 专业 DV，一台 EOS400D 数码相机，两只索尼 16GB 容量 U 盘，《海南往事》，笔记本，六盒 600 张 8cm×16cm 卡片。卡片用来攒"场景设计"。一部非动作电影大约有三百个场景，而一个故事最初的场景设计是这个数的三倍。她出门总是带一箱子工具，一箱子私物；私物箱拿去托运，工具箱自己提着上下飞机。个人用品不够可以在当地买，而工作的家伙一个也不能少。

离出发还有 24 小时，喻小骞又读了一遍《海南往事》。除了一阵又一阵地出虚汗，作为剧作家，她还得从中寻找有价值的主题，以及围绕这个主题个性化的情节——如果情节不够，就需要剧作家来虚构——从这个意义就是柏树则说的，"再臭的书也能改编出好剧本"。不管最后接不接手这个项目，接下来的十天半月，她跟这本破书相伴是笃定的了，那么以专业态度，她必须从书中提炼出一个主题。

她的两任前夫至少教给她两样东西，门洪教会她卡着时间做事：到干下一件事之前，还有多少时间。起先，她是到哪儿都背个闹钟，那样子比较滑稽可爱；现在是在手机上设定闹钟。王蓇香是教会她做笔记。她的笔记本是 8 开本，250 页，仿牛皮封面的本子，上面什么都记，有读书看片笔记，随时随地的感想，遇到的某人某事，创作笔记，甚至个人日记。这两个习惯已经坚持了十几年，现在她对设定时间和做笔记都有点强迫症了。

出发前一天，邵洋半夜来访，说去了趟办公室，看到一个邮包随手拆开，见是一本名叫《琼崖纵队女战士》的纪实文学，扉页夹着作者的名片。邵洋说，人生地不熟的，也许当地作者可以帮帮忙。喻小骞便把书塞进背包，在笔记本的抬头空白处记上作者的名字：陈妖姒。手机号：1370 × × × × 880。邵洋又告知，《卖脸》在柏林电影节毫无斩获，俩女人对这个事实沉默。她们失败得都习以为常了，连惋惜一句都没有。之后，她们开始喝酒。虽在喻小骞家里，还是邵洋弄菜。喻小骞的冰箱早就停用了，很少的干货摆到窗外的纸盒里。邵洋炒了点花生米，从厨房出来时说阿木找过她，还是要钱。喻小骞难堪地说："给他吧，是我无能又耽误他一年。"邵洋说："他在利用你爱他这件事。"喻小骞把黄酒温在 75 度的热水里，说："那是因为我们要利用他的身体。"她原本想说是利用阿木的身体跳舞，话说成这样发现很幽默，便抬头对邵洋撇撇嘴。这几天，两个女人第一次感觉到气氛中渗出点幽默的气泡。喻小骞惨然一笑，拨弄那本快要散架的《海南往事》。之后两个人喝起雄黄酒，酒过三巡邵洋叹口气说：

"这酒制虫蝎、杀百毒，可入川水进丛林。"

"'临行喝妈一杯酒，浑身是胆雄赳赳'。"喻小骞幽幽地说。

"我才不是你妈呢！"邵洋没好气地推了一把喻小骞。

直到现在，喻小骞依然不想跟搭档摊牌，也可以说是不见棺材不掉泪吧。但对那个即将踏上的海岛，她有一种既拒绝又想探其究竟的纠结和欲望，就像再见多年前抛弃你的初恋恋人，你想见他仅仅是想证明他过得不好。这天晚上，她在笔记本上写道——虽不情愿，喻小骞还是进入创作状态。

2002 年 2 月 19 日　年初九　阴

武凰是谁？（1）

◆武凰是大武集团总裁（2002 年），又是《海南往事》的作者。

她还是谁？→

◆武凰＝舞红妆？（1975 ~ 1976 年）

　　舞红妆是：①与"两报一刊"做同频率活塞运动的老处女？

　　　　　　②女扮男装与杉子跳舞的性倒错者？

◆舞红妆＝武玉梅？

　　武凰＝武玉梅？→要落实。

◆武凰有个梦想：修一条路，盖一座大厦，建一座桥，供一尊菩萨，写一本书，拍一部电影。

　　→它的背后是什么？

# 第四章

　　海南航空飞往海口的 7182 航班十二点三十五分起飞，喻小骞八点就得出门。她先坐公交车去中关村，然后乘民航大巴到机场，辗转三四个小时。低收入者在北京生活是越来越不易了。而世纪初的滑稽之相是：干旱和洪涝交替占据每个年份，大把的金钱流入权势和投机者的口袋，世面上蹦跶的不是神经病就是超级搞怪的家伙。如此世相弄得人民心乱，一个个都急着把自己变成暴发户。你比如眼前的首都机场，就好像誓把自己变成北京火车站似的，背包的、排长队的、吆喝的、加塞儿的、相互指责的，就跟七十年代菜市场排队买冻带鱼、豆制品差不多。过安检时，喻小骞先是被赶进一个小围栏，穿制服的用探触棒在旅客身前身后扫来扫去，扫完还堵着不放，等小围栏囤积二三十人才"开栏"。他们似乎就爱看旅客撒欢儿似地跑，这样"调"出来的旅客不跑怎么办？坐飞机跟扒春运火车似的，一开栏，就像一群猪猡赶着去过秤。过安检门时，穿制服的又让喻小骞脱掉皮靴，放进传输带过扫描仪，她不得不穿着袜子站在凉地板上等。"为了防恐我们有一天会不会被'剥光猪'？""他们就不知道准备个拖鞋，让交过五十块机场建设费的旅客大冬天光脚站地上！"不过，牢骚也就在心里激荡激荡，她不想给自己找麻烦。总在作品里搞"社会批判"的喻小骞像大家一样，在生活中并不惹是生非。她跳着脚套上靴子，跺跺鞋后跟，拖着干活的家什，沉默地走过安检门。

喻小骞拖着箱子走过夹道的奢侈品店礼品店特产店快餐店。不知谁在机场开店，也不知谁会在这里消费。时代呼啸而过，一恍惚，喻小骞已经赶不上市面消费的节奏。比如说眼前国际品牌服装店、化妆品店，喻小骞不曾进去过。曾几何时大家都一样，她的家庭甚至比别人还好一点。但现在，她，她姐姐，她母亲，显然已落入低收入行列。不过，喻小骞对物质不是很在意，她恐慌的是 CD 店铺天盖地的电影碟片。人家都拍出那么多片子了，自己才有一部，这个事实才让她心惊肉跳。

喻小骞走在夹道的绚烂商品中，被一间店子里的一抹色彩晃了一下。她有些固执地继续走，但晃见的色彩还是拉住她的脚步：那抹色彩似乎在哪里见过。她转回身，打量一爿儿店子。这是一间书店，店门口一排陈列架上，横平竖直一个方阵，摆的是一本书：《海南往事》。一面面红旗猎猎飘扬，一个个红衣女子腾空大跳；它们呈波普排列，仿佛无数面红旗猎猎飘扬，成排成列的女子劈腿大跳；它们变成一道视觉轰炸墙，很有色情法西斯意味。喻小骞看得脸颊冷嗖嗖的。她还算见多识广，但这一眼把她惊着了。从专业角度看，《海南往事》根本算不得真正意义的小说，更算不上畅销书，却又为什么能摆到主营畅销书的机场书店，而且一摆一书架？她当然不至于怀疑自己对书的鉴赏力，但还是花了两分钟才明白，这书店要么是武凰的产业，要么是买断书店上架档期。她甚至冒出一个滑稽念头：武凰这么做是为了让她看到！可……让她看见又能怎样呢？向她示威？炫耀？可这又是为什么？还在正月里，喻小骞冒了一身冷汗。

喻小骞 180 度背过身，让自己定神。事情真有蹊跷？喻小骞记得旗袍店隔壁还有一家书店，便拖着行李奔过去。事情诡吊的是，这家书店好像知道她奔来的方向，迎着她，又一架子波普排列的《海南往事》，又是一柄柄红旗飘扬，一排排整齐的大腿飞踢。这次仿佛是冲着她脑门子飘，冲着她脸上劈，似乎要告诉她什么……但要告诉她什么呢？喻小骞后背上的汗流到腰里。如果说昨天以前她还仅仅是猜疑书里那个舞红妆在现实里要她好看，眼前这些书似乎已经挑明了——不管这个人是武凰、舞红妆还是二十四年前的中学教师武玉梅，都是要她喻小骞好看！那么，自己怎么办？给常一打电话，退回两张通票，不去海南了？那么自己就不用身处可以预见的陷阱，但也只能继续呆在清华东路那间灰白的薄楼里，继续做拍一部作者电影的黄粱梦。那么自己这辈子，也就只能当个怨天尤人的艺术外围分子。没人同情你，你见过谁同情失败者？

喻小骞瞭着一架子书，站了会儿，拖着行李箱下到楼下32号候机厅。有人叫板，要试试她的雄心？那试试就试试！喻小骞攥紧了心脏，准备向那个现在还看不清的阴谋迎头撞去。一个创造者甘愿冒牺牲时间、金钱、情感、家人的风险，是因为其雄心足以决定他生活的力量。风险越大，刺激越大，将来收获的价值也可能很他妈的大！喻小骞决计不回头。

"我坐在这儿，你一定很吃惊吧？"

刚找个清静的角落坐下，喻小骞就听见旁边一个声音怯懦地叨叨。还没抬头，鼻子里就飘进乳酸味儿，一股热气吹到她脸上。喻小骞戒备地偏过脸，一张冻伤般的小脸向她抻着，脸上一块冻红，一块冻青。喻小骞不由自主耸起肩膀，好像要挡住那张越凑越近的面孔。

"你一定不认识我了……"一张米糕色的小脸专注地对着她；当喻小骞看过去，那张脸又红到脖子根儿。

喻小骞蓦然想起这股子酸哄哄气味发自哪儿了。就在两周前，《过山车》的前期准备正如火如荼。电影开拍在即，喻小骞精神高涨，人也开朗许多，该见的不该见的，那些天见的很多。小年儿那天下午，喻小骞在办公室接到一个电话，对方自称武羚羊，说想见见喻小骞，又说需要个公共场合，免得自己紧张。"请你下来我知道很过分……就当是导演给观众的恩惠……"这个说法很有趣，说得喻小骞心里一努一努的。老实说一听这声音，喻小骞就知道对方是什么人，这种浑身懒气、不负责任的人喻小骞懒得跟他们照面儿。但那天喻小骞心情特别好，人也特别累，抽点儿工夫逗逗闷子不失为一种放松。她让对方在一楼茶室等着，自己要不了多大会儿就下去。喻小骞磨蹭了二十分钟才叫上柏树则下楼喝壶热枇杷膏。眼看大家就要有钱了，每天下午喝壶热枇杷膏也算犒劳自己。老柏那几天也忙得顾不上见女孩就向人要电话了，听说有女孩上门，也乐得眼睛吸吸氧。这一楼茶室平时比大楼任何一层都热闹，谈合作谈项目的，找演员毛遂自荐的都在这里会面。那天下午，可能因为逼近年根儿，茶室萧条得像失宠嫔妃的冷宫。"哪有什么姑娘呢。"柏树则调侃道。"没姑娘你还茶都不喝了？"喻小骞揶揄道。柏子笑得肺里像装了风箱。他们找了个靠窗的位子，要了壶热枇杷膏，柏子喝了两杯就上楼去了。喻小骞在暖洋洋的冬阳下打了个盹儿，大约过了半小时，一个穿脏铜色皮夹克的女孩蜷在对面座位上，一张小脸像灰毛小狐狸，又像一块已经馊掉的霉变米糕，见喻小骞醒了，她连忙自称武羚羊。喻小骞用手背揩揩嘴角，怕口水流出来。

"你放我鸽子。"她冷淡地说。

"我跟你说就见你一个，你带了个男人我就先跑出去了。"

这算什么说法？喻小骞忍住笑，冷言调侃：

"什么大来头呀，还怕见光？"

"我两次从窗前跑过……希望……你能认出我，把我叫进来。"

"你真以为自己很特别？"喻小骞冷笑道。她抬眼认真瞄对方一眼，无奈地承认："还真……够特别的。你说吧，什么事？"

"没啥事……"

这个自说自话的女孩是营养不良的那种瘦，米糕色脸皮，神情奇怪的黑眸子，戴着一顶卷曲的假长发。也就一眼喻小骞就能看出，这女孩儿属于寄生虫那种，靠服软做小混吃混喝。她举手叫服务员买单，服务生过来说已经买过了。喻小骞投眼望望武羚羊，对方正别着眼睛，说不出为啥既亢奋又羞怯地看着她，她只好说：

"在我这里应该我买单。你有什么要求？"

"我不是要角色的……嘛嘛，小骞老师……我能这么叫你么？……嘛嘛，你把我当争角色的演员了……"

"那你想要什么？"喻小骞警觉起来，这个人像高温中正在腐烂发臭的食物，发出一阵阵热酸气。

"我什么都不想要。"

"好吧。我还有事。"喻小骞习惯性地拍拍裤兜，想到已经买过单，手掌便在空中解嘲地摆两下。她向这个毫不羞耻占用别人时间的女孩点点头，大步走出茶屋。为防止女孩追上来，她从安全通道爬上三楼后才乘电梯。

但事情滑稽的是那天傍黑，喻小骞和搭档们下楼吃晚餐，在一楼大厅，又见到这个武羚羊。许是被大门涌入的寒气冻的，许是等着心焦，武羚羊瑟瑟的样子像是等负心汉，又像是饿肚子的孩子等妈妈下班。喻小骞反感地皱了皱眉头，问对方怎么还在这里。武羚羊牙齿磕出声响，说："你反正不会再见我了，我就再等等你。"这说法又滑稽又让人无法拒绝。喻小骞邀请武羚羊跟他们一起去吃饭，这女孩说："我不去。我紧张。你们说话，不会理我的。"这世界上肯定有一种喻小骞不熟悉的生存哲学，虽然她周围没这样说话的，但这无疑是行之有效的达到自己目的的办法。见喻小骞踌躇，这姑娘撩一眼邵洋、柏子，走过去说："对不起两位老师，我跟小骞老师说说话行不？"柏子耸耸肩，算是回答。武羚羊便弓着背，走过来对喻小骞说："我知道有家素餐店，你可以吃素食么？"这回轮到喻小骞对搭档们耸肩了。

坐上出租车喻小骞就后悔，感觉自己被裹挟了，但事已至此她要不吃这顿饭也矫情。她决定少说话，不深入交流，吃完走人。在灯光桔橙的素餐店，女孩自信了许多，她熟练地点菜，招呼服务员沏茶倒水，喻小骞也得以仔细打量她。怎么说呢？这女孩儿算不得好孩子，当然也算不得坏人。她的单纯里有股腐蚀人的懒样儿，善良被腐朽的东西侵蚀了。她像一朵菌类，迅速地成长，也迅速地腐败；败下去的话就是烂糟糟的一堆渣。而且，这女孩属于口胶糖型的，你只要认识了她，她就会用无穷无尽的废话、小事来烦你。吃饭的时候喻小骞几乎无话，对女孩泛上的委屈也装作没看见。吃完付了账，她对女孩说："我还有事，你打车回家吧。"连多一句"不要乱跑"这样的话也没有。

"你是不是很烦我？"出了饭店门，武羚羊吸着鼻子说。

"谈不上烦不烦。"

"你已经烦了。"武羚羊委屈地说。

"你跟人在一起，总是问别人烦不烦你吗？刚开始还不烦，问两次就烦了。"喻小骞没好气地说。武羚羊的身体像冰上的烟一样薄而瑟瑟，又像一张直立的纸，慢慢浸着寒气，下一秒就会塌下去似的。接近年关，出租车紧俏，喻小骞说你在这儿等车，我走走消消食。说完拔腿就走，才走出十几米，就听见身后武羚羊喷射状呕吐，吃下的东西吐了一地。喻小骞再不耐烦也得回来，她从后面给武羚羊拍背，又摸出手机准备打120。

"我不去医院，我得回家。"

"你给家里打电话，让他们送你去医院。"

"我是逃出来的……不能打……"

"你从哪儿逃出来的？安定医院？"

"我不是神经病……"

武羚羊噗地一笑，喉咙里的秽物又喷出来；这一喷，呛到鼻子里，她又狂咳一阵。喻小骞只得再次拍她的背，那副薄薄的胸腔好像要咳穿似的。许久，武羚羊才停止咳嗽，她突然想起什么拉着喻小骞就跑，跑出500米才停下，鬼头鬼脑地说："吐在地下，要罚款的。"喻小骞惊得半天回不过神，这时才没好气地说："你怎么那么祖宗啊！"

第一辆出租车驶来，她就把武羚羊推进车后座，关上车门时她想起一个词：送瘟神。

这么个稀奇古怪的人儿，现在就坐在喻小骞身边，那股奇怪的酸哄哄的软味又飘过来。

"你的病好了？"也算是旧识，喻小骞无法假装不认识。

"好了大半。"对方那向内弯腰的姿态又鲜明地浮出来。喻小骞想，什么人才会有这样的人生姿态。

"你这是要去哪儿？"

"跟你一样，海口。"

"哦，碰巧。"

"也许，不是……碰巧。"姑娘盯着她的眼睛。喻小骞发现，这俩眸子，像两个破口。

"别神神叨叨的。"喻小骞挡上一句。她眼睛转向登机口，希望快点登机。上了飞机，这女孩就没理由坐在她身边了吧？

"你去海南干嘛呢？"女孩看出喻小骞想脱身，但这次她没往回缩。

"采风。"

"小骞老师，你看这样行不行，反正我也没什么事，我跟你去采风吧？你教教我怎么采风，最不济的我也可以给你开开车。"

如果说人在任何时候都没有小九九那是谎话。如果武羚羊没提到车，她想粘喻小骞也粘不成，但车的吸引力把表面儿的不对付推到后面。车对于在热带高温下采访的重要性，是没有热带生活经验的人想象不到的，就像冬季在西藏，没有车，你根本出不了拉萨城。

"你有车？"

"还是一辆跑车。"

"你是海南人？"喻小骞盯着武羚羊。从眼睛看进去，这倒像是在湿淋淋气候生活的人，只是没有海岛人的悠闲和沉默。

"不是。"这鲜蘑菇似的女孩随随便便地否认了。

"你去海南干什么？"

"如果说想跟你学电影你一定不相信。"那股说话的劲头又来了，喻小骞把目光移到别处。她不喜欢这女孩，但看来这些天要忍耐一下了。

"为什么戴假发？"

据说要想跟女人聊下去，必须挑开生活层面的话题，虽然这不是喻小骞擅长的。喻小骞是那种人，热爱美食，会用力把自己打扮得漂亮，但从不谈论吃穿。武羚羊听罢也没做声，这引得喻小骞回眸看她。这时，武羚羊眼睛捉定喻小骞，右手按在额头上，眼神性感暧昧，手掌按着发际慢慢往后推。令喻小骞没想到的是，枯叶黄的假发像帽子一样褪去一半，一个白亮的光头暴露到后脑勺！随即，武羚羊手往前一抹，假发重新回到脑壳上。这一眼，把喻小骞看得惊心，就像蓦然看见一个女人最隐秘的地方，那里的春色不为人知！喻小骞原以为武羚羊本身是短发，她只不过赶时髦戴个长发假发。现在她瞥见的是颗光头，它像人体的缺陷，让人产生对缺陷的玩赏和迷恋。这就像当年见到瘸腿阿木跳舞一样，阿木要是不瘸，他的舞技虽是一流但也常见，而一长一短的瘸腿呈现的苦美和特有的性感，让人触目惊心。同样，这个古灵精怪的女孩披一头长发毫无特色，而这张小脸配一个锃白的光头，却显露一个人深藏的春色。刚才那惊鸿一现的性感让喻小骞脸红了，而这一切，被鬼怪的武羚羊看在眼里。

"为啥把头发剃了？"为掩饰，喻小骞换了个话题。

"我在小昭寺剃的，一个喇嘛给剃的。"

这话让喻小骞屁股几乎跳离板凳。

"你出家了？"

"没有。"武羚羊捉住喻小骞的眼睛，"那天啊，去寺庙特别想哭，光想做点什么，就把头发剃了。"

"什么时候的事？"

"十二月。"

喻小骞的后背又唰地出了一层冷汗，半天才说：

"你可真够祖宗的！"虽这么说，她的身体却像吹进了碳酸饮料的气泡，一些快活的气泡游弋着。

在飞机上，因为行李太大，空乘让喻小骞带着行李坐到最后一排。飞机起飞、飞稳后，喻小骞掏出《琼崖纵队女战士》，看了一会儿就睡着了。可能因为《琼崖纵队女战士》里关于热带气候的描述，也可能是那酸哄哄的气味熏的，喻小骞很快又做上了那个已经做过多次的奔跑的梦：一个没有主体的速度，往一个锥形隧洞奔跑，不断退后的灰碴碴的洞壁，显示着速度；无主体的速度持续了会儿，隧洞和混沌就消失了；空白，没有光源的光，好像是往人生的另一面奔突。之后有了小径，有了小径两旁的草、灌木、藤蔓；有了藤蔓，就有了藤蔓攀附的大树；大树仿佛帐篷的支架，架着一棚一棚的藤蔓灌木。柏拉图说女人和植物同属一个分类。混账老头儿！但你也别说，热带雨林真像女性……她已经意识到这是梦——那么就是梦继续向网一般的密林深处突进，跑呀跑，跑到绝望，热到绝望；找不到出路的绝望，令人窒息的热，压得她透不过气来——这次她没有大叫，仅存的那点意识让她知道自己在飞机上，她已经听到自己的心脏咚咚声，人被心跳声闹醒了。

喻小骞"啪"地睁开眼睛，木呆呆地瞪着机舱天花板，周围的陌生让她一时不知身在何处。过了一会儿她才感觉到，自己左边乳房被人热烘烘地捂着，她下意识地夹紧胳膊，一扭脸，看见武羚羊从左边空位子上起身，走向舱尾的卫生间。喻小骞有些恍然，不知是被人侵犯了，还是梦中的错觉。她看着武羚羊很酷的背影，心脏别了一下。

飞机在下降，机身正在掠过海南岛北部上空。从上面看，地表像连绵的湿地，一洼洼的水潭连接着一坨坨向外翻的植物，它们像菌类，又像霉斑，泛滥地生长着。喻小骞上次来海口时还是个少女，对海口的印象只关乎她自己，而且是片段的、近地的、小格局的。她记住的都是某人某事，或是海上的月光不知所踪的香气这些片段。后来，所有这些又因故意遗忘而隐藏在记忆不知所踪的末梢。但记忆还是在慢慢恢复。从看到《海南往事》到现在已经过去五天，这五天，足以使人回忆起足够的往事，至少她不会想不起当年为什么来这个荒蛮之地。1975 年，喻小骞是跟随母亲走"五七道路"下放到海口的。现在除了史学作家，已经很少人提起"五七道路"，而在喻小骞的记忆里，这个词是改变其命运的关键词之一。类似的关键词还有：武斗、游街、备战疏散、学"朝农"迈大步、农业院校要到农村去。后两个关键词只有农业院校的才明白说的是什么。所谓"五七道路"，跟一条"五七指示"相配套。这个 1966 年 5 月 7 日发出的"最高指示"，首先确定解放军是个大学校，然后全国的工农学商、当然也包括知识分子，都要学习解放军，在做好本职工作的同时兼学其他几行，重点要学军事、政治、文化，还要时时刻刻批判资产阶级。为了实现这一全国军事化的大乌托邦，各地兴办"五七学校"：有五七干校、五七大学或者叫共产主义劳动大学，中学改作五七中学，小学改作五七小学。下了台的干部、专家、艺术家都送到五七干校学习，优秀青年送到五七大学。这个"指示"最雄魄的构想是，任何人都应该进五七学校，不断地学工学农学军，不断地批判资产阶级，以防止资产阶级复辟。如果说全国人民都应该走"五七道路"，那么作为"老九"的知识分子就更应该往死里走。各大专院校都制定了计划，母亲所在的北农大三年前就把名额分配给了夏碧莲，但鉴于她是华侨和寡妇，政策没好好执行，让她在北京又赖了几年。到了 1974 年底，又有人盯上夏碧莲，既然"五七指示"适合任何人，那么寡妇华侨也不应例外。夏碧莲似乎突然想通了，或者说自暴自弃了，既然北京容不下她们母女仨，那就走"五七道路"，学"朝农"迈大步吧。夏碧莲带着俩女儿和一批教师一路南下，边走边放，到了湛江放下最后几家，就剩她们母女仨继续渡海。夏碧莲说，苏东坡流放也不过如此了。十四岁的喻小骞可不这么看，她憧憬着椰子树下的新学校新同学。1975 年，海南岛还属于广东省的一个地区，海口是地区行署所在地。就在这一年，十四岁的北京初中生杉子随母亲下放到海南岛，当她走下轮渡，热带阳光照在这姑娘的脸上，她还不知道，她的命运就要改变——那该死的《海南往事》就是这样开头的。这句话调调儿矫情，但不能说言过其实。海南岛张开火热的臂膀拥抱了这个北京姑娘，真是让她广阔天地大有作为了，只不过这一作为最后成了一件无法提及的往事，她已经保密了至少二十年，如果不到必须，她依然不打算敞开。

出发前，喻小骞在网上梳理了一下关于海南岛的常识，粗略知道这个龟形海岛原来与雷州半岛连接，后来断裂，形成琼州海峡，海南岛则缓慢向远离大陆的方向漂移。海岛三分之二的面积属热带季风气候，三到五月为旱季，六月到十月为热带风暴季节；剩下的四个月则温润如春。网上一篇文章是这样描述台风的：在台风季节，海岛就像个向上搁置的毛茸茸的板刷，被风暴反复冲刷。每次风暴都会从岛上带走些东西：动物、植物、土壤、岩石、人造物、甚至人。岛上人们已经习惯了这种流失，认了命。所有动植物、土壤、人造物的终生任务，好像就是抵抗一次次风暴，扛得住的，就留在或暂时留在岛上。风暴过后，岛民们怀着劫后余生的窃喜，慌忙地加紧生活。对风暴的沉默，对抵御风暴的"愚行"——比如说盖房子，则保持不遗余力的嘲笑。这来自风暴和海洋的独特密码锁进了当地人的性格里，它们被叫做"岛民性格"。网上还有一篇介绍岛上二三十种相互独立语言的文章。文章说，海里有多少种鱼，陆地就有多少种植物；海里有多少种螺贝，岛上就有多少种语言。文章分析这一语言现象跟移民来自哪里有关，也跟热带雨林的阻隔有关。黎族是最早的移民，他们和说苗话的、说临高话的，被当地汉人叫做"佬"，黎佬、苗佬。北宋时的移民被"佬"们称为"客"，说海南话的、儋州话的"后移民"，被称作"说客话的人"。1949年以及海南建省后的"新移民"，则被叫做"大陆仔"。"佬"、"客"、"仔"，从语言上就能分出移民的先后。写这两篇文章的作者竟是陈妤姒，这也是喻小骞抓紧时间在飞机上读《琼崖纵队女战士》的原因。她需要从这位作者那里借点力。

海口美兰机场盖得像四面透风的凉亭书苑，棕榈科、剑麻科、凤梨科植物簇拥在大空间的边缘，看上去既穷奢极侈又远离人烟。能在视觉上把旅客注意力拉回现实的，是通道两侧的广告。海口机场的通道比北京的要短得多，但走了一段喻小骞还是发现，通道两侧的广告牌只有两个内容：一个是大武地产，一个是以大武集团命名的高尔夫明星赛。两种广告牌交叉连续排列，波普概念在这里又一次呈现。喻小骞看得脸孔发冷。如果大武集团的钱能把好莱坞一线明星和西方退休政客弄到海南来，把她喻小骞弄来可以说是易如反掌。可自己怎么真就来了？就为区区200万的债务？200万对大武集团只是手指缝漏出的一丁点儿，对她却是几乎无法翻身的重债。你不想背债就得屈从，就要身处这种视觉轰炸和视觉示威。喻小骞的腰都紧了，她之所以还往前走纯粹是没有退路。

来接武羚羊的是个面色黝黑、嘴角有疤、打扮成年轻人的中年人。他看喻小骞的目光就像刀子划开布。在进市区的路上，此人一言不发，但从后视镜打量喻小骞至少二十次。当他又一次把刀片似的目光从后视镜戳向喻小骞，后者试图跟他搭话，话一出口就被武羚羊挡住了。她说此人不会说话，不用跟他说了。接着又劝说喻小骞跟她去住海滨酒店。车行至城外一个路口，这个嘴角有疤的男人下了车，他从车窗外瞥喻小骞一眼，让后者感觉这个人头发梢都是邪恶的。

车子又启动，喻小骞对驾驶座上的武羚羊说，如果不方便就不用她的车了。武羚羊立即宣布车子明天归她用，自己今晚去赴一个朋友的饭局，明天早上，车子肯定停在宾馆楼下，钥匙留在前台。

"他是哑巴么？看上去很机敏的。"喻小骞问。

"他不是哑巴，但不说话。"坐在驾驶座上的武羚羊自如了许多。

"看起来，你有一双好爹妈。"

武羚羊马上回一句：

"爹死娘嫁人了，靠不住他们。"

"那你靠什么生活？"喻小骞总觉得武羚羊身上有晦暗不清的地方，但她又懒得细究。

"打工呗。"她想了一下又说："拍A片可以吧？"她说话的口气已经预设对方不相信她。喻小骞没吭气。

"小骞老师，我跟你学电影吧？我不要工资，我的花费自己出。"

"我自己还不知道电影在哪儿呢。"喻小骞搪塞道。

"你不是来采风了？采风完就可以拍一部大电影了。"

喻小骞笑笑不置可否，她没把话说死完全是想用武羚羊的车。五十分钟后，武羚羊把喻小骞送到老城区中心的得胜大厦。"你确定不跟我去海滨酒店？那儿的条件……"这女孩的毛病是不把话说完。喻小骞不想把"大武"设局下套激起的愤怒销蚀在柔软香艳的度假酒店里，便以需要接地气打发了这个懒洋洋的女孩。她提着两个箱子站在海关三角池，兜头一股潮湿的温气裹上身，她深深地吸了口咸湿的空气。

得胜大厦只是一栋五层薄楼，像抽屉一样塞进两边同样低矮的商业薄楼里，只有朝街面的、高出两侧楼房的几间可以透进阳光。这是海口开埠时最早的旅馆之一，它遥相对峙百年前的海口海关大楼、海关大钟和海关码头，楼下是开埠时最早的商业街得胜沙。清国琼州府的重心原来不在海口，而在紧挨着的琼山，政治经济中心北移至海口源于开埠，以及华侨资金的回流。得胜大厦门前的海关广场，是这个城市最初的集市。它最早是船只汇集、海上物产的集散地。这个一边向海的半圆广场，是最早几条商业街：得胜沙、新华北路的起始点。海滨城市仿佛都是这样形成的：船只靠岸的地方形成最初的广场集市，由这个广场发散出去几条街道，沿街是最初的商铺。主街之间包围的腹地是居民区；居民区门口的小路串起来，总能通到某条主街上。城市，就这样像织网一样，先是几条经线，然后是纬线，慢慢织起来。这些知识从哪来的喻小骞现在也说不清了，但她下了飞机直奔得胜大厦看来一些关键的信息点并没忘记。进得旅店，她要了四楼朝街的一间，服务员打开门，一股南方才有的根深蒂固的霉湿味让她隔着二十几年的光阴，闻到小时候家里的味道、阴暗的教师办公室味道和母亲当时所在的热带植物育种育苗室的味道。喻小骞忍住不感怀，打开窗户，让温咸的空气把鼻孔灌满。时隔二十多年，没想到她以这种方式故地重游。她压制住感怀和冲动，从旅行箱里拿出轻薄的衣服换上，脱掉高帮皮靴，换上平底包脚趾凉鞋。她随即又拿出相机，对着楼下广场拍下十几幅照片。按动快门时，她脑子里闪过卡夫卡的布拉格广场，遂想，如果《海南往事》开拍，剧中的小女人应该住在这个广场的某个骑楼里。放下相机，她又把手提电脑摊开，连接好网络；把《海南往事》、《琼崖纵队女战士》摆在桌子右上角；把笔记本和卡片放在桌子正当中；然后申请开通客房电话，坐在椅子上给陈妤如打电话。她要尽快找一个能说当地话的文化人。当年，不知出于说普通话的骄傲还是对这个边陲小城的轻视，她居然没学会说海南话。

陈妤如说着比较标准的普通话，这让喻小骞有些吃惊。广西人海南人说的普通话就像头茬生地瓜，这陈妤如显然是例外。喻小骞愣怔了一下忙说，自己收到对方寄来的书，也看了对方关于海南语言的文章，说希望见个面。陈妤如没接喻小骞的话头，固执地表达自己的想法。她说之所以寄书，是因为她看过喻小骞拍的《中国通商口岸录》和《藏地漫游》，她想让对方看看这本书有没有拍纪录片的价值。"再不拍，这些老人就不在了。"听陈妤如这话喻小骞立马说，为什么不找当地电视台。陈妤如答得倒干脆，说信不过那些浮皮潦草的电视人，要找个真正懂女人的女导演。喻小骞则说，自己今天刚到海口，也许可以见上一面。陈妤如说，明天发完报纸就去找她。之后，她略微顿了顿，不好意思地说，自己原来做报纸校对，现在改做发行，这样可以节省一点脑力，另外还有半天属于自己的时间。喻小骞便告之第二天忙完可以来宾馆找自己。

事实上她对《琼崖纵队女战士》不感兴趣，她只想在当地作家那里借点方言、民俗方面的力。北京文化人无耻的地方在于，仅仅来自北京，他就认为外省作者应该奉迎他，甚至为他做事。喻小骞不是完全没这个意思，但这本《琼崖纵队女战士》也不是完全读不下去。她现在很少看文学名著，而是大量翻阅直接描述事实的书。她的生活越来越书斋化，越来越被城市规范得简单划一，经验也越来越局限在饭局、酒吧、写字楼以及中药匣子一般的家里，所以，她出门拍片喜欢到中小城市；读书，也喜欢这种文字技巧一般，但直接用民间语言描述事实的作品。从中，她可以发现当地人的世界观、习俗，一些情节细节，更重要的是鲜活的生活语言。她在飞机上读这本书时就发现，除了方言，还可以在陈妖姒那里借点民俗方面的力。

好了，暂时没什么事可做。一个电影导演和一个作家的区别是，导演的想法不能仅仅停留在大脑里，当有一个故事，他立即想到这个故事对应的生活场景是什么。这个场景可以是摄影棚里搭出来的，更多的是从生活中寻找的。当然，写作又是个反向抽象活动：什么样的环境出什么样的人。创造一个人物，就要找出这个人物所在地区的共性，并把它表现出来。要改编《海南往事》，喻小骞首先面对的问题是：舞红妆是在怎样的环境中生活的？环境的哪些特点造就人物的性格、命运。一个导演永远是个行动者。喻小骞带上相机，下到街面。

现在是下午五点半。海口处在二月的雨季。雨刚收住，街面上水汤汤的。气压很低，让人有点胸闷。如果心脏没问题的话，这点压抑正好能让人恰如其分的慵懒和恰如其分的注意力涣散。空气中有熟透的热带果子的甜酸气、海的咸腥味、食肆里腐败海产的腥臭味以及西饼店里甜糯混杂的古怪香味。热带地区的特点是，白天街面上没什么人，傍晚，人们就像雨后的蟾蜍，一下子从阴凉的房屋里、屋檐下、树荫里涌出来，湿漉漉的街上人头攒动。

喻小骞端着相机，边走边拍南洋风格的骑楼、窗楣、廊柱、雕饰、女儿墙，也拍人物。出于职业习惯，她更愿意从镜头里观察人。喻小骞拍了一二十张后蓦然发现，街面几乎清一色是女人，买者卖者都是，开茶店的、扫街的、骑车运货的也是女子。她拍到的几个男人，要么在茶店翘着脚喝茶，要么躺在骑楼下的躺椅里发呆。喻小骞"特写"了几张女小贩被人呵住："你这个阿姨随便给人家拍照的？"喻小骞想起，这里称已婚妇女都叫阿姨。"不给拍，不给拍，影响生意啦。"喻小骞意识到惹着她们了，便走开，走出很远还听到后面说话："穿那么好，没礼貌，看人家过生活。"海南普通话是把海南话稍作语序上的调整翻译成普通话，说出来，就变成一个字一个词地拼接，而整个句子缺乏水分和弹性。喻小骞窃笑着移步走开，但见一个巷子口，便别了进去。

在海口老城区，每个开在正街的巷子口，都通向一片居民区，它的中心一定会有个小集市，小集市的不远处，一定会有个公庙，供着境主公，公庙旁一定有棵祖树。据说这是海岛居民生活的底色。喻小骞现在就走进一个叫西庙的市场。市场在几条巷子的交汇处，喻小骞围着市场走了一圈，有七个巷子通到这里，日常消费的食物、用具都能在这里买到。这天是初十，西庙里正闹社火，烛烟飘过来，空气里弥漫着肥厚的熏香气。喻小骞被路边食肆里一种热带凉杂碎吸引：一片白不拉茬的五花肉，几段肥满的猪肠，几段筋脆的鸭肠，一筷子煮熟的海发菜，一只扇贝，一只基围虾，这些熟食用海白螺汤一浇，是当地的美食。二十多年前喻小骞第一次来海口时吃过这东西，五分钱一碗，不过那时是偷着吃，夏碧莲不许她们姐妹俩吃这种垃圾一样的东西。现在，喻小骞往盛食物的大盆望一眼，就想起母亲说"垃圾"时的神情。想归想，口腔却不听使唤地分泌出旺盛的唾液。她再不用在吃和不吃上听别人指挥了，这种自己做主的自由已经扩展到她生活的大部分领域。喻小骞站在路边，捧着兜在小塑料袋里的食物，学着当地人，也用牙签扎着挑着把它们往嘴里送。有道是，跟人家吃一样的东西，干一样的活，才会用人家的视角看问题。虽然凉巴巴的食物吃得她一激灵，但遥远的记忆随味道的久别重逢而从时间的深洞里游出来：她会跳芭蕾舞。这个已经无比陌生的事实重新回到她的肉身，这个事实，又让她麻酥酥地打个激灵。

晚上九点，海口人的夜生活刚刚开始，喻小骞已经皮粘肉湿，筋骨疲惫了。她回到旅馆洗了个热水澡。热带生活的一个重要内容就是冲凉，喻小骞开足热水冲烫咸喷喷的皮肤时发现，右脚踝一个蜈蚣样的旧伤疤破了两个针口，有点红肿，有点痒。她从卫生间出来，凑到台灯下查看，旧伤疤处长了两个米粒般的疱疹，她用旅店提供的缝衣针挑破，用棉球挤出里面的黄水。耳朵里滑进电视正在播报的一则新闻：

　　……目前我省引进民间资本兴建的跨江大桥——海南Ⅰ号大桥已进入紧张施工阶段，记者今天在施工现场看到，七个圆柱型桥墩在南渡江两岸拔地而起。

　　据介绍，位于南渡江下游的海南Ⅰ号大桥，将成为连接海口和琼山新区的重要交通要道，也是海口至东昌高速公路的关键工程。大桥全长 2000 米，计划投资1.6亿元人民币，是我省利用民间资本的重点建设项目。记者在现场采访了大桥的出资人，大武集团海南代表李刚先生——

李刚：我代表大武集团及董事局主席武凰女士本人，表达一下我们的愿景：我们要在海南修一条路，建一座大厦，造一座桥，立一尊佛……这些愿景正在一一实现……

喻小骞听到"修一条路，建一座大厦，造一座桥"这句似曾相识的话，连忙转向电视，屏幕上只有大桥施工场面，没有出镜人，播音员继续播报其他新闻。喻小骞的汗毛竖了起来，她的第一反应是，这跟机场书店、机场广告上演的视觉轰炸性质一样，这么做就是让她知道，大武集团、武凰、常一以及不知姓甚名谁的就在她周围，他们竖起一个个栅栏，把她围在其中。本来已经松快的心境一下又打回到阴郁，愤怒重新包裹了她。她下意识地摸笔记本，她需要写点什么——她总在书写中思索，在镜头里表现。

2002 年 2 月 20 日，初十，海口

武凰是谁？（2）

◆至少买下两间书店的主货架宣传《海南往事》；买下机场出站通道两侧的广告牌位。她这么做是为了让我看见？

◆到海口的第一天，宣传大武集团的新闻就正好被我看见？

◆是什么促成了"六条愿景"？为什么是这六条而不是另外的六条？比如说为什么是立佛像而不是办学？

写完这些，喻小骞爬进潮湿的、咸渍渍的被窝，在似睡非睡之间等着瞌睡来临。虽然愤怒还堵在咽喉，但《过山车》正隐到脑后，现在她满脑子都是《海南往事》。这么似睡非睡中，她觉得海南岛像个被大海抱着摇晃的摇篮，自己像摇篮里的孩子。这么恍恍惚惚地睡着了。

# 第五章

1975 年的"五七二中"就是现在的侨二中。在侨二中,喻小骞听到一个惊人消息:当年那位女老师,叫武玉梅的,在 1978 年前后被判刑十年,之后不知去向。告知这消息的是退休教师李福中和他的老伴陈老师。两小时前喻小骞确信两位老人不算面熟才上前打探——她最不想遇到的情景是:某位老教师一拍谢了顶的脑袋说,你不就是那个跳舞的嘛!当然,喻小骞也设想过,真要是被人认出来,自己应该也不会否认。

李福中是那种一辈子都警惕性很高的人,他脱口而出武玉梅坐牢的事,又为说出此话担起心来。他警觉地审视喻小骞,问:"你是干啥的?干嘛了解这个人?"

"有些人的历史总得摸清,你说是不是?你肯定了解这里面的机关。"有些人,你说话越不着边际他越信。

"那不是跟你吹!你一来我就看出你不是组织部门的就是纪检部门的。"

"武玉梅因为什么判的刑?"事实上,喻小骞听到这消息的反应是脑缺氧。她以为会听到武玉梅下海了,武玉梅发财了这种既艳羡又嫉妒的说法,想不到盖过来的是"判刑"这么邪乎的事。但李老师的戒备唤起她的警觉,她面色灰冷,似乎她是个冷面严谨的人。

"当然是政治问题。那时候哪有经济问题?应该是'三种人'吧?"李老师回头征求老伴的意见。"那时候我还没调来。我家老太婆知道。判了十年。她要生小孩，第二年才执行。那以后，再没回学校。"

1976 年"文革"结束后，国家对"文革"中大武斗的策划组织者、急先锋以及在武斗中有命案的定为"三种人"。这些人从 1978 年开始被清算。

"她属于哪种情况呢？组织者、急先锋还是有人命案？"

"算是急先锋吧？都是听上面的话。那时候，谁不做错事？现在还不是那么多人吃公款、坐公车，"老头不以为然地说，"谁都做错过事，抓住谁谁倒霉！你们应该调查现在在台上的……这几十年前的事，调查出来还有什么用？"

喻小骞假装严肃地点点头，转而又说：

"她坐牢那些年孩子谁管？她老公叫什么？"

"她一进去老公就跟她离婚了。孩子嘛，是个女仔，放到东昌了吧。她老公叫海什么……"他转头向老伴求证，没得到回应又接着说，"男的离婚后就调到东昌中学了。武玉梅出狱后就去大陆做生意，听说生意做得很大。"

"你们听说过武凰这个人么？"

"没有。"李老先生思忖着，然后肯定地说，"我不知道的……不能跟你瞎说是不是？"

"你们对她搞的宣传队什么印象？据说他们的《红色娘子军》很火？"喻小骞说着自己都脸红了。她像个偷东西的孩子，想从别人的口风里试探苗头。陈老师目光很深地看她一眼。

"那就太红了！"李福中脱口而出。陈老太太也无不讥诮地说：

"那可真是红人呐！"

"红到哪一步呢？"喻小骞硬着头皮，又问一句。

"红到哪一步？这样说吧，她们跳的万泉河水清又清，可以说家里只要有学生的都知道。那时候文化生活少，没看过什么。大家争看北京妹比现在看谭咏麟热火多了。我听说，五指山的知青都搭车到海口看。"

"看什么？"喻小骞窘迫地拍拍身上，她这是想找笔记本。

"看北京妹仔呀！嗯，长得美，跳的大腿舞那叫绝，脚都劈到头顶上。我那时也年轻，带学生去看汇演，我记得那妹仔一劈腿，台下就哄叫一阵。"李福中不理会老伴撞他的胳膊。

"武玉梅因为组织跳舞判的刑？"

"哪仅仅是组织？"陈老师尖声讥诮道，"自己也赤膊上阵，女扮男装演洪常青，闲话真是多啦。"

"都说什么呢？"喻小骞心跳快得人都跟着抖了。

"说武玉梅是海口的'女皇'，跳舞的北京妹是海口的'黄帅'。你恐怕小吧？不清楚那段历史。1974年，北京有个写小学生日记的黄帅，被江青点名宣传，一下子全国出名。你想想，一个是'女皇'，一个是'黄帅'，她俩什么关系？"喻小骞愣怔地看着李福中，被问得半天答不上话。

"那到底啥关系呢？"见陈老师盯着自己，喻小骞还是努力堵上一句。

"我看啊，是猎人和猎物的关系！"李福中斩钉截铁地总结道。

"那个学生呢？你们听说过没有？"喻小骞恢复了镇定，有力回敬陈老太太一眼。对方垂下扫来扫去的目光。

"早回北京了。你来调查武玉梅干啥？是不是她又蹦高了？"陈老师说话总像埋有伏笔。

"我们……就想搞清一段历史。"

"历史啊，那哪说得清？！我看你大过年来调查人也不怎么样。现在说二十多年前的老事有什么意思？"陈老太太用海南话又对老伴嘀咕了些什么，李福中的脸白一阵青一阵。喻小骞知道在说自己，但装作听不懂。

"你听得懂海南话不？"李福中略微窘迫地抬眼看喻小骞。就像演员知道表演已经穿帮反倒镇静了。喻小骞蹙起眼睑说："怎么了？"

"老太婆说她看你眼熟，我也看你眼熟。你是哪里派来的？"

"我从北京来！你们可能在电视上看见过我。谢谢你们。过几天，也许我还会找你们。"

说罢喻小骞便与老夫妇告别。她都没打算跟搭档摊牌，更不会对外省的老夫妇承认什么。她离开老两口又在校园里走了一圈，从前，霉迹斑斑的青砖教室，长着青草苔藓的花墙、教师的鸡舍猪圈都不见了，老榕树减少了十分之九，现在的校园跟内地重点中学的区别仅仅在于还有一些酒瓶棕、椰子树。当年，这里的师生把两公里外的市中心叫"海口"。从学校到"海口"有池塘、水田、木麻黄林、茅草丛和荒地。水田、湿地上有成群的跳跳鱼，人一走过，它们像麻雀群般噌地跳起，又像一阵尘烟似地飘到远处落下。木麻黄林和茅草丛中有蛇、蚂蟥、花栗鼠、松鼠，它们在小路上跑来窜去的景象已然不见。现在，这里到处是建筑废料和生活垃圾，人一接近，水坑里的蚊虫嗡地飞起，搅得空气混浊。喻小骞在校门外的路牙上发了好一会儿呆，直到被陈妧姒的短信打断，她才深吸一口气，打道回府。

推开旅馆的弹簧门，一个像斑鸠一样灰灰麻麻的女人冲喻小骞小跑来。那张像鸟的面孔，从鼻梁开始就向前突翘，这让见到她的人都替她庆幸，幸亏一双眼睛还长在一个弯弧度不大的面孔上，不然，两眼不在一个平面上，那会把人看成啥样？此人老远看见喻小骞就紧张，双手弯在心口下，像一只站在枝头、随时准备飞逃的鹧鸪。

"陈妧姒？"喻小骞首先发话，"我是喻小骞。"

陈妧姒那双似乎长在太阳穴上的眼睛笑了。

"我们去房间谈好吗？这天儿真热，眼下北京还零下 10 度呢。"

喻小骞闻到女人身上的酸臭味，当然，自己头发里也一股热烘烘的脑油味。喻小骞转身上楼时，发现陈妧姒难为情地拉拉衣服，因为注意力分散，在楼梯上绊了一下，喻小骞连忙扶了她一把。这对喻小骞是常事。作为导演她吃亏在容貌，没人相信这个漂亮沉静的女人可以当导演；而当演员，又无法满足她的控制欲。

喻小骞把陈妧姒让进房间，请对方坐在唯一的圆椅上，自己去冲两杯茶，把盘起来的发髻散开，让里面的热气散出去。然后坐在床沿上，看着陈妧姒拘谨地夹着两腿，两手插在膝盖间。对方谦卑的姿态让她表现得更友善。

"你的书很好，你想拍纪录片的想法也很好……但纪录片需要一集 30 万的投资，需要一个创作团队。"

"你不是有个团队？我看报纸，你们刚拍完一部《卖脸》……"

陈妖姒操着斑鸠一样纤细单调的嗓音说。

"也许我应该先说明我来海南要干什么。"喻小骞迟疑了一下，打断陈妖姒。她不看对方，免得心硬不起来。她伸手拿起桌上的《海南往事》，做了个鬼脸说，"我要把这本书改编成电影。《海南往事》，你听说过么？"

"哦，武总写的，看过。"陈妖姒接过这本又大又薄华美得可笑的书，之后一直拿在手上。

"看过？"喻小骞惊讶地看着陈妖姒，"这可真出我的意料。这本书在海南很出名么？"

"不知道出不出名。书出来的时候，她就寄给我一本，去年就看过了。"

喻小骞更吃惊了，身体向前倾，看着陈妖姒。

"你……认识作者？"看到对方承认的表情，喻小骞迫不及待地说，"快说说。"

"武凰么，大武集团的总裁。"

"还有呢？"喻小骞看着陈妖姒，后者因不知该怎么回答慢慢红了脸。"那么武凰和武玉梅什么关系？"喻小骞换了一种说法。

"武凰就是武玉梅。"

"那么，你是她学生？"话一出口，喻小骞肾上腺素激越分泌，人紧张起来。

"我不是她学生，我外家跟她同村。小时候听过她一些事，后来她轰轰烈烈的时候，我上一中她在侨二中当老师。那时候我住校，一学期才回一次家，她让我到她们学校吃饭，吃过两三次。"海南人说"外家"就是外婆家。

喻小骞不动声色地慢慢吐口气，但同时，一股血从后脖颈沿着两条血管冲到头顶，她脸红了。

"真热。"她搪塞道，"因为这层关系她就寄书给你？"她转了话题。

"她去北京这些年我们也有些联系。我那本《琼崖纵队女战士》就是她建议写的。出书的钱，也是她出的。"

"哦？仅仅因为你们是同村？"

"嗯……你知道她关进去这回事吧？"见喻小骞点头，陈妖姒继续说，"她关进去九年——判了十年，服刑九年。那九年里，我是唯一去监狱看她的人。她妈，她老公——后来离婚了，都没去看她。她出来后没几年就发了，就关照我，但不常联系。我给她打电话也是秘书接的。但这本书是她打电话让我写的。"

"说说这事儿。"喻小骞从桌上拿起《琼崖纵队女战士》，拨弄着书页。

"她知道我一直在写，零零年吧，她给我打电话，说我写的东西零零碎碎的没什么用，建议我写娘子军的事。她给了我1万块的采访费；出书，又花了她4万。"

"啊……"喻小骞脑子里转动着这些话，一时不知再问什么。"你最后一次见她在什么时候？

"新千年的春节吧。1999年夏天，我老公喝醉酒开摩托撞到护栏上起火，身上烧得癞蛤蟆一样，人都不行了。我没钱，家婆也不给我钱，我只好给她打电话。是她秘书接的。当天晚上，她汇了3万块。又过了一二十天，我老公要植皮，我实在没脸跟她说，但不跟她说就没人可以帮我，我就给她打了第二个电话，结果，她又给我汇了6万。我老公的命是她保住的……"陈妤如吸了一下鼻子，继续说，"老公出院后我给她打电话，想谢谢人家，她没接。那年春节她回海南，把我叫去吃了顿饭。说，不要我还钱。然后又说，她坐牢的九年，就我去看过她两次。那两次，抵这9万。那顿饭后，我不敢再给她打电话，我没脸。后来还是她打电话让我写书，又给我出采访和出版的钱。过去，她可能觉得欠我的，现在是我欠她的。我出了书，给她寄一本。她出书，也给我寄一本。但没通电话。"

"哦……"喻小骞思忖这来龙去脉，下意识地摸了摸自己的笔记本。"那么，关于《海南往事》你了解什么？"她摸到了本子，事情似乎条理起来。

"那是真事吧？她跟那个北京妹仔闹得很红火的。全市、全海南地区都知道她俩。她就是因为那个妹仔坐的牢。"

"什么？她是……因为那个北京学生……坐的牢？因为什么？"喻小骞坐的床弹了一下，嗓门也提高了。

"咦啰，那时候，她们真是红人喽！照片登海南日报不止一次两次喽……"

"所以呢？"喻小骞打断对方。

“所以，可能是……她喜欢那个妹仔吧？”

“什么叫喜欢？”

“爱吧？”

“爱?!”喻小骞终于从床沿上跳起来，在屋里踱步，“你说她们是同性恋？”

“那时候不叫同性恋吧？叫作风败坏什么的……”

“这是武玉梅告诉你的？”

“她在书里给自己起了个好名字，舞红妆。她是想从黑暗中飞扬出来，让人们看到真相，看到她的峥嵘岁月吧？”

“我是说，”喻小骞调整了一下自己的语气，“这是武玉梅亲口告诉你的？她是因为流氓罪入的狱？”

“她跟我说过三句重要的话，我记得清清楚楚。第一句是她出狱不久，我去看她，她跟我说，她是最优秀的人，无论哪个时代都是最优秀的。后来她证明了自己这话。第二句是，我是她住监九年唯一去探视她的人，她说会报答我。她再次证明了自己的话。第三句就是鼓励我写书时说的，她说人不能到了四十岁还不去实现自己的愿望，她说会帮我实现愿望。她又证明了。”

“这三句里，似乎没什么爱不爱的……”喻小骞脱口一句调侃。

“她说她也要实现自己的愿望，找到那个妹仔，告诉她，她是她最爱的人。”

“操！”喻小骞在屋里兜来兜去，脸上风云变幻。

“你们这么大的艺术家，还不理解……”

“问题是……”喻小骞锐利地盯着陈妡姒，但见对方鸟一样无辜而惊恐的面孔，又放弃了。

“算了。这个问题不说了。我了解的情况是，武玉梅坐牢因为是‘三种人’。判刑十年，不可能是一般的事，更不可能是儿女情长……”

“她跟我说，当年那个‘捞妹’回北京后就告发了她。忘恩负义！”

一句话堵在喻小骞的牙齿前，但说出来的却是另一句：“她这么跟你说的？这才过去二十多年，所有当事人都活着……真……滑稽！”喻小骞压出胸腔里的所有氧气，说出的话都嗞嗞啦啦的。

"你认识武玉梅？"陈妩姒突然明白什么似的，换了一副表情。

"认识？谈不上认识！但她挟持我给她写剧本。"

"挟持是咋说的？写剧本、拍电影，不是你的事业么？"

"她逼迫我停拍已经准备了六年的剧本，还使花招让我背上200万的债。当我们无还手之力时，就逼我们为她拍这个烂故事。"

"啊……怎么会这样？"这个像鸟一样干瘦的女人疑虑地说。喻小骞暴怒的神情让她坐立不安。她欠欠屁股，惶恐地说：

"要不我先回去？换个时间说我那本书？"

"不用。我过一会儿就好。"喻小骞喝了口茶，又给陈妩姒续上一杯，重新坐到床沿上。

"好了，你别在意。"喻小骞努力调整情绪，"那么你知道她出狱后的情况么？"

"你问这些干啥？"陈妩姒谨慎地说。

"写一个人物，要知道她的生活背景；一般来说，怎样的过往导致怎样的今天。也就是说，人物每做一件事、一个决定都不是平白无故的，都能在她的过往找到原因。我要找到舞红妆之所以跟'两报一刊'共频率的原因。"

"判刑是后来的事呀？"

"这是一样的。一个人为什么会判刑，肯定能在她以往的经历中找到原因。如果把前前后后的武凰了解清楚了，就能写好1975年跳舞的武玉梅。"

"怪不得你们写的人物那么深刻？原来是这样。从没人告诉我应该怎样写一个人物。"

"所以，你需要跟好作家一起采访写作，看别人是怎么工作的。"喻小骞故弄玄虚地说，她需要陈妩姒方言这根拐棍。"武玉梅怎么学会做生意的？出狱学会的，还是在监狱里学的。"

"这个不知道。我就知道她1988年出狱的。出狱后她找前老公，跟那男人说，给她七千块，她就把女儿带走养。那东昌男人已经续了房，巴不得不养女儿，跟她讨价还价，给了五千。武总就带着五千块和九岁女儿上了广州。刚开始是倒服装，卖到内地，干了一年又去河南巩县倒钢材。那时候，抓住一批钢材水泥就发了。两年时间，她发得被子都捂不住。”

“小孩呢？”喻小骞简短地在笔记本上记几个字。

“她去哪儿，就拉着小孩去哪儿。那孩子跟着她坐火车，把全国都跑遍了。”

“你怎么看她用女儿做赌注，要那五千块钱？”喻小骞在笔记本上记道：女儿的童年 =5 千元本金。

“不能说用女儿做赌注吧。”陈妡姒顿了一下，坚持为恩人说话，“她不那样谁给她五千块？那时候，五千块，谁有？我的工资才六十多。”

“是没人给她，除非用筹码。而当时，最大的筹码就是女儿，所以她动用了女儿这个筹码。”

“她不这样能出头吗？她一个坐监出来的？”从陈妡姒的脸色看，她生气了。

“问题就在于她为什么非要出头？多少坐牢、劳教出来的，躲在不为人知的角落，安静地过日子。”

“咦啰！她不会不出头的。她必须出头，不管做什么！”

喻小骞啪地一拍手，抓到她想抓住的东西。

“这就是她深层的思想意识。她书中也有这么一句：她是个强有力的女人，在任何时代，她都能出头！”

“争取出头不好么？”

“那要看以牺牲什么为代价。你刚才的故事里，她要出头，就不惜以女儿的教育和安定的童年为代价！”

“她出了头，孩子才能过上好日子。哪个父母不是这样想的？”

“姑且认为她是这么想的。”喻小骞耸了耸肩。她这个动作让陈妡姒惶惑，她始终觉得对方含有一股怒气，但不明白怒气来自哪里。

“她也能跟女儿在一起呀？”陈妡姒又努力替恩人说一句，“哪个女人不是这样想的？”

喻小骞看看不能再讨论这个了，便应了一声：

“这至少说明，在当时，她对孩子的未来是不抱希望的。一般家庭，孩子的教育第一位，她却让孩子在火车上度过童年。”

“你们内地人写作，就喜欢把什么都撕开……我们海南人不这么想一个人！”陈妜姒不断咽唾液，喉节在毛孔粗大的细脖子上滑动。

“任何写作都要把表面撕开，”喻小骞抬眼一瞥陈妜姒，“一个写作者，你面对的是一个人物而不是人，含情脉脉，小心绕开矛盾那是你现实中人际交往的原则，但不是写人物的原则。写人物不是遮掩矛盾而是揭开矛盾，对抗是人物关系的头等要素。《琼崖纵队女战士》里写的那些人，应该是你现实姿态在作品里的延伸。她们软弱无力，前怕恨后怕爱，温吞吞的像报纸上的通讯人物。如此这般你的文笔再华丽有什么用？”喻小骞发现自己发的无名火实在荒唐，便收敛了些，“当然还有技术问题。从这本书看，你写人物的技术不过关。”她心灰意冷地总结道，准备结束这个话题。

“你说的意思是，我把人往好处写是不对的？”陈妜姒满脸疑惑，看得出她听进去了。

“你把自己的做人原则用在所有人物上，所以，你的人物都是一样的。”

“还有呢？”陈妜姒往前伸着脸，就像鸟发现了一只虫子。

“跟我采访几天吧，你看看就知道了。”创作者对自己的创作过程讳莫如深，当然也有故弄玄虚的。比如说眼下，喻小骞需要陈妜姒的当地经验，特别是她居然认识武凰，这超出了她的预期。“比如说武玉梅的发迹史。你了解吗？”

“我还是不明白，《海南往事》说的是她青年时代的事，发迹都到中年了。知道她发迹时间表对改编剧本有什么好处？”见喻小骞盯着她的眼睛，她只好把目光移到别处。“我知道的也不十分准确，大致吧。我对她还是挺关注的。”

喻小骞不错眼珠地盯着陈妜姒，后者只得说下去。第一桶金第二桶金地排表。她说完不安地喝水，好像自己背后说了恩人的坏话。

“她可都赶上了。”喻小骞则感叹道。

“我听她说，她养成研究党报的好习惯。研究党报，让她知道中央想干啥，她呢，要么顺着中央的意思，要么规避中央不提倡的，所以她总能赶上顺风船。海南房地产热那会儿，她在报纸上看到中央对泡沫经济有看法，所以，别人还热着呢，她已经抽资回北京了。而海南房地产让她赚了几个亿。”

“还是‘共频率’。”喻小骞揶揄道，“你知道她那个盖一座大楼，修一条路是怎么回事？”

“知道，‘六条愿景’。”

“对。是这么个词儿。以你的观察，她这是为什么？”

“为家乡造福哇？”

“果真这样？网上有关武凰的帖子有一二十万，大部分跟这个有关，冷不丁，还以为武凰是个职业慈善家或宗教人士。而且，她把六条愿景变成大武集团的集体愿景，大武的人只要出来说话，结束语都是‘六条景愿’。你以为这正常吗？”

“最近，嘿，报纸上电视上……好像是有点多。”

“你知道这样一句话么：强制性重复多次，在说者那里会以为真的发生过，而对于听者，也会信以为真。”见陈妳姒摇摇头，喻小骞有力地说：“这就是所谓的洗脑。有人把一种观念重复说，强制性灌输，让你信以为真，这就是洗脑。”喻小骞从床沿站起来，来回踱几步，见陈妳姒还望着自己，便放软了语气说：“你需要多读点书。你的问题是读书少，有些常识都不知道。”

“你给我开个书单？”

“好。我离开海南前。”

“我得快跑去接女儿。晚上七八点再来找你好吧？你晚上不出去吧？我得走了，我得走了。”

陈妳姒抓起放在门边地上的环保布包跑了。她急急忙忙赶回家的神色，很像三、四十年代电影中下了班就往家赶、以免丈夫暴力的女工。在北京，在她认识的人中，没有哪个妻子还这么惧怕丈夫，这么怕回家迟到。有些表情，只在偏远城市还能看见。

时间尚早，喻小骞在笔记本上写写画画。这一天采访下来，武凰的印象反而模糊了。

2002年2月21日，年十一，海口

**武凰=武玉梅!!**

武玉梅是谁？(3)

◆1979 年被判刑十年，第二年服刑。罪名是"三种人"或鸡奸流氓罪。

◆1988 年出狱。在牢里学会做生意。本钱：五千块。代价：让女儿在火车上度过童年。

◆1988 ~ 1990 年倒服装、倒钢材。第一桶金。——利用计划经济和市场经济的双轨制。

◆1990 ~ 1994 年海南房地产。第二桶金。——她及时撤资是跟党报共进退的延续。

◆1990 ~ 2002 年北京四环内房地产。——乘东风，圈地，贱买国有企业。

◆1999 ~ 2001 年，先后无偿资助陈�姒 14 万元。

在这些字下面画了两道粗线，喻小骞继续写道：

武玉梅到底因为什么判刑？

A 因为是"三种人"？

　→犯的是哪一宗？领袖？急先锋？人命案？

B 因为与北京女学生的流氓罪？女学生告发的？

　→女学生告发这个说法来自哪里？臆想的？编造的？

# 第六章

"比如说语言。"

晚上八点，陈妤姒又来到喻小骞的住处，她似乎一定要听听北京来的剧作家对她作品的意见。喻小骞从卡片上抬起头，示意对方先坐。她正在卡片上写武玉梅以抚养女儿为由，向前夫要本金这一"场景设计"。以命相搏的人，才会用孩子的教育、安定为代价。这样的选择，无不透出其本质。喻小骞写完，从卡片上抬起头。

"我看过你关于海南方言的文章。"喻小骞需要对方的方言帮助，她切入自己的问题。

"刚建省的时候，移民对海南话有点感兴趣咧。"看上去陈妤姒已经感动得要哭了。

"海南方言如此丰富，你自己也有研究，为什么在你的书里没有表现？"对方一愣，喻小骞接着说，"仅仅看文字，看不出这本书是内地人写的，还是海南人写的。"喻小骞停下来等待陈妤姒说话。"你说说？"见陈妤姒踌躇，喻小骞鼓励她："你说说嘛。你要说话，别人才知道你的想法和真实境况。"

"我们用方言说话，词汇很丰富。但这些词汇无法转换成普通话，找不到对应词汇。海南话，有倒装的，还有些古词汇，所以写出来别人会认为不通顺，不符合语法。你明白我的意思吧？"陈妤姒试探道，但见喻小骞聚精会神，她继续说："我们不能用自己生活的语言写作，而书面语，是跟我们日常语言背景、生活层面发生关系不多的语言。你们说的那些俚语、调皮话，我们也能听懂，但不是我们习惯的，无法用到写作中。比如说人物对话，如果人物说的是普通话，那肯定不真实；但如果用我们自己的语言写对话，海南岛以外的读者可能根本看不懂。"

"哦？"喻小骞吃惊地看着隐忍的陈妩如，她还是第一次听说一个汉语作家竟面临这样的语言问题。"那么你们写作的真实情形是什么？"

"比如一个说临高话的人写作。临高话是秦汉时期壮傣语的一支，它跟现代汉语差别有多大，只有说这种话的人才知道。现代汉语的书面语跟这种语言没什么关系，那么，说临高话的人写作就像说藏语、维语、哈萨克语的人用汉语写作一样，是用第二语言写作，虽然临高人现在也叫汉人。说儋州话的也一样。儋州话是古时的书面语。一个字一个意思，所以，他们用字而不是词表达意思。他们说话很简洁，用他们的话写文章，大陆人根本读不懂，而且认为是病句。"像那些不常在正式场合说话、一说话就激动的人，陈妩如说得上气不接下气。

喻小骞没想到，同是汉族人，海岛上的写作者，却像用第二种语言写作。这也难怪他们在与北方人交流时，一开口就处于劣势。

"那么你说的是什么语言呢？"喻小骞放低了姿态。

"我说的是文昌话。文昌话是海南话的一种方言。海南话是闽语琼文片语，是海南的官话。因为隔绝，闽语在大陆发展了，在海南岛则向另一个方向发展，发育了完整的吸气音，保留了许多古字词，比如筷子叫箸，眼睛叫目仁，眼泪叫目汁。过去，文昌是海上移民最先登陆的地方，海南的文化中心。文昌人能读书，做官的也多。读书才能做官么。"

"我也听过文昌人做官的多，原来跟语言有关。"喻小骞飞快地在笔记本上记几笔。

"另一个读书人多的地方是儋州。苏东坡就流放到那里，儋州话是苏东坡们读书的调调儿。你懂我的意思吧？苏东坡们读书的调调儿世代相传，就是儋州话。那地方也崇学重教。"

喻小骞听得皮肤发凉，鸡皮疙瘩一颤一颤的，这是她听到好东西时的身体反应。

“你对海南方言了解这么多，为什么不写本书？”这主意冒出来连她自己都兴奋。

“我哪有那水平？那都是专家干的……”陈妦姒习惯性地谦卑地说。

“你怎么不行呢？专家也是一点点学习、摸索、研究得出结论的。没什么了不起的！你已经研究得很深了，虽然我不了解，但听上去靠谱。”

“比如说靠谱这个词，我能听懂，但在日常生活中用不上。在语言上，我们处于劣势。这是实话。再说，我只是个高中生。”陈妦姒拘谨地夹紧肩膀说。喻小骞差点说她自己也差不多是个高中生，但有什么呢，她不照样拍电影。不过她现在还需要对方对自己的迷信，便忍在肚子里。

“海南话肯定有类似的语言，需要提炼和在作品里反复使用。当然这需要作品本身引人注目。你现在的情况是，对自己的教育背景不自信，对地域文化不自信。却不知海南岛的语言资源是独一无二的，你研究它，比你写小资散文有前途得多。”

“我哪里知道这些啊！”陈妦姒喃喃感叹道，眼里是饥饿般的自怜。

喻小骞却不放过她：

“背靠什么资源就去写什么。你应该去研究为什么海南有独特的语言？为什么大陆回族都说所在地语言，只有海南回族还保留原籍的占语。什么富马话、什么村话，都是独一无二的……”

“你怎么知道这些？”陈妦姒表情惊讶。

“都是从你文章中学来的。你真该去研究这些独一无二的东西，无法做到学术研究，至少记录下来，就像你记录‘红色娘子军’一样。但有个前提，你要读这方面的书，要研究，要会提问。问题来自哪里？来自你读的书，你的案头研究，你比如——”陈妦姒站起来给喻小骞续水，后者正说得带劲儿，被打断后不满地瞪着陈妦姒。

“你说说，《琼崖纵队女战士》该怎么提问？”续上水，陈妦姒却转话题。

真泄气！看来陈妦姒不一定想听喻小骞关于海南方言的言论，她只想听喻小骞给的具体指导，比如采访女战士应该怎么提问。这就是作者与作家的区别。他们对高屋建瓴的话无所触动，注意力只在自己作品上，只想听别人对自己作品的看法。这就像家庭主妇听科学家讲反物质，她之所以还坐着听，只是等着听人家讲物质，并且最好具体到她家那个型号的电饭煲，是锅底加热好还是环形加热好。喻小骞有些懊丧，望着这个长得像鸟的女人。她为什么要选择写作，如果当一辈子校对工她可能会平静点。

“说来有意思，关于海南的文艺作品，我知道的就一部舞剧《红色娘子军》和一部同名电影，还有一本七十年代的反特小说《海岛女民兵》，后来改编成电影《海霞》，另外还有一部保卫西沙的电影《南海长城》，主人公虽是男青年，但他的妹妹，不管作为小阿妹还是女民兵，都是影片最出彩的。我好奇的是，为什么海南妇女总以兵的形象出现在艺术作品中？为什么作品中没有她们日常生活的形象？她们在日常生活中被忽视了？还是只有兵的形象才能把她们的光彩焕发出来？”喻小骞边说边思忖。这些想法如果不说出来，可能一直隐藏在大脑的某个神经末端。

“我可没想过这些。”这次轮到陈婗姒惊讶了。“你对海南女人很了解！这书真是送对了。”

喻小骞停顿了下，然后顺着自己的话题说：“我的意思是，你这本书选题不错，但没写出真相，也就是没有写出女兵的个人疼痛、当兵的个人欲求。在任何时代，当兵都是有个人目的的，就像上大学有个人目的，写作有个人目的一样，你要探究这些女人为什么当兵。你现在只在革命叙事下写了这些女人为什么当兵，但除了革命叙事，还有个人叙事、性别叙事，甚至还可能有民族表达。这些都没看到。所以，你书中的那些女兵形象单薄了，千篇一律了。”

“我没考虑那么多……时间太紧了……”

“你要考虑这些问题。你是作家，你有责任写出真实的女兵，她们真实的心理活动和真实的处境。时间……这不是理由。没人逼你一年完成还是两年完成。你可以写五年，把它写成一本好书。”喻小骞毫不留情地说。她看着陈婗姒，后者只好承认：



“跟你说句实话，我根本不知道这些，什么性别叙事、个人叙事，我只想她们被压迫得过不下去，就去当兵了。她们自己也是这么说的。"

"你要读书，如果你不知道什么是性别叙事、个人叙事，那你只是个凭本能写作的写作者，而不是真正意义上的作家。"喻小骞严肃地说，"你完全可以成为第一个写出娘子军生活真相的人，而不仅仅是个革命故事汇集。比如，我们可以这样推想：现在的农村比七十年前的农村进步了吗？应该说使用工具进步了，消费品进步了，但妇女的家庭社会地位变化不大，出来上学、做官的妇女还是少数。大多数农村妇女还是在自己的村庄劳动，承担大部分家务劳动，生育和相夫教子，对吧？那么试想，现在的农村妇女会出来打仗吗？那是要杀人的，也是要死人的，可不是当文艺兵，也不是丁玲到延安写小说。那么为什么女人要出来当兵？海南岛食物来源丰富，海里的、陆地上的，阳光充足，种子沾土就发芽，房前屋后多少栽点什么就不至于饿死人。这样一个饿不死人的地方，人活下去并不十分困难，那为什么海南妇女会铤而走险，出来打仗？你去找找真实的原因，而不是笼统地说要革命。革命这个概念是进了军队才灌输的，她们当兵的真实原因是什么？"

"这就是所谓的个人叙事？"

"对。你要写出这个女人真实的历史，真实的思想轨迹，她的诉求，她的动力。比如书中有这么一段，一次阻击战，男队长对女队员说：'我们撤，你们掩护！'啊，这一句太惊人了！全世界的文学作品中，可能都没有男军人对女军人下这样命令的情节。人类的基本道德是，男人保护妇女，保护儿童。但海南岛的男人却说：'我们撤，你们掩护！'而女人照做了。最后参加阻击的八个女兵都牺牲了。这太让人震惊了！如果军队里男人还这样对待女人，那女人真应该革命了。书中你只写出一个事实，没有写出理由。可能在海南岛，男人这样对女人是自然而然的事？也或许，这是个别男人的作为？那么作家的任务是什么呢？找出男军人下如此命令的原因。如果你找到带有共性的原因，那么你可能就找到了女人们为什么宁愿出去打仗，面临死亡，也不愿呆在家里的原因。"

"我们海南女人就是这样的啊，让干嘛就干嘛。文昌琼海那些丈夫去南洋的女人，不是每天把自己梳洗得干干净净等在门口？丈夫一辈子也就回来个三四次，可她们不是照样天天等？守着妇道？”陈妎姒激越地叫道。

“如果是这样，你就解释了为什么男兵会对女兵下如此命令，而女兵也会服从；但还是没解释女人们为什么会出来当兵？她们性格里一定还有烈性的东西。书里还有个例子：一个女子革命低潮就跑回家，家里不接纳她，无奈嫁给一个当地土豪做妾，因为不生育，又被土豪卖给团丁，她逃了出来，自己在邻县的某个村外搭了个草棚住。后嫁给村里的一个鳏夫，六年后再守寡。鳏夫的子女把她赶出来，无奈下第二次上山当兵，却被当作投机分子不被认同，在山上呆了半年还是下山了。她回到鳏夫村外的草棚，以‘麻鱼’为生。我理解‘麻鱼’就是放麻醉剂抓鱼是吧？用枫杨树叶？好！她最后被村人当作放蛊的巫婆……哎呀，这是多好的故事！这个故事可以写本书，你用三千字就写完了，还费五百字写你怎样找到她。”

“我怕写得太透明对她不好。”陈妎姒眼里是疑惑，嘴上争辩道。

“对她怎么不好？”

“脱离队伍啊，是对她不好吧？另外队伍不要她，写出来是不是给队伍抹黑了？”

喻小骞不耐烦地说：

“那就看你是写一个报纸专栏，还是写一个女人和她的命运。”喻小骞也来了气，“你想想，一个女人，既当过娘子军，又嫁过土豪劣绅，再次投奔革命，队伍又不要她，只能孤身住在村外，最后成了女巫。这不是又一个白毛女么。如果你能写出是什么力量让她既当娘子军，又嫁给革命的对象土豪劣绅；写出她家人、村里人为什么不要她，写出她不被认同的痛苦和无家可归的悲哀，你就写了一部了不起的作品。”

陈妎姒怔怔地看着喻小骞，看上去她有点开窍了。

“让你这么一说，我有点明白该怎么写了。以前没人给我点拨。”

“另外你还缺乏人道主义同情。你的衡量尺度只是她最终是否在队伍里，但从人文主义……”

“我就是听不惯人文主义！现在啥都说以人为本，连资本家卖个电视机都是以人为本……怎么说她也是逃兵啊！"

"尊重并同情一个女人的一生，即便她当过逃兵，即便她嫁过革命的对象。有伟大的情怀才能成就伟大的作品。如果当过逃兵就认为她是差劲的人，实际上是狭隘的。"

"我还是觉得，不写那么透就是尊重她。"陈妩妠现出海南女人低调的执拗。

"呵呵，你跟我说的是两回事。还是那句话，就看你是要写一个革命故事集，还是塑造一个人物。如果仅以革命与否来判断，这个女人似乎不值得你写，但你写了，说明你还是有所触动，只是你不知道站在什么立场写——革命与否还是人道主义立场。当你站在是否革命的立场，你就裹手裹脚不敢写，而人道主义立场又让你不自信。所以你就写成这样一个故事而不是人物。对了，还有个问题，不要以为作为一个省里的作家，似乎有套省里作家的标准，没必要按外面的标准来写作。人文主义只是美国作家的标准，认为以此为标准写作会引火烧身，那是错误的。你要是总在乎单位人怎么看，就永远写不出好作品。"

"你明天采访吧？我跟你去，跟你学习学习。"

正中下怀。喻小骞不动声色地说："明天去访问武玉梅老家，她母亲还在吧？""在。老太婆越活越精神。她是个神婆，就是你说的女巫。""哦？那真可期待了。"这时她的手机响了，她也想借此告一段落。

电话是武羚羊打来的。她可能喝了酒，或者感冒了，说话鼻音很重。

"我来给你送车，就在楼下。我现在上去方便么？你告诉我你住几号房？"

喻小骞走到窗口向下望去，武羚羊一手举着手机，另一只手拖着手提包，手忙脚乱地按动遥控器把车篷升起来，跑了两步又回身遥控锁车。喻小骞告诉她房间号，转身看陈妩妠。后者起身告辞，不过她要先用下卫生间。等武羚羊叮叮咣咣进了门，哇啦哇啦说着自己的话，陈妩妠才从卫生间出来。她瞟了一眼武羚羊，从地上捡起自己的环保仿布袋，在门口跐上拖鞋跑了。门还没关上，武羚羊就嚷嚷："我最烦海南人身上这股狐臭味。"喻小骞连忙把门关紧。武羚羊仿佛不明白喻小骞的用意，一屁股坐在圆椅上。

武羚羊穿了条紫红碎花乔其纱短裙，一件深紫做脏羊皮短夹克，一双护膝抛光高筒靴，身上是两天不洗澡的乳臭味。所谓乳臭味干在一些女孩身上可以延长到二十三、四岁，之后突然就没了，取而代之的是女体的芬芳或腐臭。喻小骞做了个怪脸，转身把窗户打开，让温湿的海风吹进来。热带高温，人和植物都容易生长和成熟，也容易发出气味。仅仅两天，喻小骞已经饱受热带气味的熏陶。

"昨天没送车来，你生气不？"也仅仅上岛两天，武羚羊说话就有海南普通话的调调了。她脸颊潮红，眼泪汪汪的，看上去，不是喝酒就是又生病了。

"你对我又没义务，谈不上生气。"喻小骞从武羚羊分开的双腿间闻到精液的气味，不由得皱了皱眉头。

"你皱眉头了。我看见了。"武羚羊还不依不饶。

"我们算不得熟人，你借车我只有感谢，不借也理所当然。"

"我们应该算熟人了吧？我还要跟你学电影呢……哈哈哈，给你当跟班。"武羚羊窝在圆椅里，看上去像个小女孩。喻小骞别扭地想，自己怎么会跟这么个街头女孩混在一起。为了改变被动，她毫不犹豫地提出下面的问题，她相信眼前这个女孩算不得受过良好教育。

"电影是需要专门训练的。你受过这方面的教育么？"

"算是吧。"

"哪个大学？"

"我在法国勒考克国际艺术学校上过……"

"哦？"喻小骞有些意外，她看了武羚羊一眼，"学什么？表演？"

"主要是表演。无声的心理回放表演。中性面具、白胚面具和有表情面具表演。物体、激情及角色和情境训练。还有体势语言。情节剧、即兴喜剧、滑稽讽刺表演。悲剧、小丑表演。"

"很新的课程。在那儿几年？"

"五年……半……我初中毕业就去了。两年语言，两年专业，中间休学一年。全部课程都修完，但……没毕业。"

"五年半还没毕业？"喻小骞盯着武羚羊的眼睛，想看对方说这些话的真伪。"什么原因呢？"

"语言。当然是语言……没过关。"

"恐怕……"喻小骞看见对方眸子一转，"还有原因。"

"嗯……我看不了书，得了美尼尔氏综合症，一看字就头晕。第一年挂了三科……实际上是根本没考。考前三天，突然非常厌倦，就背上背包离开学校。想去马赛港，看看能不能搭上去土耳其的船，摩纳哥啊南非也行。想在海上遇到点什么，特别刺激的那种，台风海啸什么的，艳遇一下也行。真要死了也没什么。"

"结果呢？"

"我到了马赛港，但没去成土耳其，也无法去摩纳哥，原因么，我在港口吐得一塌糊涂。美尼尔氏，呕吐、耳鸣、头晕、眼睛花。我哪儿都没去成，回到巴黎，在左岸的咖啡馆认识了几个刚从国内来的画家，他们缺钱，我缺朋友，就跟他们混了几个月，给他们当模特和挨操的——呵呵，我说粗话你不反感吧？"

"看来你们是各取所需。那么第二年为什么又没过关？"

"美尼尔氏么，休学了一年。"

"第三年呢？"

"第三年就要大考的时候，我发现，给我补修情景训练课的老师撬了我的男朋友。"武羚羊双腿蜷在圆椅里，说着就嗞哈嗞哈笑起来。

"你怎么知道老师撬了你的男朋友？"

"网上。"武羚羊撩起很薄的眼皮，见喻小骞连这都听不懂，就不耐烦地说："网恋！"

"网恋？"就像看到西洋景，喻小骞有点目瞪口呆。"你说的男朋友是网恋男友？"

"她也是。"

"网上的男朋友也算男朋友？你们网下见么？"

"我跟文森特不见。"

"那位老师呢？也不见面？"

"我就是不能容忍他和她，见了。"

"那么不见，怎么……嗯，我是说没有形而下的活动，恋爱能维持下去？"

"就看谁比谁更形而上，搞得更高级。"

"高级"无非指精神之恋。二十年前，中国的无数男女都搞过精神之恋，虽然探讨的是中国式斗争哲学，但越禁闭越升华，不见得比讨论存在主义、新浪潮电影的法国人就低级。喻小骞换了一个角度表示好奇："那么，网恋吸引你的是什么？"

"搞网恋可以永远不发生肉体关系……"

喻小骞差点儿喷了口水。这表情让武羚羊看见，她抻着惨白的小脸，不屈不饶地说：

"这很另类么？"

"你跟国内男画家显然走的不是柏拉图路线。"

"那帮流氓会吃素？呵呵——"武羚羊干笑两声，"挨他们操也算是思乡。他们身上的气味，就是祖国的气味。老外身上的味儿就像西餐，能吃饱，但不解馋。老外不能解乡愁。"

"你这情绪我还是第一次听说。那么后来呢？"喻小骞撇撇嘴。

"我才不管她是不是正上课呢！冲进教室，质问她为什么撬我男朋友。她以为她很强势？浑身狐臭，一身烂皮粗得像鱼鳞！"

喻小骞再次打量眼前的姑娘，如果说她学拍电影没什么希望的话，倒能本色出演这类既爱幻想、又爱打架，既脆弱又强悍，看上去很野，实则只热衷于搞搞网恋的文艺青年——这样的银幕形象在中国电影里还没出现过呢！

"结果呢？"喻小骞饶有兴致地问。

"结果？那狐臭白鬼子打了我！"

"噢？"喻小骞身上的汗毛都凛起来，"那么你呢？"

"我？当然把辛蒂投诉到学校。"

"那老师叫辛蒂？那么那么，她真……撬了你的男朋友？"

"嗯……"武羚羊转着眼珠，选择着词汇，"后来知道，不是的……"

"不是的？指什么？骂错人了？哈哈哈……"喻小骞发出大笑，"那么你是怎么知道错了？"

"网上……"

"又是网上。"喻小骞下意识地摇摇头，一副瞧不上眼的神情。"那么，怎么个错法？"

"嗯，是……另一个人。"

"啊？哈哈哈哈……"喻小骞又一阵大笑。武羚羊被笑得窘迫，难为情地说：

"学校还有个辛蒂。"

"那是你男朋友的错了？他什么反应？他知道你找辛蒂干仗的事吗？"

"当然。我每次行动都跟他通报。"

"结果呢？"

"结果？那个辛蒂背包走人。我么，也不想再考什么试了。天生我才，不就是差个证书……"

"你的网恋男友呢，他什么反应？"

"他？鸵鸟！网上隐身了，再也不说话了。屏幕就像个黑洞，他再没浮出来。后来我去了趟希腊、土耳其，然后就回国了。"

"有一个问题，网恋吸引你们的是什么？"

"在不发生肉体关系的层面上，把玩不断上升的精神活动，一级一级上升……这跟玩电玩杀人游戏一样，你保证自己不被干掉，同时又要干掉别人；然后升级，难度越来越大，进入哲学境界，进入艺术境界，最后进入神的境界。"武羚羊一句一句恨恨地说。

一瞬间，喻小骞身心进入一种抽象状态，这些话似乎跟对面这个全身酸哄哄、说话不连贯的女孩脱节，变成一串抽象的符号和声响。她对这些符号和声响产生时隐时现的欲望。

喻小骞对自己的欲望耸耸肩，转而变成一丝讪笑。蔚蓝色的地中海，金色余晖中的君士坦丁堡，对这个稀里糊涂的女孩来说也不一定是真的，可能依然是想象，就像辛蒂、网络情人、留学五年最后连张毕业证也没拿到一样，最后都是"空"，或者干脆就是空想，是自己编造出来的。她忍住没说那句"你可真祖宗啊"，以沉默表示不以为然。不过，令她惊讶的是这姑娘不断变化的面孔，现在的武羚羊跟在北京见到的那个瑟瑟的女孩判若两人，面孔长相都变化了，不知现在是真实的，还是等在楼下的女孩是真实的。

"你在巴黎怎么维持学业的？你显然得不到奖学金。"

"打工。做模特。"

"据我所知，留学生限制打工时间。赚的钱，仅够维持生活，而不是随便就可以去爱琴海。"

"我打特殊的工。比如到美专做……人体模特，再比如……我拍过毛片儿……"

喻小骞的身体一抖，这又让武羚羊看到了，这给了她说下去的勇气：

"五小时，能剪出五个四十五分钟。"

喻小骞出了一身凉汗。她脸颊有些硬，吞咽了几次唾沫，这似乎很让武羚羊称心如意，她晃着腿继续说：

"回国后我去了趟西藏，在拉萨住了两个月，我对那里就一个字：神往。"喻小骞"咣——"地做个夸张的怪脸。"俩字儿，好不好？"武羚羊不理她的嘟囔，继续说："我都想睡在那里不醒了，但还得回来。小骞老师我跟你学电影好吧？"她看着喻小骞的眼睛，"你就收了我吧。"

喻小骞矜持地笑笑，说："你去洗个澡吧。"

"我今天跟你住啊！"武羚羊从圆椅上放下腿，裙子里又飘出精液的气味。她走到门口，拿起地下带铆钉的韩版背包，又一屁股靠在箱子架上，伸长腿，夹着裙子，满不在乎道："小骞老师，你猜我昨天干啥了？"

"猜不到。"喻小骞不想对武羚羊的自说自话太感兴趣，当然，也可以说她因为嫉妒不愿表现得感兴趣。她已经开始经受年龄带来的嫉妒。她平时只与小圈子接触，似乎没有类似的嫉妒，她自以为可以摆脱嫉妒的千古困扰。而一旦走出小圈子，只要跟外人接触，嫉妒和失意就如影随形。四十岁妇女对年轻姑娘的嫉妒，像一种慢性病深入宿主，随年龄增长越来越重。出于本能，她不愿太多介入女孩生活。

"嘻，"武羚羊先自笑起来，然后哈哈大笑，咧着嘴扬起脖子，湿空气让她的肺里咝咝啦啦的。"哎呀，我就不要脸给你说了。"武羚羊操着沙哑的油烟嗓子，这调门让喻小骞有所警觉。

"我昨天找男人了。"她等待喻小骞的反应，见对方不动声色，便嘻嘻哈哈道，"跟男人干那事了。"

"这也没什么。"喻小骞压着声色，眼睛平视对方。"你也二十多了。"

"可是你懂不懂，" 武羚羊不甘心不被重视，盯着喻小骞，嘴唇一揪一揪，那粗嗓门好像是被揪出来的。"我不喜欢男人。"

喻小骞又惊出一身冷汗，不全是不喜欢男人这说法，而是粗俗如"你懂不懂"的腔调。可以想见，对指导老师，她也动不动就来句"你懂不懂"。

喻小骞踱到窗边向外瞭一眼。这个举动就是打断一个连续动作；有了间断，对方就不能乘着得意说个没完。她停了会儿，转回身揶揄道：

"不是很懂。你不喜欢男人却去找男人？"见武羚羊点点头，她有点咄咄逼人，"那是为什么？"

"两个野男人在你眼前晃，飙自己性感。那就看看他们到底性不性感……哈哈哈。"

喻小骞再次打量这女孩儿，武羚羊现在的模样跟几周前米糕色的样子差别很大。现在这张尖尖小脸可以说是丑的，扭曲的，肺里像拉风箱一样哾哾啦啦。尽管不安，喻小骞还是来了兴趣，她倒要看看现在的年轻人都在想什么。年轻人跟中老年人谈话永远吃亏，他们料想不到中老年人的用心。当然，作为报复，年轻人的青春永远对中老年人是个刺激。

"那么结果呢？"喻小骞靠在窗台上，换上锐利的目光。像演员一样，喻小骞也会使用不同表情做武器。

"还不是那样，没什么新奇的。他们自以为很独特，其实一点也不！"武羚羊既无所谓又刻薄地说。她别着眼帘幽幽地看着喻小骞。"不过……他们把我下面搞破了。一晚上四次。Fuck，占便宜似的。"

"什么？"

一股冷气从颈椎直凉到喻小骞的椎底。武羚羊垂下头，晃动着身体。很久，抬起湿润的眼睛。

"你说他们？"喻小骞无法再站得远远的，她走过来，但武羚羊身上强烈的气味还是让她止步。

"两个人。"武羚羊哑声道。

"花钱的？"

"不是。你说是买？不是。一起吃饭的几个人，吃饭时就喝醉了……"

"当时醉了？"

"差不多。"

"然后呢？"

"然后就到宾馆去了，两人轮流……"

"你不完全清醒？那他们是……强奸？"

"不是、不是。"武羚羊拼命摇晃头发，然后抬起泪眼，神态里有伤心的成分，又有些无所谓，"是我愿意。我让他们来的。"

"为什么？"

"这样很好呀，这样可以很开心呀。我想多一个人爱我。"

"你这是……什么心理！"喻小骞提高嗓门，她意识到这是个问题少女；事实上她第一眼见到武羚羊就知道这是个问题少女，这两天倒让对方唬住了。她又踱回窗口，向外望了望群青色的夜空和黛青色的海面，然后转回身，果断地说：

"你需要去医院么？"

"为什么？"这次倒是武羚羊吃惊了。

"做一下妇科检查或紧急避孕什么的。"

"不去。"武羚羊粗鲁地说，顿了顿，又说，"都用套子的。"她的粗鲁让喻小骞无话。过了一会儿，喻小骞哑声说：

"你先去洗个澡吧。"

武羚羊脱掉夹克、皮靴，光脚跑进卫生间。旧旅店的陈旧花洒喷出的水沙啦沙啦的，房间里充满洗头水的气味。喻小骞打开房门踱出来，在走廊的通风窗趴了一会儿。以她一贯的作风，她不会把时间花在无理性的小孩、笨拙胆小的年轻人以及啰里啰嗦的老人身上。她不会为这种人这种事浪费自己的时间。她也看出来了，这个武羚羊不过是个阿飞女文青，不值得喻小骞分神，销蚀武凰下套带来的愤怒。愤怒足以让她自私。人在暴戾面前，要么收缩羽翼，要么更加强硬。喻小骞现在只想头上长角身上长刺，不让任何人干扰她的创作。她决计不在这个无聊女文青身上浪费时间，不让自己成为别人打发时间的容器。尽管对方有车，但她可以不揩这个油。

这么决定了喻小骞起身进房，见武羚羊光着头，围个白床单，两腿收在胸前，坐在床上抽烟。她的白头皮和白床单在荧光灯下熠熠发光，样子像尊白瓷小和尚，这让喻小骞一时不知所措。

"我忘了你是光头了。"喻小骞嘟囔一句掩饰自己的惊慌。撞见的这一眼让她皮肉惊动。一般人都知道，男子在年少时玩同性恋，女人则在40岁以后同性相守。经过阿木离去的打击，喻小骞不是没有过对同性跃跃欲试。但这绝不意味着会在马路上拾一个，而且是这种身份不明、臭烘烘的女孩。

"你可真敢想，用人家的被单？"

"我没有衣裳。我的衣服都是臭的。"

谢天谢地，喻小骞想，她还知道自己臭。她过去把卫生间门关上，下等旅馆的卫生间让人无法忍受。在洗澡间地下，她看见武羚羊的裤衩丢在积水里。她皱了皱眉头，武羚羊看见了，说："不要了，明天让打扫房间的弄走吧。"喻小骞几乎恼火地转回身，却听见武羚羊说：

"小骞老师，你说世界啊，人生啊，事业啊，有没有意义？"武羚羊从烟盒又拿出一支，对在正吸的烟头上，把嘴里的烟尾巴按在旅馆的墙壁上。墙上印出一个烟灰迹。

"别这么干。"喻小骞制止道，"你在谈人生，却做这么没教养的事。"

"正因为人生没意义，世界没意义，我们便可以适度地为所欲为。你听听我的说法。我们来到这个世界是偶然的，找一个什么样的伴侣也是偶然的，选择某事当事业更具偶然性……比如，我要不去西藏，就看不到《藏地漫游》，也就根本不知道世界上有你这个人，更无从谈起跟你学电影。再比如，你住这个旅馆是偶然的。我呢？本来应该去我住的宾馆，却一念之差来到这里，跟你说了这些话，这也是偶然的——这里只有一个小机关可以让眼下的一切看上去有点必然性——给你送车钥匙……"武羚羊拿出车钥匙放在桌子上，"就这么个小东西，让事物稍稍显得有点儿必然性。事实上，我们是'偶然的陀螺'。"

"这是你自己想的，还是听别人说的？"喻小骞不动声色地问。

"在法国，左岸，听一个人说的。但是，我认同。"她抽了口烟，面对喻小骞又有些难为情，自嘲道："我在法国灌了一肚子垃圾，没个系统。"她抱着自己的双腿，下巴搁在膝盖上，手伸到椅子外，避免烟灰掉到围身的床单上。"所以啊，既然我和我的人生都是偶然的，我们小小的抗拒也算在偶然中制造一点小必然。比如我来这个旅店是偶然的，但我用一个烟斑给偶然来访留下点痕迹——你看这破旅店，上面有多少蚊子尸体、人血、水笔写的字、渗水印，正是这些使这间房子对那些住过的人有了点必然性。是不是？再比如我昨天遇到的俩男人，我把他们带到房间，干那事儿，这就在对方脑子里、身体上留下痕迹，也就在对方身上找到了必然性。所以小骞老师，你听我这想法对不对——既然我自己和我的人生都是偶然的，我为啥非扭着来？我把它叫做偶然的人生，过偶然的日子，随遇而安，再在别人身上或者建筑上植物上留下点痕迹。这就是我们的人生。这是我在法国五年想明白的唯一事情。"

喻小骞看着武羚羊那张抽烟的薄嘴一张一合，听着她混乱的言论。她不了解这种女孩，不知道这样的生活还会有"理论"支持。盗亦有道。虽然这是无比糜烂的道，但不能说武羚羊没动过脑筋。为了不陷入被动，她几乎恶毒地说：

"这也包括'双飞'？"

"你还知道'双飞'？还可以！'双飞'比单飞，就是多了一种体验。不过不爽的是，我不喜欢那个。"

"不喜欢指什么？"

"就是恶心、脏、丑。男人那东西太丑了，像个小动物，像蛇，我恶心爬行动物。"

喻小骞再次吃惊地打量武羚羊，对方的面孔又有了新变化：那张光头下的小脸轮廓精致，眸子水汪汪的，喻小骞惊异于此时对方处女般的透明。

"这太让我吃惊了！你不喜欢……我指的是性，却搞什么'双飞'？"喻小骞不满地说。

武羚羊一副小学生挨训的样子，待喻小骞说完，眼皮不以为然地一翻。

"就是不要脸了呗。"她敷衍道。

"我还是不明白为什么？"喻小骞刨根问底的习惯又上来了。

"这，你还不知道？"武羚羊也提高声音，"这就是把偶然变成必然！"她接着不耐烦地说，"也就是，与其一个人孤孤单单过一晚上，不如有俩爷们陪着你，哄你乐。从此，这俩人就跟你发生了关系，你在世界上就不是一个人！就这么回事儿！"武羚羊几乎是哇哇大叫。说完，她把烟头扔地下，脚趾挑起宾馆的拖鞋，"啪"地砸在烟头上。像是小鸡出壳，她从被单里伸出脚，踮脚在地板上跳几步，跳到自己的皮靴旁，一脚一只，蹬上。

"我没穿底裤，不能睡这儿。"

这句话让喻小骞出了一身汗，同时如释重负。武羚羊接着说：

"我把单子包走，明天送过来。"

"我给你一条筒裙……"

"不用。你不怕我有病？"武羚羊令人惊心地"嘎嘎"笑起来。喻小骞也打了个冷噤，暗暗出了口气。这么个活宝住在这儿，她别想干事了。

武羚羊把脏衣服塞进自己的皮包，裹着旅店的白被单闪出房间。出于好奇，喻小骞走到窗口，想看看出了旅店武羚羊会怎么办。三分钟后，武羚羊下到海关广场。她裹着床单，一手抓住被单口，一手握住手机打电话。通完电话她在广场徘徊了近二十分钟，之后，一辆黑色轿车停在她身边，她拉开门，坐进副驾驶。

喻小骞半天才收回魂。她在惨白的日光灯下坐了会儿，才心在胸腔里顿了顿，琢磨着该做点什么。她用旅店电话给邵洋报了平安，大致说明自己了解到的情况，要求邵洋找关系通路子，她要看武凰武玉梅当年审判的卷宗。

"妞子，你要干啥？写那个破剧本不需要费那么大的事儿。我们给她完成就得！"

"我还不知道要干啥？只觉得需要了解一下，至少满足一下好奇心。"

"我和柏子又讨论这事儿了，柏子一句话挺到位的。他说，如果不拍这一年我们干啥。如此反推，咱似乎不该让自己整整一年啥都不干。"

"我明白。十天后一切都会明了。"

放下电话，喻小骞整理了一下思路，在笔记本上记道：

（续上）

◆海南妇女（武玉梅）的生存环境是：

六十多年前，女人们宁可当兵也不愿呆在家里。

一次阻击战中，男小队长对女队员说：我们撤，你们
掩护！

◆武羚羊是谁？

武玉梅、武羚羊之间有没有关系？

——爹死娘嫁人了（武羚羊语）？

　　这一晚，喻小骞闭上眼睛就开始做梦。在梦中，她仿佛是一
部没有出境的镜头，从这个梦跳到另一个梦，从一个电影桥段跳
到另一个桥段；但这些桥段都是过程，最后都收进湿热的原始森
林，收进不知被什么追赶的桥段里：迷乱的热带丛林，像网一样
散布在各处的飞虫走禽，抹布一般湿臭的空气，最后总是找不到
出路的绝望……绝望从梦魇延展到书里，《海南往事》187页就有
种绝望：大女人对小女人说，"杉子，下午放学你来我办公室。"
小女人像是跟自己老妈顶嘴："我不去。""我给你……搞了双芭
蕾鞋，大红的。"小女人没放慢脚步，继续顶嘴："我不跳舞了。
不要你的鞋。""革命文艺哪有想干不想干的？想干不想干你都得
干。你的出身摆在这儿……""我出身……"任性的女孩站住了，
执拗地没回头。"这就对了。去我宿舍拿鞋，通知一到，我们就
去广州。"——1976年那会儿，那个少女身背来自出身的绝望，
来自父母反动背景的绝望以及对自己前途的绝望，这些绝望直到
现在，有时还能把喻小骞从梦中逼醒——喻小骞大叫一声，人被
自己的喊声吵醒了。她惊魂未定地躺在潮叽叽的床上，半天才想
明白自己现在不是十五岁那时候了，再不受制于任何人了，别人
也别想再伤害她……她在床上到处摸，找到手机，看了看时间，
三点半，便起床打算再冲个凉。沐浴时她发现右脚踝处又多了一
个疱疹，又红又肿，她找出储备的药盒，剥开一粒先锋胶囊撒在
破口上。管不管用吧，先这么着。她穿上一双干净袜子又躺在床
上，天亮时，才又睡个回笼觉。

# 第七章

黄色跑车像枚子弹，撕开帷幕般的金光，拖着光尾，向东梭去。喻小骞要去访问武玉梅的老家，看看她的培养基。太阳下的热带田园，被团团束束的野菠萝丛分隔成不同的小区域：一畦是稻田，虽才过初十，农人们已经开始除草禾田，备插早稻；一畦是湿地，油亮的软泥上长着瘌痢头般的毛毛细草，倒映着蓝天白云的水滩上，一些白鹅、红冠番鸭傻呆呆地犯困；一畦又是漫坡草地，三两只水牛吃饱喝足后闷呆着，连尾巴都不摇，似乎也懒得反刍，偶尔磨磨嘴巴，算是对自己的糊弄。海南话中“田”和“地”按字的本义定义分明，不是“田”的地方植物无处不在，立体的绿色把空间充塞了。村庄掩映在密林里，这些巨叶的、灌满汁液的、不停曳动的植物，似乎随时会把房屋合围绞杀。人在密林中钻进钻出，好像跟野生植物争抢生活空间，在自家门口抢出些净地，栽上护家的椰子树，随时可取食的木瓜、芭蕉，这些果树也从观感上增加村庄的浓荫。

一路上，陈妚姒都在介绍海南的风土人情：什么椰子树要跟人在一起，离家远了就不结果；槟榔树却可以种到村外。这就像农村养鸡鸭，鸡都在自家附近活动；鸭子则可以放养到村外的水塘。这也仿人，男仔是椰子树，长在父母家；女仔是槟榔树，嫁到外面。所以在海南新人结婚，新郎要栽棵椰子树，新娘要栽棵槟榔树。还有什么文昌的土地含沙量高，水田少，沙地多，产的大米少，地瓜多。由此，文昌男人吃干饭，女人只能吃地瓜掺米粥。也由此，文昌的好男人要读书做官出去，好女人要嫁出去。又说什么虾酱怎么"沤"，鱼露怎么"淋"，海盐怎么晒，雷公草怎么清热解毒。这样的言谈让人愉悦，再加上满眼的绿色和温暖的阳光，喻小骞可以算是愉快了。

大鳌村在大鳌角的最东头，把着海南岛的东北角。它背靠崖头岭，面向大鳌湾，过去村民半盐半渔，现在跟其他地方农民一样，年轻人外出打工，中老年人在家弄渔弄盐。

"现代小跑"开到大鳌村口，老远就看见一个虚胖中年人冲着车子挥手。他的样子好像看见熟人，既羞涩又热切地笑着，手脚晃动的方向和频率有点乱。喻小骞很快明白，这人的脑子有毛病。

"阿弟哥，"陈妩如打开车窗用文昌话喊："阿弟哥。"

这位阿弟哥甜蜜又羞涩地走近，双手在腹前绞着。走到近前，蓦地看到驾驶座上的喻小骞，吓了一跳，把绞缠的双手放到身后。

"搞错。"他用海南话嘟噜。陈妩如笑着翻译道："他说搞错。"然后又用海南话对这位阿弟哥喊："做乜？"①

从双方的交流中喻小骞大致看出，这位中年人脑子有病，他是武老太太的儿子，而老太太此时不在家。

"脑衰！②他说认识这车。他妈不在，到古榕村找对头吵架去了。"

"吵架去了？老太太？她一个人？"喻小骞惊讶地重复道，脑子里快速转着自己该怎么办，忽略了中年人说认识这车的话头。陈妩如用海南话又问了几句，然后用普通话对小骞说：

"他妈找二妈、三妈吵架去了。我们怎么办？"

"让他上车，我们去找老太太。"

路上，俩海南人用海南话一问一答，再翻译过来，喻小骞知道武老太太是他家老太爷的四姨太，大婆二婆三婆过去欺负她，现在大婆死了，她找另外两房算账去了。武老太太有三个儿女，武玉梅是老大，老二就是这位武玉玺，当然现在没人叫他玉玺，

---

① 海南方言，干什么的意思。
② 海南方言，脑残的意思。

而是随他娘叫阿弟，或阿弟哥、阿弟叔，老三叫武玉兰。他们都随娘姓武，武老太太叫武稻子。1944年，武老太太自己做主嫁给古榕村的李老太爷，1951年，李老太爷作为大地主被镇压，武老太太给三个儿女改成自己的姓，搬到大鳌村。原因也简单，大鳌村几乎没有田，也就不多这娘儿四个。村民们以打渔晒盐为生，武稻子跟男人一样晒了一辈子盐。第二次包产到户后她还留恋人民公社，常跟人说，她拥护互助组、合作社以及五九年以后的生产队，不然她一个女人，又没有田，不知怎么养活三个孩子，而且把一个送到北京上大学。武玉梅能到北京上大学是武老太太一生的骄傲，村里人这几十年都听她念念碎：

"我的女，是太夫人。不靠老公，自己打江山。"她说的太夫人是冼太夫人。

在古榕树下的四进院子里，喻小骞看见一个穿碎花夹衣，腕戴玳瑁手镯，手指像弯曲的洋姜，头顶秃完、后脑勺残留一绺花白头发的大脚老太太。她双手攥住活期存折坐在小板凳上，生气地抖着存折，用文昌话训斥般地说着什么。她对面，是两个坐在小板凳上的老太太和一群二三十岁的孙辈重孙辈的年轻人。喻小骞驻足。玉玺也站在门口，两只拇指弹着食指。"你长靓。"这个头脑不清的中年胖子用文昌话说。喻小骞佯装没听懂，走进门里，打量老太婆和青壮年的对峙。

武稻子看见喻小骞陈妩姒眼珠只是转一下，继续跟围着她的老老少少狠叨叨地说着什么，说完又回首眼珠一转，这回看见玉玺，她脸上眼睛里立马现出慈爱和笑意。她坐正身子，跟这群沉默的人对峙了会儿，才松口气，不再恋战地对一圈老少说：

"电视看了？"

"大阿姐看见了？"

"雄吧？"武老太太教训般地说。

"卡里有几（个）钱？"被训得没脾气的另外三房的后人们，显然关心的是老太太手里有多少钱。

武老太太几乎是傲慢地跟对面俩老太太说了几句什么，然后在大家的注视下，转动又黑又泡的手指，费力打开卷成卷的、脏兮兮的存折。

“这个是八万。”

武稻子将食指在自己汗湿的前襟上搓了搓，沾了点汗水，翻开存折的第二页，围着的人凑近了，离远的也走近去看。八万存折已被武老太太重新卷起，攥在左手心里，两只手扣哧扣哧又展开第二个存折。

“这个是十二万八。”

武稻子的手有点抖，她先把存折擎得很远，自己先看一眼，然后展示给大家看，又迅速卷起，攥在手心。围观的人有些震惊，这情绪传染了她。不知是因为金额太大还是怕人打劫，她突然宣布，不展示第三个存折了，那上面的钱更多。意犹未尽的众人说：“看看喽。”武老太太倔强地说：“不给看。”然后撑着膝盖站起来说，这些钱还是她盖了房子剩下的，说完她停下来等着大家惊叹。人堆里一个老太太说：“阿弟阿妹是要留点钱。”口气里还有做上房的对下房的告诫。七十七岁的武稻子倔强地说：“阿弟阿妹，大阿姐都给了钱。这些钱是侬的，侬要去海口就去海口，要去北京就去北京。”一圈晚辈低声发出艳羡。上房老太太转而问阿弟：“大阿姐给你钱?”武玉玺拇指弹着食指，往门外移。武老太太摆了摆手往门外走，回头撂一句：

“吃番薯的操吃肉的心！我家大阿姐把路修到你村，你可笼肥了鸡。”武稻子拉着武玉玺咯噔咯噔径直走出大门，看见门外停着车，回头又撂一句：

“大阿姐派车来接侬！你叫你儿子派个车去海口?”

她拉着脑残儿子径直走到汽车旁，豪迈地招呼喻小骞打开车门。喻小骞按下自动开关，老太太让阿弟先钻进去，自己熟练地坐在后座。

陈妗姒滞留在门口跟那三房子孙寒暄，维护武老太太“有钱”的威信。“大阿姐能把这一带的村子都买下。”那大婆二婆三婆的子孙们忍气吞声地听着，看着来人坐上车，“嗵——”地一声开走。

“他们以前多钱，藏金货，藏番货，九个仔女，不（没）送一个上大学。现在矮在家里种田。还要我大阿姐给修路。”在海南话里，“番”是指海外。“番货”指来自海外的、主要指来自南洋的货物。“番客”指下南洋的人。

在车上，武老太太佯装生气实则炫耀地说。喻小骞跟陈妚姒会心一笑。陈妚姒用海南话说明喻小骞采访拍电影的意图。武老太太从后侧看了一眼喻小骞，说：

“是大阿姐派你来的？”喻小骞听出对方口气里的疑惑，便顺水推舟说是。武老太太又打量一眼喻小骞说：

“你也给大阿姐做工？大阿姐雄，你们都来靠她。”

从古榕村到大鳌村也就一刻钟的车程。进了村才发现，从前，十五岁的喻小骞来过大鳌村，但没见过武家其他人。当年，武老师带她在疍家人的船上玩了三天，她当时甚至不知道这个村子就是武玉梅的老家。

大鳌村的议事广场有一棵树冠直径超过二十米的阔叶榕树，广场的三面依次分布着崭新的武家祠堂，一个戏台子，一条通进村子的水泥路，路口第一家就是武老太太的新宅。广场的第四面是通往外界的路，以及开阔地、滩涂和更远处的大海。陈妚姒介绍说，在海南是先有树，再有村子，然后有祠堂。大鳌村的议事中心原来在村子中心，有棵小叶榕，有个杨姓祠堂。由于武玉梅的操作，原来住在村边的武稻子家，现在“改天换地”成为村里的议事中心。祠堂、戏台子、路都是武玉梅出钱修的，几年下来，大鳌村的中心转移到这棵阔叶榕下。

被武老太太牵引，喻小骞进了武家祠堂。祠堂分正厅和左右偏房。正厅有张供台，供台下有两个供人跪拜的蒲垫。供台正中供着一尊一米高的木雕祖先像，武稻子的母亲武米把身穿古代戎装立于正中，两旁是长明电蜡烛，几个描金画银的托盘上，盛着落满灰尘的糕点、糖果——这是武玉梅确认的祖宗。将来这里还会供武老太太和她自己——这是喻小骞后来知道的。也就是说，武氏祠堂供的是母系先祖和有成就的女人。在海南风俗里，每个村都有一个公庙，公庙原先是一个族姓的祠堂，外姓人加入后成为公庙。每年都有一到三天、甚至半个月，村人停工停做祭拜先祖。祭拜对象是男性叫“公期”，祭拜对象是女性叫“婆期”。这位“公”或“婆”，可以是家族的男女祖先，也可以是公共神，如关公、黄道婆。大鳌村已经有个杨姓祠堂，每年“公期”，全村祭拜的就是杨氏祖先。武玉梅另立一个武家祠堂，看来是不满足仅仅有个"公期"，还要在村里确立一个"婆"。将来，村人在"婆期"祭拜的将是她的外祖母、母亲以及她本人。喻小骞听了不禁打个寒噤。

武稻子又引导喻小骞看龛在一面墙上的石碑，名曰《重修武氏祠堂记》，以隶书镌刻在石碑上，上书武姓传统。碑文记，武米把这一支武姓来自商王武丁，后分散在湖广繁衍。十六世纪初由朝廷调遣，从广西驻防海南，在海南繁衍生息。武米把出生于海南屯昌，通药医、会使盐，"尝为天公选中，银仗穿面，无血无痕。""祛灾驱魔，送福送子。"武稻子甚至用普通话说，这碑文是武玉梅写的。喻小骞听罢暗想，武凰那么有钱为什么不花钱请个古语言学教授来写，这副半文半白的烂文笔，让重立传统的行为充满暴发户气味。

"你家祖太太能银仗穿面？"喻小骞听说过黎苗人会施巫使蛊，不知武米把是什么套路，便问武稻子。

"我家大阿姐也会。"武稻子说不上什么意味地又撂出一句。

这天下午，喻小骞从陈妧姒舅舅那里得知，这位已经上了供桌的武米把是位"禁姆"①，年纪轻轻就会巫术，常被人指称是天灾人祸的罪魁，被武家父兄赶出家门。武米把在各村流转，替人治病，也替人下蛊，不知谁使她怀的孕，她在看林人的寮屋生下武稻子，带着武稻子到处流浪。陈妧姒的舅舅杨文儒说，武米把最后是疯掉的。武稻子十四岁抛弃疯妈、独立生活。她十六岁从屯昌走到文昌，发誓嫁个读书郎，便在铺前镇的溪北书院做杂工习得一些文字，十九岁自己做主嫁到古榕村的李老太爷家做四房，二十五岁带着儿女离开李家。"她们这一家人，走的是一样的路。"杨文儒把食指往外一戳，鄙夷地说，"解放军上岛，她带仔跑到大鳌。现在，好像大鳌是她们武姓人的祖地！祠堂建的那么大，没个男的，就供一个'禁姆'，现世呐！唉，乱了套了，就别说了！""现世"是文昌话丢人现眼的意思，这个家里出过"先生"和"蕃客"的老半仙儿说。

从祠堂出来，武老太太踏得地噔噔响走在前面，喻小骞边按动快门边跟着武老太太进家。陈妧姒已经站在天井里，跟武家老

① 巫婆之意。

三武玉兰聊天。这个武玉兰命"作"。1950年春节生人，三个月后海南岛解放，十五个月后她爹被镇压，而她自己好像被吓成软骨病，一辈子没有站起来。

武老太太进了门就跟小女儿说话，然后招呼阿弟去推他妹妹。喻小骞看到，正厅右角坐着一个两手各撑小板凳，下身盘在一个自制滑轮车里的女子。这女子好像永远停留在少女期，坐在滑轮车上只有五岁小孩一般高，一张面孔直接从十四岁缩成五十岁，脸上带着孩子气，另外还有一抹死亡之气。武玉兰见母亲进门就尖声尖气叫，这个长不大的女子因为排泄在小车上而大发脾气。阿弟猛然想起他到村口等阿妈，是因为阿兰拉到裤子里了。武老太太乐呵呵地听着阿弟呜呜噜噜的解释，像哄孩子一样夸着阿弟，让他去厨房端热水。随后一股新鲜的屎臭飘过来，喻小骞正踌躇要不要先告退，里面传来武玉兰的尖腔：

"做乜？"

"哦，你好！"

刚一开腔，一大群奶白色的碎片从喻小骞头顶穿过，在天井里悬浮，好像天上落下的花瓣。半分钟后，这群奶白色的花瓣涌进武稻子家敞门的正屋，有的落在墙上，有的落在家具上，墙壁家具上像结了一个个蝴蝶结。它们就是蝴蝶。不一会儿，蝴蝶又成群结队从窗口飞出，在院子里兜一个圈，再次涌进中厅，又再次从窗户飞出，如此往复。飞翔的蝴蝶越来越少，支楞在墙壁上的蝴蝶结越来越多。武老太太母子仨在屋里大声叫好。

陈妩如去她舅舅家准备中饭去了，喻小骞受到礼遇。当地人认为，蝴蝶大规模进家是福讯，这个家将有福祉。蝴蝶是在喻小骞进门时涌进来的，她被认为是贵人。武老太太倒了杯蜂蜜水给她，转身去天井洗武玉兰的脏衣服，喻小骞跟了过去。

"你刚才说，你家大阿姐也会穿仗？"

"是。"

"那是什么时候的事？"喻小骞习惯性地掏出笔记本，武老太太警觉地扫一眼本子，喻小骞看着老太太的眼睛，后者又放弃了抵触。

"十一二岁。"武老太太把脏裤子对着水龙头冲，冲掉秽物，关掉龙头看了一眼喻小骞，"大阿姐叫你演电影？"她实际上能说一点普通话。

“不是演电影，是拍电影。拍她小时候的事。”

“小时候，可有得好事……”武老太太嘟囔着，又瞥喻小骞一眼，“你现在也给她干工了？”

听这口风，武老太太似乎见过她，喻小骞虽来过大鳌村却不曾见过武老太太。试想当年，武玉梅是不想让她见丑陋的家人还是她们故意躲着女儿的朋友？喻小骞想试探一下，又见对方低头洗衣，鼓起的那点勇气又咽了回去。还是询问穿仗的细节。穿仗指用长短、粗细不一的钢钎、银钎等，从一侧或两侧腮帮穿透，钢钎银钎“挂”在脸上，在军坡节（有地方与“公期”重合）上游街示威的一种“仪式”。除了穿面，还有穿舌头、穿喉结、耳垂、额头、脖子等，更有甚者，面部挂十几根银钎，招摇过市。话说武玉梅十一岁那年春节，背着武玉兰去文教镇看“闹军坡”，在“降童”环节被上公选中，结果灵魂附体，在大庭广众间钢钎穿面，游街巡众，成为前后几十年文教镇上年纪最小的穿仗人。

“为什么不流血不落疤呢？”喻小骞边记边问。

“天上的公选中的！”武老太太抬起眼睛，慈祥地望着远处的武阿弟，收回眼神才这么说。

“什么样的人会被选中呢？”

“那谁知道！”武稻子想了想又说，“我大阿姐被公降了童的。”

1956年，大陆多数地方号召妇女参加生产劳动，妇女进学校识文断字；海南妇女也过着差不多的生活。只是海南妇女从来都参加生产劳动，而且是农业生产的主力。说到识文断字，武老太太跟自己疯妈住祠堂的时候，听过人念书，识得几个字，后来投了溪北书院，就更识得一些字。武稻子的这见识让她在地面上枪声刚一停止就送武玉梅去学堂，先生就是陈妚姒的舅舅杨文儒。武玉梅十一岁那年的正月十三，已是高小生的武玉梅背着“罗锅”武玉兰，去文教镇看闹军坡，之后很多人告诉武稻子，她的大女仔在祭公台的烟火、锣鼓、喊叫中，被公附了体，她松开背上的“罗锅子”，呼天抢地，奔向祭台。而那个六岁还不会走路的武玉兰直接从姐姐背上掉到地上，后来，她从人腿缝里爬到一堆乱石上，不然，她早就被人踩死了。那以后的几十年，那位眼下在中厅里学雄蛙叫的老少女总是说，自己站不起来就是武老大把她摔的。

十一岁那年的正月十三，武玉梅摇头晃脑、手舞足蹈、捶胸顿足，以扑向圣公、庙宇、领袖、偶像常有的姿态，扑向祭公台，跟那些先一步被选中的"童子"一样，又蹦又跳，大声喘息，结果被人拦腰抱住，用沾过灵气的红布带束缚额头，成为"童子"。之后，武玉梅银钎穿腮，和其他童子一起招摇过市，示威示武。天黑之后，众童子取出钢钎银仗，聚集到公庙吃"谢饭"，武玉梅这才想起妹妹。她用桐叶包了自己那份饭和鸡肉，跑回祭公台，早已人走烟火散，武玉梅大喊两声实则不做指望的，却在一个黑麻麻的角落里，听到哇地一声哭叫。武玉梅在乱草乱石中找到像一堆破布堆在角落里的妹妹，顿生恼恨。这小东西真是废物，除了吃和哭什么也做不来。但这个毫无用处的小废物却要吞掉她的美味，鸡肉和米饭，不然的话，小东西会把今天的事告诉阿妈。武玉兰后来坚称武玉梅把她从背上扔下来摔坏了她的骨头，还煞有介事地说，武玉梅是准备把她丢掉，只因害怕阿妈才又回来找她，并以鸡肉和米饭堵她的嘴。她之所以后来才告诉武稻子，完全是因为一旦说出来，害怕恼羞成怒的武玉梅会把她再次丢掉。自那以后，她不敢单独跟武玉梅出门，并和武玉玺结成联盟。

"后来，这事传开了？"喻小骞在笔记本上记了几句，想象着武玉梅回来找武玉兰的场景。从兴奋的巅峰到面对残疾妹妹的恼怒，十一岁的武玉梅真的生出过歹意？

"都知道，传开了。"母亲们往往对孩子们离家前的"雄事"自豪，对他们离家后的豪言壮举就没么欣慰由衷了。

"大家怎么看穿仗这事？"

"说她长大一定是做大事的人。"武老太太胳膊肘支在膝盖上，无声地笑起来，"后来就真雄了。"

"大阿姐最雄的是什么事？"

"上大学。"

"哦！"喻小骞在笔记本上记了一笔，"她后来又去穿仗没有？"

"又闹军坡她又去。穿三支仗，坐牛輋顶，现世呐！"

"你不是觉得光荣吗？"

"光荣？那时候……"武老太太矛盾地摇摇头。"她回来，我打她……"

"为什么要打她？是不想让她穿仗，还是不想让她游街出名？"

"不想。"武老太太好似还在生过去的气，有力地说。

"她有没说过穿仗疼不疼？"

"她昏倒。侬背阿妹去文教镇，见她昏倒，给她喝水。她醒过又腰杆直直，眼红红，去坐牛輋顶。人家说她是凰呢。说她是凰，她真是凰了。"

"哦，凰是这么来的。她现在叫武凰，你认为真成凰了？"

"还不成凰？还要怎么成凰？"武老太太责备道。

"是啊——那么第三年呢？她去了没有？"

"再一年，就大鸣大放吃共产粺了，不搞'军坡'了。年尾她去读仁教中学，就再没去。"武老太太把拧干的衣服抖了抖，甩在天井里的铁丝上。

"我还是想知道，既然大家都说那是雄事，你为什么不让她去？"

"她外家婆就做这个。我懂事后就恒心不做这个，也不让她做。做这个，不是疯了，就是嫁不出。"

武老太太两手交替地捋捋手上的水珠，说，"我去闭会儿眼睛。"说完，扭着鸭子脚走了。

喻小骞还不甚明白"穿仗"的酷烈场景和它真正的意义，她回头琢磨修武家祠堂对武玉梅、对大鳌村的意义——如果一个村庄建立"婆期"传统，这个村庄的妇女应该比没有这一传统的女人们更独立、更自主？

武玉兰模仿的雄鹧鸪叫，惹得周围杂树里的雌鹧鸪一声声呼应。喻小骞饶有兴趣地踱到中厅，见武玉兰坐在门边的蒲垫上，滑轮小车晒在太阳下。满屋都是停落的蝴蝶，满厅堂回荡着鹧鸪叫声，特别是武玉兰学的鹩哥说人话，那情景在喻小骞看来，简直诡异。

"天上鹧鸪地下兔……"鹩哥学人话，学得再像也有股鸟味。武玉兰带着鸟味儿，坐在蒲垫子上摇头晃脑叽叽喳喳：

"鳖裙、鲤唇、水龟头……"她说的是食物中最好吃的部分。

"上吃天上飞的，下吃地下爬的；左吃今朝，右吃明日。口大吃天下。"她学的鹩哥叫当然是文昌普通话。

"明日复明日，炸姆变伯婶。明日复明日，伯婶变婆婶。"

婆婶伯婶炸姆是东昌话中老中青三个年龄段女人的称谓。喻小骞靠在门框上听着，从包里拿出相机，对着院落照几张，又对着花梨木隔板的中厅照几张，当目光跟武玉兰对上，她先蹲下，然后问武玉兰，"我可以给你拍张照么？"武玉兰正斜着眼睛眇喻小骞，听到这话便像一本正经的村干部，威严地将手掌在胸前一举，表示同意。在镜头里，喻小骞看着这个黑黑的、面孔长得像青蛙的老少女，突然有些恐怖。这个一辈子坐在蒲垫上的小女人，差不多已经变成关在笼子里的鹩哥，除了吃、拉，唯一能做的就是站在把杆儿上，学着不三不四的人话。不过经验告诉喻小骞，这样的人才会提供编剧需要的素材。因为与人说话是她一天等待的、甚至是一辈子等待的重要事件。果然，没等喻小骞开口，武玉兰舌尖一拨，把嘴唇上的树叶拨到嘴角，用鸟叫一般的高音厉声道：

"你来，大阿姐怎不跟你一起来？"没等喻小骞回答武玉兰又说，"你也到大阿姐公司干了？人人都吃她！"她的嗓音像鸟一样，以一个高频，喳喳个不停。

喻小骞从镜头后抬起脸，眯着眼睛看着这老少女，当从对方眼里看出疯狂的愚昧和满不在乎的恶意时，她明白该怎么跟对方说话了。

"你知道拍电影是怎么回事么？"

"哪里不知道？祠堂剪彩那天，大阿姐请了三天琼剧，三天电影。"

"大阿姐要把你们全家的故事拍成电影，我是这部电影的编剧和导演。我认为你是最了解全家情况的人，又会说普通话，我是来采访你的。"

"这样说算你眼明。没有比我更了解的了。我乜都不做，就看他们做。"

于是，武玉兰就说了小时被大阿姐弄丢的事，以及当时不敢告诉母亲的真正担忧。

"你为什么认为她会把你丢掉？"

"没有我和阿哥，她们能过好日子喽。"

"她过去是这么想的？"喻小骞盘腿坐在武玉兰的对面。

"她现在也是这么想的。"武玉兰恨恨地说。喻小骞听出这里的杀机，在武玉兰说话期间，她盯着小矮人不断扭曲变形的核桃脸儿。

"你想打她么？"拍纪录片的时候，她学会一种采访技巧，不要问"你恨他么"，而要问"你想打他么"。果然，武玉兰恨恨地说：

"她死的时候，我一定往她脸上扇几巴掌。"

喻小骞在想，是什么让这个一辈子坐在家里的老少女恨至如此。她担心谈话无法继续，便换一个话题：

"你怎么看大阿姐穿仗这件事？"

"做衰做隶。"武玉兰斩钉截铁地说。"做衰做隶"类似北方话"做死"。

"你母亲说，大家都认为她很雄。"

"雄是雄。"武玉兰又变换语气，冷嘲热讽道："她是凰。选中就是替'公'说话，比人神！"接着又加深自己的调侃，"现在更是凰了。凰，你懂不懂？女人做皇帝就是凰。"武玉兰又突然问，"你们那里有凤凰没有？"

喻小骞勉强解释说凤凰只是传说中的一种鸟，现实中没有，没等她说完，武玉兰便流露出"有是有，只是你不知道罢了"的神情。一些人对鬼神也这态度。

"她是凰，不也光脚跑去读书？也没飞过去，你说是不？"武玉兰狡黠地笑笑，一副无可救药的暗黑的世故。她这一笑，让喻小骞感觉到人类的动物性带给人的悲凉。她把眼睛移开，不含意味地点点头，而对方却把这看作是对自己说法的认同。"她到北京上大学，还不是光脚跑去的？从火车站走到北方农业大学。她光脚，挑担子，一路有人笑，她也不管，走了半天才走到学校。一看，不是她一个打赤脚挑扁担，四川广西的也赤脚挑扁担，不过那都是公爹、男的。"武玉兰用嗓子眼儿咔哧咔哧地笑，笑的声音像鹩哥学人笑。

"不对不对，她还是从丰台挑担子去北京的。丰台离北京很远吧？"

"那时丰台是个县。现在是北京的一个区。这些都是她告诉你的？"

"她打信回来。"

"她的信多吗？"

"头两年勤，后来就不勤了。一个学期打一封，一年两封。"

"她在学校四年？"

"70年回来的。64年去的。"

"怎么那么多年？"

"留校闹革命！有封信有这句话。"

"你都记得。你脑子真好使。"

"你找我就对了。哪年哪月的事，不能说都记得，大部分记得。唉，就是没上过学，这身体。不过鸡笼大的字我也识几个。大阿姐打信来，阿妈念完我就拿来看，看呀看，什么事抵不过时间长是啵，时间长，我都认识了。我年轻时候读书咧，现在眼睛花了，不读了。"

"你读什么书？"

"屋子里掉进来什么书，就读什么。我把大阿姐没带去北京的课本都读了。你别说，跟我这岁数的女的，在大鳌，能比我识字多的不多咧。只是，读书识字乜用没有，我一个瘫子乜活做不得。就懂织网嘍，我织一副网算十二个工分。"

"大阿姐说过什么大学里的新鲜事？"喻小骞不得不打断武玉兰的自我吹嘘。

"体操队嘍。她打第二封信就说被挑到体操队，转年夏天，她寄一张跟她体操队姐妹的合照。那姐妹叫郭子红，我记得。我这人，只要用心，就不会忘。她们参加北京（市）大学生运动会，第一年不（没）练好，准备第二年再搞。第二年搞武斗了，不搞比赛了。"

"武斗的事你家阿姐对你们说过什么？"

"武斗现在不是不说了？那不好，不说它。"

"你家阿姐武斗很雄么？"喻小骞试图引导这个快嘴又自以为

聪明的老少女。

"雄。那真叫雄呐！"

"讲一个雄的故事。"

"这个不能讲。不好咧。我就记得阿姐来信说，'唯有牺牲多壮志，敢叫日月换新天。'那是雄！现在不讲那个了。"

"武斗有打死人这类事吗？"

"打仗么，哪有不死人的。"

"你阿姐说那是打仗？"

"嗯，跟真打仗一样。"

"跟自己的同学？"

"你这个妹仔说话不动脑。改朝换代杀来杀去不都杀的中国人？你想改朝换代就得杀人，只看最后你是胜了还是败了。胜王败寇你不识？我阿姐，那时刚好站到败的一边。现在她站到胜的一边了，她现在就是王了。你服这个理不？她现在就是王。赚那么多钱！"这个受了刺激的女子像受惊的壁虎，耸起肩胛骨尖叫起来。

喻小骞看时机已到，便进一步深探："说到这儿，我问个不该问的问题。你和你阿妈怎么看大阿姐坐监这件事。"

"你这个妹仔不懂说话！"武玉兰生气地一撩眼，"乜看法？胜王败寇，不就是败了？败了，就认。乜想法也没有！"

"我还有个不该问的问题。你们家觉得这件事丢人不？"

"不该问就不问。不该问还问？"武玉兰生气地说，"不说那个。赢啊输啊那是国家的事，我们不说那个。我们只说，你对我好，我对你好。"

"那为什么大阿姐在里面九年你们没人去看她。"

"这是她对你说的？"武玉兰敌意地说。

"她对别人说的。我又听到的。"

"我们不看她，是因为她对我们不好。她从北京回来，我们没吃的，她不给我们一分钱买米。她去北京七年，变坏了！"

说完，武玉兰斜着眼睛眇喻小骞，不愿再谈下去。她把脸扭到门外，玩世不恭地响亮地吧嗒着嘴，舌头一撩，又把树叶含在嘴里，开始嘀嘀叭叭学蟾蜍叫。喻小骞尴尬地收拾笔记本。门外，细线般的阳光像是被风吹乱了似的，让人眩晕。一只灰白的土狗从水泥地上站起来，走了两步又趴在地上，下巴贴在地面，眼睛对屋里人看了两眼又闭上了。这时，陈妩姒来叫喻小骞吃饭，喻小骞跟武玉兰打过招呼，离开了武家。

## 第八章

　　陈妖姒的舅舅可不这么看。七十岁的杨儒文五十年代初在村里当私塾先生，私塾公办后成为公办小学教师。七十年代末国家缺干部，调到文昌县某个街道办事处当干部，直到退休。他似乎是那种一辈子跟人唱反调的人，在唱反调中自以为是，并得到快感。他听外甥女说中午带个导演来家里吃饭，他立马说："赚到钱不？不赚钱都是假的！报纸上都说了，现在的电影太烂，都亏本的。"陈妖姒习惯性地替人说好话："她来替武阿姐拍电影，武阿姐那么有钱，肯定给她好几万！"老头马上又来一句："好几万算乜？人家一年赚好几亿。"现在，见外甥女带喻小骞进家，喻小骞的容貌让他有所收敛，他招呼喻小骞坐在八仙桌右侧，自己坐在左侧，开口就是自己对拍电影不陌生，当年陈冲拍《海外赤子》就在他管辖的那条街道。"摄制组的人专门来找我，跟我商量。我不说行，他们也不敢拍咧！"他强调"专门"、"商量"这些词汇。喻小骞跟着一家人笑。杨老先生颇得意，瞅着喻小骞又说："你比那个陈冲长得肥满白净，跟定安娘一样肥头大耳。"说着，老头子还瞟来骚情的一眼。陈妖姒连忙解释说，海南的定安县出美女，也出女戏子。女戏子上了妆，肥头大耳、油红丝白，被叫做定安娘子，被岛上人羡慕。"我们海南太阳大，女孩子都黑瘦，像你这样肥满白净的被认为美。"喻小骞自嘲一句："都肥头大耳了是吧？"杨老先生的老伴端过来一盘糯米粿粿，替老头子解嘲说："我们说肥头大耳就是长得美。你们大陆人吃乜长得又高又白？" "吃面。" 没等喻小骞回答，杨老先生很有把握地回答。

"我来了解武玉梅的过去，听说你当过她老师？" 喻小骞把话题从自己身上移开。

"我教的学生遍布全国了，别说武玉梅，比她更大的官也是从我手里送出去的……他们回来，还不是请我吃饭！给我送鸡！"

"舅舅教的最大的官是厅长，除了省长，厅长最大了吧？全国能有几个省长？是吧？能当个厅长很不容易了。" 陈妩姒帮着哄老头，"你说说武阿姐小时候的事，穿仗的事，还有其他的事。"

"穿仗的事我已经听过了，村里人怎么看女孩子穿仗？" 喻小骞还是对穿仗没有感性认识，就其巫蛊和血腥让她明白那不是一般行为，她想听听外人怎么看。

"这家的女人，一条路走到底。" 杨老先生指挥着儿媳杀鸡，实际上儿媳已经杀了半辈子的鸡，他还像是指导一个新手似的。儿媳也不做声，陈妩姒取笑道："你就别说了，没见过你杀鸡。" 说着和舅娘一起笑。杨老先生被拆了底，有些窘，笑着说，年轻时候也是杀过的，赶忙转到正题，接着上面的话说："她外家婆做这个，她阿妈不想让人当成'禁姆'，从屯昌跑到溪北书院，嫁个有屋有头的。可没想到吧，她女仔偷偷去穿仗。这就是命，拗都拗不过。"

"村里人不是认为这事很雄么？"

"强山不强水，强男不强女。这话怎说的？就是说你在山跟前可逞强，在水跟前别逞强。男人要强，女人不能太强。女人太强，阴阳不平，不是疯就是死。武家那外婆，就是疯了；她妈太强妨了自己老公，也妨了自己一双儿女；武玉梅太强……哎，不知又妨了谁……她不是没有老公么？" 杨老先生眼珠子突出瞪着喻小骞。

"她女儿呢？" 喻小骞感觉阴森森的。

"没消息。八九岁从这带走，就没回来过。"

"应该还活着吧？" 喻小骞说着头皮"嗡——"地一下麻了。

"虎毒不食子。这不会有问题。但十来年了，见大人没见过小孩，不正常。" 杨老先生暴着眼球，向喻小骞点点头。

"说说她小时候的事。"

"阿梅我教过呢。要说先生说学生的不是不好看，但学生好不好只有先生说啵？为师不说，谁还说？你当导演的，你说对不对？"

杨儒文讲的第一个故事是 1960 年"没米吃"的时候。按杨儒文老伴的说法，"那两年坐月子，都没有米尽吃鱼，又没有油，就一点盐巴，吃得苦啊。"

1960 年，十五岁的武玉梅从仁教中学停课回家，家里连地瓜都吃不上了，只能吃木瓜、芋头杆，两个残疾弟妹整天要吃米，把武稻子逼得去东山岭打猎。武稻子会使刀枪据说是跟自己疯娘学的，但大鳌村民没人见过。这个高大女人出去两三天，回来时不是带只小野猪，就是带回只狍子、猴子这样的山物。村人为小孩吵着要米吃心烦的时候，她家会飘出煮野物的骚气和浓香。有一天，武稻子又上东山岭给孩子们找吃食，武玉梅把武玉玺、武玉兰弄到一条小舢板上，说是要到清澜湾的石头滩捡海胆。小船划到太阳正中，划到太阳偏西，划到傍晚一场暴雨下来，她在天、雨、海连成一片的苍茫中跳入海水，任凭弟妹呼天抢地，自己游走了。武玉梅到半夜才游到岸边，又走了小半夜才回到家，看看阿妈还没回来就自己洗个澡睡觉了。她当然累了，游了五六个小时的海水。第二天，她被村人的吵嚷催醒，一群人抱着玉兰，背着玉玺，一边喂水、喂地瓜糊，一边向她家涌来，嘴里还口口转述俩残儿的故事。几个壮年汉子脚步噗噗往她家跑，这里面就有小学教师杨儒文。他说只有他看见武玉梅瞪大家的眼神，那是一种铁石心肠的恨。"我从没见过一个小仔有这种眼神，她做乜恨成这样？"武玉梅站在门口一言不发。村人们嚷嚷："这不是回来了？这不是回来了？"并且听见武玉玺哇哇大哭："阿姐，你没淹死啊！"照杨儒文的看法，这成了无头案，说不清是怎么回事。善良的村人都愿意相信因为雨大，武玉梅掉进了海里。只有武玉兰说，大阿姐是专门摇船把他们丢到海里，不要他们了。杨文儒相信这说法，佐证是武稻子半年没跟武玉梅说话。转过年，学校复课，武玉梅挑上一担地瓜去学校搭火。每个星期天，她都回家挑一担地瓜去上学。她不跟武稻子说话，也不跟两个弟妹说话。

喻小骞听得心和胃都收紧了，人到什么地步能遗弃自己的手足。仅仅是因为两个残弟妹跟她争口粮，还是另有原因？比如说争夺母亲的关注，或者厌恶残疾人。她有些呆滞地看着杨老先生，想在那张黢黑的脸上看到更多的东西。

"这么说，武玉梅在十五岁时企图把残弟妹弄到海上扔掉？"

"我第一个跑到她家，看见她眼里的恨……"杨老先生说不下去，摇摇头。"她把船留给两个小的，自己游回来。"

"海边是否有这种习俗，对患重病的船员弃之小船，任其自生自灭？"

"这又不是下南洋，她是从家里把弟妹骗出去的。"杨老先生虽然当过教师和干部，普通话也说得基本让人听不懂。

"你估计，武稻子是否猜到她这心思？"

"她和她妈半年不说话。村里风言风语，说法很多。"

"说她遗弃自己的弟妹？"

"还说她被外家婆附了体，是个放蛊的'禁姆'。"杨老先生说完自己也不信，笑起来，"有这种说法而已。"

喻小骞想起武玉兰的魔怔话，默然地点点头。

"你们对'禁姆'怎么看？"

"一般人当不了'禁姆'。你说不会遍地都是观音娘娘吧？"

"一般人把它当正面的还是反面的？"

"你说蒋介石是好还是坏？台湾那边叫'国父'，咱文昌的靓女宋美龄还嫁给他。"见喻小骞点点头，杨儒文继续说："唉！不管老蒋是好是坏，反正就一个。"

"我明白了。"

杨老先生讲的第二个故事是：

1964年夏，武玉梅参加完高考就知道自己一定能上大学。她到武稻子负责的一片盐田干了两个多月，晚上偷盐担到清澜渔港卖。那时候盐都是集体的，统购统销，但也没看得那么严，每天丢个一筐两筐的也不显眼。当然她不敢就近卖，连夜走三四个小时到清澜港卖。出远海需要大量的盐，国家统购统销的盐不够渔业用，就给私盐留有空间，就看谁肯下苦力。武玉梅每天凌晨三点担着盐出门，六七点到渔港，正好是渔民出港时间，她把盐卖给渔民再挑担子回家，睡上一两小时又去盐田收盐。那个夏天，她瘦得皮包骨头，脸上、头发里灰白灰白的。盐蚀人，时间长了就肿，脚都烂了。人走近，就有股烂臭味，看得人心疼。那时候村里人都说，真是个好小仔，虽然又是穿仗又是弃弟妹，人是真能吃苦。这么干了一夏，攒下上大学的路费。武玉梅去北京上大学还有个故事。她挑着担子、光着脚坐船到海安，从海安到湛江火车站还有七八十里路，她就担着行李走到湛江火车站。从湛江到柳州她是坐火车的，从柳州到长沙她也坐火车。从长沙到武汉她挑着担子沿铁路走了七天，武汉就能买到直达北京的火车票了。她坐上车的时候，家里带的最后三个"笠"① 已经酸臭。她饿了三天到丰台，火车不再走了，她从铺盖卷里抓出一把咸鱼籽吃了，喝了一肚子自来水，挑着担子走进北京城，走进圆明园路上的北方农业大学。进校门前才穿上解放胶鞋。

"这之后她大学四年都没回来？"喻小骞问。

"哪止四年，六七年。不知她怎么过的，吃是国家的呗，谁给她买衣服？"

"应该有助学金。"

"过了一年她妈还说不知给她做个厚被子。二斤棉花的被子还是从老太爷家出来时带出来的。"

"二斤棉花……在北京这是做一个厚棉袄的量。"

"对了，她妈说，没有棉袄。人家穿毛衣了她穿两件，人家穿棉袄了她穿绒衣。就绒衣了，没有再厚的了。"

"真造孽！她在中学时还有什么故事？"

"中学么……我没教过她，只听说她在家里的事。我家老太婆问过她妈，1960 年她停课回家，她妈打山猪打猴子，她拿到学校卖给老师，拿回来一半给她妈，剩下一半她自己藏起来。"

"为什么？"

"妇女们都说她攒着自己出嫁，她妈养不了她么。那时候也有妹仔这么搞的。村里人笑话她，她说攒钱是为了上大学。那时候她就知道攒钱准备着上大学。她说走了就不回来了。六七年，真不见她回家。她妈还说，这孩子算是白养了。"

"那她为什么又回海南了，而且去一所中学。"

① 一种用苇叶编织的三角形袋子，内装大米煮熟晾干，为远行人的干粮。

“这就不知道了。她回来的时候比较消沉，过了两三年，跟上形势了，人又风风火火了。”

“她现在这么有钱，为什么没把她妈和两个弟妹接到北京？你们听武老太太说过这件事么？”

“她不是鳌么！鳌是不顾别人的，只顾自己往前头走。这个村原来叫大奥村，深奥的奥，现在改成鳌头的鳌，大鳌村，她想当鳌头！就是她妈还在做苦，做了一辈子，还在做，养那俩残儿女。”

“村里人对武家祠堂怎么看？我听妚姒说，原来过公期是祭杨家的公庙，现在还要祭武家的祠堂。”

“‘倒丁’！”杨老先生脱口而出，“倒丁”类似北方话的“二百五”。“武玉梅修祠堂，不请屯昌的武家人，供台不供男人，供个女人。落成剪彩那天，就在她家门口那个台子上，玉梅说，她家男人没有用，她家女人是整个天，她要给她家女人立祠堂。”

“村里人信服么？”

“村里人？唉，现在的村里人只看你给不给他好处。这又是修路又是建场子又是请琼剧，村里人已经被搞得迷信她了！这祭祠堂她年年来，过年都不回，祭祠堂年年回。你看吧，要不了几年，她武家祠堂剪彩日就是一个‘婆期’。”

“真开眼界！听君一席话胜读十年书。阿公，你说得真好！”

“你以为哦，我还是副股级干部呢！天天看新闻，还抄在纸上研究。我认为现在世界上的头等大事，就是反恐！”

杨老先生争辩般地大叫，把喻小骞的一声笑差点震出来。陈妚姒难为情地用海南话阻止舅舅，杨老先生则大声跟陈妚姒对了一会儿嘴，从陈妚姒不耐烦的神情看，她并不服他，这让当舅舅的很恼火。不过他还是给她们指点迷津：

“这个阿梅啊，在海上修个双面佛，你们去看看。”

“怎么呢？”喻小骞感兴趣地说。

“武则天，懂吗？洛阳啊还是云冈有尊大佛是按武则天的面相造的，”杨老先生意味深长地看喻小骞一眼，继续说，“你们去看看，看看就知道了。我只给你们点到。”

这顿饭吃到日昃。文昌话把太阳偏西就叫“日昃”，文雅得不行。

饭后，陈妚姒跟舅娘唠家常，喻小骞踱到院子里化食，等得不耐烦就坐下来记笔记：

2002 年 2 月 22 日　年十二　东昌大鳌村

　　武玉梅是谁？（4）：

◆11 岁　　钢钎穿面，上街巡游，丢了自己的妹妹。

◆12 岁　　再去做"童子"，昏死在游街的路上，被母亲发现
　　　　　后灌水激醒，继续游街。回家后被母亲责打。

◆15 岁　　欲弃残疾弟妹于海上，自己游水一夜回家。

◆19 岁　　为攒路费偷盐贩卖，夜走海港。
　　　　　赤脚挑担、搭车、步行去北京上大学。

武玉梅的生活环境——

◆父亲被镇压。母亲带三儿女在旁村居住。

◆母亲晒盐、打猎。

◆两个弟妹是残疾人。

喻小骞写完这些，在下面画两道粗线。思忖了会儿，接着
写道：

◆武玉梅为什么欲害死自己残疾弟妹？

◆她又为什么把船留给弟妹？是她内心不忍还是延续海边流
　　行的弃老、弃婴、弃残的做法？

◆武稻子是否看穿武玉梅？如果她心知肚明，又如何对待欲
　　害自己手足的大女儿？

写下这些文字，喻小骞感觉握着笔的指上扫过一股阴风。如
果这是事实，那个十五岁女孩的内心世界到底是怎样的？是什么
促使她这么做？！喻小骞感觉有必要再跟武稻子聊聊。

陈妤妘跟舅娘聊得热络，喻小骞便自己穿过根茎绞缠的野菠
萝丛，再次来到议事广场。老远就看见武家大门开着，武玉兰坐
在滑轮板上，像个放在书架上的玩具，奇怪地被置于七层台阶的
高台上。

"哎，那个女的，你过来！"这像女孩子一样单薄、直接的嗓音，听上去不怎么友好。武玉玺站在武玉兰身后，俯视着广场。

喻小骞走近高台才明白，为什么这个台子修得这么高——无论谁跟台上的人说话，都得仰脸75度。

"可巧，我正想再采访你一下。"喻小骞打招呼。而那位老少女两眼向下逼视，像两支削尖的竹枪直捣下来。

"你别过来！听见没有？站住！"

喻小骞站住了，狐疑地看看武玉兰。这老少女又开腔了："看你长得这么靓，你个灾星！离我大阿姐远点……"

喻小骞身上唰地一下凉了，看着这个坐在滑轮车上的、说不上是成年人还是孩子的怪物，脑子里灵光一闪：

"武玉梅回来了？她在这儿是吗？"

"你这个女人快不要说话了！我还怕你让我倒霉呢！你赶快走，别让我再看见你！"

武玉兰幼稚地拍打滑轮车，像哄鸡赶鸭子一样，要把喻小骞撵走。喻小骞快速扫视小广场和周边的出口，没有汽车，那说明武玉梅并不在这里。但她不甘心，大声冲院子里喊：

"武玉梅，我要跟你谈谈。你躲在幕后操纵这一切到底是为什么？"

"你个告密的臭女人！"滑轮板上的老少女也尖叫起来，"我阿姐就搞死在你手里，你还来害她！"

说话间，一只孩子般小而黢黑的手猛地杵下来，一把抓住喻小骞的鼻梁、眉心，一个指甲插进她的内眼角。喻小骞下意识地身体一退，胳膊一抬，打掉抓在自己眉心上的手，手臂的惯性甩在武玉兰的下巴上，把个老少女撞回滑轮车上。这一辈子坐在滑轮车上的怪物，则面露小兽般的凶相，双手迅速撑地，拨动车子后退，滑轮车带着股尿骚臭"叽嘎——"一声退到大门边，坐在棉褥子上的老少女惊恐又严阵以待地瞪着喻小骞。武玉玺则张皇地往大门里跑。

"你敢过来?！"

喻小骞被这一嗓子吓得倒退一步。武老太太从里面赶出来，挥着手大声呵斥：

"你这个北京仔，你要干嘛?！"

"我根本没碰她!"喻小骞忍不住申明一声,但发现毫无用处。武稻子、武玉兰用海南话高声叫嚷什么,武玉玺则紧张地在她们身后走来走去。

"你出去先!"武稻子用海南普通话大喊一声。

"自始至终,我没有冒犯你们的意思。"喻小骞自知无用地争辩一句。

"你不是个好女人!"尖利的少女嗓子又从武稻子背后响起。"你离我大阿姐远点!你害她一次了,再来害她?!"武玉兰撑着个木橛子,滑行到前台。

"你这个女人面相克人,恶呐!不要'棍'我家老大。回吧,不要再来了!"武老太太也用力喊着。

"找个男人降降火吧,你肚子快烧火了!"武玉兰火上浇油。

喻小骞面红耳赤,从武家高台下逃开。一个木橛子从身后掷过来,砸在她脚踝上。她没有心理准备,一时间想不明白事情怎么就急转直下。是武玉梅回来了?或者武玉梅打电话回来了?"告密",又一次听到告密,这是从何说起?喻小骞压着怒火,边撤,边跺脚缓解脚踝的疼痛。她的手机响了。

电话是邵洋打来的,边上大概还有柏树则。北京到底还是冷啊,电话里似乎都能传来那里的寒气。

"小骞,我说了你可别紧张啊,事情一定会解决的,你不要太难过啊。"邵洋的喉咙快冒烟了。

"什么事,直接说。"喻小骞不耐烦道。

"我今儿下午来公司,发现冷藏柜的门没锁,数了数,丢了四盒胶片。"

喻小骞的头皮"嗡"地麻了,不消说她已经猜到是怎么回事。她一直存着侥幸,没给冷藏柜加个密码锁。事情到底还是出了。

"编号?"她虚弱地问上一句,似乎只为拖延知道真相的时间。

"哦,我还没看编号。柏子,帮我看看编号是多少。"电话里听到柏树则往远处跑的声音。邵洋继续说:

"我发现后就通知柏子来。"

"还丢了其他东西没有？"

"你的办公室门锁被卸，书桌抽屉被撬。还不知道丢没丢要紧东西。"喻小骞插了一句，冷藏柜的钥匙就在书桌抽屉里。电话里听到柏树则噌噌跑过来的声音，接着他对着话筒说：

"看了，小骞，是编号《舞者》98#、99#、100#、101#。"他突然住了口，若有所悟。喻小骞仿佛能看见他跟邵洋若有所指地交换眼神。

尽管已经猜到，喻小骞还是像当胸挨了一棒，感觉胸腔后面的几节脊柱都裂了。她窝下腰，一手撑着膝盖，半天才说：

"柏子，你和邵洋把现场拍下来，录像也行，然后守在那里。我打几个电话再联系你们。"

毫无疑问，是阿木拿走了胶片。一时间喻小骞"悲催"地想到，自己不仅被情人抛弃，而且被出卖了。那个曾经爱过你的人把你的劳动成果偷走了，换钱换名声了。即便你是个才华出众并意志坚韧的女人，你也免不了被出卖遭背叛。旧情人为什么有恃无恐，不就是料定你怜惜自己的情感，爱惜自己的羽翼？喻小骞心酸地直起腰，重重吐口气，然后拨阿木的手机。手机嘟嘟响两声就被对方掐掉了，再拨，居然关机了。喻小骞恼怒地在橡皮树下走来走去，然后站定，编写短信：

——一小时前，我们发现冷藏柜里的四盒胶片失窃，编号是：《舞者》98#、99#、100#、101#。你要是对此没什么可说的，24小时后我们按著作失窃报警。四盒胶片的知识产权加有形资产不低于100万！

喻小骞把短信读了一遍，发了出去。她站在树荫下，看着黄毛矮腿的文昌鸡姆带着刚孵出的一群小黄鸡觅食，骇然咳出一声呻吟。她不得不打开车门坐进去，发动汽车，按下换气键。这当儿阿木的短信来了：

——胶片是我拿的，但不是盗，我只是拿回自己那份儿。

喻小骞立马拨电话过去，对方随即又掐掉了。她只好再发短信：

——这些胶片的著作权是我的，影像是我拍摄的，胶卷也是我筹集的。你赶快送回来，我筹到50万就把它剪出来。

——我不会再相信你了。你根本不替我着想。现在我自己找人剪辑，卖了钱五五开，一分都不少你的。

——不是钱的问题？是著作权、作品质量问题。

短信发出去一会儿，阿木的电话来了，他的声音阴冷，带着麻辣口音。

"怎么不是钱的问题？你不就是拿没钱糊弄我么？你骗我多长时间了？你不就看我是瘸子，从小地方来的？你剥削我多长时间了？别人拍片拿片酬，我只是个临时工，按月拿工资。你们不就是看我没背景么？"

"阿木，你可是拿了四年工资，而这四年，其他三人是没有工资的。你……"

"行了，你把我从山里弄出来我感激你，我也把青春给了你四年。我用我的身体买还不行么？真是贱呐！"阿木似哭似叫地长啸一声，喘了口气，又嚎道："现在我们两清了。我找人把它剪出来，参加纽约独立电影节。如果能卖钱，二一添作五……你六我四也行。其他的，你爱怎么着就怎么着吧！小爷我宁可坐牢，也要把它拿到美国。"说完，阿木挂断电话。

喻小骞像是脑门被人拍了一砖，两手瘫在身体两侧，手机掉出手掌。从过去某一时刻开始，泪水已经流不出来，它内化成伤口积累在她身上，化脓，并结核化了。

喻小骞深吸一口气往办公室打电话，还是邵洋接的，她告之，胶片是阿木拿走的，他拒绝还回来。"你们讨论一下，第一步要回胶片；要不回来的话就走第二步，报警。"

"那可是盗窃，判刑无疑！"邵洋提醒道。

喻小骞叹了口气，虚弱地说：

"给他 24 小时。他不还回来就报案。你们去找个律师咨询一下这种事应该怎么做。"

喻小骞说完就挂掉电话。她感觉自己又被逼到角落。她半生的境遇就是角落，不管是痴心妄想要拍电影，还是想找个爱她理解她的人，总是猝不及防地被各种力量推到角落。有时候，她都能看见一只手直冲她的脖子，想要掐死她。她能怎么办呢？是闭着眼等，还是迎头撞上去？现在的情形依然是这样。她没别的办法，只能舍出一把血，看看自己能不能冲出去。电影电影，劳什子电影，看她怎么捶它！

喻小骞把陈妡姒送上东昌到海口的长途汽车，自己留在东昌小城。灯火初上，东昌街面上又一轮饕餮。如果说，这些来自海里或山上的鱼螺、动物、飞禽，昨天还让喻小骞心身欢欣，今天则看了恶心。已到了晚饭时间，她不想吃东西，不想用肉体的满足冲消痛苦。她在路边杂货店买了一袋椒盐花生，打了一塑料瓶散装米酒，把东西扔上车时，邵洋的电话又来了。邵洋说找律师咨询过了，阿木拿走胶片，可以私了，当然也有法律解决的办法。在法律上，也可以有两种认定：一个是盗窃；另一个就是合作破裂，合作一方将作品藏匿、贩卖、据为己有。前者是刑事犯罪，后一个是经济法调解的范畴。邵洋哑着声音说：

“小骞，这里的关键是你的态度。你知道么？”她的喉咙像一张粗砂纸。

“我……”喻小骞昏涨的脑袋里也拨云见日，明白这里的关键是自己。阿木冷漠英俊的面孔，洒脱、超拔的舞姿历历在目，这让她既心酸又妒意翻腾。

“给他 24 小时让他送回。如果他拒绝，就是不给自己退路。”

“问题是，24 小时后我们怎么办？”

“报警。我们简单点儿，不跟他扯什么合作，那是我的作品，是我五六年的心血，谁也别想抢走。”

“报了警，一部电影的母带，阿木将面临十年以上的牢狱。”

“我不管！”没等邵洋说完，喻小骞带着哭腔大喊，“他就是利用我心软，料定我会原谅他，他才敢这么做！善良，总是被人利用！不行！懒惰的女人被人利用，勤劳的女人还被人利用。他不顾惜我，我为什么要顾惜他！”喻小骞的喉咙都喊劈了，眼泪横着飞出来。

“你可想好了，他坐牢，你也在所不惜？”看来邵洋不相信她会真把阿木送进监狱。

“他偷走胶片时就该想到要坐牢。”喻小骞把怒火发到邵洋身上。这几年都是这样，她发火、着急，邵洋听着，转身去替她解决问题。“你再警告他一次。打电话、发短信，让他知道我们的决心。”

喻小骞喊完脑子和眼前一团黑暗，有那么几秒钟她处在混沌状态。当她回过神，听到电话那头还没挂，便鲁莽地问：“你还有什么事吗?"

见喻小骞这么生硬,邵洋叹了口气说:"唉,算了吧。你在海口还好?"

"别说这没用的话。马上去做自己的事。"

"真拿你没辙。"

"一般人不会对我有辙。你们拿出方案通知我。"

"好。"没等邵洋说完,另一个电话打进来的"滴滴"声响了。喻小骞挂掉邵洋的电话,看看来电是武羚羊的,便把手机扔在副驾驶座上,由它响着。一个人把车借给你,似乎就有了随便占用你时间的特权。但你也可以他妈的耍赖,谁该一天到晚应承手机?喻小骞由着手机响着,开车在东昌老城绕了一圈,选中一家私人旅馆。她把全部行李提进房间;从二楼窗口伸出手按动遥控器再次锁车,然后把自己腾空撂到床上。陈妩如发来短信问她住在哪儿,她嘲弄地想,这个小心厚道的女人不过是关心她这个外地人。她回短信说明自己的位置,就把手机扔在床上,打开散装米酒喝上几口。她还没想好明天去哪里采访,但让自己睡觉是所有计划的保障。

"已经发现狐狸的骚窝,只需顺着气味,撬它个底朝天。"

酒精让她的大脑嗡地一晕,她自言自语完,眼皮一黑,就睡着了。

# 第九章

　　清晨五点，喻小骞被梦中的酸楚蛰醒。眼还没睁开，一个黑洞般的事实罩在她额头：阿木是彻底离开她了，尽管这个事实两年前已经发生，但还有个《过山车》要拍，她就一直怀着侥幸，有一天，当他们重新为一部作品埋头工作，那种绵密的温情还会回到他们中间。现在，《过山车》停拍了，阿木又恶意地拿走她另一部纪录片的母带，她再做妄想就是痴愚了——但是，爱意不像疼痛，不刺激它也会自发产生，培养基就是肉身；有一天肉身停止运行了，长在肉身上的爱才会消失。泪从眼角淌出来，流进喻小骞的耳朵，她揪起枕巾揩了揩耳朵眼儿，重重地叹口气，睁开眼，从床上跳下来。她打开窗帘往楼下看看，还好，现代小跑停在院子里——她无来由地担心车子会丢，或者半夜里被武羚羊开走。她把头发挽起来，钻进简陋的卫生间沐浴，当温水沾到右脚踝，疼得她浑身一抽。她扭身提脚，借昏暗的亮光看右脚踝，除了三个红肿的疱疹，还有一道擦伤，这应该是武玉兰木屐子的功劳。木屐子把两个水汪汪的疱疹刺破，此时正淌着黄水。她担心会化脓影响接下来的工作，沐浴出来便换上干净衣服下楼，看看街上有没开门的药店。

　　喻小骞一出旅馆门就看见旁边有幢古建筑，打眼一看说不上哪点儿奇怪。喻小骞站在马路中间，琢磨了半天才看明白，这幢名为孔庙的建筑没有大门，只有两个偏门。她好奇地拐进庙里，从左到右转了一圈，里面也没什么稀奇的，就其建于北宋庆历年间，在海南这地方不可谓不早。喻小骞从偏门退出，一位精瘦的中年妇女系着围裙站在门口，狐疑地打量她。"这么早来看孔庙？""这孔庙怎么没有门？"中年妇女回头看一眼自己的背后，喻小骞这才看到妇女背后是家早餐店。"这是老祖宗立的誓：东昌不出状元，孔庙就不装大门。东昌么一直没出状元，孔庙就到现在也没大门。"听这话，喻小骞笑起来："东昌人真有志气。"中年妇女反倒气呼呼地说："过去要是让女人读书说不定就出个女状元。"这话很解气，喻小骞"啵——"地笑出声："为什么呢？"这妇女毫不犹豫地说："那女排咋打冠军呢？"喻小骞被逗乐，愉快地仰脸看看异常晴朗的天空。"有早餐卖么？"这妇女倒不卑不亢，说，现在太早，你去转转，半小时后再过来。喻小骞暂别老板娘，沿着马路溜达，找找有没勤快的药店。

七点的光景陈妩似打来电话，说不能继续跟喻小骞采访了。她似乎还有话要说，但欲言又止。喻小骞问她是不是有难处。陈妩似一句话噙在口里就是不吐出来，喻小骞便换个话题说，杨老先生说的那个海上观音似乎有必要去看看，她再次"引诱"陈妩似道："你不是想跟我学采访么？你跟我一起工作才能学到东西。"不料对方爆发："我不能跟你去了！你这样采访太伤人了。我不能拿人家的好，再说人家的不是。"陈妩似这一尖叫，让喻小骞打个激灵，她"啊"了一声，说了些自己都不爱听的客气话，挂掉电话。

"怎么回事？出尔反尔？"

让陈妩似这一叫，喻小骞涣散的斗志又集中起来。有些人在好处和公正之间，只选择别人给自己的好。一般情况下她也是这样，但职业素质让她不能停手。"目标不一样，选择就不一样。"她嘟囔一句，遗憾地把手机塞进口袋。这么一干扰她没兴趣再找药店了，便折回早餐店。

早餐店里已有不少人，老板娘一边端上一碗牛肉汤粉，一边跟旁边的中年男子用方言对话。虽是听不懂，喻小骞大概猜出话题跟自己有关。这倒也没引起她特别注意，因为长得漂亮，她从小被人关注和议论已是习以为常。她矜持地吃着米粉，一口下去，牛肉干仿佛山里的什么秘制珍馐。

"今天发军坡，来吃的少，平时，凳子可以摆半个街。"老板娘快活地用普通话说。

"这话是真的，平时她家的海南粉、抱罗粉要排队的。"一直跟老板娘聊天的中年男子帮腔道。

"今天是军坡节？"想着心事的喻小骞耳朵尖捎到这句，求证老板娘。

"就是今天呀，今天开始闹三天。很多海口的都开车来看。看过没有？没看过可以留下来看看喽。"老板娘愉快地建议道。

喻小骞来了精神，一个电影不仅需要好故事，还需要当地特有的生活背景。民俗是作家、电影人手里的隐秘武器。一个地方的民俗对导演的吸引力，不亚于一篇可以改编电影的小说，喻小骞兴奋起来，不停地向那位面色油光但还斯文的男子打听军坡节的细节，当然没多久她就打出导演的名号，这名号能让你得到意想不到的帮助。这不，这位叫海青水的文化局干部，就邀请喻小骞到他父亲家"吃军坡"。

"方不方便呢？"喻小骞只是嘴上谦让，实际上，她是太想一见真容了。

"我们这里搞军坡，去家里的人越多越好，说明这家人缘好，人气旺。我们巴不得一个北京导演来做客。"

他们约定上午十一点在早餐店碰面。为了让喻小骞放心，这位文化局干部临走还给了她一张名片。

原准备去看海上观音现在看来要往后推推。喻小骞回到房间，先把 DV、相机、手机充上电，然后上网查"军坡节"的来历，"公期"又是怎么回事。大致搞清楚：在海南，不同的村子敬不同的"境主公"，比如关公、观音、或自己族姓的祖先，这就叫"公期"。有些村镇还有"婆期"，敬的是女性神，比如妈祖，或自己族姓的女性祖先。海口、琼山、东昌北部的一些村镇，敬拜的是陈、隋朝时期的百越首领冼夫人，叫"军坡节"。各个村镇把当年冼夫人带兵平定骚乱、经过本村的日子定为"军坡节"，所以各村闹军坡的时间不一致。闹军坡的大致流程是：清晨祭祖；上午各家各户开流水席，宴请各路亲戚朋友；下午一点后，在主场有"装军"表演，在街道、社区有抬公、穿仗巡游；晚上有上刀山、下火海的表演。喻小骞以"军坡节"、"公期"、"装军"、"穿仗"等为关键词，摘录了几个卡片。

上午十一点，喻小骞带上 DV，买了一盘一万头的鞭炮，等在小食店门口。鞭炮是小食店老板娘建议买的，说在主家门外放，鞭炮越长越好，放到邻居都出来看，主家就特别风光。正说着，海青水抓着手机跑过来，喻小骞热情寒暄，说耽误了人家上班。海青水被美丽女人的热情弄得害羞，腼腆地说，元宵节之前，上班也就是到一到。军坡节这几天，除了市长、公安忙，机关都走空了。"我们这里，军坡比春节热闹。家里来的人多，流水席，吃了一桌又一桌，你今天是上席。"他连忙接过鞭炮，客气道："你看还带了鞭炮。你们文化人就是周到，提前把各地风俗都掌握了。"

仁教镇虽是东昌市府所在地，其基础还是一个个村庄。每个村庄相对是一个小社区，每个小社区除了供奉冼夫人还供奉不同的"公"。"公"敬在小社区中心的公庙，公庙门前自然有个小广场，场子上屹立着祖树。他们经过一个社区的议事广场，看见一株祖树不是几人合抱的概念，而是十几人才能围起来的家伙；不仅是一株榕树，而是树上寄生多种植物：乔木、灌木、草本的，还有菌类；那树看上去就像披挂繁复的嘉年华会舞娘，快分不清哪株是主树，哪株是寄生。

"看一个村子有多老，就看村子里的祖树有多大。树荫子孙。去年有个老板出一百万买这个村的祖树，全村人抗议。我们海南人除了赚钱心齐，干什么都心不齐。就保这棵祖树，大家心齐了。"海青水指着房顶上冒出的一大片树冠说。

"海南人心不齐？"喻小骞总是一把抓住自己感兴趣的话头。

"我是这么认为的。"这个文化局干部操着海南人难得标准的普通话。

"那为什么海南有个娘子军？"

"你这个妹子，"海青水用的是北方话词汇。"一个地方如果让女人去打仗的话，那个地方的生活该有多糟糕，男人又该多没用。"喻小骞第一次听当地人这么说，她不禁定睛看着这个黑胖的男人。

"也许是海南妇女思想解放？"她一笑，让这个男人感受到她的爽朗。

"海南女人思想不解放，但是……我怎么跟你说呢？比方吧，东昌男人不下田，不挑谷，不做家务，这些都是女人做。你看，路边这些挑担买菜的，做小生意的，开早餐店下午茶店的都是女人。海南女人能干，原本男人干的事女人都干了。这样，如果活不下去的话，扛枪打仗，男人干，女人也照样能干。"

"哦，这个说法很新颖，这是否可以说明抗外内战五十年，为什么独独海南有个娘子军。"喻小骞下意识地拍拍背包，但马上意识到现在不是做笔记的时候。

"海南女人不当指挥官，不像大陆有些地方出女司令，海南没有。女人再会打仗也是听男人的。琼纵女兵是海南战场上最吃苦耐劳、不怕牺牲的兵。"

"你认为这是为什么？"这又是一个新颖说法，喻小骞站下，打开 DV 镜头。"你介意我录下来么？你的观点我从没在别人那里听到过。"

海青水稍稍有些不自然，他甩甩头，继续自己的话题："这跟海南女人在家里的地位一样。"

"天哪！准确！"喻小骞放下 DV，情绪化地跟海青水握握手。"你真解决了我的问题。我原以为，海南有娘子军跟海边女人开放泼辣有关，但到这里一看，也不是。海南女人确实什么都干，当这种'干'延伸到打仗时，海南女人照样'干'得了。所以土地革命时期有红色娘子军，六七十年代有海岛女民兵，现在又是小商品交易的主力。我这么认识靠谱么？"喻小骞盯着海青水，后者则难为情地、退缩地一笑。喻小骞联想到小食店老板娘的话，"如果让女人读书，说不定还能出个女状元。"喻小骞的思路清晰了，愉快地说："你这些认识是从哪来的？一般人好像不深究这个。"

"1986 年到 1991 年，我在县党史办，先编党史，后编县志，我就想这个问题了。你也知道，这些没法写到党史里，就一直沤在肚子里，没想到对你有用。"

"我太幸运了，碰到一位专家。"见海青水害羞地摆摆手，喻小骞又把问题推进一步。"还有个问题。为什么海南妇女在上世纪三十年代就拿起武器？而同时代的北方农村妇女还在缠脚。"

"海南女人不缠脚，要下田，要挑担。海口女人早早学了南洋客，也不缠脚。我们这里一直受南洋风浸淫。"

"那么除了被压迫，没有社会地位以及海南女人什么都干这些原因，导致海南女人扛枪打仗还有其他因素没有？比如说风俗？"喻小骞重新把 DV 对着海青水。

"海南啊，"海青水重吐一口气，慢慢说，"自古就是出女人的地方。你比方陈隋时期出个冼夫人，发军坡就是纪念她；宋元时期又出个黄道婆；民间还有巫婆、禁姆，她们会使药，会用盐，还会占卜什么的，说起来不好听，但实际上她们是民间文化习俗的传承人。这样一贯来看，在乱世的三四十年代出一支娘子军也不稀奇。"

"这说法太有见地了。我得称你海老师了。"

"唉，有什么用？"海青水还是难为情的、退缩的神情，"如果不碰到你，这些还不是烂在肚子里？"说着，海青水一笑，指着前方说："到了。"喻小骞连忙从海青水手里拿过鞭炮，展开铺在地下，点燃。鞭炮一响，海家人都出来了。

宾主刚握手、寒暄完毕，一队皮肤黢黑、颧骨突出、眼窝凹陷的男人从硝烟中浮出，这是"抬公"队伍。喻小骞赶忙退到门里。"抬公"队伍中，前面四人吹打响器，中间四人肩扛朱红雕花小轿，轿门上挂缎帘，两顶轿子旁跟着操持乡民精神生活的"童子"。他们由一群孩子和手持相机的外乡人簇拥着，在鞭炮的青烟中缓缓而行。

老榕树下这片居民区叫海家坡，祭奉的是冼太夫人和海家先祖。冼太夫人的戎装立像和海家先祖木像平时供奉在公庙里，"军坡节"这天被请出来，由"童子"、"抬公"护送，从村头第一家起，挨家挨户被人请进家，为主家保平安降福祉。圣公每到一家，主家都会燃鞭放炮、摆上供品迎接，男丁分长幼排立而侍，由着"童子"咏诵一气，主家恭祭、叩拜、许愿、捐公德，响器吹吹打打一番，最后主家派一点茶水费给抬公吹响的，另散发一些糖果、点心给跑前跑后的孩子们。在鞭炮声和响器吹打中，圣公由大伙簇拥着，被下一家请去。

整个"军坡节"三天，主家天一亮就要支好桌凳、拉开炊事，以流水席方式，招待四面八方赶来的亲朋好友。"发军坡"（"公期"也相仿）除了祭奉祖先、圣人，还有亲朋好友大串亲的功能。那些七大姑八大姨一年也见不上一次的，便在这个日子相聚；那些常年难言一谢的朋友此时也被请到家中"敦促友谊"。亲戚朋友随到随吃，鸡鸭鱼羊天不亮就宰杀好，瓜果青蔬更是成筐成盆的洗汰好，单等客人一到，下锅上笼。

请过圣公，接着开席。喻小骞被请到主桌，也就是由海家男人陪同吃席。海家长子、叫海青山的解释说，"长子大三岁。"意思是当父母年纪大了，长子可以当家，他现在就代父亲招待客人。喻小骞被安排在海青山的右手边坐下，左侧是大姐夫、二姐夫，右侧是幺子海青水和长孙。喻小骞见此阵容甚是发窘，直说自己只想了解当地风俗，没想到被这样隆重招待。海家男人们宽慰她，"多吃就是敬主。"喻小骞真宽心这一说法，民风如此，她也消除了不安。

吃的是"打边炉"，也就是火锅。海边人吃火锅有一定顺序：先是有壳类海产，第一层次是海螺类：海白、芒果螺等；第二层次是基围虾、琵琶虾等；第三层次是蟹：青蟹、花蟹等。蟹一下锅，汤就鲜了。蟹之后是无鳞类海产：鱿鱼、比目鱼、海鳗等。这之后就是有鳞类海产：青衣鱼、石斑鱼等。这些都是自然产物，只需洗净、剁小，即可下锅。这些东西如果还没吃够，就进入加工类食品的程序：鱼丸、章鱼丸、牛肉丸、猪肉丸、香菇丸、鱼糕、蟹糕等等。这之后，你恐怕眼睛都吃直了，然后是青菜下锅：生菜、西洋菜。这些蔬菜压进胃里，你可能吃得身体都酸了。海青水家就是这么招待喻小骞的，一举饕餮之后好几天，喻小骞骨头就是酸的。吃"公期"不一定都是"打边炉"，也有八素八荤两汤的，煮了一锅一盆的，来了客人盛了就上桌，最后单炒青菜。丰俭看家底，主家会拿出最好的东西招待客人，以示家庭兴旺。整个上半年大家都在议论今年谁家更排场，客人更多，以此来判定一年不见或多年不见的这家亲戚熟人日子过得怎样。

海南风俗里是女人不上主桌。主桌上的男人吃着，背后站着递菜递勺子撇汤油加茶水的妇女。她们不需要做什么的时候，就双手交叉在小腹前看着男人吃。这让喻小骞很不自在，更不自在的是她们中有位阿琼嫂，不知是海家大姐还是大嫂，一直拿眼瞥她，好像她勾走她家男人魂似的，喻小骞窘了好一阵想起邵洋教她的办法："你要跟人家男人一块工作，就要先跟人家老婆搞好关系。"便招呼阿琼嫂也坐上桌。这一叫不当紧，似是触动对方哪根神经，阿琼嫂一下子眼里有了泪光。"别管她，"长子海青山说，"她是我老婆。我们这里女人不上主桌。"喻小骞瞥一眼细身的阿琼嫂，心想这是一个曾经跳舞的女人。她觉得时间不早了，想去看巡街，便说："我会记住这顿饭的，这么程式化，这么有仪式感。"这句文绉绉的话实际上是帮助自己记住，好往笔记本上记。她挺直身子，一副等饭局散摊的样子，海家男人便对海青水一番叮咛，让他"陪导演好好看看我们的风俗"。喻小骞便带好 DV，在又一拨客人进门时，溜出海家。

吃过"军坡"的人从家里出来，塞满了细毛血管般的小胡同，大家都朝一个方向流动，好像百川归海，这个"海"，就是海家祠堂。海家祠堂现在是座公庙，隔着两条街，已经听到喧天的锣鼓声。

"先在公庙有个仪式，然后就是游街。"'游街'就是巡游，海南话还延用这个词的本意。

"每年都这样？"喻小骞边走边拍老街道。这黑乎乎的青砖老屋，长着草的黑瓦，以及布满苔藓和雨水湿印的旧墙吸引她的注意力。如果该死的《海南往事》最后要拍，这里可以是大女人舞红妆的老家。阴霉的环境造就晦暗的人心。见海清水点头称是，她又问"婆期"是怎么回事。

"'婆期'是祭拜这个村的祖婆。男女都来拜，但'行军'扛旗举幡的都是女人。女孩子还挑花篮游街，威得很，像女人节。"喻小骞把 DV 对着海青水。

"也就是说，祭拜的对象和仪式的主体都是女人？"喻小骞边说边把镜头对着迎面走过来的一个穿疍家无领大襟衫的老妪。

"这么说嘛很斯文。"海青水边说边点头，神情没有来时那么专注。喻小骞想这可能是吃饱了的缘故。

"能不能这样说，"喻小骞深追自己的思路，"在海南，女性在宗祖上有寻求自己根源的愿望和行为；在历史上，又有不少卓越女性成为后世女性的榜样；而在日常生活中，女性承担主要农业生产和家务劳动，所以——你看我这个说法对不对——由于这些，相对内陆许多闭塞的农村，海南女性的主体性可能要强得多?"喻小骞憋着一口气，把头脑深处那些不定型的想法说出来。

"啊……"海青水愣怔一下，注意力又回到他身上。"我想了二十年，没想出你说的这些话。"

"这只是对你上午说的话的总结。"

"有学问就是不一样。"

喻小骞一笑算过。

海家祠堂是这片社区生活的中心。依然是那种格局，一棵老榕树，一个小广场，坐北朝南一座公庙。小广场上已经燃起一堆大火，火焰熊熊，在一阵高似一阵的锣鼓声中，抬公人正把完成除灾降福任务的"公"抬进广场，安放在祭拜台上。喻小骞看到，一尺半高的木俑洗太夫人、穿官服的红面先祖分列在案台上，其四周是烛火、香烛，正前摆放着供品：煮熟的鸡、米饭、黄柚、金桔、糖果等。香火涛涛，檀香缭绕，孝子贤孙们一茬接一茬地上前供香祭拜，渐渐地，围绕在祭拜台周围的都是男性。

午后一点，祭拜活动结束。接着，锣鼓喧破天、人声喊破肺。众人掀起一阵又一阵的高潮，发出一阵高似一阵的呼喊，等待神迹出现：有人被"公"选中。

海青水拉着喻小骞的胳膊往人群里拽，大声喊："到供案后面去，你好录像。"

被声音和拥挤激得亢奋，喻小骞把 DV 举过头顶，边往供台后面挤，边从取相框看远处的人群。只见几个操持仪式的汉子把人群扒到两边，分出一条路。海青水告诉她，这是为"降童"腾出一条路，那些使者会从这条窄路走向超自我，成为人、公、祖先中间的传话人。

这时，人群喧哗。人声，像风暴中的巨涛骤遇礁石，"咣"地擎起滔天巨浪。在乌泱乌泱的人群中，有人双手高举，仰面闭目，神情沉溺而迷离，整个人像发了魔症似地大跳、发抖、抽搐，嘴里发出"啊——啊——"的嚎叫。与之呼应的是，人群也爆发出原始的、围猎般的嚎叫，大家欢呼这个人被"公"挑中，成为"童子"。喻小骞赶忙把 DV 举高，对准骚动的中心。她在取相框中看到，三五个如巫如贼的小个儿汉子冲到"童子"跟前，像拦截斗殴般地，合臂围抱"童子"，欲将其收复；而"童子"中了魔似地上跳，下蹬，大喊大叫，试图挣脱围抱；那几个蛟龙般的汉子更是齐心协力，把"童子"胳膊、胸口、腰身，一截一截箍住，司仪之一以迅雷不及掩耳之势冲过去，用红布条缚其额头，这"童子"便像一下子中了蛊，安静下来。众司仪放开他，由他自己去抖动、抽搐、晃来晃去，接受观者惊心动魄地打量或膜拜。

喻小骞惊得半晌说不出话。她站在红幔帐里，烟雾呛鼻，这跟供台上的圣公视野一样，可以将蛇蟒一样弯曲滚动的夹道，以及"公"上身的过程尽收眼底。海青水帮她背着包，站在她身后。

"他们都是些什么人？"小骞大喊着问身边的老司仪。

"什么人都有。平时跟大家一样。"老司仪艰难地用普通话说。

"这个仪式是不是每年都有？每年被选中的，是同样的人，还是每次不一样？"

"都搞，都搞。"回答得不知所云。

喻小骞见又一个"童子"上身，连忙举起 DV。新上身的是个十四五岁的小仔，面孔俊得令人惊讶，他黑红的皮肤和仿佛未开化的浑然天成的神态，"噎"得喻小骞不知该看他还是录像，但她还是本能地将录像机调至摄影档，对准那张英俊面孔连拍几张。这小靓仔可能是第一次"公上身"，他呼天抢地、发抖抽搐的忘我程度，远不如刚才年届四十的"熟叔"。他学着大叔的模样扑向祭台，双手拍打，额头撞案，忘我的神情也仿佛是模仿。他被成年司仪拦腰抱住，人群中又发出轰狼打猎般的吼声。小靓仔的暴跳、挣扎更像是"过招"和"推拿"，成年司仪半松绑让他闹腾一会儿，最后将之缚以红带。喻小骞屏住呼吸，连续按动快门，蓦然想到，第一次见阿木时他也是十五六岁。

"每年都有小仔新'上身'。有时候，外地来看的，走亲戚的，也有上身的。"老司仪整理被"童子"们拍乱的"公"、"婆"、祭品，凑近喻小骞说。喻小骞被烟熏得直流泪，想起阿木也泛上来辛酸，她边用袖子擦眼泪，边把镜头对着老司仪。

"上了身以后呢？"

"上了身就穿仗啊。不给他们穿，身上都难受的。"看上去老司仪很愿意跟她说话。

"上了身，是不是跟平常人不一样了？"

"那是不一样咧。'公'要说的，都经他们的口说。"

人群又乱了。这次"上身"的是位老者（海南话古气文雅，农民称老人也是"老者"）。这老先生恐怕一辈子都是"人来疯"，他一边"公上身"，一边眯缝着眼观察别人的反应。喻小骞差点笑出，将镜头拉近。这老者应该是千锤百炼了，出场时间就颇为老到，以导演对节奏的敏感，喻小骞感到这是最醋处。只见这老者，先是晃悠到窄道上，做着别的巫师也做的古怪而巫气的动作，在一波小高潮接着一波中高潮之后，在围观人群的情绪达到沸点时，他呼天抢地地"上身了"。他蹦啊跳啊，在前两拨小高潮之后，又发起更狂热的高潮。四个掌事的，恐怕也认为姜还是老的辣，扎出大架势，用更凶猛的动作扑上去。有人要给老者缚红绳，老者劈手打掉，围观的人又发出一阵呼吼。乘着这股热吼，老者居然挣脱四条汉子的手臂，向祭台扑将过来。喻小骞蹲下身子，用镜头捕捉老者扑过来的身姿：他勾头，高抬手臂，身子抵住案台，双手扑扑打打，嘴里发出窒息般的嘶喊。喻小骞从镜头看过去，那张面孔完全跟鬼神同息共气了。

人群踩脚、呼吼，锣鼓更喧；窄道弥合，人们拥着司仪围拢在老者身旁。有人拦腰抱老者，而后者，双手轮流拍案，屁股向后一撅，顶走抱他的司仪，继而又一蹿而上，跳到祭台上。人群被刺激得如痴如狂，像臣民涌向帝王，像孩子扑向妈妈，只差哭爹叫娘了。此老者则面向众人，双手摇摆，身体转圈摇晃，进入无我无卿的神仙状态。围拢过来的群众先是鼓掌欢呼，后是发出"嘿！嘿！"的节奏；当节奏就要散乱时，老者直挺挺站直，伸开双臂，围观的群众屏住呼吸，看他要做什么；只见他——直直地、慢慢地，整个身子从祭台上扑下来，砸在人群的头顶上；人们伸手接住，负责缚红绳的司仪，终于像制服鲨鱼一样，膝盖顶住老者的肩膀，将红布缚其额头。老者终于不再踢腿舞臂，像后台等待出场的演员，甩着一个频率的步子，嘴里叨念着"台词"，晃晃悠悠，既仿佛漠视周遭，耳朵又分明支楞着：他在衡量后进者的动静能不能盖过自己。

在一阵紧似一阵的狂热欢呼中，有那么一瞬间，喻小骞感觉自己的精神和情绪也达到癫狂。如果自己把不住，心一提血一热，也冲进夹道充当一位痴狂者也说不定。选择当痴狂者就是选择跟少数人在一起，承担别人不愿承担的职责，比如在"公期"，承担尊神祭祖，传承风俗文化和娱乐人民的责任；在拍电影上，就是给一百年来的人树碑立传（喻小骞二十五岁时的理想）；在希特勒，就是改良人种，统一欧洲；在十一岁的武玉梅那里又是什么呢？她一而再充当痴狂者最终想得到什么？"六条愿景"？？喻小骞打个冷颤，清醒不少。这时，镜头里又撞进那个小靓仔，现在的他，按一个节奏摇晃着身体，眼皮时常撩起来观察周围的动静，然后又沉浸在自己的神思中。他的面孔较刚"上身"时更加沉溺、出神和虚弱，眼眸则粉红、湿润、发光。喻小骞想，这小伙子大概已经灵魂出窍了，他是不是已经认为自己是介于人神之间的使者？理所当然地被人们敬仰？那么十一岁的武玉梅，在四十多年前，是否也这般进入神我两忘？晃着晃着就以为自己是"公"派下来的使者？操着一副神力赋身的神态，超然而悲悯地俯瞰众生？——喻小骞打了个激灵。

喻小骞有些走神，夹道上又一阵哄叫，乱了阵型。只见人们抬着一根三四十米长、直径一厘米到两厘米渐粗的钢钎来到广场中央，钢钎的一头卷成龙头形状，人们围绕这根钢钎，像转寺院一样一个方向游转。

"这个用来做什么？"一直不见踪影的海青水这时拉着喻小骞往外挤，喻小骞喊着问。

"穿仗！"海青水也喊着答。他扳住喻小骞的肩膀，把她从两个人的肩膀之间推进内圈。"从一边脸穿过去，穿一二十个。"他自己站在后面，喊着回答。

"为什么从面颊上穿过？它表示什么？"喻小骞回头大声问。

"这是传统。几千年了。"海青水可能自己也没考究，泛泛道。

"每个传统，都有它最初的意义。比如说黎文化的牛头崇拜，就是生殖崇拜。穿仗，最初的意义是什么？"喻小骞也感觉这个环境不适宜这个话题。

"搞这个，两个村比，看你能穿多少个，看哪个村的年轻仔雄！"先前跟喻小骞聊天的老司仪凑过来道。

"也就是把战争变成奥运会？"喻小骞灵光一闪，说。

"还是你会说话。应该是震慑小鬼小灾吧。海南这地方雨水多，树子密，林子里不知藏的什么，这也是威慑吧？过去是这样咧。现在嘛，就是比你村穿几个，我村穿几个；是你村的仔又雄又靓，还是我村的仔又靓又威。去年，这根钢钎穿十六个，路那边的海棠村，撑死穿了十三个。海家坡跟海棠村年年比，大部分是海家坡赢。赢的，能雄一年。"

人群起哄，有人用矿泉水冲洗钢钎；又有人掏出两张百元钞票交给主司仪，人们向那位捐助人报以热烈欢呼，捐助人也像奥运冠军挂了奖牌一样，双臂高举，前后左右示意。乘着这阵欢呼，蝎子脸的主司仪将钞票穿进钢钎，随着钞票一起穿进来的是一个二十出头的小伙子，钢钎从他嘴巴插进，刺透左侧面颊而出，腮帮子挂在钢钎上，跑着滑向"龙头"。人群又一阵欢呼。这个程序不断重复，有人捐茶水费，一个小伙子就穿进来，像三明治一样。从第一位"童子"穿进去，到最后一位，中间有四五十分钟，喻小骞注意到，到最后一位"童子"穿上去，第一位"童子"已经眼睛发红，虚汗外冒，身边人不断给他喂水，另外两个志愿者搀扶左右。

"是真的吧？"

录完这组镜头，喻小骞惊得说不出话。海青水在她身后说。

"太不可思议了！"喻小骞连连摇头。上世纪八十年代的反思小说中，有把主席像章别进肉里的细节，她思忖，如果说那是一种搏肉的示忠，那么眼前的一切应该是搏肉的示威。那么先民们为什么要如此示威？一般的解释是，在过去，岛上充满了危险。

"这是不是所说的巫傩文化？"基于武稻子的娘是女巫师这个说法，出门前，喻小骞上网查阅了海南的巫文化。如果当地认同这一文化，巫师应该被认为是人神之间的传信者。

"是喽，你也知道这个。过去说是封建迷信，现在越搞越大，快成海南特有的文化现象了。"

海青水的话淹没在又一阵欢腾中。那根长钎已经卷起尖头，准备巡游了。穿仗分两种：一种是多人串一仗，钢钎从每人左腮穿过，留出一定间隔。另一种是单人穿仗：在人的面颊、额头、耳朵、下巴、眉骨等皮肉松弛的地方穿插钢钎银仗。前者斗的是团体力量；后者拼的是个人才艺。

海家坡的巡游队伍走到博爱路就与海棠村的打了个照面。海棠村的巡游队显然动用了更多的机械，穿仗的、护"公"的，都坐在客货两用皮卡上，队伍由几位现场穿仗的"童子"和锣鼓手带领，边行进边穿仗，博得路人不断喝彩。他们之后是几辆皮卡、拖拉机拉载的护"公"童子和穿仗人，他们或站或坐驾驶室的前方、顶盖、后斗，给人满坑满谷乌泱泱的感觉。1966 年"文革"开始时，喻小骞才五岁，却也看见过万民游行的场景，那坐在车顶盖、车前挡，站在车踏板上的红卫兵也这架势，这些"童子"们用的是穿仗，红卫兵们用的是语言、语录、口号，当然最后也发展成"折磨其皮肉，以改造其思想"。当时的情景跟此时此景如此相似，都是以广泛参与的方式塑形一个理念，形成一种恐吓。正这么忖着，海棠村车队第一辆皮卡神勇而来，车头斜站着一位天神般的俊才，他面目英俊、目光炯炯，一手扒着驾驶室的侧挡板，身体斜出去，另一只手像领袖指方向般向前挥出。偏地出俊才，大城市里已经很难见到如此英俊伟岸又如此原生态的青年，那松树般韧拔的腰臀，修长笔直的双腿是天生的领袖和天生的被爱慕者；那目光和神情与其说令人难忘，不如说令人胆寒：它如火如炬，目空一切；它自以为王，仿佛正在检阅众生，正在接受万民的拥戴和仰慕；它又是圣洁悲悯的，自以为正在舍自己为牺牲，救赎众生——喻小骞蓦地明白了，为什么有人愿意忍受疼痛来穿仗游街，这就类似钉在十字架上的耶稣，以个人的牺牲获得别人的救赎，或者以救赎别人达到自我满足。

"我要当王！"

"今天我是王！"

四十多年前，十一岁的武玉梅第一次尝到"我是王！"的君临众生感，之后，她可能一生都在寻求再次当王的感觉，成为别人的救世主，成为东昌、海南的王！或许是这样的。

这天晚上，喻小骞躺在小旅店的床上回想白天看到的一切，想：被人朝拜仰慕的巨大荣誉感，会强烈吸引那些天资聪颖的人，更能吸引在现实生活中被边缘化的、心有不甘的人，只需要在喧嚣的锣鼓声、鼎沸的人声中让自己亢奋忘我，他就有了为王为仙的精神体验，也至少获得一年的荣耀。一个外祖母是"禁姆"，父亲被镇压，母亲的注意力在两个残疾弟妹身上的十一岁少女，一而再地去穿仗，就不难理解了。

"你在这里啊。我找你好半天。"喻小骞还在出神，海青水从身后拍了她一下。

"我带你去看'装军'。'装军'四点开始，已经有点晚了。我把摩托车停在前面的路口，现在过去？"

喻小骞坐上海青水的摩托车，从后面抱住他的腰，这让这个海南男人有点窘迫。海青水告诉她，"装军"是"军坡节"的重头戏，不是每个"军坡节"都有"装军"，逢大"军坡"才有，而大"军坡"三年或五年才一次。"装军"是在一个开阔、朝阳的坡上，人们装扮成古代军士，模拟冼夫人"召军"、"祭拜"、"出征"、"行军"的一个仪式，是民间纪念冼夫人出征平乱的一个传统活动。在这个仪式上，成百上千的民众穿上古代兵将服装，在"冼夫人"的指挥下，演绎整个过程，其中最露脸的就是那位"冼夫人"。

"'冼夫人'是怎么选出来的？"

到了人山人海的广场，海青水不得不停下车，把摩托放在较远的地方，两个人步行进场。

"我们小时候，远近最靓、最有本事的女孩子才会被选为冼夫人。这要么是大户人家的妹仔，要么最后嫁到大户人家，或者嫁给南洋客、黄埔毕业生。也有烈女，命就特别惨。"

"你身边有被选中的么？"喻小骞边走边换 DV 电池，偏过头听海青水介绍。

"1993 年选中的'冼太'现在海口一个饭庄当部门经理。部门经理就是给客人点菜，遇到熟客，还得陪着喝点酒。那是从村里出来的，没有靠山。"

"这是'冼太'的一般归宿么？"

"城里女孩不干这个。这跟杂耍班子似的，都是乡下女孩。现在乡下女孩年纪小小的就去海口三亚打工了，所以，乡下没什么靓妹了。现在装'冼太'的，都是剧团的花旦，大家也就是看个热闹。"

"过去，大家主要看'冼太'是谁？"

"谁当了'冼太'能议论好几年，那个妹仔也能嫁个好人家。"

"现在都用演员了？"

"政府要做文化。这文化一做，就变成演员演戏了。再说现在的妹仔，要么考大学，要么出去打工，没靓的了。"

喻小骞用力点头表示明白。

"装军"广场上，"冼夫人"已经站在人工搭建的坡上检阅"百万雄师"了；坡下，穿着古代军装、戏装以及桃红柳绿秧歌服的军士们，正拿着刀枪剑戟、木棒船桨举行祭拜仪式；广场上刹那间肃静，人们向"冼夫人"跪拜——就在这时，喻小骞的手机响，她边往里挤，边掏出手机看一眼，是邵洋的电话。海青水拉着喻小骞的手臂继续往里挤，喻小骞踮起脚，举着DV，在取景框里看着"冼夫人"高高在上，接受千军万马山呼海啸的致敬，蓦地闪过这么个念头：上大学前武玉梅是否看过"装军"？在"冼夫人"大手一挥，众将士扛枪举刀，向着"冼夫人"指引的方向进发时，她小小的脑海里是否闪过这样的念头：总有一天，自己要当"冼夫人"。如果相貌不能使她成为"军坡节"上的魁首，那么在现实生活中，她也一定要成为"冼夫人"？武老太太不就说她家大阿姐是太夫人么？锵嚓锵嚓锵嚓锵嚓锵嚓锵嚓锵嚓锵嚓锵嚓——锵锵——嚓！

推开手机滑板，邵洋劈头就吼："你乐不思蜀了，打多少个电话你都不接？"虽谈不上乐不思蜀，但热带海岛浓郁的春节气氛和诡异的传统风俗，也真的让喻小骞暂时摆脱苦闷，开朗了许多。但邵洋声音里那女性特有的苦难、挣扎让喻小骞回过神儿来，她擎着手机往广场外挤，想找个安静地方听邵洋咆哮。

"你在干啥？怎么这么闹？"邵洋不耐烦地抱怨。

"这里搞'军坡节'，他们叫'装军'，就是假扮军队上战场。指挥这些军队的是个女子，冼夫人。邵洋，我现在明白为什么整个二十世纪海南岛的艺术形象都是女兵。看看这场景就明白了，从统帅到士兵，一半是女人。"

"大小姐，收收你的魂！别管什么娘子军了，先管管你自己的后院。"

"我拍了很多海南年俗的素材……"

"痴子，你先听我说完好不好？"邵洋在另一头大吼，喻小骞终于住了口。

"胶片的问题，阿木的问题，我打了一下午电话找不到你。24小时警告时限到了，你还报不报警？！"

"现在什么情况？"蓦地，喻小骞的神经收紧了，广场上的声音屏蔽在外，耳鼓里只有邵洋的声音。

"现在的情况是，我们通知阿木今天下午三点前必须送回胶片，不然的话我们就报警。他大爷的，你听我说完——

"中午十二点十分，阿木打来电话，说如果我们报警，那么两小时后，一份由他签名的声明就会发到各大网站，这份声明他传真过来了，我扫描发你信箱了……"

"他声明什么？"喻小骞终于惊得清醒了。

"两点。第一，你利用导演职权，潜规则当时只有二十岁的阿木。你不断借故拖延拍摄时间，并以培训、许诺角色为借口，长期霸占他。在六年时间里，他沦为你的性奴。"

"撒谎！"喻小骞一声大喊，喊得大脑缺氧，眼前一黑蹲在地下。

"他当然是撒谎！但为了得到胶片，他就准备颠倒黑白了！"邵洋的喉咙也破了。她可能这么喊了一下午了。

"天地良心！他是性奴？我才是既当教练又当沙袋。把他锻成了，他倒打一耙！"喻小骞喊得肾疼。

"都是小狼。"邵洋喃喃地说。

"说吧，第二点……"喻小骞虚弱地叫。

"好吧，第二点……咱这是养虎为患。虎长大了，要吃跪乳的奶羊了。第二点，这混蛋说他已找到投资人了，该投资人愿意接住后面的一切，即便这混蛋坐了牢，他们也会把胶片剪出来，发行出去。当然，他们会在摄影师一栏填上你的名字。"

喻小骞眨巴着眼，努力弄清其中的意思。

"他什么意思？"

"他的意思是，有机构给他撑腰，即便惹上官司，他们也不会放手这些胶片。"

"偷窃的赃物是要归还的是吧？"喻小骞的声音打颤了，原本稳操胜券的局面，在机构、资金的操纵下，突然间就可能没了。

"我怀疑，即便我们报警，他和他背后的人，也会把偷窃事件变成合著版权纠纷。如果他们署上你的姓名并支付稿费的话，他们的罪责就变成合著人之一擅自处理、发表了作品，这就变成一场著作权纠纷。"

"真的可以这样？"喻小骞齿寒地问。

"而现在屎憋门儿上的事是，我们是不是还坚持按失窃报案？如果报了案，他那份声明真的发出去了，后果可想而知……"

喻小骞听着搭档在电话那头念叨，眼睛茫然地逡巡从广场涌来的"行军"的人潮。眼前红红绿绿，人影人声拉扯成丝绵状，她听不清人群吵吵什么，也抽不出清晰的图像；她头疼口渴，她需要躺下睡上一觉；这是低血糖，也是神经官能症；遇到类似情况她都是尽快让自己躺下，闭上眼睛睡着。她不知道邵洋又说些什么就合上手机。她找棵大树靠着树蹲下，眼前一片金星，摇晃了一下，手张皇地想去抓树干，海青水从背后一把抓住她的手臂。"你中暑了。"海青水果断地说。喻小骞虚弱地点点头。海青水不由分说地拽起她说："你要到凉快地方躺一躺。我叫大嫂来给你刮痧。"喻小骞被搀到海青水的摩托车后座，她不得不靠在海青水背上。"装军"已经进行到"行军"，大队兵士从主路涌出，围观群众也从四通八达的岔口像水一样下泄。

# 第十章

来给喻小骞刮痧的是海家大嫂阿琼嫂。她进门时眸子水水的，嘴角噙着一窝羞涩。她轻手轻脚走近床，带着点儿舞蹈动作。小城镇的舞蹈爱好者特别叫人看着不忍，她们一辈子抻着，走路带着姿态，执意要跟别人区分开。"你以前一定跳过舞。"喻小骞靠在被子上，虚弱地说。阿琼嫂难为情地一笑："现在也跳。"一丝自负刚升起，转而又变成难为情："唉，瞎跳跳，哪能跟你们比。"喻小骞虚弱地笑笑，嘴巴里喷出的气像灼热的物质。

"你这是湿热。你们大陆人刚来海南不能吃那么多海鲜。你们胃肠是吃红肉的，到我们这里一下吃那么多白肉，受不了的。不过刮两次就好了。"喻小骞感觉身上粘叽叽的，内腔浑浊热燥，难为情地说："红肉、白肉……我还不知道有这个讲究。""你们大陆人讲究菜切得细，识米不识谷。我们这里热，吃下的东西是平是热还是寒，都要搞清。不然，一天到晚生病咧。""呵，这是为什么？"喻小骞好奇道。"天不养人，只有吃的东西才养人，所以特别讲究吃。""你应该是老师吧？"喻小骞和煦地望着阿琼嫂，后者难为情地承认自己是小学教员，不过已经内退，原因是，年轻的有文凭的教师多得像饭店服务员，年纪大没文凭的教师被挤得没岗位了。

"我们海南，讲究原汁原味。不像你们大陆人，煮的东西烂烂的、碎碎的，不知道是个什么。"说起日常生活阿琼嫂自信许多。"比如呢？"喻小骞进一步问。这是个好话题，知道人家吃什么，就知道人家怎么想问题。据说亚洲人精于计算跟几千年精耕细作和吃稻米有关。"比方说螺。我们说的螺，就是各种带壳的。有一年我去上海，他们把螺肉撬出来，放辣椒炒，我们那桌十个人没一个知道那是什么螺，我说是钉螺，他们将信将疑。要是在海南，肯定是连壳一起炒。我们吃的东西都看得见它原来长什么样。"喻小骞信服地点头。"所以，你们知道哪俩东西不能一起吃。""是喽。"

阿琼嫂说喻小骞是湿热上火不消化，现在需要刮痧去热，拨筋助排，把肠胃里的陈物推出去。阿琼嫂还捎带着讥讽："普通话说肠胃，海南话叫胃肠。食物先进胃再进肠，明明是胃肠，非要说肠胃！"喻小骞跟着阿琼嫂笑起来。阿琼嫂用矿泉水瓶灌了煎好的雷公草药水让喻小骞喝下去，在喻小骞的赞叹中，她有点自负地说："我们海南女人多少都懂点草药。我外家是屯昌那里农场的，屯昌苗佬黎佬多，他们都会用草药，跟他们打交道多了，也学会一点草药知识。"虽然有些好奇"懂点草药的海南女人"的手艺，但敞开后背让陌生女人刮痧还是要克服很重的羞耻心的。但干什么事都应那句话——不入虎穴焉得虎子，好导演更需要肉身的感受和经验，当然现在，她也成了别人的观察对象。"看来我得舍身求艺了。"她在心里调侃一句，按照阿琼嫂的吩咐，趴在灰不溜秋的被单上。

阿琼嫂从背后掀起喻小骞的衬衫，她的手哆嗦一下，无不怨天尤人地叹口气："你们吃的啥长得这么白？这皮肉，我只在电视上看见过。"喻小骞偏过脸，眼睛笑成月牙。阿琼嫂又说："生得这么有福不在家享，出来拍电影，做得这么苦。"喻小骞又笑一下，自嘲道，一人有一人的命。阿琼嫂感叹："我们东昌人做得少，吃得好，命好哇。过去没米吃还苦点，现在，什么都能买到，不用东奔西跑找食。"说罢，阿琼嫂双手搓上椰子油，再次惋惜地看着喻小骞白净的后背，"我要刮了啊。刮了痧就跟南霸天家的吴清华一样，身上黑一道红一道的。"说完又宽慰喻小骞："不怕的，三五天就回来了。男人照样爱。"喻小骞说："阿嫂，下手吧，我不怕。"

阿琼嫂沾满椰子油的粗手抚在喻小骞的背上，一种遥远的惊心动魄的感受，穿越二十多年跌落在她后背的皮肤上。椰子油、粗糙得像男人一样的大手，以及夹杂着鱼腥气的咸湿味，这些感受似乎与某个已经遗忘的鲜活感受接对，让皮肉深处不由得惊动。喻小骞沉耽这温热潮湿的氛围，有那么一刻，几乎要睡着了……

在舞红妆眼前展开的，是一条沙丁鱼般的细条柔软的身体。沙丁鱼都是抱着团游逛的，这北京来的女仔也是跟一群赤着脚或穿木屐的女仔抱着团游逛，她可能喜欢鹤立鸡群的感觉，或者被簇拥其中的公主的感觉。这群十四五岁的天真又茫然的少女，像一团团沙丁鱼群，变换着立体队形，漫无目的地游荡。而此时，这条沙丁鱼群中的王落了单。没有鱼群的围绕，这个优雅地漫卷着鳍尾的公主，成了一条楚楚的猎物；这卧在床上的百合一般的处女，像一枝等着授粉的、湿漉漉粘着露珠的花朵。

"老师，我中暑了。"

"背上刮一下就好了。"

"我吃药，不刮。"这个被摆在床上的鱼下意识地蜷起身子。那身条的美，像鱼一样，让人想吃。

"中暑是没药治的。"

"怎么刮？"这个有恃无恐的小女仔又有着北方人的"浑"，这在本岛女孩身上很少见。她诱人的地方是，她既知道自己的美又时不时犯浑。

"用勺子在脊骨和肋巴骨上刮，刮出痧，再睡一觉，就好了。"

"那不是让你看到了？"

"都是女的，没什么的……"

"你没什么，我有什么！不刮！"

这一声男孩子气的、脆磁儿一样的京腔说得人心头颤，让人差点伸出手去接住这掉下来的话儿，好像它掉到地上就摔碎了。

"那就帮你揪吧……"

"又用那烟熏？不熏，呛死了！"

135

"不是艾条熏，是手揪，揪你脖子上、额头上的皮，把痧揪出来，你就能去跟她们跳舞了。"

"不用脱衣服？"

舞红妆指指自己的脖颈，她没敢指额头，她怕连这都不让揪。

"说好了不脱衣服啊。那就揪吧。"这没心肝的警惕地瞥一眼桌上的药汤，厌恶地说：

"那是什么？我可不喝啊！什么老迷信，什么乱七八糟的都喝。"

"先揪，出了痧再看看。"

这白条条的女孩重新趴到床上，舞红妆撩开她湿漉漉的头发，从自己头发上取下黑铁卡子，用牙齿将卡子分开，别住杉子脖颈上的头发。她在心里叨念一声：这发根儿长成这样，人不美不可能。

她的手触到那白皮，触目惊心。在她的世界里，她很少触摸到这么细腻白净的东西，除了鱼。她感伤的是，除了鱼，她的世界里没有什么东西可以做这白皙皮肤的比喻。她想拥有这美好的、让人惊异的皮肤。

怀着抓到手、绝不松开的心情，舞红妆一下一下揪杉子脖颈上的薄皮。这皮肤太嫩太稀薄了，身体里的湿气、热气又重，只几下，杉子原本像梅花鹿一样的长脖，瞬间就成了吴清华遭鞭打后的紫红。

她喜欢这鞭抽似的紫红……

喻小骞打个一个激灵，她恐怕分不清这是梦，是往事，还是《海南往事》里的一个片段，甚或是她构想的一个电影桥段。老实说，在她的记忆库里已经没有这一出了，但皮肤的记忆又怎么说？当阿琼嫂的手抚在她的背上，那不受意志控制的皮肤贴皮肤的感受，能从肉体的深处唤醒，粉碎你自以为是的记忆。

"阿妹，过去刮过痧没有？"阿琼嫂用一块牛角板，蘸了椰子油，从颈椎开始，一板子刮下去，颈椎上的皮肤就起了肉棱。阿琼嫂嘟囔道："真是有痧，你身上湿气重呢！"

"刮过。不过很久以前了。"喻小骞从说不出的沮丧和哀伤中浮出。

"脖子这么硬，肩膀这么硬，不像是经常刮。至少十年以上没刮过了吧？"

"连多少年没刮过你都知道？"喻小骞笑道。

"我这半辈子都给老公儿子刮，给家婆、外家妈刮，在学校时学生们没钱看病，感冒发烧我也给他们刮。刮着刮着一摸就知道通不通，不通几年了。不通几年就是几年不刮了呗。"

"我们没这习惯，很少刮痧。难受了，就用药。"

"药通跟刮通的不一样，我能摸出来。是药三分毒，能不吃就不吃，你说是不？"

"海南女人是不是都懂这个？"喻小骞疼得龇牙咧嘴。

"仔看爹妈不是？她妈知道点，传给她。她再从姐妹那里知道点，再传给女儿。只要妈好好的，多少都传给女儿些。"阿琼嫂刮到喻小骞的胸椎，在胸二椎反复刮磨，又蘸了点椰子油用手掌摩挲。"你这地方受过伤吧？里面风湿了。"在得到喻小骞的印证后，她又说："我外家爹妈都在农场看林子，橡胶林。橡胶是早上三四点开割，天亮前就把胶水交上去，剩下一天就没什么事了。勤快的男人就打猎捉鱼喽，女人就采药采菇喽。都说1960年饿肚子，我们海南米是缺，但不饿肚子。那些年，我爸打来的猴子獐子吃不完，腌了埋在地下，等我们从城里干工回家，他到地里给我们挖肉吃。"

这是个新鲜说法，喻小骞好奇地昂起头，别过脸看阿琼嫂：

"你说把肉埋在地里？"

"跟黎佬学的。黎佬过去主要是打猎。打的猎物多，一村子人一起吃，吃不完就切成片，晒干，再用盐腌了，埋在地下。海南的天不是热吗？埋在地下就不那么热了。可以放到第二年、第三年。"

"把肉直接埋在地里？"喻小骞脑子里闪过"小猫种鱼"的童话，眼前已有画面了。

"笃鹅！① 哪能直接埋土里？装个坛子嘛！"见喻小骞恍然大悟地把脑袋磕在枕头上，阿琼嫂露出慈爱的笑，人也放松许多。

---

① 海南方言；傻瓜的意思。

"我们沤虾酱、蟹酱也是这么沤的。虾酱、蟹酱好吃啊，现在没人做了。费工。"

"你说沤是什么意思？"喻小骞忍着刮痧的痛，气息一噎一噎地说。

"沤，就是放盐放酒，腌。腌到最后，虾子、蟹子都烂了，成糊糊了，像你们的豆瓣酱。这就是沤。"阿琼嫂停下手，双手比划着。

"也要埋到地里？"

喻小骞的"笃鹅"问话让阿琼嫂哧哧笑起来，说：

"不用，放在太阳下晒。我听东北人说他们晒酱的办法，跟我们沤虾酱差不多。"

阿琼嫂刮到喻小骞的腰椎，说喻小骞的腰好，又说海南女人普遍腰不好，做得太多，受风受湿太多。她问喻小骞，你有三十好几四十了吧，这年纪腰还这么好，少见。

"你跳舞吧？"阿琼嫂好像不经意地说。

"你怎么知道我跳舞呢？"喻小骞看不到阿琼嫂的脸，忽略了此时阿琼嫂停下手，正从后面观察她的表情。

"跳舞的，四十岁才有这么好的腰。"阿琼嫂说着，闪动着眼珠。

"你的手像眼睛，比眼睛还厉害。让你一摸，一手了然。我就瞎蹦蹦，健身。"

"我在屯昌农场时跳过白毛女呢，你信不？"阿琼嫂难为情地、又辩解般地说。

"哦？"喻小骞支起胳膊肘，阿琼嫂一惊，双手惊慌失措地抬起，下意识地用海南话喝道："别动！"马上又改用普通话说，"别动呐，看你的背跟白毛女一样一道红一道白呐。"

"你跳过《白毛女》？哪年的事？"

"1973年，1974年。我们农场来了好多广州、南宁知青，我们排练了全本《白毛女》。1974年，我们还到海口汇演。"

"你演谁？"喻小骞忍不住打量一眼阿琼嫂。

"红英。"

"红英是哪一角？"

"就是扎两把小刷子，拿小红旗的那个！"阿琼嫂满脸回忆的幸福，停下手上活计。

"哦。真没想到。"

"没想到吧？一个汁干肉涩的老阿姐，还跳过芭蕾舞。我们那也不算芭蕾舞，不踮脚尖。就两个知青会踮脚尖，其他的，都是大白脚跳。哎，你别说，还跳得可以咧！"

"到海口参加汇演了？哪一年？"

"1974年。你别说，海南岛偏是偏，那几年可不落伍呢？《红色娘子军》是我们海南的吧？《海霞》拍的是我们吧？七十年代那会儿，我们海南的文艺作品跟其他省比真不少咧，甚至还多。"

"好像真是这样噢！"喻小骞咧了一下嘴，忍过一阵疼，附和道。

"七十年代，我们海南人感觉很光荣，电影上、战斗小说里，都说我们海南岛的故事。所以啊，那时候我们农场青年排练《白毛女》，跳芭蕾舞，一点儿不稀奇。当然，那时候我们也不知道大陆是怎么回事，自己认为海南岛不比大陆差。那时候我们有个口号，叫：'跳到省城，跳到北京。'我们不觉得这是不可实现的。"

"那你肯定也跳过《红色娘子军》。"喻小骞先提这个话头倒让阿琼嫂意外，但她顾不上思忖，一吐为快。

"我们是准备排练的，但一个能踮脚尖的广州妹回城了，另一个南宁妹也能踮脚尖，可她一回家就不回来，又是打电报，又是打信，编各种理由，反正就是不愿回来。我们缺主角，没排练成。不过后来，侨二中来了一个北京妹仔，一个还是两个？"阿琼嫂说着征求般地看喻小骞一眼，后者身上的汗毛唰地凛起来，但她镇定地没去看阿琼嫂的眼睛。这个世界小得都有些戏剧化了，年初六她没接到那个倒霉的电话之前，她跟海南似乎一点儿关系都没有；那个电话就像是开了一道闸，有关海南，有关《红》剧，有关大女人和小女人的关系，便着了魔似的源源不断涌向她；一个口子接着另一个口子，不停地破绽；眼下这破的口子就刹不住车地往外漏——喻小骞忍住悸动，决定先听听再说。"她们排练了《红色娘子军》。1976年元旦海南公署汇演，全地区的文艺尖子都来了，我们没演《白毛女》，而是自编自演了《割胶女工》。那时候，我们真能自编自演咧。在海口工人影剧院，我看见北京妹演的吴清华，我都哭了。我就说啊，人家怎么跳得这么好呢，人又那么靓！再看看我们几个农场妹，真是衰啊！"阿琼嫂满眼是追忆当年的遗憾，她叹口气："从那以后，我们就不跳了。再也聚不拢人心了。"这时，喻小骞不动声色地看阿琼嫂一眼，她知道危机过去了，阿琼嫂并没认出她，她也不必向她坦白什么，但从心里，她离这个阿琼嫂远了，不再不设防了。

"再也不跳了？"她支吾一句。

"不跳舞了，知青都走了，农场一点热闹劲都没有了，没什么意思了。我在农场也呆不下去了。1978 年 1979 年，各县招老师，我就来东昌考上了小学老师，后来就认识仔他爸。我 1981 年结的婚，都二十七八了，在我们海南都算老姑娘没人要了，嫁了个二婚头。你们大陆也一样吧？好妹仔才剩下。不过仔他爸还是个斯文人。"

"你是不甘心农场生活才不嫁的？"

"我们跟知青跳过那么美的舞，还穿过大城市捎来的'的确良'衣服，那时候我就下决心，不能呆在农场，坚决不嫁农工。"

"我听过许多女孩下过类似的决心。她们要么冲出去，要么命运蹉跎。"喻小骞对阿琼嫂莞尔一笑，转个话题："那个北京女学生呢？你还知道她后来的情况么？"她倒想听听一个根本不相识的人怎么评论自己。

"那个妹仔——"阿琼嫂从喻小骞脸上移开目光，"乜呐！那风头出的就不是一般的大呐！上报纸，上文件，那时候不知有没电视，要是有电视肯定也上电视了。那可比黄帅还威！你知道老百姓怎么说？说，北京有个黄帅，海南有个红杉。黄帅写小学生日记，红杉跳大腿舞。多少人去学校看呐，我们农场几个湖南知青就专门去海口看那妹仔。"

"大腿舞"的说法让喻小骞心脏一紧，但她马上原谅了这一说法。在六、七十年代的中国，有几个成年人不带着揶揄而意淫的口吻，不把芭蕾舞叫成大腿舞？阿琼嫂今天还这么说，不能说不是对当年的积郁和嫉妒的排泄。喻小骞还是感觉阿琼嫂认出了她，现在假装不拆穿可能还有其他隐情。

"看什么呢？"从现在开始反向观察了。

"人长得靓啊！"

"那能有多靓呢？林黛玉似的？薛宝钗似的？"

"那不是。跟你说吧，从那以后，我再没见过这么靓的妹仔，电视里也没有。那亮闪的，怎么说呢，一层光。那时候说毛主席思想放光芒，我都想不出人怎么放光芒。看见那妹仔，我信了，人是有光芒的。""光芒"这个词让喻小骞的脸颊一阵刺痛。

"也就那几年，后来可能也像芸芸众生一样变得平淡无奇了。"她同时"观察"了那位在别人眼里叱咤风云的红衫。这是一个很少出现的视角，当以这个视角望过去，她的人生不无失败和寥落。

"说是那么说，当初，可真威风呐。粉碎'四人帮'不是搞大游行么？那个妹仔是花环队的领操人，花环队在大游行的第一……怎么说的那个词？第一方阵，第一方阵。结果，她就像是全市军民大游行的领操人。威呐，她的大幅照片登在海南日报上，搞得真是家喻户晓。"

"你也在游行队伍中？"

"在。我们枫树农场代表队头天就到海口了。那时候农场有钱，给我们开招待所住，十六人的房间，两人睡一张床，总共开了三间房，你说我们人多不多？那是我们最后一次大活动，之后就各顾各，再也聚不起来了。"

"听一些知青说，他们年轻时痛恨那个耽误他们青春的年代，但上了点岁数，又怀念当年。"

"从海口游行回来，过了好几天报纸才到。看见报纸上北京妹仔的照片，我一个人躲起来哭了一场。"

"为什么？"喻小骞支起手臂，髋骨把阿琼嫂端的椰子油撞洒。阿琼嫂拍了一下喻小骞的屁股，自己倒先脸红了。

"不能动不能动。"阿琼嫂把洒在手上的椰子油抹在喻小骞的肋骨上，从脊椎刮到两侧肋骨。"也说不上为什么。就像现在的小仔迷恋明星一样吧，看人家长得这么靓，穿得这么好，那么风光，心里难受吧。"

"那么个小丫头……给你挺深伤害的……"喻小骞悄悄在床铺上蹭掉手心的汗。阿琼嫂沉重地蹙着眉，叹口气，继续给喻小骞刮痧。过了好一阵，又说：

“你说这是不是阴差阳错？”这话出口，牛角板打了一下滑。阿琼嫂用手背抹了一把那根正在刮的肋骨，抹一把，刮一板，这个动作持续下去。

“真是命里该着！唉，你说天下还有这样的巧事，都让我碰到了。你看啊，跟北京妹仔跳娘子军的还有个女子，这女子女扮男装跳洪常青。这个‘洪常青’啊后来跟我们仔他爸结了婚，两年后又离了，那女的住了监。我 1981 年跟青山结婚时只听说他老婆住了监，后来才知，跟他一个床滚两年的是那个跳洪常青的。”

喻小骞“噌——”地翻过来，抬起身子，眼睛捉住阿琼嫂的眼睛。发现自己衣衫不整，又连忙拉扯衣服。

“阿琼嫂——”她眼前已经是灰绿色的深渊的画面，她的肩胛骨已经不由自主地耸起，随时准备应对情势的急转。

阿琼嫂不看喻小骞，她沾满油的双手摊在身体两侧，眼睛里是自爱自怜。喻小骞又一时拿不准，不知道除此之外阿琼嫂还知道什么，她要干什么。

“这一天我都在琢磨，你们家为什么对我这么好。这到底是为什么？”在不明朗的情况下，她决定先发制人。

“我们有事求你。”阿琼嫂难为情地说，当她发现此时她的阵营只有她一人时，又有点心虚。

“你老公是武玉梅的前夫？”

“他是受骗的。他们认识三个月就结婚了，不知道她有那些事。”

“那么今天呢？早上在抱罗粉店遇到海青水是你们事先安排好的？”

喻小骞完全处于戒备状态，她手伸到背后把胸衣搭扣扣好，跳下床，脚插进靴子里。“看来天下没有免费的午餐。”

“我们没有害你的意思……”阿琼嫂惊慌起来。

“你们这是给我下套。好吧，到目前为止还没害我。你说你们想干什么？”喻小骞终于没问他们知不知道自己是谁。

“也不算下套……我们昨天才知道你在东昌……”

“怎么知道的？”喻小骞垫上一句。

“妚姒，是妚姒。我们给她打电话，她跟那女人还有点来往，我们求她，她说她说不上话，就说到你，说你给那女人拍电影，也许能说上话。”见喻小骞狐疑的目光，阿琼嫂委屈地说，“这都是实话。他们两兄弟就在大堂坐着，我让他们上来，你问问他们?”

喻小骞盯着阿琼嫂的眼珠良久。从目光看进去，阿琼嫂说的是实话，但她还是认为这里水太浑，有太多不明确的东西，便拒绝道：

“我看不出能给你们帮什么忙。阿琼嫂，我感谢你们一家为我做的一切，但帮不了你们什么忙，也不想帮，更不喜欢你们下套的方式。我给你二百块钱，感谢你们的午餐和你的刮痧，请你走好吗?”

“我们真没害你的意思……”阿琼嫂慌了，见喻小骞回身在包里找钱，拉开门，跑到走廊上喊：“青山！青水！你们上来！上来!”

喻小骞背着手叉着腿，站在屋子当间看着阿琼嫂。她手机推开，拇指按在“拨号”键上，手机上第一个号码是0898110。

喻小骞和海家三口坐在早餐店里，喻小骞叫老板娘冲壶茶，再煮锅白粥加咸菜，吩咐这些事时脑子里迅速廓清眼前的格局：海青山是武玉梅的前夫。据他们自己说，他们先是找陈妚姒，陈把自己推荐给他们，所以才有了早餐店里的搭讪以及之后的“吃军坡”，看穿仗，闹“装军”这些节目，刮痧是计划之外的，到目前为止他们还没有非分之举，只是自己想吃别人免费午餐的想法太天真了。另外还有个茬口，海家是否认识自己？阿琼嫂挑起跳《红》舞是有意还是无心？不管怎样，喻小骞横了心这样盘算：他们不提起自己就佯装不知，他们就是当面指认她也可以搪塞。没有人可以来随意揭她的伤疤，或者说，她从一个会计奋斗到一位导演，就是为了彻底医治过去留下的伤疤。不管谁来挑战，站在他们面前的是四十岁的顽强的女导演，而不是十五六岁的脆弱少女。没有谁可以随意欺侮她了。喻小骞严阵以待，冷漠、戒备地看着海家三口，这时她的手机响了，是武羚羊来电，她推开滑盖说：我在东昌，二十分钟后打给你。她挂了电话又打给邵洋，对着话筒说：你半小时后给我电话。海家三口人这么等着，开始不安。

“感谢你们这一天的照顾。但我想不出能帮你们什么……好吧，说说你们什么事吧？”喻小骞竖起自己的铠甲，准备在对方一提出要求就回绝。

“我们也是久病乱投医，没办法了，没有骗你的意思。”那位前夫海青山说。阿琼嫂附和地点点头。跟丈夫在一起，这女人身上跳舞的特质消隐了。

喻小骞忍着，不让对方看出自己紧张。她坚持不说话，让对方把底托出，再盘算怎样应对。海青水则不敢看她，有了一天的亲切交往，眼前的气氛让他尴尬。

“我们昨天才知道你给武凰拍电影，妚姒说你能跟她搭上话，我们就商量，让我二弟来请你，他天一亮就等在店子里，还怕你不过来吃早餐……”对方虽是这么说，喻小骞还是不敢松一口气。

“武凰是你前妻？”喻小骞看着这位面色苍黄、皮肉松弛的中年人，他的眼白发黄，像泡在一汪浑水里。

“她过去叫武玉梅，做过我们海家两年媳妇。”海家老大这么说，好像还有点虚荣。

“那你有事不正好找她？”喻小骞还见不得男人这德行，一说某名女人跟自己有关系还虚荣得不行。

“他要能找到她，就不用找妚姒，也不用求你了不是？”阿琼嫂拆了丈夫的虚荣。那做丈夫的灰心地嘟囔一句：不是没找嘛。

喻小骞没做声，冷眼审视海青山。海青水打圆场道：

“这些年，我们根本联系不上她。”

“那你们现在要怎样？”

“这女人正修一条路从东昌通到她外家大鳌村，又修了一座海上观音，这些你知道不？”见喻小骞摇头，海青山又说，“这不是久久[①]就在电视上放炮？搞什么一条路一座桥一座庙什么的？这条路就通到海上观音。”

“这应该算好事。”喻小骞想知道这家人对这件事的态度，便有意这么说。

“好事？好事不能拆人家的庙，盖自己的堂！”阿琼嫂义愤地



① 海南方言，时不时之意。

说。喻小骞掉过目光，看海青山怎么说。

"她那条路，中间修好了，两头正作孽。喻老师呀，我给你说，路那头把山崖劈了一半，路开到双面观音下的海边……"海青山轻蔑地说，"你知道海边的崖头做什么用的？挡风、挡海潮。她家那个大鳌村能建在海边就是因为这个崖头挡风挡潮，她劈掉一半，大鳌村、小笠村还有附近几个村要不了十年就冲平了，说不定今年海水就会灌进来。"海青山怨恨地说，"她修观音有什么用？有个崖子挡着观音还能多立几年；崖子打开，风、海潮直接灌进来，那就是个通风道，你说观音能立几年？"

"她没找人评议下？照这么说，海边的渔民，有点经验的，都能看出问题。"

"你知道58年放卫星不？她要想放卫星，什么话都听不进。谁知道哩！"

"不管！管不到那头，说我们公庙的事。"阿琼嫂挥挥手，满脸是"丈夫说前妻"的那种恼火。海青水附和地点头。海青山拿起桌上的茶盏"吱溜"一声喝进去。围着围裙，双手通红的老板娘赶忙续上水。

"我们这头更造孽……啊，这条路，在东昌市区这边要从我们海家祠堂打头，她这一打头我们的祠堂就要拆了。海家祠堂始建于北宋，我们祖先从福建莆田来，第三代就建了祠堂，上千年有了吧？她的路，要冲过我们的祠堂，让我们迁祠给她腾道……"

"她就是冲我们海家来的，就是要做给我们看！"一直不说话的海青水气愤地嚷。

"她为什么冲海家来？据我所知，她有个女儿就是你们海家的。"

"她哪里念我是她女儿的阿爸？她把女孩藏起来，不给我看，多少年，都没有一点音信。她还给小孩改了姓，可笑不可笑，让小孩姓她外家姓。'捣丁'不'捣丁'？一家四代女人都姓武，你就知道这女人有多霸道！"海南话"捣丁"类似"二百五"的意思。

喻小骞身上一凉，蓦然想起武羚羊。

"那女孩叫什么？"

"在我这里叫海纪兰，纪字辈的嘛，她弟弟叫海纪星。"海青山无奈又认命地说，"现在谁知道改个什么鬼名。"

"即便这样，她也不至于恨你们……"喻小骞这么说还是不想掺合。

"那女人狠呐！"双手黑油起皱的阿琼嫂插言道。海青山隐忍地："懂乜！男人说话女人插嘴乜？！"

阿琼嫂不服气地挥挥手，上身折向前，对喻小骞说：

"她为了要做本的五千块，把八九岁的女孩带走。小女仔跟她东跑西跑做生意，书不念？要么就锁家里，自己出去跑。那女孩不废了我头朝下走。"她说着扭动身体，好像有人正拉扯不让她说。"这乜不是我的事？我当然要说！她就是恨青山跟她离婚。她坐十年监，谁等她？再说一个造反派，恶人，有什么好等的？"

"你们认为，她是恨你们才修路冲祠堂的？"喻小骞听出了点眉目。

"那还有别的吗？路可以从这儿开，也可以从那儿开，还可以拐弯，她的路为什么非要从我们海家公庙开始？左右那么多平房不拆，非要拆庙？"海青山窝囊地说。他愧疚的是，因为自己而使祖宗家族蒙羞。

"你们没向上反映？"喻小骞暗自松了口气。这件事，从头到尾似乎都不关她什么事，她大可以漠不关心。

"怎么没反映？！我们告到市里、省里。可她能耐大，不知搞通了谁，就是不改道，就是要我们搬祠堂。还说什么，这个公庙是'文革'后修的，原址不在现在这地方。她还找人搞什么论证，论证公庙原址在另一个地方。现在，她又买通姓海的老人，这些老人刚开始站我们一边，现在也跟着她说，乾隆年间的公庙在她新选的地方。我给你说，我们海南是先有树，再有村，公庙就在祖树旁。现在那棵祖树少说也有五六百年；他们新选的那地方，树龄也就三四十年；可那些让她买通的，睁着两眼说瞎话，1952年明明我还在庙里上小学，庙里还有乾隆年间的牌匾，他们非说，现在那块新址是乾隆年间的原址，现在的公庙是民国原址，'文革'后又重建的。一个人硬把伤天害理的事美其名是恢复传统，你说这是什么人喽？什么叫传统？大家认，就是传统。大家都到庙里烧香，就是传统。她倒好，把香火正旺的公庙拆了，迁到一个树龄只有三四十年的生地叫恢复传统？啥也不用说了，她就是要动海家祠堂！从乾隆到现在，除了自然灾害谁动过公庙？一是‘文化大革命’，二就是她武玉梅。你说她狠不狠？唵？”海青山说得口水都喷出来了。

“那女人，本来就是‘文革’狠人。她是不在东昌，她要在东昌怕是多烧几座庙了！现在又回头做观音？怕是坏事做多了！”阿琼嫂补上一句。

“不说她了。”海青山制止道，“现在看怎样保护公庙。”

“你们有什么打算？”想到《过山车》也这么卡在半道儿上，喻小骞的嗓子眼儿也堵得慌。

“这不是找到你了嘛！阿妹呀，不是我们设套，我们真是没别的办法了！昨天我们给妚姒打电话，让她给武玉梅说说。她说有个导演在这里拍电影，兴许能跟武玉梅说上话。我们就来求你了。你跟她说说，路打个弯，多修一公里，积福积德呐！”阿琼嫂央求道。

“你们怎么认为我能跟武玉梅说上话？”喻小骞没有松口。事实上她也没什么辄，只是顺便试探一下他们对自己了解多少。

“你不是给她拍电影么？”海青水似乎不愿失去和喻小骞诚恳谈话的氛围，但到目前为止，喻小骞还没表现出诚意。

“我也是被她逼来的。我是个独立电影人，也就是说，没有机构给我投资，我要拍电影，就得自己找投资。她先假装给我投资，我花了200万后，她又改投她自己写的一本书。如果我不接，上部已经花出去的200万就全亏了……”实话可以博得理解，喻小骞决定跟这些人说实话。她的话让海家三口愣住了，半天，还是阿琼嫂直不楞登地问：

“那你怎么办？”

“这不，被逼着来海南采风，先完成她的书的改编，才有可能拍我自己那部。”

海家兄弟面面相觑，一时不知该说什么。

“谁相信呐！”眼看自家男人就要被喻小骞糊弄，绝望的阿琼嫂大叫起来。女人对女人太了解了，从一开始，喻小骞就一副不介入的架势，你不逼她，她就不出头。“这是怎么说的？她给你投资拍电影，又得名又得利，她不跟你相好她吃多番薯了?！谁相信呐!"

海青山伸出手想安抚她,阿琼嫂一抬手,"啪"地挡住。

"那你以为呢?"喻小骞也在海家男人脸上看到了不信任。

"那个女人为所欲为。我咋不相信她干这亏本的事?不是让你给她歌功颂德吧?……这女人太好大喜功了,建什么双面观音,又立什么武家祠堂,啊?哪一样不是给自己歌功颂德?现在,又让你给她拍电影,你不是艺术家么,还真给她拍!衰呐!天鹅变母鸡了?你到底还是服了她,给她舔屁沟子?"

"阿琼嫂!"喻小骞喝道,她在对方脸上看到疯狂的不平。这不平已经腐蚀了她二十多年。

"我说你这妹子,不管你是再大的导演,让她武玉梅牵着鼻子走就是没骨气!还有你俩,就这么让个女人在头上拉屎?我就不说你们了!"她掉头又对喻小骞说,"你这个电影里不能有我老公。含沙射影也不行。我的人,不能让她糟蹋了。还有公庙,她要是敢拆,就从我身上压过去!"

这天更晚的时候,海家兄弟回去了,阿琼嫂非留下来帮喻小骞把背刮完。当屋里只剩女人,阿琼嫂身上那种跳舞女人的特质又出来了。

阿琼嫂坐在床上有些难为情,她殷殷地看着喻小骞,一股子掏心窝子说私房话的劲儿。喻小骞客气又温和地看着她,既不显得跟她隔一层,也不打算掏心窝子。

"我给你说个难听的事你也别笑话。你趴着,我给你刮完。"阿琼嫂知道怎么拉近女人之间的距离。她首先放出自己的私房事。

"不刮了,我感觉已经好了。你讲你的故事。"喻小骞烧上水,坐在阿琼嫂对面。

"唉,我刚结婚那会儿,感觉是跟个女的结了婚。"她脸上还有一抹女孩样。

喻小骞停下弄茶,小心地选择着词儿。

"这怎么说?"

"那个跳'洪常青'的,把男人当成了仆人、狗,弄得男人不会用那东西伺候女人,只会用手。你说,他是不是废了?"

喻小骞不自在地看着阿琼嫂，后者眼里水汪汪的，纠结着焦虑和阴火。她身上有股任性的女孩子气，这让她十分动人。

"你说，这是不是对我的惩罚？我羡慕人家跳舞，穿好衣服，搞得自己快三十都嫁不出去。嫁吧，又嫁个'二婚头'，这也就算了。不想，嫁了一家前房是跳舞、'反潮流'的，阴不阴阳不阳的，只用一年——他们干那事只有一年——一年就把男人床上的本事废了。你说这不是惩罚是什么？！"

"这不能算是对你的惩罚。"喻小骞吞吞吐吐地安慰道，"你老公跟你说的这些？"

"我们虽然儿子都生了，但不知道阴道快感是怎么回事？"阿琼嫂说完，喻小骞倒先红了脸。阿琼嫂发现自己的粗率，也扭捏起来。

"这个词汇从哪里来的？"为了转移两人的窘迫，喻小骞问了一个仿佛很专业的问题。

"我也看书咧。"阿琼嫂的声调没必要这么高。

"没有体验过，一般也不渴望。"喻小骞假惺惺的，实际上她希望听到隐秘的细节。这一句将了阿琼嫂的军，她怔怔地看着喻小骞，拿捏着说到哪一步。

"人一辈子，总也能体验个一两次，你说是不？"

喻小骞看着阿琼嫂，这是她的底线了。这句实话她可能压在心里半辈子了。

"明白了。你恨武玉梅。"喻小骞矜持地打住。女人说起性，也是很汹涌的。

"我不恨她，恨那个北京妹仔……"阿琼嫂怀着恨，狠狠地说。喻小骞腿上的神经在床铺上弹了一下。

"为什么？"

"年轻时，青山有次哭着对我说，那个女的有一回跟他说，她的颠倒都是因为北京妹仔。那妹仔相好她，时间长了，她感觉自己就是男人。当她面对男人，就要弄别人，男人被她搞得没了火气。"

"那女孩相好她？你觉得这可信吗？"喻小骞再看阿琼嫂，想从对方脸上看出，说这句话是否有所指。

"我家青山不说假话。"

"如果武玉梅说假话呢?"

"那谁知道?"阿琼嫂不耐烦起来,她的神态表明,她对喻小骞的诚实度不满。

"你们相信了武玉梅的话,就把恨撒在女学生身上?"

"有好几年,我真的恨那北京妹仔。"阿琼嫂满脸是盲目的、痴愚的恨,她不看喻小骞。"我在阿山身上尝到什么耻,就知道那女人在北京妹仔身上尝到什么耻。"

"这莫名其妙的恨就这么荒唐地传递。"喻小骞没把这话说出口,而是说,"所以,你也恨?"

"她把我男人弄成这样,我当然恨。"

"可是,你们又没见过那女学生,怎么也恨不到她身上。伤害海青山的应该是武玉梅……"

"那女的在床上说……"

"如果武玉梅撒谎怎么办?"喻小骞打断她。

"男人女人在床上说的话是不骗人的。"

"如果那女人在床上也骗人呢?"喻小骞没注意到自己的声音也充满了火气。阿琼嫂被说住了,呆呆地盯着喻小骞。

"要这么说,她武玉梅也可能哦?"

"按你这么说武玉梅可能是同性恋,不爱海青山……"

"根本不爱!"阿琼嫂忙道。

"那她为什么结婚。"

"1976 年,'四人帮'粉碎了,再不说以阶级斗争为纲了,这时候她也什么都有了。她是校革委会副主任,相当于副校长,又是海南行政区'教改'名人,'结合'到市教改委'老中青'三结合领导班子,她的事迹和照片登到《广州日报》上……她什么都有了就是没老公,她再不找个老公就影响进步了。"

"我只知道离婚影响政治进步。"喻小骞飞快琢磨阿琼嫂的话。

"一个妹仔,到了一定岁数不结婚别人就会猜她有什么病。她自己的脸、身上也是阴阴的,黑黄黑黄,脾气也坏。聪明人就知道要给自己找个老公,哪怕不喜欢。女螳螂要交配,就吃掉男螳螂。狠女人,先搞个男人让自己阴阳平衡。等有权有势了,搞更多的。你别说,一定是这样的。"阿琼嫂眼中露出阴狠的光。

"这是海青山说的?" 喻小骞不失时机地挖一铲子,阿琼嫂的话顺水直下。

"青山就是她的一个垫脚石,但打死他也不会承认这个。"

"那……这是你猜的?"

"你别问我怎么知道的,我就是知道。"

喻小骞看着阿琼嫂黄亮的目光不再问下去。两人无言地坐了会儿,喻小骞打破沉默问:

"武玉梅因为什么判的刑?"

"杀了人。"

"哒——" 喻小骞倒抽一口气,"她杀人?"

上岛这几天,听来的不是武玉梅因"三种人"坐牢,就是武玉梅搞流氓坐牢,这已经够刺激的了,但这些还不出认知的范围,让她万万没想到的是,武玉梅是因为杀人坐的牢。一个女人,怎么就能到杀人的地步?!

"1966 年搞武斗,她搞死了人。1978 年,国家收拾这些人,那家孩子死的,拼命告,追到海南来,最后判了十年。她正怀孕,等孩子一岁,她就去住了监。" 阿琼嫂说。

"她是怎么……搞死人的?" 喻小骞身上一惊一凉的。

"那不知道。青山也不知道。他没去听。那时候,他一心就想着跟那人离婚。"

"武玉梅分娩,谁照顾的?"

"谁也没照顾。宣判完她就破了水,法警带她去的医院。宣判那天青山他们都没去,等家里知道孩子生下来,已经三天后了。我家婆和大姐去医院要把孩子抱回来,她不让抱,她怕孩子离身,法院就收她住监。小孩就一直她自己带。青山那时就申请调到东昌中学。她住监后阿山就跟她离了婚,小孩一直是我家婆带。"

"那一年她怎么过的,你知道吗?"

"发疯。小孩还在肚子里就发疯,一会儿要打胎,一会儿又宝贝得不行。从小孩生下来到一岁,她动不动就抱着孩子哇哇大哭,你说这小孩会正常?法院还让青山监护她不让她跑掉或自残,她把阿山快逼疯了。"

"最困难时到什么程度?"

"我听阿山说，她真要死了就算了，甚至包括那小仔。真把阿山逼得自己都想自杀。"

"那孩子正常么？我是说心理？"喻小骞习惯性地伸手摸笔记本，接着又放弃了。

"正常个鬼！不过十几年不见，谁知道现在长成啥样。"

"我听说，武玉梅坐牢十年没人去看她。"

"她外家没人去？我们家，你想想，高高兴兴娶回家个新媳妇，晚上发现是个狐狸精，不但把男人废了，第二年又判了刑，你说海家会怎样？这么个毒蝎女人，她坐牢也是她该，还指望谁去看她？"这次，轮到喻小骞看阿琼嫂的目光是潮湿而阴郁的了。

"现在这鬼，又要拆公庙，你说她还没害够海家还来害人？她这是冲谁？"说着阿琼嫂突然跪到地下，双手抓住垂下去的床单。喻小骞连忙跳起来，抓住对方的手腕。

"阿嫂，你这是干什么？快起来快起来！"

"妹子啊，不管怎么说现在事到临头了，阿嫂求你跟武玉梅说个情，不要拆公庙，这伤天害理呀！"阿琼嫂像汽笛拉鸣般尖声恸哭，又黑又泡的手捂住脸，像是要把几十年的委屈都哭喊出来。

喻小骞双手托住阿琼嫂的手臂，硬把她拽起来。

"阿嫂，你起来，咱慢慢说。你让我跟武玉梅求情……你起来，阿嫂。我同情你这个事，但我跟她搭不上话呀……"

阿琼嫂坐在床沿，抬起满是泪花的眼，喃喃地说：

"她给你投资拍电影，你怎么跟她搭不上话？"阿琼嫂哀怨地说。

"我在米粉店说的都是实情……"

"现在他们买通了街道办事处，放言说，正月十五他们要再'做公'，搞个仪式，把公庙迁走。庙一迁，我们这代人就真对不起祖宗了。"

喻小骞看着喃喃说话的阿琼嫂，一股情绪堵上来，她摸出手机。她打常一的电话，后者像是知道她要来电话，只响一声就接通了。喻小骞看了一眼阿琼嫂，对话筒说："我要找你们老板，武凰，我有急事找她。"

"董事长不接任何人电话，您有话跟我说。"喻小骞按下"免提"键，常一毛渣渣的嗓音在小房间回荡。

"你们在东昌修的一条路……"话还没说完对方就挂掉了电话。

喻小骞合上手机，看着绝望的阿琼嫂。她突然明白，自己跟他们在同一战壕，而这条战壕，除了人没有一件武器。

"你先回家休息，睡一觉脑子清醒了再想怎么办。我也想想。正月十五是吧？"

"后天。"阿琼嫂的魂都像是丢了。

"好，我们再想办法。"

阿琼嫂回去了。喻小骞躺在散发着霉味的床上半天睡不着，便起身写笔记。

2002 年 2 月 24 日　正月十三　东昌

武玉梅是谁？（5）

◆1956 年，穿仗，可能让武玉梅体验到王者的感觉？

细节：小靓仔"童子"模仿的忘乎所以；老者"童子"的无我无卿；

皮卡车头领袖式的"童子"。

◆1978 ～ 1979 年，在两年的婚姻中，武玉梅把海青山的床上功夫废了。

细节：海青山只能用手性爱。

→（推测）武玉梅的性生活需要的是手而不是××

→（推测）武玉梅以往的性经历有过什么？为什么她只需要手？

◆1979 年，在等待服刑的一年里，武玉梅对婴儿的态度。

细节：要掐死婴儿，不让她一出生就有一个坐牢的妈妈；又怕失去婴儿马上就被收监。这是她的两难，但她最后选择在自由世界呆够一年。

◆2002 年，武玉梅以修路为由，要拆掉前夫家的祖庙？

细节：买通人证明现在的庙是民国年间的，而她新选的是乾隆年间的庙址。她利用百姓对"做公"的迷信，用花钱"做公"来使拆庙合法化。

# 第十一章

喻小骞睡得一身是汗,感觉自己像一条鱼腌在咸水里,街上散发的腐败食物酸味,让她一夜噩梦连环。自打上岛以后,没有一晚她不被噩梦侵扰,而梦里又总是跟武玉梅、《海南往事》、芭蕾舞、《红色娘子军》纠结不休。在刚才的梦里,她居然看见自己是被打得遍体鳞伤的吴清华,浑身紫红,在大雨倾盆的热带雨林里奔跑。又是奔跑,不过这次是踮着脚尖跳着芭蕾舞奔跑,而且浑身青一块紫一块的,喻小骞在浑身隐痛中蓦地惊醒了。被子捂得水淋淋的,扭身看看肩膀,还真青一块紫一块的,这是昨天刮痧刮的。喻小骞感到全身是仿佛淋过大雨的酸痛。

喻小骞习惯性地伸手摸到床上的手机,开机,听到荜拨荜拨的短信声,便眼皮隙开一条缝,看看有没阿木的短信。当然,如两年来惯常的那样,阿木已经不会有事没事给她发短信,大清早地逗她乐了。她必须习惯从精神上离开阿木,还要习惯即便远离也免不了受其伤害的现实。这些伤害就像篱笆,把她圈在越来越小的藩篱中。人就被这些篱笆箍得胆子越来越小,格局越来越小,勇气越来越少,最后就固执在自己的经验和认知中……但她现在还不认这个头!有人要逼她缩回向世界打探的触角,那就看看谁的意志更坚强。喻小骞跳下床钻进卫生间,用温吞吞的水冲了个澡。冲澡时从灰蒙蒙的镜子看见,自己整个后背都青一块紫一块的,不用化妆就像遍体鳞伤的吴清华,只可惜右脚踝上的疱疹溃烂了,不然她也能"跳两腿"?阿琼嫂昨晚是怎么说的?"黄帅写小学生日记，红杉跳大腿舞。"喻小骞说不上是自嘲还是无奈地咯咯笑起来，光着脚从卫生间里跑出来，把脏衣服收拢起来，往脚上套个塑料袋，用橡皮筋固定在脚脖子上，把脏衣服丢进桶里，撒上洗衣粉，两脚跳进去踩；清水漂干净后，用一根塑料旅行绳把衣服串起来，先收到塑料袋里，待会儿出去，她可以先把绳子拴在太阳下，办完事回来，衣服也干了。她做完这些给邵洋发短信，昨天电话没有说完她就软在地下，家里人急需她明确的态度。

——我们还是报警。他要发表什么声明，就让他发去吧。这个话是接着昨天没打完的电话。

——一旦声明发出来，后果可想而知。邵洋立马回短信。她的能力在于，你给她什么事，她都能给你弄利落。

——他以为使恶我就会退缩？他错了。与他的关系我问心无愧，他要扣屎盆子是他的事。但自己的作品，我决不放弃。

——我给你顶着。邵洋说话总这么让人放心。

心情不算太糟，一大早斗志勃勃也有利于增强食欲。喻小骞换上外出服装，把所有行李打包装好，这当儿，听见卖豆腐脑的敲碗声，便推开窗户，冲马路喊一声，卖早点的妇女放下担子，在路边等着。喻小骞边拍打湿头发，边快步跑下楼，转眼就坐在从担子上摘下的小板凳上。她要了一碗豆腐脑，一个盐焗蛋，两个椰丝糯米团子，吃得欢快。人要吃东西才快乐，一个盐焗蛋下肚，她就"脑肚通了（一些海南话词汇重新回到她的记忆里）"，话也从肚子里勾出来。

"做这个要几点起床？"她几乎是愉快地问妇女。对方答，凌晨三点就要打豆浆，兼空捏粿粿，六点钟点豆花，粿粿上笼蒸，七点钟拿出来卖。"没过十五咧，过了十五学生上学要吃早点呢，五点半粿粿就要蒸了。""你是一个人做还是老公帮你做？""男人哪做这个？都女人做。""你老公是上班的？"喻小骞咬了口椰丝粿粿，赞许地对妇女点头。"哪有班上啊，踩摩托车拉人。你大陆的吧，不出十五就出来做生意了？"喻小骞没更正这说法。前些年，如果别人说她是做生意的，她总忍不住纠正人家说，自己是拍电影的；现在没这么矫情了。喻小骞夸了一番豆腐脑好吃、糯米团子好吃之后问这妇女，知不知道东边海上修了一座观音。

妇女说修观音积德呐。喻小骞再问知不知道修马路要拆公庙的事，妇女说不知，但又说人家想拆乜不能拆？人家想干的事，老百姓有乜话说？只看赔多少钱。继而又转回来："他赔多赔少不是都得拆？你挡得住？"喻小骞笑笑，看这妇女也有五十岁，便问，知不知武凰这个人。这卖早餐的妇女哑然一笑，说："东方红太阳升，中国出了个毛泽东，东昌出了个武女皇。"喻小骞不由得细看这妇女，对方的笑容不知是嘲讽还是献媚。"这是民谣？""人家都这么说。""正着说，还是反着说？""这事，看你怎么看，是啵？"这妇女狡黠地对喻小骞笑笑。喻小骞喜欢这柔软的反抗。"你知道她干的那些事？""谁不知道呢？搞的那六条什么鬼，跟语录似的，谁都知道！""你会背几条么？""会啊。修一条路，盖一座大厦什么鬼的，一共六条。"喻小骞听得背上起鸡皮疙瘩，她掏出十块钱付了账，对妇女找的零钱摆摆手。

一刻钟后喻小骞退房上车。她坐上驾驶座，发动汽车，当车子经过卖早点的妇女，她放下车窗向对方招招手。她需要再去一次大鳌村，看看那座双面观音。

车子驶出窄巷，街上还是满坑满谷的人，喻小骞想起"军坡节"要闹三天，各村轮流"发军坡"，闹社火，演琼剧。对喻小骞来说，看社火的兴趣已经褪去，那倒霉的海家公庙悲催地堵在她脑门子上。她不冀求一定能拦住武玉梅的为非作歹，但至少要摸清武玉梅在这件事上的态度以及为什么——所谓的编剧不就跟窥视狂似的，通过某件事观察人家的心理。这世界有文化的太多了，满嘴仁义参禅礼佛的就更他妈的多了，"能在更大平台上惠及众生"成为争权夺利的理由，你要是信他们说什么那你就上当了，你要看他关键时候做什么。人类的任何动作都是其世界观的体现，武玉梅说再多仁义道德都不管用，只看她怎样对待前夫。

喻小骞把手机蜂麦别在胸口，边开车边给柏树则打电话。她让柏树则找人，看看是否能打通海南的高官。既然武玉梅走的是高官高压路线，那就看看有没更大的官来拆解武玉梅的官商关系网。柏树则大概还没从某个女郎的床上醒透，他支吾几句就挂掉了，过了二十分钟回电："你还知道走上层路线？你要早走，也不至于奋斗到四十岁才拍一部电影。"他换了口气又说，"怎么？对阿木也这么吓唬一下？十二点，他那狗屁声明就发出来了。"

喻小骞想都没想挡住他："对鸡用鸡道，对狗用狗道。阿木就是个文艺青年，用什么官道？""还有恻隐之心不是？他已经不仁了，你还瞎仁义。不管了，你自己看。难收场了别说我没提醒你。"柏树则的电话没断另一个电话就待机了，喻小骞匆匆交代几句就挂了机。

电话一断，待机电话就进来了，陈妍姒如丧考妣般哀鸣，要喻小骞给她做个证，证明她前天跟喻小骞去东昌采风了。喻小骞讨厌女人不冷静，也讨厌别人不把她当根葱，什么鸡毛蒜皮的家务事都薅住她帮忙，她更烦女人纠缠在与丈夫理不清的丑陋关系里。她讨厌夫妻关系的不洁，她是那种宁愿离也不能忍受脏的人。这种让别人证明自己没有越轨的破事，她听见就烦。喻小骞拿掉一个耳机，陈妍姒的嘈嘈声小了一半。车窗外，大片的沙地农田里什么也没种，荒着，她想起陈妍姒说的：东昌沙地多水稻少，家里男人吃米饭，女人吃番薯饭。这些话跟陈妍姒的哀鸣搅在一起，像一堆经年未补的破渔网，与其补漏不如扔掉。她不想说话，陈妍姒继续央求道："我们昨晚吵了一宿，他又要回他妈家。他都四十多了还凡事听他妈的。我死拉他，不让他走，我能养活他，只要他好好跟我过，振作起来，我什么都不让他干。你跟他说一句，只要你一句话，他就知道他想的那些都是错的。"对圈外人的家务事，喻小骞一般两种态度，要么厌恶，要么不介入。才认识两天，陈妍姒就让她做在场证明，这突然间惹怒了她："他不相信算了，你没必要事事要他同意。在你们家，是你挣钱养活他，而不是他养活你！他没资格捆住养家糊口的人。"喻小骞意犹未尽，咣咣咣咣又来几句："你要让他尊重你，你必须先尊重自己。在你家，是你顶着那个家，你要自己认识清楚。我不会给你证明这没尊严的事，你自己想办法吧。"陈妍姒可能愣住了，半天才挂掉电话。喻小骞懊恼地拔掉另一个耳机，恨恨地嘟囔："她们怎么不出去打仗？一个整天什么都不做的男人，倒要管住养活他的女人？"如果只能吃番薯稀饭，还要受男人这样欺侮的话，不难想象，如果山上有一支自由的游击队，海南女人宁可去打仗，也不愿呆在家。

穷人事稠。喻小骞堵在嗓子眼儿的愤怒还没泄出去，手机又响了。有了手机以后，人比以往忙了无数倍。喻小骞将耳机塞上，才听出是阿木。

"你真报警了你真报警了?! 狠毒女人，你真想让睡过的男人坐牢? 那是十年以上监禁你真的忍心?!"阿木劈头叫道。

"别说了就别说了! 我只是拿你的片子而你要拿走我十年的自由?! 你真做得出来你! 片子可以再拍，我的青春已经让你占了六年，你还要再剥夺十年?!"

"你说你爱我你就这样爱我的? 我好不容易找到出钱的你就是不放手是不? 你就是不放手是不?"

"我又没说不署你的名，又不是不给你钱，赚了钱你六我四，跟你签合同也行，你回来签吧，你今晚就回来我给你签合同，我不要钱都行! 啊啊啊……"

阿木嚎啕大哭，边哭边歇斯底里道：

"你为么子这么狠心呐! 眼看我的青春就这么浪费了你就无动于衷?!"

恸哭的阿木连家乡话都出来了。他平时认真说每一句普通话，生怕流露乡音让人小瞧，或者说，他把说的每一句话都当做台词练习。在他们相处最好的两年，喻小骞说出某一句清晰好听的话，他都低下头模仿一遍，当再从他嘴里说出时，实际上带着喻小骞些微的杭州口音。

喻小骞什么也没说，怨怒地关上手机，没过一分钟，阿木的电话又打来了。

"我要你一句话。你撤还是不撤?"阿木用喉头发出的浑厚嗓音蛮横地问。

"每部作品都是我的命。你要拿我的命，你说我给还是不给?"

"你不仁我也不义。十二点钟，我的声明就会发出去，你将是第一个潜规则男演员的女导演。你的名声就臭了，你的电影再也没人看了。"阿木怨毒地说。

喻小骞把车停在路边，双眼已被泪水模糊。阿木说完等着她表态，她揩了把泪珠，吐出郁结的气，对着蜂麦低声说：

"这四卷胶片是我拍的。我对阿木的情感是真挚的。我用了六年时间爱他，教育他。《过山车》拍不成不是我的主观愿望。我之所以在海南低头服软改编剧本，就是为了《过山车》能早一天投拍。这就是我要说的，剩下的，你看着办吧。"

喻小骞说完挂掉手机。她拉开手闸，右脚松刹闸，车滑出去。没出多远，她的喉头像是被扎破的气球，一腔委屈随一声痛哭撒出来。喻小骞又踩住刹车，手闸推上，趴在方向盘上，任自己放声痛哭。

哭归哭，还得爬起来干活不是？干成事的人，只不过是哭过之后又爬起来接着干的。喻小骞拉过车上的抽纸盒，唰唰抽两张，"哗——"地一擤鼻涕，放下车窗，"啪——"地扔出去。她拉下手闸，放开脚刹，车窗升起来的同时，"嗬！嗬！"地大喝几声。精神头儿又回到她身上。不然怎么办呢？没人救她，可以救她的只有自己。好了，已经闻到海的味道，海就在不远处，那些该来的不该来的它要来就来吧。

脚下这条破碎的柏油路和武玉梅正修的东昌到大鳌的路平行，路中段已经铺好，两头就是海青山说的掔头：一头要拆千年公庙，一头要劈崖开路。现在，崖头已经劈开，只是路面还没有完全铸出来，中间还有些野露兜丛隔着。喻小骞把车停在老路上，带着相机，深一脚浅一脚地穿过杂草丛，爬上已经建好的新路。

新路上有工人正用塑胶管往路面上浇水，此时阳光把半空中的水柱映出个小彩虹，工人正是彩虹中的一个暗影。喻小骞不失时机地按动快门。

"师傅，春节没回家啊？这路要浇几遍才行？"

"没得钱回不得家。"修路工人瞟了喻小骞一眼，漫不经心地说，"你当记者的给我们反映反映，老板欠我们的工资。"从口音可断定这位是四川人。

"我不是记者。你知道这条路的老板是谁么？"喻小骞从背包里掏出纸烟，耸出一支，递给工人。四川工将塑胶管子一折，踩在脚下，在裤子上擦干手，抽出一支香烟放在耳朵上，又抽出一支拿在手上。

"听说是个女的，北京的。"四川工从裤兜里掏出火机点着烟，见喻小骞不需要又揣进裤兜。

"见过没有？"

"没得。我们哪见过那么大的老板？跟我们打交道的都是海南这边的。"四川工面无表情地说。他抽烟不用手指夹进夹出，而是一个劲地抽，直到烟丝烧完。

"你们要不到钱会怎么办？我是说，等你们干完也拿不到的话。"

"拿不到？逼急了我们就打人，把他们经理、监理抓几个，再不行，就逮几个镇里村里的干部，还有像你这样的记者……不行就来硬的喽……事情一闹大，就会来领导解决。我们不怕进去一个两个，进去了他们家里我们照顾。你今天来运气好没人动你……出了十五，你再来看看？别看你长得好看，也没用！……出了十五别来工地了，吃了亏，我们也没办法。"

"我不是记者……"

"那你是大武集团的，是吧？刚才有几个大武的，我也这么说，还不是吓跑了？说起来我们谁都怕；逼急了，我们谁都不怕。"四川工示意喻小骞再给根烟，喻小骞从背包里掏出烟盒，耸出一根，四川工拿了两根，一根夹在另一个耳朵上。

"你们这么干成功过没有？"

"怎么没成功过？"他这话把喻小骞逗笑了，她自己抽出一支烟，跟四川工对个火。这一套让四川工欢喜，也让大多数国人欢喜，谁不愿跟看上去高高在上的人一起抽烟呢？

"你们是怎么用这种办法讨薪的？给我说说。"

"人民战争哇。抓主要矛盾，先抓他们的头哇。有次我们在一个镇子修路，不给钱，我们就把事情闹大。就怕闹不大，闹大了，他们都害怕，赶快给你解决了。"

"他们不抓你们扰乱社会治安？"喻小骞故意往外撇撇手指，示意自己跟"他们"不是一伙儿的。

"抓就抓，不就是拘留几个月么？那你说工钱还讨回来了呢？被抓的那个算是为大家出头，我们抽份子给他家抚恤金。"

"代价会不会太大？"

"那有什么办法呢？要有别的办法谁愿意去吃里面的饭？"四川工怨气地说。

"这就是老毛的做法？"

"管他是不是！老百姓干活要不到钱，只能这么办。"四川工警惕地瞥喻小骞一眼，他又有点迷糊她到底是哪一伙的。

"你们恨这些老板么？"

"干活不给钱，当然恨。不应该恨吗？"

"除了抓他们经理、监理，没有别的办法么？"在喻小骞看来，以坐牢为代价讨薪，代价太大了。

"我们有什么办法？除了告官伸冤还能怎么弄他们？还有你们记者，现在的记者都拿老板红包，不替农民工说话。"

"我不是记者……"喻小骞又说一遍，后者撩喻小骞一眼，根本不相信。

"你不是记者就是当官的，要么是当官的老婆。不出年呢，不然我们女的也打。"说完警惕地看看周围还有没其他人。

喻小骞尴尬地笑笑，说："我给你留个手机号。你们干完活讨不到工钱，什么辙都没了，就剩打人了，就给我打电话，我给你们支个招。"

四川工将信将疑地掏出手机，喻小骞给他报了自己的手机号，后者输了号码后如梦初醒地说："你是省里干部吧？我说怎么那么眼熟呢？"他顺手拨一下，喻小骞的手机在裤兜里"嘀嘟嘀嘟"响，喻小骞对四川工一笑，说："我不是领导但能给你支招。也不是什么高招，但比你们打人住监稍好一些。我姓喻，你就叫我喻老师。记住，没办法了，再给我打电话。"

喻小骞说完就沿着新修的水泥路往海的方向走。她那一招也不是什么灵丹妙计，如果这群民工走到要打人冲击政府的地步，她就把武玉梅的老家指给他们，这些人堵在武老太太家门口，武玉梅就不会不掏钱。

山是劈开来了，但路还没修通。尽管闻到海就在不远处，但杂木丛生，湿热蚊虫还是令人绝望。喻小骞从前得到过一样知识：在热带丛林要想辨认方向，找到出路，必须爬高。"老太太爬树像只猴。"不仅是为了采摘椰子，还是为寻找方向。离海边近的，还可以靠闻海的味道，先走到海滩，再从海岸的轮廓辨识村庄、道路。这一知识只有身处热带雨林才会从记忆的深处游出来，而拔出萝卜带出泥，尽管不情愿她还是想起，这一知识来自武玉梅，说这段话的背景是武老师骑自行车载她从儋州回海口，杉子斜坐在自行车后座上，手里举个竹竿，竿子上挑着一条紫色碎花短裙，裙子像风筝一样在风中飞拂。是这样吗？不很确定。武凰却用文字把它固定起来……尽管怨怼，但一些往事还是浮出来，像太空中漂浮的碎石，时不时撞大行星一下。喻小骞不愿深想下去，大海就在不远处，上岛这些天她还没真正见到海，对于一个曾经见过海并留有故事的人，听到海的声音还是会莫名地想哭。

喻小骞刚钻过杂树丛，几个年轻人守株待兔般地扛着摄像机涌过来，其中一个还在空中挥手。喻小骞不认为这是冲着自己。

"您是喻小骞喻导吧？"跑在最前面的一个瘦小精明的年轻人嘴巴里喷着火和臭气，已经跳到她面前。喻小骞惊讶得无异于遇到打劫。在这偏僻的地方居然有人叫得出她的名字。

"你们……是什么媒体？怎么知道我？"喻小骞说完扫了这四人一眼，手下意识地伸进裤袋去摸手机。

"我们俩是大武电视台的，他俩是当地娱乐台的……"精明的年轻人自顾自地说。"我们知道您要拍一部电影。公司立了项，要把你们的创作过程拍一部纪录片。大导演、凯歌艺谋都是这么搞的，留下一部关于创作的电影。我叫刘忱，制片兼导演。摄影，王宝琪。小周、小盖是卫视娱乐台的。我给你好好宣传宣传，片子红不红咱人先红。人怕出名猪怕壮绝不适合娱乐圈，接下来这几年我们就跟你混了……"如果不打断，这年轻人恐怕能一直说下去，王宝琪已经打开摄影机镜盖。喻小骞拿起悬空的镜盖，又盖了回去。

"这又是武凰搞的？可真神了，我走到哪儿你们都能找到。"她摆了一下手，制止他们。"我还没决定接不接，你们先暂停。"

刘忱的眼球抖啊抖的，根本没听进喻小骞说什么。他展开双臂，既像是挡住喻小骞对镜头的染指，也像是要抱住这个忧心忡忡的女人，乐呵呵地说：

"没关系。我们就是要记录您创作的全过程，包括现在的犹豫徘徊。"

"如果我根本不拍这部电影呢？"对同行，喻小骞要严厉得多。

"很好办，我们就记录您怎么决定不拍的。"

"如果我不合作呢？"喻小骞已经看到这件事背后是什么，她愠怒地说。

"您肯定得跟我们合作。从任何角度讲，这都是为您树碑立传。"刘忱自负地说。

喻小骞看着这年轻人。每个人都按自己的目的行事，现在还流行把自己的目标绑在大集团的目标上，根本不问其到底在做什么。

"我现在做的都是私事，私事，你们无权记录吧？如果决定改编你们总裁的小说，我会通知你们的。"她几乎是傲慢地说。

"喻导，我们有自己的项目。我们立了项就必须完成，把拨下来的200万花完。不然，我们的饭碗就丢了，您理解一下。"

如果她有200万，她就能就把《过山车》拍出来了，再筹个百十万做宣传，她的《过山车》就能上映或拿到国外电影节去"扒奖"。可现在，"大武"中途撤资，却投200万记录她怎么拍摄《海南往事》。武凰为什么这么逼她？那个《海南往事》的故事有什么可留恋的？喻小骞一恍惚，但她用自己的声音稳住了神志。

"这不关我的事。拍摄风景还需要个许可证，何况一个人？你们现在还没得到我的许可。小伙子们，我也有摄像录音设备，这句话我已经录音了。"她拍拍工装裤的大口袋，转身往旁边的崖子上爬，听见刘忱在背后说："喻导，您这不是砸我们饭碗？"又听见他对摄像师说："拍。拍下来。"他换了一副口气在背后喊："您这是跟谁摆架子呀？都吃一个主子的饭，您吊着脸给谁看呐！"喻小骞当然不能跟这伙人对骂，只能蹙着眉、满腔怒火地继续往崖子上爬。

这个崖子就是杨老先生说的、被劈开一半的岸头礁。大鳌村就在岸头礁的背风面，崖子挡住海风和海水倒灌。喻小骞走到崖顶，眼前的景物骇她一跳。她脚下就是断崖，断崖下脚埋在海水里，从这里看出去，一座双面观音就在崖头外的大海上，一条人造长堤从岸边修到观音底座。崖头比观音矮半个身，观音向里的一面正冲着大鳌村，向外的一面朝东向海。此时观音还蒙在红绸内。

这时，一缕风像只动物蹿上来，撩动红绸，喻小骞蓦地撞见观音的面容，她倒抽一口冷气。如果说你已经习惯安详丰满的观音，眼前则是位消瘦的、具有一丝危险性的观音；如果说你已经习惯面容雌性的观音，眼前的则无法说清它是女性的、还是男性观音；它的"危险性"表现在，你虽然知道菩萨不关皮囊色身和男女之相，但还是注意到了它的皮囊色身和男女之分；它会令你惶惑和不安。海岛出巫蛊事，这几天喻小骞已经见识了，每天都被惊得汗毛一乍一乍的。正思忖这到底怎么回事，手机又让她出一身冷汗地炸响，她几乎是手忙脚乱地推开滑板，电话那头是常一的煤渣嗓儿。

"小骞老师，眼前这尊菩萨让您有什么感想啊！"电话里也有风的声音，喻小骞四下打望，从她站的地方极目所见，除了那四个媒体人还在沙滩上扛着摄像机往上拍，再也看不到其他人。

"你怎么知道我在这儿？"话一出口她马上明白，常一和他背后的人一直在监视她，否则这几个电视人怎么会堵在这儿？那么是谁监视她？陈妖姒？她已经向海青山一家"出卖"过自己一次了，不过她应该不知道自己今天的动向。常一哈哈笑过，神秘地说：

"我们自有办法。不过，我们不会侵犯您的隐私。"

"你们跟踪我？或者，有卧底？"喻小骞蓦地想到武羚羊，身上"唰——"地一凉。几天来自己一直跟武玉梅无形中角斗，竟没留意突然冒出来的武姓女孩。她记得武羚羊曾说过爹死娘嫁人的话，这句话也可以解释为：爹不在身边，娘也不管她。想到这里，喻小骞又出了一身冷汗。

常一鸭叫般地大笑，这嗓门倒像是个胖女人的。

"根本不用那么费事。看来谍战片您还看得不够。锁定一辆车的技术不是美国人才有。"

喻小骞迅速回想谍战片里用什么技术可以锁定一辆车。她下意识地拍拍身后的背包，她需要笔记本，把自己的疑问记下来。

"你们费那么大事干什么？"她找到自己的笔记本，换一边听手机，右手在笔记本上快速记下：①武羚羊是谁？她和武玉梅有无关系？②什么技术可以锁定一辆车？让邵洋打听。

她边记边问：

"你们到底是要拍一部电影，还是有其他打算？"这句话一出口，她被自己的话吓住了。到目前为止，她和同仁只懊恼武凰停拍《过山车》，却从没想过这个东昌出了个武女皇的女人还有其他打算。这个打算会是什么？一般来说是报仇——不然还会是什么呢？但仇从何来？常一在电话那头则阴阳怪气地说：

"除了拍电影，您还有别的什么能耐？不要想太多。不过有个问题你倒可以回答我。对我们总裁的成就你有什么看法？"

喻小骞身上的鸡皮疙瘩站起来。她停了会儿，厌恶地说：

"武玉梅为什么改名武凰？大奥村为什么更名大鳌村？你们总裁搞那个'六条愿景'究竟什么意图？你们把我弄来就是让我给她树碑立传？"

"嘿，您可真是冰雪聪明！谁不想永垂不朽呢？哈哈哈……"常一发出轻狂大笑。喻小骞身上的鸡皮疙瘩又站起一层。

"从您现在的位置往下看，"他的破锣嗓子像漏了风似的，"那里有块武总亲自撰写的碑文：《修双面观音志》。那可是用文言文写的哟。从这个碑文，大家可以领略我们武总的文采。"

"你们武总的文采我已经从那本可笑的小册子上领略过了，顶多算个文学爱好者。"

"不要有火气嘛！哈哈哈，您一定参观了武氏祠堂，里面的《重修武氏祠堂志》也是我们武总的手笔。它探究了武姓的渊源，从周平王之子姬武手掌纹路为'武'、被平王赐氏为武开始追溯这个家族的历史。我可以告诉你，这个家族有个密不可宣的秘密，那就是手掌纹路是'武'的，必为'皇'……"

"接下来你是不是要说，你们武总手掌上也有个'武'？"喻小骞揶揄道。

"您可真是冰雪聪明！有没有'武'字，您大概最清楚！"常一继续阴阳怪气。

"你们把武玉梅跟姬武扯上关系后，再把这个貌似武玉梅的观音立在海上，为的是让人们千秋朝拜？"

"您看出来了？哈哈哈，是风帮您掀开盖头的吧？怎么样？好诗意吧！你想想，百年后，几百年后，人们蜂拥而来朝拜的是刻有武凰面容的菩萨，所谓永垂不朽就是这个了吧！"

"如此说来，武凰是打算母仪大鳌村了？"

"哪里仅仅是大鳌村,应该是母仪海南岛。海南文昌是出国母的地方,出了三位第一夫人,现在已经不仅仅是出夫人了……"

"那么武玉梅嫁了什么堪比诸侯的人物?"虽是揶揄,喻小骞已经怒火中烧。

"武凰自己就是诸侯!建一条路,修一座桥,盖一座大厦,立一尊观音,都快实现了,一个诸侯能做到的不过这些!这尊双面观音在四月八日佛祖诞辰日开光,那一天,你想想,人们将从四面八方涌来,俯首朝拜。"常一恐怕是吃了摇头丸。

"物极必反吧?"

"小骞老师,您恐怕得谦虚点儿。不管从哪方面说,武总的成就都比您大。"

"你们太狂妄了。"

"历史是人创造的。武凰在创造历史,在创造将来的历史文化古迹。"

"听上去像神经病……你们那条从东昌到大鳌村的路……"

"您的功课已经做到那条路了?啊哈哈哈哈……"

喻小骞打断常一的狂笑,直截了当地说:

"这条路的起点在一个居民祭祀的公庙,你们拆庙建路,严重影响当地居民的精神生活,我需要跟你们总裁沟通……"

"啊哈……"常一也打断喻小骞,"这件事不需要您操心,您只要把剧本写好就完成你的本分了。"

"那里的居民……"

"我们希望尽快看到剧情大纲,其他的事,您就不要费心了。小心老得快噢。"

"你们不怕出恶性事件?"

"我的大小姐,会有什么恶性事件?群氓最怕死,他们不会为一座破房子不要命的。"常一换上狠毒的口气,"好了,言归正传。您现在的采访已经跟改编剧本无关了。您最好收缩羽翼,不要越界。我的意思您一定明白。您把现有的故事编好,多加点《红色娘子军》片段。俩女孩子朦胧点儿,暧昧点儿,体现足够的美感,您的任务就完成了。"

"我还没跟你们签合同,即便签了,我也要按自己的思路编剧。"喻小骞说完也发现,自己这话像任性的女孩。

"您不打算改改脾气么？您可不一定每次都被宠。"

"你这话似乎已经说过一遍了！我可以不接这活儿。"

"那些嗷嗷叫的下岗演员遣散费怎么办呢？您已欠了一屁股债，难不成要借高利贷？"

喻小骞一时无语，常一倒一不做二不休：

"四月八号，佛祖诞辰日，我们给这尊双面观音开光。那时候，也许我们的合作已经开始，您的剧本已经出炉，第一个镜头就是双面观音开光揭幕的盛大场面。您可以用倒叙法，十分抒情地回忆一个商界大亨少女时代的故事。四月八号离现在也就一个半月，您现在就该动手了。"

对方说完就挂掉电话。喻小骞愠怒地合上手机，转身踱两步，蓦然看见貌似武玉梅的观音正俯视她，她恼怒地调转身，脚下一绊，右脚踝窝了一下。这一窝不当紧，溃烂的脚踝雪上加霜，在海南接下来的几天，她都是跛着脚走路。

对方电话一挂就打掉了沟通的可能，阿琼嫂托她带话就断了通道——本来就没可能，她自己还像别人手里的软柿子，动不动就被捏一捏呢，却想着替人出头。喻小骞一阵哀伤和自恋。她走下崖头，越过新修的马路和缠绕的灌木丛，走上旧柏油路。她边走边把吹乱的头发打开，重新理了理，将发梢处挽成麻花。她看着投在地上的影子，自己仿佛是个嫁入豪门的、忧郁又恪守清规的寂寞王妃。女人到了四十岁开始哀叹岁月，她会不时看到自己容颜的衰败，也会一而再地反问：为什么要拍电影？如果不拍电影，自己可以是某个体面人家的如花美眷，在美食华服和文人雅士之间穿行，跟他们谈论新电影，诺贝尔奖小说，聊聊装置艺术，扯扯行为艺术什么的，不至于受这份罪。当然，消费艺术、美食、华服，是无法代替创造艺术带给人的那种自我超越感的；只有创造的人，才能不断体验那种破壳而出的超越感，仿佛不断重生，从而使创作者产生瞬间的神性体验。这跟投身宗教可能有相似的体验。所以，创作是创作者的宗教这说法，只有创作者才能体验；他们也因此乐此不疲。喻小骞又一次在心里回答了自己为什么拍电影后，干劲儿又回到她身上。车启动后她开始在车厢里大声唱歌，当注意力只在唱歌和开车上，烦躁也像朝雾一样散开了。

这天晚上九点半，喻小骞和武羚羊在鱼排吃晚饭，从电视里听到一条当地新闻：

据本台记者报道：先后在我省投资兴建海南Ⅰ号桥、大武公路的大武集团，近年来又投资文化产业。该集团名下的文化投资公司先后扶植、出版了有关海南题材的文学作品，为海南文化推向全国作出巨大贡献。日前，该集团决定将集团总裁武凤的小说搬上银幕。据悉，这部暂定名为《海南往事》的剧情片将由著名青年导演喻小骞改编、执导。喻小骞导演是我国近几年出现的新锐女导演，她的处女作《卖脸》入围第 53 届柏林电影节正式比赛单元，成为我国唯一一位入围参赛单元的女导演。日前，记者在正在修葺的大鳌海上双面观音景区，采访了正在海南勘踏实景的喻小骞导演。

记者：喻导，海南有着特殊的女性文化，您打算在这部影片中，怎样塑造海南女性——

喻小骞的画外音："我们要给这个时代的女性书写历史。"

与此同时的电视画面是喻小骞登上海边崖头迎风站立、眺望远方的特写。狗仔队的本事就是 PS（拼接）画面。喻小骞上面这句话是电影频道采访《卖脸》时她说的一句话，现在被拼接到这条新闻里。

"他们可真够无耻的。"当时武羚羊坐在对面，被小丫头看着，她的火气比一个人时要大得多。"他们的新闻连一个正面镜头都没有，就敢说这是采访时你说的话。"

武羚羊幽幽地看着她，似乎在观察她的态度。喻小骞不堪被一个眼神懒气的小丫头观察，把目光又投向电视。地方新闻的最后又加了一条国际新闻：

日前，以军炮轰加沙地带巴勒斯坦定居点，以报复日前巴激进组织自杀式袭击。炮击持续一小时，轰炸造成 17 人死伤，多处建筑物毁坏。从记者站的这个位置看，远处巴定居点多处建筑物浓烟滚滚，当地电视台采访到定居点附近的居民——

　　居民愤怒地说：这笔血债一定要讨还。我们要报复！

"我们要报复！"这句话瞬间点燃喻小骞的灵感。她是个向内用力的人，遇事先退一步，先检讨自己。一般情况下，事关电影她争取，而人际关系她多数采取息事宁人的策略。十天来，武玉梅步步紧逼，现在居然利用媒体胁迫她，那么她是不是应该示点儿威？她冲武羚羊点头示意，然后踱出渔排，给上午遇到的那位四川工打电话，告诉他，大武集团董事长的娘家，就住在大鳌村议事广场把着口的第一家。她对四川工说："你们去静坐吧。不要动手，动手就要不来钱了。动口不动手，三天后，应该能拿到工钱。"四川工将信将疑地挂掉电话，像他这样的农民工几乎不相信会有这等好事落在自己头上。

2002 年 2 月 25 日　　正月十四　海口
　武玉梅是谁？（6）
◆2002 年，自比武则天，按自己的面容雕塑海上双面观音的一面（至少一面）。
　→她想永垂不朽？
　→她想接受后人的朝拜？
◆2002 年，她在大鳌村修建武氏女祖祠堂，将自己的家谱接通武平王。
　→她想给后世制造一个"婆期"传统，祭拜对象将是她的外祖母、母亲和她自己。
◆2002 年，她修路两头造孽，一头拆祖庙，一头劈山崖。
　→劈山崖，灌风灌海水，崖后几个村将不保。
　→不给修路工工钱。
　→拆祖庙，报复海青山当年与她离婚＋分娩期间不管她＋坐牢期间不看她。

# 第十二章

从大鳌观音回来的路上，喻小骞把从四川工那里听到的、关于讨薪的这些个做法，打电话告诉海青水。她说，农民工使得，你们也使得。如果海家能聚集几十口上百口人在公庙，大武集团也不敢强拆。“我给你们再想想别的办法。”她安慰海青水说。她说的别的办法就是武羚羊。她说不上武羚羊会帮什么忙，但隐隐约约感觉武羚羊不会平白无故出现，她身后一定有个什么。两天来她还没顾上跟武羚羊深谈，现在时间尚早，她便给对方电话，手机倒是通了，但没人接，她便发短信：“我今晚入住海口得胜大厦。希望与你一叙。”她这个陀螺转起来就停不下来，九十分钟后，她把行李搬进原来的房间，坐在床上盘算剩下的七八个小时怎么过。

她当然可以坐下来构思剧本，她已经有个想法：以武玉梅的一生写个类似《公民凯恩》的传记电影，这要比那个软不拉塌、无病呻吟的《海南往事》有力量得多。现在，她已经收集了武氏上大学前的几个典型情节，也知道武氏赚第一桶到第三四桶金的大致脉络，目前她缺的是武玉梅上大学期间到底发生了什么？当然也不了解其发达后，真正的困顿是什么，“六条愿景”的背后是什么。现在，她需要调查调查再调查，但到目前，她还不知道下一步该找谁。通向武玉梅的路都封死了，只有陈娇姒那边还有点活络，只是上午，自己一时轻狂断了这条路。喻小骞一边把早上串在绳子上的湿衣服挂在房间里，一边把相机、手机都充上电，腾出手后就给陈妡姒打电话。她问陈住在什么地方，说自己这就开车过去。

陈妡姒等在一个叫坡博村的路口。这里建省前还是农村，现在住着懒散的村里人和戾气很重的外来人。陈妡姒混在他们中间就像一位到农村体验生活的演员，打扮一样，说话一样，就是眼神不一样。在内地，一个女作家不说自觉高级，至少也要跟丈夫平等，而在海南，陈作家却要向不工作的丈夫赔着小心，这是令人想不到的。

陈妡姒租住一栋旧楼靠里的一间，走廊当阳台也当灶间，有人在家时，煤气灶就放在走廊烧饭，人不在家，还要拿进屋里。房间是个大通房，三十多平米，房间劈出一块是水房加厕所，其余部分用三合板隔成两间。从门口到对角斜拉一根铁丝，上面挂满衣服。屋里一股湿霉味和长期做饭没有清理的油污味，在水房木门框上，喻小骞还看到长出的灰白蘑菇。

“你看，我就住在这种地方。”因在自己家，陈妡姒一副沉着、世俗做派。“你知道我除了发报纸还给人做家政不？我一个月正常要用两千三到两千五，可我一个月只能挣到两千块。每个月都差三五百块，所以就给人家做家政。”

“你高中毕业后就在海口，一二十年了都没改善？”想到自己在北京的斗室，喻小骞在心里对自己讪笑。

“一个家，一个人挣钱已经够难的了，另一个不挣钱还要花大钱，你说这个家能存得住家底不？”陈妡姒怨怒地说。喻小骞坐在鲜艳的塑料方凳上，看着两个黑乎乎的、只有门没有窗的三合板房，心想这夏天可怎么过。

“你老公受伤是前年的事，之前十几年呢？他也不工作？”

“那时候他不穷。他是纺织厂的采购，我是工人。最早他下海，挣了钱，拿给别的女人花了。等他做生意亏了本，没钱了就回来了。没房子住，没钱养女儿，他就带女儿去家婆那里吃饭，有时还睡在那里。我就气他这个。没钱就没钱吧，你跟我好好过，我养你。他四十岁的人不靠老婆靠老妈，真让我气啊！”

“我以为你会更气他把钱给别的女人花。”喻小骞小心地说。

“这个也气，但人给你回来了，就好好过吧？唉，人家不，人家非要回他妈家。可他烧伤的时候，他妈又不给钱，我可真没办法了，去找武总借。唉，丢人啊！但是，你有什么办法呢？说来说去，他还是你男人。"

"你考虑过离婚没有？"

"离婚有什么用？海南男人都这样，你离了这个，那个还是这样。"看着喻小骞无奈地摇头，陈妡妞又说："海南女人不离婚。除非男人非跟你离。不过，海南男人也不离婚，他养二奶，大老婆也没办法，最后是，大奶、二奶都养他。"

"那做妻子的怎么忍得？"

"忍得也忍，忍不得也忍。一个女人总得有个男人，没有男人就不是一个家。你孩子没阿爸，这个家气就短，也遭人欺。你不要这个？好，也没人要你了。哪个男人会找一个黄脸婆？你怎么办？学乖点，只能忍。"

"看来男性的性自由是被妻子宽容的，那么妻子的性自由被宽容么？"

这回轮到陈妡妞惊讶而绝望地看着喻小骞，半天才说：

"他不打死你！"

喻小骞目光灼热地看着陈妡妞。

"那么就换个角度，离开男人，女人能不能活？"喻小骞差点说出自己就是单身。

"啧，是个女人，总要找个男人。"陈妡妞老于世故地说，"这世上，人总是一对一对的，不是一对就阴阳不调。女人不当男人的老婆，就当男人的二奶。你说你想当啥？"

喻小骞看着陈妡妞，事情让她一说就如此绝望，喻小骞只得呵呵地笑。

这时陈妡妞的丈夫钟吉昌进得门来。这老兄相对当地人来说也算一表人才，外表看不到烧伤的伤疤，只是弓起的脊柱让他看上去虚弱一些。钟吉昌的神态不像是回自己家，倒像是去某个穷亲戚家走亲戚，到一到，马上走。陈妡妞抢白似地说，这就是我说的导演，那天我就跟她一起去的东昌。陈妡妞完全不懂得社交，她说这些话时用海南话，喻小骞因为听不懂没有给她呼应。钟吉昌看喻小骞一眼，像是相信了陈妡妞的说法。他用海南话对老婆说，他现在去他妈家，在那里吃饭。陈妡妞则立马用海南话制止，说着说着情绪激动，改用普通话："你干嘛四十多岁的人了，还每天非要回家婆家？”

“你煮的饭这么难吃，你自己煮自己吃。”钟吉昌大概还延续两天前吵架的口吻。

“你就为一口饭不要自己家、自己的老婆孩子？”陈妩姒还是忍不住，当着喻小骞的面大吵起来。

“像我这样的，不为一口饭还为什么？还为事业？写作？你个没心肝的！”钟吉昌嘲讽道。这期间，他故意不看喻小骞，好像轻视老婆的朋友，就算轻视了老婆。“我不管你好不？你也别管我。你写你的书，我就一天为三顿饭，好不？”

“我做的饭不好可以改进，你不能动不动就回家婆家啊？”

“你改进？快二十年了你改进没？就知道写那些豆腐块，有什么用？能当饭吃？饭还做得那么差？让谁吃！”钟吉昌说完甩手往门外走。他的姿态表明，他对眼前的女人厌烦透了，之所以还留在这个家，完全是没有别的办法。又不能赚钱，身体又差，后一条让他想吃软饭都吃不成。

“阿昌，你等等。”一股血冲上来，一直没开口的喻小骞叫了一声。钟吉昌不情愿地站住，想了想，回过身，拿出见过世面的姿态对喻小骞说：

“导演你好，你和阿姒多聊会儿，好好指导她写作。她这个人笨，又没见过世面，你多指导指导她。”

“我说阿昌，你得尊重挣钱养活这个家的人。父母靠不了一辈子，最后靠的还是自己老婆，更何况你现在的身体，我看你也找不到愿意养活你的第二人。我将和陈妩姒合作套拍一部纪录片，《琼崖纵队女战士》，她将是策划人和主要撰稿人。你不应该尊重这样的人么？”喻小骞拿出强势派头，居高临下继续对钟吉昌说：“谁说写字当不了饭吃？陈妩姒写的字，将每集一万。你如果找不到工资合适的工作，就好好在家做家务，帮陈妩姒发发报纸，让她有更多时间写作。”

喻小骞看着钟吉昌表情的变化，当她说“一集一万”时，这个懒散男人的脸上泛出虚荣的笑，好像这“一集一万”是他脸上的金。当劝他“好好在家做家务”，他像是听进去了，目光集中了。喻小骞知道不能棒打落水狗，见火候已到便说：

“你要去你母亲那儿就去吧，今天把妩姒让给我，我们商量纪录片的事。四十岁，是个不老不少的年纪，你得重新制定生活目标，把注意力放在自己家。如果自己干不成什么事业，就支持陈妳姒。这是我给你的建议。你去吧。”

钟吉昌恋恋不舍地离开，他可能后悔了或者不踏实，他可能想留下来听听导演跟妻子商量拍纪录片的事。当然他还是走了。他走后，陈妳姒搬了塑料凳子坐在露天走廊上，这里的空气好多了。两人坐定，喻小骞第一句就是：

“你们两个到底是什么问题？”

陈妳姒被问得一愣，她长久地看着喻小骞严肃的目光，知道自己必须说实话才能赢得喻小骞的信任，她低头思忖了会儿，慢慢说：

“性的问题。他的功能在烧伤中丧失了。”

喻小骞难过地皱皱眉头，关切地看着陈妳姒。

“完全？”

“几乎。”

“所以他的信心和生活乐趣完全没了？”

“他不愿承认……就朝我发威。”

“证明雄性的另一途径？懂了。”

“你们没想过其他办法？”

“没办法讨论……”

“懂了。”喻小骞不想让陈妳姒太难堪，便有力地说，“你……从没想过换一个？”

“你是说离婚？”陈妳姒居然是冷笑一下，神情中带着某种优越感。“我们这里的说法是，离婚是败家，无论如何家不能败。家比哪个都重要。”

“重组家庭也许是新生。”

“因为男人不能干那事就离婚？我做不出这种事。”

“可是他能的时候，却在婚外搞。”喻小骞说着也带股气。

“唉……”陈妳姒又摇摇头，“做那事是一回事，家是另一回事。在我们海南，一个人没法生活，特别是渔民，所以，家是一切的基础。你到农村看，乱七八糟的事满天飞，但家还不是家？”

喻小骞看着陈妳姒那张鸟似的脸，明白了陈妳姒们的价值观。她不易觉察地摇摇头，过了很长一段沉默，说：

“过了年你就去采访那位几进几出的女兵吧。”

“赵晴天。”

“对。既然家对海南女人那么重要，为什么她能一个人住在村边。她的苦境究竟是什么。她的生存境遇，比如说是否遭人强奸等等类似的问题，从女性的角度和立场提问。这几天你先列个采访提纲给我看，我第一笔钱到了摄影师就可以来，我们套拍。”喻小骞说的第一笔钱就是“红画”许诺的第一笔编剧费。

“你真打算拍纪录片啊？”陈妗姒不敢相信地问。

“很值得拍。你说的对，再不拍这些老人就不在了。你要先读几本书，波伏娃的《第二性》，卡伦·霍尔奈的《女性心理学》以及有关女性主义的论文。你网上搜一搜。你的问题是观念问题，如果你没有世界立场、女性立场，就做不好深入记录。”

“我基本不上网。”陈妗姒矫情地说。

“这不是什么优点，”喻小骞打断她，“不需要坚守。输入‘女性主义’，会有很多文章。多学一点知识，做一些笔记。”她从塑料凳子上站起来，“做点功课吧。我至少还在这里一周，希望下一次见面能听到你关于女性主义的学习心得，关于重新采访琼纵女兵你有什么新想法。”

喻小骞说完就告辞了。套拍纪录片的决定算不算一时冲动？也算是吧。当年对阿木同样这么许了愿，看来她是伤疤不好就忘了疼。但是，谁说这样不能成就好作品？至少它给了陈妗姒一家希望。

晚饭时分，武羚羊打来电话神气活现地说，她昨晚一夜没睡，今下午补了个觉所以对方午后的电话没接上。她问喻导现在何处，她过来找她。“我们一起吃饭好吗？然后我请你去一个同性恋酒吧。这样的地方你过去吗？当导演的一定得了解年轻人现在愿意去哪儿。”在北京，喻小骞不去那样的地方，但北京之外，这样的地方还是可以去看看的，应该算猎奇，但喻小骞总给自己找个采风的理由。见喻小骞答应，武羚羊又说：“干脆你到鲍鱼食府，给 GPS 输入香港鲍鱼食府几个字，它就能带你来。”“你还是换个路边排档吧，吃点接地气的东西……”还没等她矫情完，武羚羊就说，“那就渔排吧，吃饭的都是当地人。”

通过导航仪，三十分钟后喻小骞找到武羚羊所说的渔排。所谓渔排，就是在岸边和水上搭起栈桥，栈桥上摆餐桌，人在水上享用美食。两天没见，武羚羊一副纵欲过度的亢奋和憔悴，她对喻小骞嫣然一笑，不用化妆，已经是很重的烟熏姿容。她穿了条波西米亚式咖色乱花长裙，脖子上又是项链又是围巾，裙子外是件红咖脏色小皮装。

"你挺会穿。"喻小骞忍住惊心，装作漫不经心地说。

"时装是铠甲，不让人看见里面的脆弱。"女孩假装不在意地说，脸上是自嘲的神情。不知为何，喻小骞听她说话就感觉肉体深处泛起来的愉快。"你很疲惫吧，眼睛又黑又亮。"

"饿到一定程度眼睛就又贼又亮。搏斗也是。"喻小骞听着对方快活又习惯性试探的话语，把心一横，决计放松自己。几天来，闯入她视野的各色人中，就武羚羊底色暧昧，琢磨不透。不过，虽然这女孩身上有很多疑问，她还是愿意消受她，哪怕暂时的。

"你想吃什么？你应该喝点汤，恢复一下元气。"突然地，两个人的关系发生了变化，喻小骞仿佛是个被照顾的。

"那就老鸭汤吧。如果我说着说着睡着，你就把我摇醒。"

霉米糕色的女郎看看喻小骞，半天才说：

"你也许应该先睡一觉再吃饭。"

喻小骞看着这个说的每一句都不像是真话的女孩，明艳地一笑，说：

"你也是。"

两个女人咔咔笑起来。

"GPS是怎么个原理？"喻小骞松懈地靠在椅背上，懒懒地想，自己是再回不到纯真了。尽管享受着武羚羊别有趣味的青春和她身上特异的酸臭味，但也没忘自己打算干什么。

"GPS嘛，是叫全球定位系统吧？"

"你知道它是怎么工作的？"

"怎么呢？"

"一个人怎么知道另一个人在哪里……"喻小骞对机械比较笨拙，她做着手势，帮助自己说话。

"哦，这个啊，GPS有个终端，有个传输网络，还有一个监控平台，它们合起来才能工作。"

"跟踪可以做到吗？"喻小骞暗自得意地想，像武羚羊这样涉世不深的女孩，别人套她事先她是看不出来的。

"这东西，在中国还没应用到民间吧？"武羚羊满不在乎地说，然后解释 GPS 三要素各自的功能。

"这么说，如果我的车被跟踪，只有在监控平台才能看见。那么什么人才能接触到监控平台？"

"你是说那辆小跑被跟踪了？"武羚羊这才听出眉目。

"有人知道我每天的行踪，这是不是意味着被人跟踪了？"从武羚羊的神态看，她并不知晓此事。"刚才，导航仪把我带到这里，我突然明白，是这个 GPS 泄露了行踪。"

"在中国，还没应用到民用吧？这么说他们租了国外的服务器？"武羚羊说完便笑起来，"小骞老师……你干了什么他们要下这么大功夫？"

"我自己都不明白有什么跟踪价值。他们有什么必要搞得这么神秘……"见武羚羊一脸懵懂，喻小骞适时地把话题转到对方身上："你的车有问题么？"

"没有啊。我觉得没必要啊？你想象的吧？"

"最近我遇到个疯子，不知道她要干什么。"喻小骞意味深长地看武羚羊一眼，而对方仍然一副萌态，不过这次她感觉对方没给勒考克白交学费。

"我最近跟大武集团打交道，这节骨眼儿上你又闯进来，赶巧儿你也姓武。这让人好奇，你跟大武集团有关系么？"

"没有。"没等喻小骞说完，武羚羊就矢口否认。

"那么武凰，武玉梅这个人呢？"

"怎么了？"

喻小骞听出武羚羊在掩饰和犹豫。喻小骞看着她的面孔紧跟一句：

"有关系么？"

"没有。"武羚羊这次回答倒果断，但其面部表情的流动，喻小骞还是尽收眼底。

冬瓜老鸭汤和鱼片粥都上来了，渔排这种地方是东西好吃环境差，因为春季没什么风，鱼的腥气，潟湖水的浑浊气味使得这餐饭吃得相当"肥沃"。食客多是当地人，大家衣着松垮、神情闲散，周身洋溢着肠腔满足后的快乐。这种快乐让整个群体都缺乏斗志。

"您要啤酒还是 biang 酒①？"武羚羊最自信自如的地方就是饭店，她自己也一再印证。喻小骞听到"biang 酒"一词，不觉一笑。

"你还知道 biang 酒？"喻小骞很深地看一眼武羚羊，说："就它吧。什么都得试试才知道，是吧？"待店家小妹离开，喻小骞表情手势都出来了，她自己都不知道为什么这么做作。"你知道有本小说叫《海南往事》么？我来这里是为了把这本书改编成电影？"她垂着眼皮，用余光观察武羚羊。"这一切是被逼的，这本书的作者很变态。"

"啊？"武羚羊的脸色肯定一白，但在昏黄的白炽灯下喻小骞没看清。

"说说你吧，讲讲你的故事。"

"啊？哈！"这时武羚羊避开喻小骞的目光，低头为喻小骞和自己盛汤，思忖着再编什么故事。喻小骞倒也不急，武羚羊露出的惊慌和犹豫让她胸有成竹。武羚羊会编个故事，不是这样的故事就是那样的故事。只是由于疲劳少眠，两盏 biang 酒下肚，喻小骞自己先醉了——

……一条小船躺在阴历十七的月亮俯视的大海上。秋天，风从西南往东北吹，小船漾呀漾地往东北漂。俩姑娘一左一右躺在船舷上，穿军士蓝翻领衫的女孩对穿红衣的女孩说：时间到了，开始吧。穿红衣的女孩躺在船舷上不动，穿蓝衫的女孩坐起来，随着她的坐起，小船剧烈摇晃；穿红衣的女孩像是睡着了，稳稳地躺在船板上。穿蓝衫的女孩开始脱上衣——刚才，她跟红衣少女约定的是——也不是约定，而是，她让红衣少女在船板上跳舞，红衣女不肯，她总是不肯，揣着舞技就像揣着美色，得让人家好说歹说求她，她才万般不情愿地亮

① 黎族人用山兰米酿制的初级酒。

上一相。蓝衫女孩这天又求红衣少女跳舞，求得对方烦了，才口气很冲地说："那你有什么给我看？"这倒是个问题。她有什么呢？她只有一副身子，她只有拿身子给她看。于是，事情就是，红衣少女跳舞给她看，她脱衣服给少女看……

喻小骞口干舌燥地惊醒，神志还停留在刚才的意境中。那既不是梦，也不是幻想，而是《海南往事》中的一段文字——最近，她越来越多地梦到书中情景，有时，居然白天都在做梦了。

喻小骞骇然醒来发现自己全身濡湿，深陷在车后座的羊毛垫子里，腋下的酸味跟荷尔蒙气味让她泛起不安。她支起脑袋看了看周围的状况：自己躺在车后座，武羚羊躺在放平的驾驶座位上，似乎也睡意阑珊。车窗外，十四的月亮几乎满圆了，白度母一样俯瞰群青色的大海。海涛在不远处寂寞地喧哗。

大概听到喻小骞醒来，武羚羊躺在座椅上，一句一句朗诵着："你一定在秋天见过一种白菊：因为风吹或者拥挤，它向一旁斜逸而出，一蓬子，一堆子，像一头未经削剪的卷发，从花盆沿儿甩到盆下，甩到台阶下，流泄到地面。开放之初，它白中发青，盛期是耀眼的白，最后，就是灰蒙蒙的惨白。它流泻而出、铺地而涌的样子，不知算是雍容，还是飘零，这女人就是这样子。当她精神好的时候，是耀眼的白，皮肤上跟洒了玻璃纤维似的，当她灰心丧气时，就像深秋落了灰尘的残菊；她有时候看上去是盛期富菊的雍容，有时候，是吸干了水分的残菊的飘零……"

喻小骞听了一会儿才听出，武羚羊这是在念一段散文。

"这是谁写的……"因为口渴，喻小骞要清一下嗓子才把这句话说清。

"你的朋友邵洋。"武羚羊躺在前座，纹丝不动。喻小骞哑然失笑：

"嗬，都忘了。听起来是耳熟。"

"她是写你的吧？"武羚羊的身体僵硬，没有回头。

喻小骞感觉到一丝压迫，从半躺的姿态坐直了身体。她抬起身子整理坐歪的裤子时，武羚羊从前面伸过手，准确地一把抓住她的乳房。但这只是一瞬，随着她坐落，乳房从武羚羊的手上滑脱。不过这已经惊出喻小骞的冷汗，她侧脸看过去，只见月光下一只蚕茧型的莹亮的光头，它美得像一颗玉质的葡萄。喻小骞的皮肉都凉了，心脏在心窝里发抖，喝下去的那点儿 biang 酒变成虚汗，粘叽叽地贴着身。

"咱们走吧！"她无奈地说，一边放下车窗，假装看外面的大海。

"小骞老师，我喜欢你。"武羚羊任性而唐突地说。

"开车吧。"

天上烂银子一样的白云被月光照得绚烂，海像一面弧形的镜子反映着天上的月亮、云朵、游走的水汽，这荧亮的表层下，是子宫一般深邃无底的海水。此时的风，刮起一层水粉，海的淡咸味，是满怀爱情的女人身上的讯息。喻小骞呻吟般地长叹一声，武羚羊回头看见对方焦渴而狂乱的目光。喻小骞也看见女孩的眼睛，从里面却什么也看不见。

"小骞老师，我爱你！"武羚羊委屈地说，"我知道你也喜欢我！你看到我第一眼，我就看出你喜欢我！"她说得像是赌气。

喻小骞的后脖梗上，唰地汗毛乍在冷汗中。她差点儿跳起来，慌乱中看见车把手，下意识地一扳，人已经跳到车外的沙滩上。武羚羊也随即打开车门，慢慢走过来，站在喻小骞身边。

"你怎么这么紧张？可不像四十岁的人。"

了解了喻小骞的态度，武羚羊笃定起来。现在的她一点儿不像第一次见面时那个示弱的、说话不连贯的女孩。她的才智大概都用在情爱上，不论对象是男人还是女人。她啰哩啰嗦说了许多话，话一多，她的条理性、逻辑性甚至表达都成了问题。事实上她不具备用书面语表达的能力，当她勉为其难非要这么说话时，她的絮絮叨叨、磕磕绊绊、边说边自我怀疑的特征又出来了。不过喻小骞还是从一大片杂乱的语言中听出她的意思：

她认为：①世界和人生是偶尔的产物，是没有目的和意义的。②世界上没有神灵、真理这样永恒的东西，世界是荒谬和偶然的，人生像动物的一生一样，只是短暂而残忍的历险，那么，人所做的一切都应该是被允许的，包括通奸、乱伦这样的罪恶。快感是对偶然性的反抗，是体会瞬间永恒的方式之一。③与其忍受这个世界，不如选择反抗。这个"选择"，不是自觉的深思熟虑的，更像是对苦痛灵魂的悲泣，是对必死肉身的哀叹。所谓"反抗"，就是蔑视一切社会规范，道德良心风俗，以达到肉身的占有以及打破社会习俗的快感。④她对物质世界漠不关心、一无所知，而对肉欲则穷奢极侈；她对自然风景漠不关心，更愿意体察人的性格、心理状态；而对人的关注又抹杀其社会性，只关注其动物性，唤醒其感官欣快。⑤去了西藏以后，她把不分雌雄的乱伦看作一种宗教行为、一种献祭，或者一种哲学，她获得了前所未有的尖端纵欲的快感——也就是把肉体活动和精神活动统一起来，在一个个瞬间，她体会到上帝、神、菩萨般至高无上的视野和高度，她感觉自己可以分配死亡，可以复制宇宙机制，具有了生杀予夺的大权。由此她获得了自己的世界观，那就是：人就是一副肉身，有一份盲目的激情，是一架性交机器；一切都是惊悸、疼痛，都是汗水、血液和阴水；人类的唯一语言就是性交中发出的呼吸、叹息；每一次高潮都是一次小的死亡——这跟其他哺乳动物有什么区别呢？高潮是唯一可以表明确切时刻的生物钟，是唯一的超越，也离真正的死亡又近了一步。⑥从现在开始，她生活的唯一目的就是品尝生活的各种滋味，她为此而活着，而财富让她进入自由王国。如果有一天她自觉没啥活头的话，就"揭竿而起，像那些名留青史的女人一样。"

武羚羊像个天才疯子，双手举在脑袋上方，半闭着眼睛，双颊绯红，连轴转般地说着这些话，还说着马克斯·韦伯、吉登斯、路易·阿尔都塞这些人名，说着诸如"实践—后现代—破我执—具体—情感—文学"，以及"时间的混杂—穿越—回旋—否定辩证法—法非法，非法亦非法—破我执—系统性自反—回旋式重启—图书馆"这几串概念。她说得自己都懵了，也刹不住车了，甚至撂出一句：作为道路的武羚羊。这个病句的大概意思是，她的生活之道可以作为部分青年生活的榜样。

"这些观念从哪里来的？"听了这滔滔话语，喻小骞反而释然了。一个人的肉身也许容易狂热，而她背后的思想，往往先于肉体制动。

"我学法语读的基本是萨德侯爵的小说。《瑞斯丁那》、《于丽埃特》、《闺房哲学》、《法国王后巴伐利亚的伊莎贝拉》，它们被称作色情小说，但它们也是有思想的。"

双人舞
<< SHUANG REN WU

"这种国际化小说我们根本无缘看到。"喻小骞揶揄道,"有个事你看能不能帮忙。"喻小骞灵机一动,把一个"选择"撂给武羚羊。一个电影导演太知道"选择"的重要,喻小骞要把一个两难撂给武羚羊,看看她怎么"选择"。

"北京大武集团的董事长武凰有个前夫叫海青山,"她不看武羚羊,用身体感知这个女孩肢体的悸动。"这个海青山是东昌人。武凰记恨海青山当年跟她离婚,现在以修路为由,要把海家几千口的公庙以及福荫那片居民的六百年老榕树拆掉、挖走。你知道公庙和祖树对于海南人的意义么?简单说那是他们的祖宗和历史。现在,武凰以修路为由拆庙是伤天害理的,是逆天道人道的。你似乎在海南很有人脉,找你的朋友帮帮忙,给武凰递个话,把路稍微改改道,海青山怎么说也是她女儿的父亲。"

"哦!"武羚羊凝望月光下的海,她的肢体表情是厌烦和漠不关心,这让喻小骞一时茫然,搞不清这肢体语言到底什么寓意。不过,也许为了留住喻小骞,武羚羊心不在焉地说:

"你再跟我说一遍,什么个情况?"

就在这时喻小骞蓦然明白,自己就是对这女孩的脆弱、多变、自私这些秉性感兴趣,甚至可以说是迷恋。但武羚羊的整个姿态就是应付,先应下来,然后找个理由搪塞。武羚羊不会帮任何人的忙,她只想试试自己在喻小骞这里的魅力。喻小骞看明白这一点,便准备开路走人。

"你说的意思是让我找人跟武凰联络,不拆那个公庙?"这个大脑没得到很好开发的女孩,需要铆对铆的确认。

"是的。"喻小骞不让步。

"那路呢?怎么修?"

"更换一下起始点就可以了。"

"噢——"武羚羊眨巴着眼想了想,说:"那我试试看……"她心事重重地摸出手机,按来按去又放回衣袋,"我回旅馆再打吧。"

喻小骞知道不能逼,逼她,她就撒谎。喻小骞回到车上,坐进驾驶座,这倒逼武羚羊也不得不回到副驾驶座位。车开出几分钟喻小骞就认出这是自己来时的路线,这么轻车熟路地很快回到得胜大厦。

"我不是'拉拉'。"下车前她这么说。

武羚羊或是不甘心，或是不想表现得太势力，随喻小骞一起下车，在得胜大厦办了住店手续，住在同一层的另一头，实际上也就隔三个房间。

喻小骞躺在满是霉味的被子里，身体的渴望再次涌上来。此时她渴望武羚羊毛毛躁躁闯进来，一头钻进潮腻腻的被子里，冰凉的小身体贴着她滚烫的肌肤，粘腻的私处贴着她滚烫的沼泽地，那里，现在已经像喇叭一样朝天叫。阿木离开后的这两年，她的性生活极不正常，这是她愤怒的原因。有时一怒上来，她想过从此退出两性江湖，与某个同性发展更隐秘、深入的关系，但她也知道，一旦跟同性瓜葛就别想再跟异性有婚姻。她还想有个婚姻，还想有个自己的后代。而面对这盅"水果冰激凌"，明显地不是退出江湖，而是"开辟第二战场"。这是个漩涡，她还没进去就知道后果。但身体的迷恋是本能的，它像怒火一样冲撞着她的神经，有那么一刻她想，如果武羚羊来敲门，她会毫不迟疑打开门，并一把抱住那颗玉葡萄一样的光头……

喻小骞躺在关了灯的床上，放任大脑和身体随波逐流。当大脑活动就要像门一样闭合时，朦胧中听到楼下有汽车喇叭声。她猛地清醒，下床跑到窗口，正看见武羚羊走向停在钟楼广场的北京吉普。这丫头还是耐不住小旅馆的简陋，开了房间还是跑掉了；或者又找到新的性爱对象，用阴道来感受世界了？这一惊动让喻小骞睡意全无，阴道里的痉挛让她充满了愤怒。她打开灯，瞪了半晌天花板，然后穿上衣服走出旅店。

邵洋曾经劝慰她："你要是太寂寞了就出去走走。"这是良方也是毒药。几年来，她撑不住的时候就出去走走，结果往往是走到最后更悲哀。在过去治愈她狂躁的至少还有个把《过山车》拍完的理由，但现在《过山车》没戏了，一部三流小说，一个一直不露面的富婆，把她拖进繁复、腐臭的热带漩涡。她真感到这世界幽默得都滑稽了。不过眼下还有个更滑稽的，她在旅馆门前的步行街转悠，不知什么时候，一个不修边幅的当地男子尾随了她。这男子五十五到六十岁，在她身边转来转去。

"玩不玩？"他说话的口气很平常。

喻小骞倒是听清这男人说的啥，她以为是打麻将，便以导演采风的好事姿态，感兴趣地问：

"你们一般打多大的？"

"一般人我就给五十，你么，我给你一百五怎么样？"

喻小骞一惊，她愣怔地看着这个混沌的男人，一句幽默爆出来：

"你这人可真没眼力价儿，我至少值二百五。"她边说边侧身走开，生怕对方追上来。

喻小骞抛下这个不见得听懂她意思的老男人，大步折回旅馆。这节骨眼儿上手机响了，一个陌生号码，喻小骞走进旅店才推开手机滑板，里面爆出一个尖锐嗓门：

"我是陈老师！"

喻小骞愣了一下想不起这人是谁。对方好像猜到了，倨傲地说："你假装记者的，套我们的话的……"喻小骞蓦地想起那个站在李福中身边的陈老师。

"陈老师好！这时候打电话您一定有事。"

"我看了九点半的海口新闻。你不是记者，是个导演。"电话里，陈老师指责道。

"哦是的。"见对方气咻咻的，喻小骞补充道："关于记者之说是您老伴这么说我没反对罢了。武玉梅现在发达了，我就是想知道她到底是个怎样的人，你们作为她过去的同事，是怎么看她的。"她停顿一下说，"仅此而已。"

"你这么搞不是害我们？她有钱有势，我们说她小话，她反过来整我们怎么办？""小话"就是背后说坏话。陈老师显然对喻小骞诱使他们说"小话"而恼怒。

"现在不是'文革'了，她还能整谁？"尽管这么说，喻小骞还是感到背后有文章。

"她整你，都不让你知道是谁整的。"陈老师愤怒地叫道。

"她整过谁？"喻小骞反过来问。

"我哪知道她整过谁？你这个女人真是半脑！当年那几个抽调去搞武玉梅专案的？有几个好的？唉？不跟你说了，反正你这么搞就是害我们。你不要跟任何人说找过我们，你说了我们也不承认……你这个女的真成问题，穿那么好……简直就是冒充组织招摇撞骗。"

这个陈老师不知在家怎么数叨老伴呢，一定说老头儿老不正经，看见漂亮女人魂都没了，现在好了，大难临头了。

"您别激动陈老师，我不会告诉任何人……事实上，你们也不必这么担心……现在不是'文革'了，不兴整人那套了。"

"别跟我上政治课！什么时候人都有报复心。她报复你，都不让你知道……反正我们是不会承认见过你的。"这老妇人的绝望真令人不忍。喻小骞听得心惊肉跳，想安慰对方几句，对方咔地扣上电话。喻小骞回到房间半天回不过神，由武羚羊激起的情欲像尿一样被吓回去了。她在这几句上打转转："当年抽调去搞武玉梅专案的有几个好的？""什么时候人都有报复心。""她报复你，都不让你知道。"她发了好一会儿呆，把上面三句话记在笔记本上。

2002 年 2 月 25 日　　正月十四　　海口

23：06

武玉梅是谁？（7）

◆1988 年出狱后，报复。

提供人：侨二中陈老师。当年武玉梅专案组的几个老师最后都没有好结果。

→具体的怎么没个好结果？

→武玉梅怎么实施报复的？

→这几位老师都是谁？通过谁可以找到他们？

◆1966～1970 年武玉梅杀了人。

提供人：阿琼嫂。武玉梅在上大学期间杀了人。

→这个事件的时间地点是什么？

→她在什么情景下杀的人？需要真相！需要当时的情景。

◆2002 年，武玉梅跟踪现代小跑，这是要跟踪谁？

→是用 GPS？难道是租用国外的监控平台？

→有什么必要花这么大力气？

武羚羊是谁？

◆她为什么找到我？这几次相遇难道都是偶然？她来找我，难道真如她所说是为了学习电影？或者就是搞"拉拉"？

◆她的钱、车、海滨旅馆从哪里来？她对它们的态度是什么？她对钱的态度是什么。

◆她的脆弱、堕落、多变、满嘴假话的背后到底是什么？

# 第十三章

　　早上八点，喻小骞被手机闹钟吵醒，脑袋沉得好像一包乱石渣。她抓过手机按掉闹铃，再按开关键，打开手机，脑袋抵在枕头上想今天是几号，今天该干什么事。手机荜拨响，来了一条短信。她翻身平躺在枕头上，举起手机；荜拨一声又来了条短信，她按早晚顺次打开短信。第一条是邵洋的："阿木已经在新浪、天涯社区、网易及其私人博客发布声明，点击量从昨天十三点到今天七点，各网站平均点击量是一万。我询问几个朋友，这个点击量不算很多。我们现在要做的是：是否回应。怎么回应？"昨个儿一天，喻小骞光忙着感同身受别人的苦难，忘了自己还有个孽债。这可真不幸，一大早霉头就触到鼻梁上。喻小骞跳下床，第一个动作就是打开电脑，然后攥着手机奔进卫生间，坐在马桶上，看柏树则的短信："我找到高层，给海南×长打招呼，×同意帮忙。你打下面这个手机：13976××××××，提出你的要求。有问题及时联络。"总算有个正面消息，喻小骞苦笑一声，翻看最上面的短信，是海青水发来的："尊敬的喻导，'大武'的拆迁队已经到公庙，请您无论如何来一趟。请带上相机。海青水敬上。"

　　出了卫生间，喻小骞坐在床上抱着膝盖想了想，然后拨打×长的电话。她把手机设置"免提"让它响着，自己迅速洗漱换衣。没人接电话，她重拨号码，自己则坐在电脑前，搜索"喻小骞"三个字，一搜就铺天盖地。阿木所谓的声明在各网站细菌般

复制:《女导演潜规则男演员,做性奴雪藏六年》。文章历数喻小
骞怎么把瘸子阿木弄到北京,许以角色为借口将其雪藏,为的是
持续霸占为性奴。最近两年,男演员觉悟,寻找自己的爱情,女
导演便恼羞成怒,将许诺的角色取消,致使男演员进京六年没得
到任何角色,现在生活都成问题等等等等。网上当然是一片骂
声,网友怒斥文艺界两性混乱,道德败坏,导演利用职权潜规则
演员。有网友说,原来以为只有男导演"潜"女演员,不承想现
在女人也反"潜"男演员,而且是超级"嫩草"。更有网友说,
这老女人恐怕是色情狂,这一"潜""潜"四年,"咋没把自己憋
死"。另有网友说,楼主恐怕是男版"洛丽塔",让老女人呕心沥
血都"呕"了四年。喻小骞看着这些不是愤怒,而是心酸。你掏
心掏肺爱过,别人只把它当成打你的靶子,并跟你做交易。喻小
骞连再去其他网站看看的勇气都没有,她关掉电脑,在桌子前呆
坐一会儿,然后拿起梳子慢慢梳理长发。只有头发不离开自己,
她每天打理它、伺候它,它反倒是永不离弃她的伙伴。这头长发
从二十三岁留到现在,深层心理就是这个。父母、姐姐、丈夫都
会离她而去,只有肉身和虽然离开肉身但形影相伴的头发、指甲
不会抛弃她;她对头发指甲的眷恋,就像眷恋自己的影子,看
着,也爱着。现在她一把一把捋着头发,就像摸着自己的身体;
最后她把长发盘成一个大髻,叹口气,停止了自恋。

喻小骞站起来,跺跺脚后跟,在腰上顶上气。她又像开足马
力的小马达,将所有家什塞进旅行包,最后,抓起忙音的手机,
拖着行李,离开小旅店。这里到东昌一个小时车程,在车上,又
拨打武羚羊的电话。她也看出来了,武羚羊不会操心拆庙的事,
除非盯着她不放。但对方关机,关机给人的感觉就像闭门羹,她
只好气咻咻地给邵洋打电话。还好,邵洋好像手机就攥在手里,
时刻等着她的电话。她对邵洋说还是不要回应,丑事越描越黑,
越解释越像真的。我们只需要收集证据,以保证最后还击时手里
有武器。她要邵洋安排一个人密切关注网上动静,复制、保留阿
木的任何言论,对媒体的回应就是一句话:我们保留法律诉讼的
权利。邵洋自然也交代她一番,什么注意媒体的骚扰啦,对媒体
注意自己的言行,身上要放个录音机,以备不时之用。两个女人
的惜惜之情让喻小骞对着话筒长久地沉默。这么矜持了一会儿,

喻小骞叹口气说，"先这样吧，我先去救火。"她挂掉电话，一手握着方向盘，腾出一只手拍打自己的面颊，然后使足力气大喝两声，"嗬——嗬——"身体里那叫做气的东西，从腹腔深处漫游出来，集中在脑袋里蓄势待发。只是有一点，她的右脚疼得厉害；她真的又瘸了。

出乎喻小骞意外的是，海家公庙前并没聚集很多人，滞留的人更像是看热闹而不是护庙的。一台长臂挖掘机停在公庙外围的路边，驾驶室里没有人，挖斗里坐着海青山八十多岁的老父母。海青山的儿子守在两根竹竿挑起的横幅，白横幅上用红墨水写着：

"誓死保卫祖先遗产。"

"大武集团董事长公报私仇，迫害乡党。"

喻小骞把车子停在广场外，照相机挂在脖子上，拎着摄像机下了车。海家兄弟跑着迎上来。

"你能来真是太好了。没别的办法了，只能拼刺刀了。"海青山红着眼说。喻小骞掉过眼睛，免得自己酸了鼻子。

"现在是什么状况？我在外面还托着人。"

"大武的人放出话来，他们要搞个法事，三六九道程序走完后，他们就以神的名义拆庙了。"海青山说。海青水忿然道：

"他们动不动就假借神的名义干事。他们买通一帮假公、假童子，有个什么事，只要给钱，这伙人就到会捧场。"

"这些人背后还有当官的支持。有些事摆不平，场面上打架的是烂仔，背后是些小头小脑生意人。"

喻小骞听得心脏一缩一缩的。她闷在北京的黑屋里很少能接触这些事，她虽不认为这样的事是个案，但以为这种事永远不会发生在她生活里。现在，不知是因为进入另一个频道，还是自己终于睁眼看到了现实。她有些怕，又异常兴奋，环视了一下广场：

"怎么就这几个人？你们不是动员邻居了么？"

"都让他们买通了！昨天还说今天到公庙来，今天又说不来了……"海青山绝望地说。喻小骞看着他，后者身上的斯文现在变成一团混沌，这种混沌这几天在海南男人身上经常看见。海青水接着兄长的话：

"昨天，大武和区里的，开着车到几户辈分高的家里拜年……肯定送钱了，也肯定威胁恐吓了……他们一贯这么搞，'瓦解人心，威逼恐吓，授之钱利。'老百姓哪顶得住他们吓唬？那几家辈分高的，昨天还把儿子叫回来，今天早上却对我说，国家要拆，不拆就是不支持国家。"

"这些流氓不是打着这个名义，就是打着那个名义。"喻小骞愤怒地插上一句。

海青山感激地看着她，好像喻小骞认清这个事实就能解决强拆。海青水接着说：

"那两家你猜怎么说？庙反正是拆了，得点钱就得点钱。你不要人家也不会补给你。就这么，他们软了，撤退了。"

"我可以录像么？"

"我们请你来就是想让你帮我们拍点照片，录像就更好了。不知道事情会到哪一步，我们要是死了伤了，也有个证据。"

喻小骞鼻子一酸，连忙去拧镜头盖，同时使劲闭一下眼睛，把眼泪压回去。

"邻居就这么被收买了？"喻小骞把录音键打开，音量调大，从镜头里看着海青水。

"哪里仅仅是邻居？我们是一个祖宗。唉，一点小利就能收买他们。这里的人就是这样，就看见眼前这点小利。一家给两千，就把自己的祖庙卖了。"

"大武的人去你家没有？"喻小骞比平时提高一点声音。

"没有。"兄弟俩异口同声。

"看来他们的策略是，瓦解别人，孤立你们。他们针对的就是你们家。"

海青山鼻子一皱，脸上动容。

"你说她是什么心肠？"

"青山到底是她女儿的阿爸，她怎么会这么恨心？"海青水愤恨地说。

喻小骞看着海青山，突然说道："你可以给女儿打个电话，你总归是她父亲，养了她九年。"这一说，把海青山说得心酸，持不住，背过身，踱到儿子那边。海青水看了兄长一眼，对喻小骞说：

“这一段不要录。那女仔离开海南后就没再见过。那雌虎不许见，只听妳姒说女儿出国了，其他什么消息都没有。这些年，我们跟姓武的也根本联系不上，每次打电话过去都是秘书接，她不接电话，也不放一句话给我们。那个女孩，就像从地球上消失了。”

“武玉梅怎么会有这么大的恨？这么多年过去了，还针对你们报仇？”

“说不上来。她审判、坐牢的时候青山没去看她？也可能是她生妹仔的时候，青山因为怕，没去照顾她。她发疯，要把小孩掐死，闹得全校都知道。我哥要把小孩领回来，她又不让，怕小孩不在身边，政府捉她去服刑。那孩子造孽啊，一口妈的奶水都没吃到，瘦得像猴子。”

“女孩叫什么？”喻小骞问出口，身上惊一下。

“在家的时候叫海纪兰，接走以后就改姓武了，叫武海南。”

喻小骞松了口气，她不愿武羚羊跟武凰有关系。她看见一群披挂戏服的人进入小广场，便把镜头对准他们。

“那孩子健康么？心理？”

“没妈的女孩能有多开朗？她人小鬼大，从家里逃走好几次，说要离开这个家。最远的一次逃到海安。”海安是大陆最南边的一个镇，与海口隔海相望。

“她要找她妈？”

“她知道她妈在澄迈住监。她不去澄迈，也不去外家，就往海口跑，再就是往大陆跑。”

喻小骞向海青水点点头，示意自己先离开。她将摄像机对准花花绿绿的人，从镜头中发现几张似曾相识的面孔，那天在“装军”广场，似乎见到过这些“巫师”。这都是些什么人？怎么可以今天来拜庙，隔两天再来拆庙。他们是受利益驱动，还是根本被蒙蔽？喻小骞端着摄像机走到显然是头儿的老巫师身边。

“我是记者。采访你一下可以吗？”喻小骞又谎称记者，这一招好使是因为人们喜欢在镜头前感受荣耀。“你们现在是做什么？”

“作法。”老头自负地挺起胸膛。

“给这个庙作法？”标准的提问是“作什么法？”但喻小骞准

备违规了，她要用最快捷的办法，套出她想要的。

"庙子要拆迁，我们是老板专门请来的。"老头嘴里喷着吃多了的臭气，这几天，他们可能顿顿文昌鸡。

"谁请你们的？"喻小骞看一眼海青水，从取相框后面向他递个眼色。她要把记者冒充下去。

"老板。"老头儿边高视阔步，边整理前襟帽带。

"哪个公司的老板？"

"还有区政府的。"

"公庙不是祖先留下的么？怎么还有拆迁一说呢？"喻小骞赶上几步，走近老巫师把话递过去，又让开几步，让影像大小合适。

"人家让做就做。我们不管那些闲事。"

喻小骞看到，老巫师身上有股强烈的混沌感，它是一种气质，更是一种文化在人身上的沉淀。

"你们前天还在拜公庙，拜冼夫人，搞装军，今天怎么来拆庙了呢？"穿得花花绿绿的老巫师停下来，警惕地看着喻小骞。

"我们只作法。不管拆迁。"老巫师充满敌意地说。当看见镜头对准自己，便伸手挡。"不要拍了。听见没有？"

喻小骞放下摄像机，往后退了退，待这群法公从身边过去，摸出手机，拨打武羚羊的电话。这会儿电话通了，喻小骞一听到对面有活人便急促地说：

"你的朋友能帮忙么？这里可是要打起来了。海家人孤军奋战，寡不敌众。"

"小骞老师，"武羚羊嗫嚅道，"我找了朋友，他们答应试试，但，试成试不成可不保险……"这句话就像缓兵之计，听上去武羚羊只是敷衍。

"死马当活马医。再想想办法，多方联系，重点是武凰。海家是她前夫家，不看僧面看佛面，提醒她顾及一下她女儿的感受。你要快！这边随时升级。另外，你不能关机。有消息立即给我电话。"

喻小骞挂断电话，顿了顿，又拨×长的手机。她找这个人原本是要接触武玉梅案的卷宗，现在是捞到稻草先救命，看看这位×长能不能先帮助海家。手机是打通了，但没人接。喻小骞想了想，给×长发短信："×长您好！我是柏树则介绍的导演喻小骞。我现在有急事需要您的帮助。请速回电。"喻小骞把短信发出去，听见海青山把武凰假借政府之名，公报私仇，欺侮乡党的事实借助半导体喇叭喊了一遍；海青山的儿子羞愧地背过身，脸冲着横幅竿；站在公庙门口的阿琼嫂脸上白一阵青一阵，怨恨地对身边的邻居数叨着。

"我在调动我的人脉，不知能不能帮上忙。"

喻小骞对走过来的海青水说。现在海家人正被本家、邻居们围着，关切地听自己感兴趣的细节。人们喜欢听别人倒霉的故事，当着面为你叹口气，回到家保不齐还幸灾乐祸：谁让你当初找个名人？又跳舞又当革委会副主任的，你养得住？

"你看，过去积德才作法，现在干坏事也作法。作个法，他们就把老百姓唬住了，自己也心安理得了。那女人为什么建观音，就是坏事做得太多了。"海青水悲愤而无奈地说。

"作法的背后是谁？"

"当然是那女人。"海青水疑惑地看着喻小骞，看了一刻看出了问题。

"大武集团不一定能指挥得动他们。"喻小骞自己也在琢磨，她对这种事并不在行，传统的说法是官商勾结，海青水果然说：

"我也找人打过招呼，区里的，办事处的，通融好几天人家回话说，'大武'是市里打招呼的，一级压一级，他们不敢轻举妄动。那雌虎太懂平头百姓了，先是吓唬，再是送钱，最后一招最阴险，用作法让一切合法化、神圣化。"

"敢跟他们对抗么？"因为是录像，喻小骞的提问都不太口语化。

"你说跟谁？"

"所有。你一反，就反了所有。官、商、神，还有你的邻居。"

海青水一愣。之前，他可能以为叫板的是海家前儿媳，不曾想，这一反，敌人将是整个社会主流。

"我们？我们只能消极抵抗。我们不打他们。他们打，我们也不撤退。"他嗫嚅道。想来甘地也是类似做法。可能热带地区的民众容易选择这种方法。

"你们家谁指挥?"

"我。"

"我看见你哥一家了。你老婆孩子呢?"

"回娘家还没回来。"

"大姐、二姐两家呢?"

"在。"

"好。你去给阿琼嫂说,带上一个女人,守到公庙里,外面发生任何情况都不要出来。就是有人拉、有人抬,也不出来。你们要让大家知道有人在里面,他们总不能人在里面就拆房吧?我看见你父母在挖机上,再派一个姐姐或姐夫去,有个青壮年对付他们。你哥,再带上你姐夫,守住老榕树,不让人移树。你是总指挥,还需要个妇女做饭送水,供全家吃喝。从现在开始,你们各就各位,不能离岗。可以走动的,只有你和送饭妇女。好了,你去安排吧,我给你们摄像。"

海青水赶到兄长所在的老榕树下,传达喻小骞的口信。从镜头里看,他身上原本模糊的目标感,从目光和皮肤里穿刺而出。喻小骞蓦然明白,这些天在海南男人身上看到的混沌,可能是因为没有目标感;而面临要用血肉之躯保卫公庙,那埋藏很深的目标感便从黏黏糊糊的混沌中穿刺而出,原来浮在表面的懒散、无棱无角便退隐了。喻小骞经过海青山身边时,后者投过感激的目光:

"我们听你的。"

"不,海青水是总指挥,听他的。你们记住,要不了多久,区政府、街道办事处还有大武集团,就会找你们谈判。你们的底线是保住公庙,保住大榕树,他们不答应你们就不撤。"

两兄弟认真听着,不住地点头。喻小骞总结道:

"能否保住公庙关键在于你们的决心。你们不能侥幸他们会发慈悲,甚至不能侥幸一定会有外援。你们必须有誓死捍卫的决心,他们才会让步。"

"懂了。"兄弟俩的普通话像二重唱。

"再多钱也别动心。"这句话一出口,喻小骞就绝望。如果硬对硬,海家还有可能胜利;而在金钱面前,超出他们想象的金钱面前,他们还能坚持多久?

"他们会用政府压。你们不要动武，软抵抗。"

"明白。"

"你们就是要把事情闹大，闹得他们影响政绩，他们才会妥协。你们是秤砣，金钱是秤头，你们想想，得花多大代价才能压住金钱那个秤头？所以，不要希望一天两天就能搞定，关键是决心。"喻小骞冲兄弟俩点点头，见他们心领神会，便说，"我去摄像了。"

随着众法公的到来，海氏公庙聚集的人越来越多。今天是正月十五，也是"闹军坡"最后一天，本来这天应该有最隆重热闹的民俗活动，武玉梅利用的就是这一天的荣光以及宗教习俗的庄重，给她的拆庙勾当打上神的名义。

海青水挤过人群，对站在公庙门口的阿琼嫂吩咐几句，阿琼嫂怔怔地看着海青水，然后哀愁地向大树下的海青山望一眼，那一眼好像是向丈夫声讨，但接下来，只一瞬间，阿琼嫂仿佛突然被激怒般地跳起来，指着远处某个对象，目光凶悍地直逼过去，破口大骂："没祖宗的……""没坟头的……""不男不女贪财忘义的……""丧尽天良不认祖宗的……""不吃米的……""不长屁眼臭屎爆肠肚的……"小广场突然静下来，喻小骞从镜头看过去，阿琼嫂仿佛一张晒黄的旧报纸般却又如此强悍。她完全无视周遭的乡邻，对着一个空无的对象，捶胸顿足地大骂。骂过一个三十二拍后，她又着腰，回绕半圈，又前进半圈，手指指着那个假想敌，指指捣捣地又怒骂了一个三十二拍；这之后才退到庙子里。她在庙门前宣布："谁敢拆庙，先从我身上踩过去。"她在供台前的空地坐下，像哭丧一样哭唱自家的遭遇：

> 亲乡邻呐，仔细听——
> 侬仔阿爸夜梦遇到白骨精。
> 年纪轻轻哪知福与祸？
> 三十郎当灾祸拦腰劈，
> 丢个女仔褓褓里。
> 他日当爹，夜当娘，
> 有口米，没口汤，
> 出外么眼泪遮没仙人头，

归来眼泪压碎脚板头。

拉个妹仔七八九，

白骨精一朝领走十年不闻音。

亲乡邻呐——老天哀留侬咾顾惜侬，

把侬嫁进善屋头。

只想日子太平米够吃

不知那白骨精又来逞凶狂。

拆侬的祖庙扒侬的房

欺侬的老祖欺侬的娘。

侬好像沟里一棵浮萍草，

汆到东来无人撩，

汆到西来无人傍，

尤如新开笂的小鸭浪里飘。

······

　　喻小骞的镜头跟进庙里，阿琼嫂停顿了一下，一个人干一件事跟在镜头前干这件事是不同的。阿琼嫂看着镜头，像是蓦然发觉自己的敌人并不在现场，这让她有些茫然，又有些难为情，脸上浮出落魄的傲气女人遇到故人时才有的难堪。但这只是一瞬，阿琼嫂马上意识到镜头对于她的意义，于是晃了晃身子，努着一口气对镜头说："人在庙子在。"她说完在镜头前愣了会神儿，摄像机仿佛是双向的，似乎能看到喻小骞湿润的眼睛。

　　"他们可能会拉你出去，你要想个办法不让他们把你弄出去。"

　　"什么办法？你给想个主意？"阿琼嫂脸上闪过一道光，照喻小骞看，她已经想到什么办法，只是还想知道有没更好的。喻小骞往边上跨一步，站在外面看不到的地方，说：

　　"如果有铁链子，把自己捆在屋梁上，他们就弄不走你。"这办法喻小骞是从电影里学的。

　　"噢，我还以为你让我脱裤子。真要脱裤子，活该我这个大嫂脱。"阿琼嫂忍辱负重地说。喻小骞感同身受地眉头抖了一下。

　　"咱不做丢人的事，咱以后还要活人呢是吧？"喻小骞不愿看到阿琼嫂做出绝事——如果那样喻小骞会认为是女性性别的失败。"我去跟海青水说,找根铁链子,捆在腰里,拴在梁上。他们弄不走你,就无法拆房子。"

"你真好啊!"阿琼嫂闪出一丝信任,喃喃地说。

"知道么?你这里是关键。你不放弃,你们家才不会放弃。"见阿琼嫂心领神会,喻小骞又小声说:"不能让大武的人看见我。他们如果把我撵走,很多忙我就帮不了了。"

"我懂。懂。"

喻小骞又哀伤地叮嘱道:"你千万别脱衣服……"

她从旁门离开公庙,快速眨眼,把眼泪压回去。她通知海青水找根铁链,把阿琼嫂跟大梁绑在一起。

广场上的格局是,庙子前一堆人看阿琼嫂,树下一堆人看海青山。广场进出口有几辆小车正倒车、停车,七八个油头粉面的打工仔,正簇拥着三个面色黝黑、神色混沌干部模样的人,向老榕树下汇拢。海青山正通过半导体小喇叭大声跟乡邻们揭露真相:"这条路不是政府修的,是大武集团修的,他们假冒政府名义……"话还没说完,那几个打工仔模样的已经挤到榕树下,扇形排开,身体和身体接触较劲,海青山下意识地后退一步,打工仔们合围,向内挤海清山,一个干部模样的已经站到海青山刚才的位子。

"静一静啊——"他声音不大,但一副村干部口气。

打工仔举手示意,"静一静!静一静!区领导讲话!"人群静下来,那些穿戏服的法公从四方涌进来,乡邻们不自觉地后退,这些法公慢慢移动渗透,半包围了老榕树。

"大武集团给我们东昌修路……"区领导的声音太小,有人递过来一个半导体喇叭,他对着喇叭喂喂两声,清了一下烟酒嗓子,又说一遍:"大武集团给我们修路,是造福东昌,造福人民,是件好事!啊!"他看上去很气愤,就像爹娘看见不争气的儿子。他的海南普通话说得极蹩脚,却学着北方干部打着一个调子的官腔。领导继续教训道:"修路,啊,百年大计!我们为什么不能做点牺牲呢?啊!拆庙也是迫不得已,况且,政府已经给你们重新划了地,拨了两万元……"喻小骞从围观群众的肩后将镜头对准这个干部。干部继续说:"东昌的建设,是靠有识之士的眼光,是靠企业家的支持!我们不能做历史的绊脚石!"那几个小狼一样的年轻人带头鼓掌，围观群众也稀稀落落鼓了几下。干部习惯性地举手向下压压掌声，又清了一下烟酒嗓说："现在请大武集团海口公司李刚总经理给大家讲话！大家欢迎！"区干部和"大武"的小狼们鼓了一阵掌。这就是李刚，上岛的当天，喻小骞就在电视新闻里听过他的声音。这位总经理热情洋溢地说："建设海南、造福东昌是大武集团的宗旨。我们董事长武凤女士，啊，就是我们东昌人嘛，她有一个闻名全国地产界的、我相信也是在海南、在我们东昌家喻户晓的愿景，那就是：修一条路，建一座桥，盖一座大厦，供一尊菩萨……另外还有写一部书，拍一部电影。这些愿景都在海南实现和正在实现。这是为海南人民造福，难道因为一座祠堂、一棵树，就让这些愿景不能实现？我看不能吧？啊？这条路是通往海上观音的，我们东昌人民信奉观音由来已久，难道因为这条路不能如期竣工而耽误佛祖诞辰日的开光仪式吗？我看不能吧？啊？咱们东昌人向来都是知书达理、顾全大局的，自古就是礼仪之乡，我们不干流氓无赖那种事。父老乡亲们，支持大武集团就是支持我们自己！支持修路就是造福我们自己！"李刚说完嘴角弯成香蕉状，回头看区干部一眼，区干部马上接过小喇叭，高声喊："感谢大武集团对东昌的支持！感谢武凤董事长对家乡建设的支持！东昌人民坚决不当经济建设的拦路虎、绊脚石！我宣布，大武公路东昌城区段现在开工！鸣放鞭炮！"

鞭炮齐鸣。喻小骞看到海家兄弟根本没有说话的机会。两挂五万头的鞭炮放完，围观的乡邻们也跟着鼓起掌来。喻小骞把录像机提在手里，往李刚为首的那伙人身边挤。下了演说台的李刚唬着脸，不耐烦地冲着身边的助手说："哪个是海家的？"有人指了指近在咫尺的海青山，李刚脸上摆着"你要多少"的轻蔑，不耐烦地说："你家你管事儿？"他像招侍应生那样招招手，自己先走到一边，蹙着眉头，等着海青山靠近。广场上，众法公在老法公的带领下开始设坛，祭拜驱傩。喻小骞已经没兴致看驱傩的程式化表演，站在稍远的地方，仗着个子高，举起摄像机，拍摄海青山跟李刚的交涉。

海青山迟钝地看着李刚，按自己的节奏，慢条斯理地说："我和我兄弟当家。"

"来，咱到一边儿说说。"李刚带口音的普通话，不是河南人就是山东人。

"我不离开这里。"海青山固执地说。

"离开怎样啦？挖掘机还是外面呢，你怕啥？"李刚不耐烦地说。

"那个不管。我哪儿都不去。"

这当儿，海青水把阿琼嫂绑上梁，跑到榕树下与哥哥会合。庙子那边一阵哄叫，大概是阿琼嫂把自己捆上梁引起的骚动。海青山指着跑过来的海青水对李刚说：

"这是我兄弟。"

"你当家对不对？你们要多少？"

"我们不要钱。"海青水听完哥哥用海南话说明原委，正好顶上这句。

"走，我请你们喝茶。咱坐下来慢慢说。"李刚换了副口吻。

"我们不离开这儿。"兄弟俩异口同声。

"你们总得谈判吧？你们有什么想法总得摊出来吧？"

"我们不要钱。你们改路线吧。"海青水也不拖泥带水。

"二十万怎么样？"李刚不耐烦地说。

"我们说了，不要钱。公庙不迁走。"

"不要敬酒不吃吃罚酒。这个路一定要从这里起步。你们不要钱，我们也是要推掉的。"李刚也一副不准备再谈下去的姿态。

"跟你们董事长说，不要欺人太甚。海家没什么对不起她的，当年她坐牢，是国家判的，不是我们海家判的。"海青山终于把这句话说出来。

一脸狼相的李刚大概第一次听到这个说法，但训练有素的他根本不把话题往那方向扯，他只是顿了顿，说：

"这跟董事长无关，这是东昌的城市规划。跟你说你也不懂……"

"我怎么不懂？我当了三十年教师，怎么不知道这里到底怎么回事？"

李刚垂下眼皮思忖了会儿，眼皮都没抬，手指一横，那个区干部就心领神会地上前，胳膊肘捣了一下海青山，用海南话说：

"你过来嘛，你这样都没办法说话。我们到没人的地方说话可以不呢？”他拉着海青山的衣袖，“大武”两个员工一边一个，扛着海青山的肩膀把他推到人群外。喻小骞欲跟过去，被突然发现她的李刚叫住：

“你哪个媒体的？谁让你在这儿采访的？你们领导没交代？有关'大武'的新闻，一律是……啊？你哪个台的？”李刚发现身旁的海青山神色异样，警惕起来：“你录了什么？把磁卡交出来。”喻小骞左手把摄像机抱在胸前，右手迅速退出磁卡，塞进卷起的衣袖里。在李刚冲上来之前，侧个身，把衣袖又挽了两下。李刚从侧面扳她肩膀，她想，这次也不知是录像机完了还是磁卡完了。

“哎，喻导——”

喻小骞被扳个趔趄，不得不搲一下身边的人，却听见这人叫她。没等看清是谁，一个熟悉的声音响起：

“误会了，误会了，李总，这就是我跟你说的喻导。”喻小骞稳住身体，定睛一看，原来是昨天遇到的刘忱。刘忱一副打圆场的架势，过分热情地说：“我就是要拍她和她的电影。”

“她怎么会在这儿？”李刚并不打算放松警惕。

“采风，喻导一定是采风。拍民俗什么的是吧，喻导？”刘忱意味深长地看着喻小骞，甚至拍了拍她的肩膀。这个动作让李刚罢了休，他丢下一句：

“不是记者就好。最讨厌臭记者。自以为掌握正义，给俩钱儿什么正义都没了。”他说完转向刘忱，“别在这儿拍了。刁民闹事有什么好拍的。撤了撤了。”

“我能问你一句么李总，”喻小骞提高嗓门说，“你们请这些'巫师'，是自己策划的，还是有人指点的？”

“呃，我说喻导是文化采风么，她的着眼点是巫师和谁会请这些巫师。场记，记上。”

喻小骞这才注意到刘忱身边还有个姑娘。不过，他这句瞎喳喳打消了李刚的疑虑。李刚转过身，颇为傲慢地说：

“那我卖你个细节。海南这地方自然条件差，小鬼小巫多。在这种地方，对人用人的办法，对鬼用鬼的办法，当然对神就用神的办法。他们不是信么，那我就让神来替我办我办不到的事儿。”李刚说完，轻蔑地扫喻小骞一眼，扬长而去。

喻小骞追上他，边跑边问："这是你从工作中总结的？"

她听见刘忱大声教训场记："看人家提的问题。学着点儿。"也赶忙追上来。

"这是我们董事长诸多语录之一，屡试不爽。"

"她在海口吗？"

李刚没做声，分开人群，钻进一辆小汽车。这时喻小骞的手机响了，她边掏手机边对追上来的刘忱说："谢谢你解围。但我仍不会跟你合作。"她也没看刘忱的反应，打开手机"喂——"了一声，大声喊："我身边很吵，你别挂，我找个安静点的地方。"她跑到公庙背后，左手堵着一只耳朵，对听筒说：

"现在人少点了。你是哪位？"

"我是×长的秘书小马。你是喻小骞导演么？"

"是的。你好！"她说着自己都笑起来。

"现在，×长跟你通话。"

## 第十四章


　　现代小跑驶上回海口的公路。喻小骞对×长在电话里的说法格涩不已。在电话里，喻小骞告诉×长大武集团要强拆海家公庙，希望他能出面制止。她说已经十万火急了，大武的挖掘机已经停在公庙边，海家女人已经将自己捆在庙子里以死抵抗。而整个事件的起因不过是，海家长子是大武集团董事长的前夫，女董事长不甘心当年离婚，时隔二十多年又来报复。喻小骞没说完就被×长打断，他在电话那头慢悠悠地说：

　　"见个面吧。见了面，慢慢说。"

　　"可是现在……"

　　"不能这么说说我就给人家打电话吧？再说那家人不是把自己捆在庙里了？那一两天也拆不了。"

　　喻小骞迅速思忖这句话，跟强悍男人打交道，只能前进不能回缩。她顶上一句："您是肯帮忙了？也好，见个面，我把详情跟您说说。我两个小时后赶到海口。"

　　"你现在什么地方？我让小马接你。"

　　"我……有车，可以直接到你指定的地方。"

　　"哦……"对方显然在想怎么办。"我让小马安排个地方。晚上请你吃饭。"

　　美貌，并且对自己的美貌有知觉的女人，一生都要面临两个问题：防止别人对自己美貌的觊觎；或利用自己的美貌开辟道路，去摘取自己想要的果子。跟武老师跳《红》剧之前，她对自己的美貌浑然不觉，她挥霍着，倒也不知厉害。在那两年，作为老师的武玉梅对那个任性的小姑娘的讨好巴结，以及跳《红》剧带来的巨大鼓舞，让她对自己的美开始知觉，也开始吝啬。这后来成了预设的障碍，自那以后的岁月，在跟任何适龄男子打交道时，她都会首先想到自己的容貌，从而对有所觊觎的男子别别扭扭。反而导致她的爱情对象，都是那种除了才华似乎无力觊觎她容貌的男子。容貌已成她的累赘和判断失误的错误的砝码；而她爱的男人，并不因她的美貌就不离开她。她知道，这里有男人心智的问题，也有自己选择的男人根本就是病态的问题。现在，这个对容貌有些神经质的女人，听对方说话的语气，防范机制就自动启开了，脊背也硬了。但她不能退缩，她必须找到能调动武玉梅案件卷宗的人，如果这个人同时能制止武玉梅的强拆，也算不辜负阿琼嫂的殷殷期望。她约好接头方式，慢慢合上电话。对一类强悍的男人，"美女求人还之以色"。是他们的逻辑，但她要试着迈过去。"迈过去才是根本，不然怎么办呢？"喻小骞自言自语。她听着自己的声音，声音向来对她都像是另一个人，当听到一个声音在身边，她就觉得自己不是孤军奋战。"如果以赠求报怎么办？"她的脑筋咣当到右边又咣当到左边，"这就考验你能不能既办了事，又不失尊严。"这想法甚至让她雄心勃勃。

喻小骞对阿琼嫂交代了几句，要求她和她的家人坚决不放弃，任何情况都不离开，等着她回话。说完，她都不忍看阿琼嫂的眼睛，穿过装神弄鬼作"法"的矩阵，找到老榕树下的海青水，告诉他，自己联系到一个大人物，现在去海口请求他帮忙。"你还回来不？"海青水看她的眼睛，好像她找大人物只是个借口，不过是逃避罢了。"我会回来的。你们一定要坚持两到三天，希望大人物能帮上忙。"海青水绝望地看着她，点点头。喻小骞怕自己控制不住流出眼泪，连忙走掉了。她找不到海青山，在巷子口上了车。她的车子启动后，经过满脸惊色的刘忱，经过挖掘机，看见海家大姐和老父母隐忍地坐在挖斗里，眼睛随着她的车子移动。他们看她的眼神，就像是诀别。

车子奔驰在海文公路上。半道上武羚羊来电话，通报：她找了朋友，但这些朋友没人可以通到省市级领导，也没人认识东昌的市长、区长、甚至地头蛇。"他们都是些文艺青年，所以……"

事没办成，但至少旁证了她不是海青山的女儿，不然，她至少要帮帮自己的亲生父亲。这倒让喻小骞放心，她宁愿这件事上武羚羊帮不上忙，也不愿她可能是武玉梅的女儿。"我在回海口的路上。哎，你那里有多余的床位没有，或许我会去借个铺。"喻小骞是这样打算的，如果饭局失控，这个昏头昏脑的女孩可以去救自己。武羚羊最喜欢展示奢华生活，她连忙说，朋友本来就给留了两个房间，晚上尽管到凤凰海滨酒店来找她。"我也可以去接你。"

挂断武羚羊的电话，喻小骞拔出耳机，扔在副驾驶座位上。她看着窗外一闪而过的标语牌、车牌上的文字，用标准的普通话大声说出来。这是她自我训练的方法，可以锻炼记忆力，也可以训练较快的语速和清晰有力的口齿，另外还能防困，可以让自己很快从某个情绪中跳出来。"琼山大道"、"正大饲料"、"琼 A－92067"、"灵山镇"、"挖土罚 2000 元"、"卖猪苗"、"市区，向左。直走凤凰海滨酒店。3 公里。"听着自己的声音，喻小骞慢慢松弛下来，当听到这几个字："凤凰海滨酒店"，想起这是武羚羊说的酒店。她向白花花的水泥路尽头望一眼，远方是黛眉般的防风林，想必酒店就在黛色林中。武羚羊的什么朋友能把春节期间的酒店留给她两间？据说，海口春节期间的房价是平时的三到十倍。喻小骞并没深入去想这个问题，她方向盘一转，驶向市区。在城乡交界的南渡江上，与旧桥平行的是正在施工的"Ⅰ号桥"，武玉梅所说的"一座桥"就是它。车子经过时，喻小骞看见脚手架上挂着这样的标语："大战一百天，建设一座桥，造福海南人民。"喻小骞想，武玉梅的个人意志已经渗透员工的大脑，也变成员工的意志，甚至变成员工的自觉行动。

过了这座桥就算进了海口市，现在是十二点半，喻小骞思忖着要不要给马秘书打电话，小马的电话已经到了。经过几个回合的交流，喻小骞的车跟在小马的奥迪后面，穿过城市，最后拐进一个庭院式酒店。她把车停在奥迪边，马秘书下了车，站在一边，训练有素地冲喻小骞点点头，适时地叫了一声喻导。到海南这些天，她还没见过一个训练有素、有板有眼的人。这小秘书算是头一个。

喻小骞跟在马秘书侧后步行了二百米，庭院的精致和阔绰让她吃惊。这些二月开花的热带阔叶植物，就像后宫的佳丽，一堆一片地簇拥在一起，枉自生长着，美却不能自主，且无人欣赏。

走进酒店大厅，×长并不在。喻小骞疑虑地瞅马秘书一眼，小伙子立即说："×长留下话，午餐已经准备好，您一个人用餐，然后休息。这个包厢有休息的地方。晚上，×长宴请您。"

喻小骞下意识地停下脚步，且不说海家那边正以肉身抵抗挖掘机，就说她自己，也没理由吃人家一顿，歇歇脚再吃人家一顿。

"那样的话我还是晚餐时间再来吧？"

"不用。"小马这情急中的一句不容商量，"没关系的。"这一句又放缓了，"菜已经点好，估计也做好了。餐厅二点钟下班，您用了餐，服务员也可以休息了。"到这时，似乎恭敬不如从命。喻小骞眸子一抡，挑剔地打量大堂的陈设。

一个白净颀长的男服务员把他们领进包厢，低眉顺目地说，午餐十分钟后送到。进门前马秘书不失时机地介绍说，这是 A 栋最大的包厢。"您现在可以去洗个脸。"说着，推开盥洗室的门，让喻小骞看见里面的浴池和桑拿房。又说，"饭后可以休息一下。"然后很节制地告辞了。

喻小骞看着豪华的盥洗室和带床的桑拿房，心脏一阵收紧。她没进过这么高档的酒店，不知这是常规还是某种暗示。但马秘书已经走了，一个纤弱的女服务员侧身进来问："女士，可以上菜了么？"她有点儿为身上的汗酸味难为情，便说："可以上菜。我先去车上拿点东西。""您要取行李么？可以叫我们服务生帮你取。03，帮客人拿一下行李。"那个白净的男服务生再次进来，喻小骞有些犹豫地把车钥匙给他，待男服务生走到门口，她又交代一句："拿那个暗格旅行箱。"

男服务生消失在门后，那个又小又薄的女服务员推着餐车进来，六菜一汤：红烧官燕，白灼象拔蚌，咖喱蟹籽配烤面包，一碟煎法国鹅肝，一碟香煎鳕鱼，一碟鲍汁灵菇，一壶鸡鲍功夫汤。喻小骞看着这些菜什有些自嘲，又有些悻悻：这一顿，至少是她一个月的房租。在北京，她每个月都为房租发愁。这当儿，男服务生把行李箱搬进来，她把服务员支走，自己锁进盥洗室，好好洗了个澡。待她披着湿头发，穿着白衬衫牛仔裤出来，自嘲地耸耸肩："与其饿着防敌，不如索性大快朵颐。不是吗？"喻小骞慢慢吃，把食物扫得片甲不留。吃完她把自己锁在客房和衣而卧。一闭上眼她就睡着了，但满脑子都是影像：武玉梅的桥武玉梅的路武玉梅的祠堂武玉梅的双面观音……阿琼嫂跳着脚骂阿琼嫂把自己捆在庙子里阿琼嫂在一个白玉般的脊背上刮痧……刮出来的紫红痧仿佛经血……武玉梅的经血杉子的经血光头武羚羊的经血……

喻小骞订了个时间，铃一响就起来，她要在晚饭前跑出去，然后稍稍迟到一会儿，这会让自己在心理上占优势。她开车走出一刻钟的路程，在一家街边老爸茶铺要了壶两块钱的碎绿茶，边喝边思忖，怎么"顺人不舍己"、"成事不失尊"。

×长是个大个儿、大肚子、大脸盘子、稍稍有点女相的人物。他第一眼看见喻小骞有些吃惊，但开口的第一句就把喻小骞圈到自己的地盘。他招呼带来的八个高大结实的壮汉："介绍一下，我们的美女导演，喻小骞。今后她的事就是我的事，以后她要找你们，你们这帮小子别说不认识。"

喻小骞暗自佩服对方消除陌生的说话方式，这是自己要学习的。这八个作陪大汉连忙应和："那是，×长的客人就是我们的客人！"还有人说："美女就是美女呀，让×长等二十分钟。搁我们，迟到一分钟就把我们骂得狗血喷头。"这么哄哄着，两厢里活跃起来。喻小骞暗自吃着劲儿，文雅地翘着嘴角，跟大家一一握手。

"喻小骞。从北京来。来采访。"喻小骞不知道官场什么风气，但这么自我介绍，即便是文艺圈也只是新人才这么涩。她坚持这么一本正经，是在老爸茶坊想好的对策。俗话说，苍蝇不叮无缝的蛋，她决计要让别人看到，她是个无缝的蛋。"感谢×长，太打扰你们了。"

她清晰的口齿，文雅的用词让这帮壮汉有些不知所措。大家打着哈哈落座，一个小平头不甘心，又挑个话头大轰大嗡：

"肯定当过演员。啧，这口条！"他自己先放声大笑。

大家也跟着笑。有人笑过问：

"你当过演员吧？演而优则导，对吧？现在兴这个。"后两句他是说给同伴听的。大家又哄笑。

"没当过演员。"喻小骞口齿清晰地说。×长端起酒杯正了正色道：

"来来来，咱先来第一杯酒，今天有幸认识喻导。喻导，这就算认识了啊，以后弟兄们的事也是你喻导的事啊。"大家都站起来，樽筹交错，推杯送盏，之后，一饮而尽。

"那太可惜了。这条件！啊？"小平头接着刚才的话题，然后又左右转着头，征求意见般地对同伴说。

"我倒认为，"×长说话了，他习惯性地停下来，等着别人把注意力集中到自己身上。大家也立即静下来，听他的下文。"当演员才是明珠暗投。啊？要我看，演员就是个当兵的，名演员就是神枪手，神枪手就是个上尉也是要上前线的嘛。你说是不是？而导演，才是指挥官。我说的对吧？小喻老师？"×长回过头，好像说悄悄话般地对喻小骞说。见后者表情拘谨，他"喔——哈哈"地大笑起来，顺势拍了拍喻小骞放在桌上的手。

"这关系也好比发动战争的政客和政客背后的财团。"喻小骞收回放在桌上的手，补上一句。

"好！"×长夸张地大叫，"喻导不光美丽，还有想法。"

"电影也一样。"喻小骞不想让恭维美貌的话头持续下去，坚持自己的话题："导演也就是个指挥官，而决定一部电影命运的是财团。现在还没有正经电影投资人，想拍电影的就是瞎撞，为了弄到投资折了腰。而有钱人投资电影，要么是莽夫，要么是玩票，弄些下三滥的东西。"

"哈哈哈，不谈严肃问题。啊，今天的任务就是吃饭、喝酒。"×长露出女相的、宽厚的笑，拍拍喻小骞的背。"你们的任务，就是陪好我们的美女导演。"

×长这一拍，好像点燃这些壮汉心头的火。他们争前恐后离席，先是毕恭毕敬给×长敬酒，然后就围攻喻小骞。那位小平头提着酒瓶子过来，说，按他们河南的规矩，是见面敬三杯，敬酒就是敬酒，自己不喝。喻小骞也不想纠缠，矜持地喝下三杯，小平头还不罢休："一个女同胞有这么深刻的想法，了不起。啊？是不是啊？"他又左右寻找同伴的认同，得到大家的首肯后也顺势拍拍喻小骞的肩膀。喻小骞没等他拍完就坐回座位，对身边的×长说：

　　"照这个喝法，半小时后我肯定醉倒。我得趁脑子还清醒把事儿跟您说了。"

　　"不慌，不慌，先喝酒。"×长继续劝慰。

　　"先不忙喝。"喻小骞站起来，"没想到×长这么热情。我以为找到您，把我的诉求告诉您，您打几个电话就解决了，不承想还这般招待。哪有求人办事还让人招待的，所以，我今天必须喝醉以答谢……"她的话引起众人哄笑，喻小骞不管他们，继续说，"喝醉前，必须先把请你帮忙的事说出来……"众人又一阵大笑，小平头起哄道：

　　"喻导真是搞艺术的哈，没听说那句话'酒后再说'？酒桌上不谈工作。"他的话引起三两个人讪笑。

　　"我没参加过这么高规格的宴会，"喻小骞蹙着左边的眉头，不卑不亢地说，"我们圈子里的人在一起吃饭，就是谈事、解决问题。"喻小骞不给他们插话的机会，接着说，"我有两件事，一件是我想看一个叫武玉梅的案件卷宗，在 1978 年或 1979 年，被判十年。"

　　"我当什么要紧事！"×长舒了一口气，"就看卷宗？不是翻案吧？哈哈哈哈。"他笑声洪亮，其他壮汉也跟着哈哈大笑。

　　"1978 年或 1979 年判的刑，可能是因为文革'三种人'。"喻小骞不管他们笑声中的嘲讽，坚持把自己的话说完。

　　"第二件呢？"×长虽话带嘲讽，但还算认真。

　　"同样是这个武玉梅，记恨前夫在她服刑期间跟她离婚，现在以修路为名，要拆前夫家的祖庙，这个祠堂已经是几条街区几千口人的公庙……"

　　"你说这个武玉梅挺大本事啊，能拆人家祖庙？挖坟拆庙是民间最大罪恶。"×长怀疑道。

　　"这个武玉梅现在叫武凰，是大武集团的总裁。她的挖掘机已经开到海家公庙，海家的妇女老人已经用铁链把自己绑在庙里的木梁上……"

　　喻小骞说完发现众人异常沉默，他们不再左右寻找认同了，都低着头，好像互不认识似的。

　　"你说的是那个北京企业家武凰？"×长叮问一句。

　　"是。"

"啊，喝酒喝酒。"×长打破沉默说，手臂搂在喻小骞的肩膀上。

"哎，喝酒喝酒。"大家像是突然找到一件再合理不过的事，忙附和。他们调门里的暧昧成分没有了。喻小骞举杯示意后一饮而尽。说：

"×长，您可以帮助海家吗？"

×长沉吟着，突然哈哈笑了，说：

"就说不能饭桌上谈事么，那么多人？我就是帮你也是私底下帮，不让这帮坏蛋们知道。现在，大家都知道了，我要是营私舞弊，不都摊在阳光下了么？哈哈哈哈。"

众人跟着领导哈哈大笑，饭局的面貌又变成闹哄哄的杂耍场，严肃问题又被冲成和稀泥。

"×长，这是为民做实事啊。"喻小骞结结巴巴，仿佛理屈词穷。

"哈，小喻老师啊，你们搞艺术的，讲究虚静、忘我什么的，时间长了，不知老百姓真正要什么。"×长用公筷夹了一个清蒸带子放在喻小骞的碟子里，"老百姓是这样的，他只看一件事是否对自己有好处；有好处的话，他不管是不是牺牲别人的利益，也不管有没有个公理。这个理儿，在武凰那里适用，在修路沿线其他百姓那里也适用。那个公庙周围的群众，除了你说的海家，还有多少家反对？"见喻小骞被说中的眼神，×长接着说，"是不是？就他一家反对？你看我说中了吧，没错的！就是这样！在两方的利益拉锯中，大家牺牲了海家和海家祠堂。而且，对这些人来说，其命运就是牺牲；如果牺牲时能换点钱，他们就不想什么应该不应该，公理不公理。这就是现实，谁也救不了他们，谁也改变不了。真的，没用。"

"可事情总应该有个公理。这件事，明明是武凰公报私仇。"喻小骞简直就像个少女，激动地说。

"一个人有仇你能不让他报？世界又没大同！我的作家，哦，我的导演！"

"一个女人被判十年，丈夫跟她离婚算是这丈夫的错？"她的话引来众干部的大笑，喻小骞还是坚持把自己的话说完："况且，这女人犯的是杀人罪。跟一个杀人犯离婚，有什么不应该的？"

"哈哈哈哈，喻导，按你这说法，'文革'中两口子分属两派就应该离婚喽？" ×长笑得红光满面。

"杀人犯和两派是两回事！"

"武凰为什么杀人？她杀人怎么只判十年？"

"'文革'时期……"

"你不是已经知道判决结果了？还看什么卷宗？"

"我需要细节。"

"哈，作家啊，导演啊，喜欢说细节，哈！" ×长冲着同僚暧昧地挤挤眼。"你要细节干什么？不会是写告状信吧？哈哈哈哈。"

大家又一阵哄堂大笑。喻小骞发现自己根本玩不过他们的语言游戏和游戏态度。自己正面出击，自以为掌握公理，却总被别人从侧翼怀疑，以游戏态度，把一切正经话题都消解掉。喻小骞感觉，再说什么都可能无济于事，但她凡事求极限的秉性，让她继续申辩：

"不是写告状信。我跟海家也才认识两天。"她站起来，忍住堵在嗓子眼儿里的怒火，"事实上，我是武凰请来给她写自传电影剧本的。我只是觉得这里面不公。"她的话引起大家注意，众人安静下来。

"你是武凰请来的？那你还找她卷宗？" ×长好像第一次发现问题严重。

"既然叫传记，就要写出一个真实可信的人生。武凰之所以成今天这样，十年的监狱生活肯定对她后半生有影响。她绕不过这段历史，所以，我想知道她为什么杀人，是怎么杀的人……"

没等她说完，小平头猛地醒悟道："你这不是反水么？别人雇你，你却挖人家老根，揭人家短？"

"你是导演还是作家啊？"另一个大肚子领导问。

"既是导演也是剧作家。×长，你的权力可以制止她滥施淫威。你的一句话，上千年的古祠就保住了。"

"呵呵，你的想法太简单，不过，可以理解，女编剧嘛，编而优则导？哈哈哈。" ×长跟着大家又笑一阵，"我给你这编剧上一课吧。哈哈哈，班门弄斧啊，但话丑理不丑。这里有两个原则，强者必胜弱者的原则以及交换原则。海家跟武凰相比是弱者，是吧？好吧，弱者有时也能取胜，就是拿强者缺少的稀缺资

210

源来交换；如果弱者不肯交换，那他就不用拿鸡蛋去碰石头了。"

"我这不是来求您了么？您也许是海家的希望。"喻小骞愣愣地说。很奇怪，房间里鸦雀无声。

"每一对关系，都适合这两个原则。"×长不耐烦地说，见喻小骞似乎听不懂地、几乎是天真地看着他，又不耐烦地笑笑。"喝酒喝酒吧，吃菜。喻导这么单纯真是少见啊！"

"哎，冰清玉洁冰清玉洁。"小平头附和道。

"这么说，在今天的格局里是你强我弱，我必须拿稀缺资源跟你交换喽？我倒是有。"喻小骞终于弄明白了，或者说终于不抱幻想了。她微笑着，脸上是酒后的桃花色。"我有把所见所闻编进故事的能力，您如果需要，我把您编进故事？"说完，她自嘲地笑了。

一桌子人，也悻悻地大笑。

×长豪爽地说："这可不能写进书里啊！"然后又朝向同僚，"我们这些人怎么是强者呢？作家就是过去的史家，把你写进历史，看他厉害还是你厉害？"

大伙又一阵大笑，消解了难堪。

"我自罚三杯。"

喻小骞拿起酒壶倒了三杯，众壮汉停住笑声，看着喻小骞。喻小骞拿起酒杯，一连三盏喝下，×长带头鼓掌。

"我还有事，先走了。感谢你们的招待！"

喻小骞在众人的错愕中拿上自己的背包，往门口走。

"哎，别走呀！"×长显然没料到这一招，脸色变了。她这一走，他的面儿就栽了。"你的事不办了？"

喻小骞没做声，落落大方地向众人点点头，走出包厢门。"懂不懂事！"她听见小平头在身后高叫一声。还听见×长说："小马，去送送。"然后是一阵消解尴尬，磨平对抗的大笑。屋子里笑声爆棚。

"喻导——喻导——"在庭院里，马秘书追上来，"你真要走？"

"谢谢你！也转告×长，谢谢他的两顿饭。"

"你这样走不是让我们领导难堪么？"

"如果办一件事必须牺牲自己的话，那我就不办了。"

　　她遥控开锁，走近拉开车门，又回头向小马点点头。小马礼仪上周到，神态上刻板地站在路边。喻小骞坐进驾驶室，一松车闸，车子倒出来，转半个弯，像蛇一样滑出弯曲的林荫道，驶出昏黄的酒店豪门。

# 第十五章

　　出了酒店门，驶上海边公路，喻小骞"噗"地喷出一串眼泪。她把车子停在路边，跌出车子，把一腔郁愤嚎啕倾出。二十年来，她不断承受打击和失败，在此之前都还算艺术创作的失败，而自从大武集团进入她的生活，她的困扰，已经从创作扩展到了人生。以往，她虽只成功拍过一部剧情片，但一直是骄傲的，而大武集团给她的参照镜子是，她不过是看东家脸色的戏子。而今晚，在这帮权势者眼里，她不过是高级妓女；他们给的任何好处，都必须还之以身体或欢颜。在世纪初汹涌庞杂的社会境况里，电影到底是什么？搞电影艺术的，到底怎么为人？

　　喻小骞不哭恐怕还不会醉，这一嚎啕，把酒精搬运到全身，很快，深度醉了。剩余的神智让她明白，必须回到车里才安全。她踉踉跄跄回到车上，打开车顶灯，打电话请武羚羊来接她。她不习惯这个女孩，但人生地不熟，她就算是熟人了。

　　在等武羚羊这段时间，她下车吐了一次，昏昏沉沉中似乎接了无数个电话，电话里都在说阿木……对阿木的声明你有什么回应……阿木盗窃胶片的背后是什么……阿木已经到了海口机场，正往凤凰海滨酒店赶……十九岁阿木在雪地里飞动紫红色"察尔瓦"凌空大跳的身姿……阿木在她白天都需要开灯的家里说，你是我的再生……阿木浑身冒着热汗，六块腹肌在喘气中微微打颤，他用这副湿淋淋的身体抱住她，把她举起来，她笑的声音像一股水在跌落……阿木阿木，到处是阿木……她仿佛站在转盘

213

上，四周转动的都是阿木的影像，回荡的都是阿木可以入台词的话语："你是我的再生！""你是我的精神投影！""你是我的纤夫！""你是我的喜剧！"喻小骞在这旋转的影像、连片的声响中安然地沉睡在一个柔软的窝处，她周身出了一层汗，汗的酸甜味让她安心。她不知对手机说了些什么，手机撂在一边，没了知觉。

武羚羊什么时候到来的也不知道。武羚羊敲车窗时，正有一堆秽物堵在喻小骞的嗓子眼儿，她看清是武羚羊，便拉开门跑出去吐了一地。武羚羊连忙取出两瓶蒸馏水递过去，喻小骞漱了口，直起身说："今天吃了我这辈子吃过的最好的东西，现在都他奶奶的交回大地了。"她一抬脚膝盖一软，武羚羊连忙撑住她。

上了车，喻小骞迷迷糊糊又睡了一觉。她闻到武羚羊身上特有的酸酸臭臭糯糯的体味，便感到从未有过的踏实，混沌间心安理得地睡去。

当她再醒来时，发现自己躺在奢华的大床上，有人在卫生间里冲凉，她以为是武羚羊。看看时间，凌晨一点。她躺在超大松软的枕头上，打量房间的陈设。房内穷奢极侈的摆设极适合爱情，而人们的境况往往是，有爱情的时候，只能在逼仄穷酸的地方打尖儿；当有一天挣到奢华浪漫的环境，宽大松软的床，却没了爱情。她依稀记得武羚羊说有两个房间，也许冲过凉，见她昏睡，武羚羊会撤回自己的房间了。或许……谁知道呢？

喻小骞侧向昏暗的一面，周身潮热，昏昏欲睡，满脑子涌塞着春桃花直扑楞楞的花瓣。她沉重而欣快地叹口气，像要把身体里游动的缺氧离子吐出去。然后，她的意识就封闭了，仿佛关进了一个灰色管状密器。一个小时或更长时间，她感觉自己快被密器憋死，关于热带雨林的梦魇又藤缠大树般地纠缠着她，她大叫一声，从梦魇里挣脱，大口地喘着气。

她蓦地睁开眼睛，蓦地闻到熟悉的气味。这是年轻健康男子身上发出的沁人心脾的荷尔蒙味儿。它像开春河水，带着腥气，汤汤而来，次第涌现。她呻吟般地叹口气，翻过身，看见浅铜色皮肤上沾满水珠的阿木。

阿木蹙着眉头站在床边，他应该已经看了她不短时间。她的睡相那么焦虑，又那么拒绝，这让他想起以往的情景：他快把自已说疯了，这个女子以中年人的笃定看着他，既像看小丑表演，又像以中年女人的傲慢和无所谓勾引着他。这优越从何而来，说到底，就是，就是，一个东西；那么，就让这东西见鬼去吧！

阿木像孩子一样，胳膊肘撑着床，慢慢爬过来，爬到喻小骞身边。喻小骞紧张地看着他，阿木伸手盖住喻小骞的眼睛，接着去脱喻小骞的衣服。喻小骞一挺身子想要坐起来，阿木的嘴唇已经压在女人的双唇上。紧接着，他赤裸的身体也盖在喻小骞的身上。

这是喻小骞熟悉的气味和皮肤下燥热的温度。只是两年来，它像出去流浪的小狗，兴奋得忘了回家。往日的感觉一下都回来了。那盏酒红的芯子，蜂涌出粘稠的蜜汁。

阿木抓起女人的肩膀，让那副脂凝雪白的身体贴近他。而那一下，对方的反应令他吃惊：喻小骞的身体像个发烧病人，当他抓起对方的肩膀，她的四肢像小叶榕的气根紧紧绞缠着他；其身体则像与猎物短兵相接的豹子，缩着，夹得紧紧的。男人海豚般甩尾拍打时，女人有力的回应几乎把男人震回来。男人蓦然踏上他熟悉的回家之路，触到熟悉而久违的风景，接近了向往已久的温暖；他伸长触觉，去抓就要到手的果子……

阿木像出门玩够的孩子，晃里晃当，回家一般回到她身体里时，喻小骞心里、手上、甚至头发里都窝出忧伤。从这一刻，她肉体里所有记忆都重新唤起，那深切的忧伤，缱绻的情怀原来一直停留在体内，只不过过去两年没被拨动罢了。现在，她第一次知道肉体也会忧伤。这种忧伤像疼痛一样，不去碰，你对它是茫然的，而一旦拨开，所有的记忆都回来了，甚至比大脑的记忆更深切；她也是第一次知道，肉体的忧伤是不受意志、精神控制的，心理的忧伤可以靠意志压制或遗忘，而更本能的肉体忧伤，则无法压制；她也再一次明白，把所有的怨怒、嫉妒、报复、不平衡等等等等除开去，最里面的，最温柔的，是……她爱这个男人。

"喻子，把片子给我好吧？"

阿木翻身平躺在床上，摊开经络暴突的身体，一手搭在自己的眼睛上。仅仅这样看，他的身体如此性感又浑然天成。当然，除下被子，一粗一细的腿却又让人厌恶。在与阿木相爱的那四年里，阿木曾悲切而胆小地对她说你看看我的腿嘛。每当这时，她都将他抱在怀里，用怀抱安慰对方。阿木的腿是六岁时小儿麻痹病留下的后遗症，而当时他已经无师自通地能跳舞。虽然得病期间暂停了舞蹈，但病愈之后开始萎缩的小腿促使他发疯般地练习舞蹈。现在，两条腿虽不一般粗细，但他奇迹般地能跳舞，而彝族的宽脚裤和"察尔瓦"掩饰了一切。

尽管明白阿木的突然出现是为了胶片，但此时，喻小骞整个身体像高温下正在发酵的面团，已经没什么可以阻挡情欲的膨胀。她翻身伏在阿木身上，身体贴着那来自小凉山的滚烫粗糙的皮肤，一瞬间，她感觉，抱着的是自己的孩子。她虽然从未生育过，但感觉，自己的孩子一定在某个时间生下过，一定在茫茫人海中等着她相认。或者，怀里的这热乎乎的躯体就是她自己，她正抱着自己，感觉也像是被另一双女性之手抱着。恍然间，她咕噜了一声："你是谁？"谁知道，也许是："我是谁？"只有这个男子能让她物我两忘，而这个男子正用那根冻伤的胡萝卜，从皮肤外，顶住她的子宫。

阿木拿开遮在眼睛上的手，抓住喻小骞瓢虫一样鼓起来的两瓣屁股。他听见喻小骞说"我是谁"，如果是几年前，他会舔着她下颏内侧的小肉肉，说："你是我的阿咪子（小姑娘），阿麽（阿妈），阿呢格（我爱你）！"喻小骞喜欢这些词汇，她说这些简单的发音让人感觉在童话里。而这几个词，他至少两年没说了，他也没说给新认识的那些女孩听。他觉得，比起这些女孩，当时已经三十五岁的喻小骞更纯粹更赤诚。

"喻子，看在你爱我的份上，把片子签给我吧？"

他又叫她"喻子"，这个称呼曾经像朝雾一样充满喜悦和希望。喻小骞把鼻子贴在阿木的脸颊上，嘴里呜呜噜噜喃喃自语。她不想扎破这只气球，她想让它鼓胀得持续点儿，再持续点儿。

"天亮……"她想把眼前这个人挤进自己体内，成为她的脏器。她永生负载着他，永远跟自己做爱，永远不分离。

"天亮了，你就答应把片子签给我？如果卖了钱，我不要，你跟'大武'五五分……"

"你说谁？"喻小骞蓦地撑起身体，随手拉起被子，遮住身体。

阿木应和着，精神并不如身体表现得陶醉。这又让喻小骞一惊，一股凉气从头顶一直灌到腰底。她弹起身子。

"你说我和谁五五分？"

"啊？"阿木愣一下，"你怎么说停就停呢？快过来……"

"你刚才说谁？"喻小骞的口气一下降到冰点，目光出奇地冷静。阿木拉她一下没拉动，便烦躁地一翻身趴在床上，压住自己的情绪和身体。说：

"给我投资的公司。"

"你刚才说是大武集团？"

"是谁不重要！只要他给咱剪出来。我让人家看了，人家明确告诉我，这片子不可能挣钱，只能到美国独立电影节争取个奖，将来最多在电影资料馆存几个拷贝。就这点儿气数。"

"跟你勾勾搭搭的是大武集团？"喻小骞跳下床，抓起酒店的浴袍套在身上。她站着，瞪着阿木，用力把睡袍带子系紧。阿木烦躁地坐起，又是手抓又是脚勾，掩上被子。

"你怎么一下这么冷了？你挑了一半把人撂到半路是吧？"他为自己暴露在年长妇女面前而羞愧，便也跳下床，从地上捡起酒店的浴巾，缠在腰里。"我跟谁合作并不重要。重要的是，你把片子签给我，我让他们投资把它剪出来，成个作品，拿到国际上去摘个奖。"

见阿木跳下床，喻小骞转身去开落地灯。灯光是保护，光亮可起到减怒镇定作用。

"'大武'怎么找到你的？是你找他们，还是他们找的你？"喻小骞蓦然明白大武集团、抑或就是武凰，这打的什么算盘。"她要把我所珍视的一切都拿走，摧毁！"她在心里喊。

"这有什么区别！"阿木到衣柜找出一件浴袍穿上，不等喻小骞说完就不耐烦地说。两年来，她所习惯的阿木的气急败坏又回来了。

"当然有。你知道，现在逼我就范的就是大武集团。"

"这不结了？！你跟它合作，我也跟它合作。人家在成我们的事儿！"阿木说完，从浴袍里把湿浴巾解开，浴巾掉在地下，他厌恶地一脚踢开。他走到木衣架旁，从挂着的背包里拿出一条衬裤穿上。喻小骞把脸扭过去，不愿看阿木有棱有形的后背和臀部。她依然对这副身体迷恋，但绝不在肉体面前低三下四。

"这不是合作，而是掠夺！"她一个字一个字、气息能划破纸地说。

"哎，哎，哎，"阿木厌恶地打断她，"别那么敏感。搞艺术的臭毛病，以为谁都在乎你……"

"阿木！"没等阿木喷完，喻小骞咆哮起来，"我们准备了六年的《过山车》，她耍手腕把我们诓进去，现在又加条件要把它束之高阁！而这部纪录片，是我们的全部经历，她又通过你把它抢走……"

"不是抢，是人家帮咱剪辑出来，成为作品！谁让你没钱呐！"阿木也跟着咆哮。

"她剪出来？她出钱让我剪可以吧？没有吧？她就是要把我六年的心血最后变成一堆不温不火的垃圾。天地良心，那是我的作品！那是我的命！我十年就拍两个作品，一个是《卖脸》，一个就是它。你知道它对我的分量！还有——"喻小骞的喉咙都喊劈了，"它是你我六年来的一切。你知不知道?!"眼泪溅出来，她瞪着泪眼，怒向阿木："你把它偷走，拿去贱卖。作品就是艺术家本人。你糟践了作品，就糟践了自己，你知不知道?! 为这俩钱儿，你把自己都卖了，你知不知道?!"

"钱不重要？"阿木尖酸道，"你不是就没这俩钱儿，片子捂在手里都捂臭了！"

"我就是把它烂在手里，也不贱卖！"

"又是大口号，听见就烦！标榜有啥用？你不是也人在海南，给人家干活儿么？说人家都容易，你自己呢？"阿木一脸的不屑，一副曾经沧桑的铁石心肠。

"我的处境跟你不同。我已经欠了 200 万。而《舞者》是我们自己的，谁都不欠。"

"行了行了别说好听了的。这事儿在你就是没办法，到我就是贱卖了。你以为我还是从前的我啊。"他突然住了口，为说到自己而烦躁。他可能也下了决心，不再跟喻小骞提过去，也不再动感情。

"我还没签合同。还可以不干。"

"得了。别找理由了。你今天必须在这个合同上签字。不管是温柔签，还是暴力签。我不想搞暴力，你也别逼我。"

阿木一偏一偏地撞到卫生间门口，把丢在地下的长裤登上，站直身体，扎紧皮带，把挂在木衣架上的绒布衬衫套在两只粗壮的胳膊上，从下到上一粒一粒系扣子。他看着木衣架子，神色游离出去，嘟囔一句："这架子不错，到北京也弄一个。"

这当儿，喻小骞又把浴袍带子重新系一下，坐在床脚榻上，脸朝墙，脸上两行心酸泪。

"你也别哭，你对我的好我也记得。我们以后还可以是朋友……"男人恩断义绝前必说的话，让喻小骞更加心酸。这个大山里出来的少年，也学会了用这种语言忽悠女人。

"什么合同？"喻小骞干枯的嗓音像荷尔蒙流失殆尽的老妇人。

"这个合同……就是把那四本胶卷的剪辑发表权全权交给我，将来向警方或法院出示，盗窃就不成立了。"阿木结结巴巴地说。来北京六年，他依然拙于使用夹带专业术语的语言。

"这不是你能想到的。是'大武'的人教你的？"喻小骞看到阿木眼睛里去，把后者看得心虚。

"我怎么想不出来？"

"我对你太了解了。这阴招你还想不出。"

"这不重要。你把合同签了，我就不用坐牢了，咱们的片子也能拿到美国参加影展了。这不是你最想要的？"

喻小骞看出，这表面上是考验喻小骞对阿木的态度，实际上这是让她交出最珍贵的：她的作品、她的爱情。或者搞一个假象：用交出作品，换回短暂的爱情。比如今天凌晨的温存。喻小骞看着阿木，这张原本单纯的脸现在被事事不如意的怨怒所戕害，满脸是焦躁、不耐烦以及恶狠狠的怨毒。一层泪水浮上她的眸子，她垂下头，茫然地望着自己的腹部，仿佛这能看进自己的子宫：这个空落落的小怨妇，一小时前还满怀欣喜迎接浪子，现在看来不过是又一次"投入·产出"的游戏罢了，别再幻想了。现在，女人为肉体背叛自己而羞耻；如果是男人在利用你肉体的热情达到他的目的，那耻辱就更像疤痕一样，留存在肉体的记忆中。

"如果是武凰让你这么做，你我都上她的当了。"喻小骞把眼泪压回去，抬眼看阿木。而在后者看来，喻小骞脸上肢体上的哀伤，只是因为他没有用身体去爱她。待她签了字，他可以用今晚最后的时间去满足她，让她深刻地、透彻地感受他的强壮和血性。他打断对方：

"哎呀呀呀，什么上当不上当，就你这么想！"阿木想起自己的目的，又收敛了点儿火气。他走过去，抚着喻小骞的头发，这个动作让喻小骞心中泛起柔软。她很想就势贴在阿木的臂弯里。"别想这么多。人家出钱给我们剪片子，这是好事。"

喻小骞把头一歪，让过了阿木的手。

"如果我不签，会怎样？"

"你必须签！"阿木暴躁地把手向后一甩。这个动作，如果没有此行的目的，恐怕已经甩到喻小骞的脸上。喻小骞凝目阿木，她对这个人的熟悉，已经是能从眼睛看到头脑。醒醒吧，眼前这个青年只想得到胶片又不受惩罚。他搂你、跟你做爱只是手段，跟要挟一个性质。喻小骞疲惫地靠回枕头，这一天她经历太多的事，最好的归宿，就是拥着阿木热燥的身体，在深睡中迎来黎明。恍惚间，她感觉自己的脑仁仿佛是一枚熟透的黄杏，她渴望这甜酸的沉耽，嘴巴里甚至渗出一丝甜汁。

"我熬着，你倒睡觉！"喻小骞这一恍惚惹得阿木暴怒，后者奔过来一把抓住她的手腕。"不许睡！给我把字签了！"

"我累了。先睡，天亮再说。"

"不行。你签完尽管睡。"

"签了你也走不了，天亮再说。"

"你签了，我现在就去机场，已经四点了，我赶最早的航班。"

"阿木，这个字我是不会签的。作品是我的命、我的名誉，我不会白白送给别人。"

"你——"

阿木想说什么，喻小骞打断他：

"如果大武要合作，也可以，让他们找我谈。我会以我能接受的方式跟他们合作。"

"别做梦了！你还没看出来，人家感兴趣的是我，不是你！"

阿木瞪着眼，脸上的表情近乎愚蠢。

听了这话，喻小骞鄙夷地撩阿木一眼。自从把这个青年从小凉山弄出来，自己一直在教育他不要为钱、为某些随时会变动的东西折了腰。她以为除了演技，这是她给阿木最重要的东西。但阿木显然没把这放在心上。喻小骞无不悲哀地自嘲，不要企图把自己的经验教给某人，即使最亲密的人；生活的教训只能自己去摸索。

"大武集团耍阴谋，他们这是利用你把我剥得一干二净。"喻小骞嘟囔着，但已不期望能说服阿木。酒精和困倦使她头疼欲裂，她只希望能睡上一觉，等精力恢复了，好继续争斗。阿木听见嘟囔，鄙夷地"哼"一声。他认为喻小骞病态的自恋已达到令人作呕的程度。

"这跟你无关。别动不动就阴谋论，你没那么重要。"阿木返身拿起木衣架上的背包，从里面掏出一式三联的合同书，放到喻小骞面前的床头柜上。喻小骞执拗地不瞥一眼，而是抿着嘴紧盯阿木。

"看我干啥？"阿木突然想开个玩笑，"刚才不是让你全看了？"

喻小骞幽幽地看着阿木，这张来自山里的带着些许诡异的英俊面孔，曾经那么信服她、依恋她。她说的每句话，他都生怕漏掉地看着她眼睛听；她说的笑话，他总是慢几拍才听懂，之后自己坐在角落里，脸上带着梦幻般的笑容，回忆这个笑话，一会儿笑一阵，过一会儿又笑一阵……那是他们的好时候，一些场景历历在目……在筹备《过山车》的头两年，喻小骞请来专业教师训练阿木的肢体，重新编排电影中的几段舞蹈。舞蹈涉及古典芭蕾、现代芭蕾、现代舞、中国舞、踢踏舞、黑人街舞，喻小骞一个舞种一个舞种地训练阿木，当然她也跟他一起训练。不过她从来没透露自己从前跳过芭蕾，只说小时候跟着收音机瞎跳。这与阿木跟着电视学跳舞的经历对接。这常常泛起的经历和情感的对接，让他们时常在身体的训练达到极限时，感受到濒死知觉时，就在训练室的地板上、沙发上、木箱子上做爱："于是我们做爱了……于是我们又做爱了……于是我们再次做爱了……"她记得每一次跟阿木做爱的情景，它们像设计的场景，每一次都有不同的背景，说着不同的台词，把所有的以往变成当下透彻相知的一切！

而再美好的相爱最终也变成眼下这个样子！这是两性关系的悲哀还是人类的悲哀？！

由于口渴，喻小骞的喉咙干得像一片纸，好像要脱离脖子，掉进肚子里。她站起来，阿木警觉地上前两步，横在她面前。"你要干啥？""喝水。"喻小骞不理他，径直往茶几走。阿木一把抓住她的手腕。"你先别喝！签完你随便喝！"阿木一用力，咔吧一声，喻小骞的手腕像是错了一下，她想扳回，但手腕显然被拉伤，不得不顺着阿木的劲儿，抽自己的手。而后者以为喻小骞要贴上他，厌恶地向后一退。喻小骞伤心地看着阿木这个动作，他以为她会哭着扑到他身上？不再会了！现在她只想掩饰手腕被拉伤，她不会给对方留下受伤者的印象；于是她舍了第二次被拉伤，用力扳回手腕。

"我要是不签你是不是准备杀了我？"阿木一听倒放了手，从一直拎着的挎包里掏出一把套在牛皮套里的彝族弯刀。

"来的时候我已经想好了，你要是不签，就杀了你。反正回北京也是坐牢，死了算了。"阿木岔开双腿，刀出鞘，背包掉在地下。他用那只拐脚，把背包踢开。

如果说喻小骞震惊于那把瓦亮的弯刀，不如说更吃惊于阿木破釜沉舟的绝望。在此之前，她只看到这件事上阿木的无理，只看到作品对于自己的重要，却没真正在意阿木的绝望：如果说《过山车》是她泅渡的最后一块木板，同时也是阿木跻身艺术圈为数不多的小船。这艘小船现在被武凰捅漏了，大武集团还貌似给她一个《海南往事》的改编项目，而阿木则赤身掉进海里。他可能扑腾几下、喝了几口水后才想起，储藏柜里还有个拍了六年的纪录片。大船进不了艺术（或干脆叫娱乐圈）的港，小舢板也能挣个名分。对于赤贫的阿木，他已经不在乎用什么手段弄到小舢板，只要不把他抓进监狱，他就会使出全力，抓住这个救命小船。

"阿木，这六年，你认为我耽误了你？"喻小骞用透支后的哑嗓子说。

"我看啊，你根本弄不成事儿！"阿木恼火地说，"你也不是不聪明，也不是不努力，像你这样的人，还有邵洋、柏树则都一样，都是认识有问题，想给时代搞什么树碑立传……没用！你们不改变认识，再干十年还是这样……你把自己耽误了，也把我耽误了。"

"我要是不耽误你，你还是西昌一个找不到工作的文艺青年。"喻小骞从阿木横着的弯刀前走过，阿木不得不往后退了退。喻小骞倒了水，喝了，坐在圆椅里，双手放在两膝间。有一瞬间她都睡着了，没听清阿木的话："我在北京也没找到工作……还是那句话，你把我弄出来我感激你，但我也报答了你。"喻小骞在思维的最远处听到"报答"二字，一惊，又醒了。

"耽误你六年，也不是我情愿。我不会跟商人打交道，见不得他们凡事算计成本的嘴脸。《过山车》是'大武'设计把我们套住，而你却要跟它合作。"她的声音似乎飘在体外。

"那是你和它的事，跟我无关。你是你的事。我是我的事。"阿木把弯刀插进饰有很多皮绳的皮套，想过来安慰喻小骞，后者的面孔已经是雨打的残败梨花。阿木看到了，也有些吃惊和不舍。这个青年的单纯在于不会掩饰，好的坏的都不会。这是喻小骞当初动心的地方。而山里青年也容易为一点小利，眼前的一点小成功，把最基本的卖了。

"好！"喻小骞的咽喉黏膜干燥、稀薄得像一张青蛙皮。她整个人，则像上岸太久的青蛙，干得皮都皱了。

"我给你签。"她泪如泉涌，吸了一下鼻子，哑声说，"但必须在第一个镜头写明：'喻小骞作品'。"

喻小骞跑到卫生间，抓起一条毛巾压在脸上，使劲忍住抽泣。从卫生间出来，阿木不看她，一手拿合同，一手拿水笔，等着她。喻小骞坐在茶几边，浏览了合同的前两页，在第三页的空白处上写道：

《补充协议》：
　　在同时满足下列条件下，允许红画文化传播公司对《舞者》原始胶片"Ⅰ、Ⅱ、Ⅲ、Ⅳ"进行剪辑、发布、参赛、公演：
　　第 1 个镜头：喻小骞作品

第 2 个镜头：片名

第 3 个镜头：导演姓名

第 4 个镜头：出品人公司或个人

第 5 个镜头：摄影、艺术指导　喻小骞

喻小骞把以上内容填在空白处，感觉就像写卖身契。写完，看也不看，签上自己的名字。

"我给你签，不是因为你用刀子威胁我，而是别的。"喻小骞把合同往茶几上一推，其中一联飞到地毯上。阿木一腿跪地，拾起。他跪地动作利落得让人心酸。

"那是为什么？"阿木愚蠢地问。

"你的心性无法理解。"

喻小骞收拾自己的东西。阿木则把合同放进背包，同时把夹克套在身上。这时他瞟一眼喻小骞，以为喻小骞说"别的"是因为还爱着他。他动了恻隐之心，走过去试图搂住喻小骞。

这个男人就在身边，她已经闻到对方身上干燥的荷尔蒙气味，好像一旦皮肤贴上去，就会发出吱吱烧干的声音，就会闻到皮肤烤焦的臭味。喻小骞惊怵地一抬手挡住，嘴里胡乱叫道：

"你不会想到的！"

她的指甲刮到阿木的面颊，阿木脸上立即鼓起两个肉楞子。一瞬间，喻小骞像做错事的少女，两眼窝子全是歉意；当她意识到自己不该有所歉意，那会被当作示弱，便猛地跳起，拿起自己的背包，跑出门去。阿木还没愣怔过来，本能地追到门口。已经跑过两个门的喻小骞又折回来，在阿木冲到门口的当儿，正好出现；他们四目相对，喻小骞毫不犹豫地把阿木往屋里一推，把宾馆房门"砰"地从外面带上。

穿着白浴袍的喻小骞，感觉在走廊跑了一整夜。不知哪个记忆角落储存着武羚羊住在最后一间这个信息，便仿佛穿过整个黑夜般地跑到走廊顶头，门从里面猛地拉开，穿着白色浴袍的武羚羊光着头站在门口。蓦地，喻小骞仿佛看到二十年前的自己——面色苍白、眼神忧郁，希望艺术化地生活却不知该怎么办。她的圆眼睛也是这么惊讶地、暗怀喜悦地睁大，1978 年的"今天"诗刊，和 1979 年挂在中国美术馆栏杆上的"星星"美展，从这双眸子底胶片一样咔咔走过。喻小骞蓦地伸开双臂，抱住了眼前的姑娘。自己浑身酒糟臭，这女孩也正好酸哄哄的，她们像腌在一个缸里的咸菜，相互热望着对方身体里溢出的酸水，不顾一切地一头扎进去，搅合在一起。

喻小骞缺氧的大脑依稀记得，她抱住了武羚羊，武羚羊也反抱住她。被抱住，喻小骞找不到重心，脚下绊了两下，和武羚羊一起扑倒在床上。她感觉，胃里的食物都顶在嗓子眼儿里，一张嘴就能直喷出来。她咬住一只枕头，想撑起身子。也不知是被武羚羊死死圈住，还是自己体软无力，她在武羚羊身上撕扭、盘桓了几个来回，女孩更死命地抱住她，并发出欣快的呻吟。喻小骞吃了一惊，甩开枕头，用昏沉但还没有完全失去判断的目光盯着躺在床上的光头美人。她再一次震惊，躺在身下的、惊讶而欣喜地望过来的女子，分明就是武玉梅笔下的杉子。她感怀而怜爱地看着这个雪白的人儿，轻轻捧着对方像玉滴子一样的脑袋，呻吟一声，俯下身去……

喻小骞最后还是将堵在嗓子眼儿里的秽物吐出方才清醒。她不甚清楚在她俯身亲近书中的少女之后又发生了什么。光头的武羚羊和晶莹剔透的小女人杉子交叠；杉子竖起的红脚尖和吴清华破碎的宽脚裤，像穿插镜头交替出现；光头武羚羊的性暴动和芭蕾舞剧的禁欲主义趣味混合；十八岁的喻小骞在冷风里看"星星"画展的清灵，与武羚羊性感的光头、分开的两腿、街上找马子的为所欲为波普对应呈现……这些影像由远及近来到她眼前，又从她手尖和嘴唇边滑走；她欣快地等着它们到来，又留恋地看着它们缓缓而去，满足和怅然，让她一声一声叹气。她感到从未有过的清新和愉快，有一瞬间，她感觉抓住了从前的自己，又仿佛感觉青春在她手指间流连，她"呃——"地呻吟般叹息，将自己的身体，叠印在那团雪白里……她觉得，自己摊得很薄，很透明，融进去，化在对方温软的躯体里……她感觉自己又是那个单纯的、一天到晚就知道跳舞的、像一树凤凰花的杉子……同时也像这个脆弱自私的武羚羊，也像那个穿红衣裤的、全身道道鞭伤的吴清华……

喻小骞踉踉跄跄跑到卫生间吐了，然后歪倒床上睡着了。她似乎全然忘记这一天发生的事，脑子里只有一个念头：十五岁的书中人物杉子。这个杉子既是十七岁的吴清华又是十八岁的喻小骞，既是二十三岁的武羚羊也是十一岁穿仗的武玉梅。她是她创造出来的人物，性格和情节是她赋予的，而她则像每一个虔诚的作者，爱上了自己的人物，看着她从自己手里走向她的命运。她欣喜地看着十五岁的杉子跑进自己的命运，跑向她大脑黑暗的深处。

喻小骞再次醒来时，太阳已经像蒸笼盖，罩在房屋、窗户、窗外的植物上。在热带地区，太阳不像是朋友而像伺机而动的野兽，它无时无刻不用胀热、潮湿、泛滥的霉菌侵害你。清醒前，喻小骞感觉身体就像裹了层湿热的牛皮，哪怕有那么一小块搭在鼻孔上就会窒息，衰弱的意志还能让她意识到这一点，她乱抓乱蹬一阵，才从溺水般的窒息中透过气来。

她猛地睁大眼睛，蓦然看见雪白的天花板，又蓦然发现自己两襟敞开，浑身湿透，头发湿溜溜地贴在脖子上，身体打开在一张阔大的床上。同样在这张床上，坐着散开前襟、光头雪白的武羚羊，后者既惊惧又诌媚地看着她，仿佛是等着她的态度。喻小骞恼火地扯了下衣襟，从床上跳下来，同时系上睡袍带子。武羚羊则瞪大眼睛，琢磨她的意思；见状，也慢慢遮上衣襟。

"对不起，昨天喝多了。"喻小骞发现自己就像第二天从女人床上爬起来的男人，急于把缠绵描述成一次事故。

"没什么啊，我喜欢。"武羚羊圆睁淡棕色的眼仁儿，粉红的面颊薄得像一层光。前前后后相处快一个月，喻小骞从没发现这姑娘如此生动新鲜过。可能发现喻小骞在看自己，这姑娘鼓足一股傻气，冲口而出：

"我一直等着。从我看见你第一眼就知道。"

与沾花惹草的男人相仿，听到对方表白，喻小骞一是感觉可笑，二是烦躁不安。

"什么第一眼，什么我跟你一样。你想错了，不是那回事儿。"

"我知道你更爱男人，但你也爱女人。我第一眼就看出来了。"

武羚羊诡异地别着眼睛，用目光缠着喻小骞。见喻小骞难堪得两颊绯红，这个直接的女孩毫不羞臊地说：

"我爱你！"

喻小骞恼火地转身进卫生间，拆开牙具，挤好牙膏后返身要关门，武羚羊则站在门口。当她的目光粘上对方的眸子，武羚羊孩子气地迫不及待地说：

"我爱你的容貌，你的气质，你的职业，今天凌晨，我还爱上你的身体，你的激情。我老师说过，激情也是天赋。"

喻小骞羞恼地、砰地一声关上洗手间的门，这只让武羚羊停顿一下，这个把握不住速度和程度的丫头大概只是怔了怔，继续在门外大声说：

"你跟我会有个不一样的交往。"武羚羊仿佛是提着心脏说话，"你虽然不是我的同龄人，但你想过没有，我就是你妹妹、学生、女儿，我相信差异的爱会使你终身难忘。"

她还没说完，喻小骞"呼——"地拉开门，像头发怒的母老虎，冲着武羚羊厉声喊：

"我他妈根本不是该死的'拉拉'！那不过是酒后失足。你给我滚远点！"

"你不敢承认？你们这代人啊根深蒂固认为这是伤风败俗。到现在你还这么不开放，思想束缚太深了！"

"你给我闭嘴！"喻小骞羞臊难堪，像是被人抓到偷窃。见武羚羊没有走的意思，她退一步重新关上洗手间的门，脚后跟又"咚"地磕一下，这让脚踝又崴挫一下，她不得不缩着脚，让一阵疼痛经过。她脱掉汗湿的浴袍，站在水柱下，水的热度刚好叫她起一层鸡皮疙瘩。她调整情绪，思忖接下来该怎么办？想想自己一见到武羚羊，既厌烦又不忍放手，恐怕就是被对方身上的"拉拉"气质诱惑。她不认为自己是"拉拉"，但阿木离开后她实在对男人失望至深，有时候她就发狠地想，与其祈求男人来爱，不如跟顺眼的女人建立"姐妹情谊"。她曾想过再老个十岁，找个三十岁左右的文艺女孩作伴，做人家精神导师的同时也当人家的撕缠对象。但那是十年后的事，她自以为还没老到自觉退出两性江湖——跟男人撕斗，既是跟世界搏斗，也是跟命运搏斗。让她疑惑的是，武羚羊到底为什么而来？电影？她自己的气质和职业？抑或同性相吸？即便这些全是她还是疑惑，此人到底是谁？

右脚踝上的疱疹彻底溃疡了，脚踝红肿，看来只要她在热带地区活动，她就还是个跛子。**喻小骞**这个笔名就是这么来的。喻小骞看着红肿的脚，暂时想不出什么办法。

喻小骞洗完澡，反穿湿溜溜的浴袍走出洗手间，见武羚羊戴了一顶非洲发柳的假发，发梢用束带扎起来，脸蛋儿倒也清秀干净。她坐在茶几旁架着二郎腿啃苹果。她吃苹果就像松鼠磕松果，从上到下一粒一粒磕下来，苹果粒积满口腔，才速度很快地咀嚼吞咽。见喻小骞出来，武羚羊举着苹果跳下椅子，眼睛里又换上紧张、讨好的神色——喻小骞第一次见武羚羊时她的主要表情。

"我错了小骞老师。我不该说那样的话。"武羚羊揣度喻小骞的表情，见对方已经平静，忽而又觉得喻小骞可能已经默认了，便连忙回身拿了个苹果递过来。

"我不怪你，但我们的交往结束了……"喻小骞挡住递过来的苹果。

"别，小骞老师，我再也不说那样的话了。再说，如果你能回忆起，昨天，啊不，今天凌晨，并不是我主动的。"

"别说了，那是酒后失足。如果这事伤害了你……"

"没有啊，我喜欢……我不说了。你别丢下我，我真想跟你学电影。"武羚羊焦急地抓住喻小骞的浴袍，喻严厉地盯着对方冰激凌色的小手，后者慌忙松开了。

"鉴于现在的情形，我们不适合在一起。你看来很有门道，去另投高明吧。感谢你让我用了这些天的车，我收拾好东西，把车钥匙放在前台。"

喻小骞说完拿起自己的背包，到洗手间换上出门的衣服，走出洗手间时见武羚羊泪光莹莹地靠在墙上，可怜楚楚地说：

"我知道你看不起我……"

喻小骞不理她，坐在椅子上，穿高筒皮靴。

"我实际上不叫武羚羊，叫武海南。"

听到"武海南"三个字，一道寒光从喻小骞的太阳穴一直窜到足底，她整个脊柱都凉了。

# 第十六章

终于还是这么回事！搞来搞去，这个酸哄哄的女孩还是武玉梅的女儿。从一开始，她喻小骞就跌入武家的陷阱，不管是武玉梅设下的，还是她女儿设下的。她们究竟要干什么？喻小骞冷眼打量这个现在叫武海南的女孩，只见她两眼一挤，两串泪珠挂在狐狸一样的尖脸上。也仅只一眼，喻小骞就看出其中的泥淖和对方的狡猾。她感觉自己只要踏出一步，就陷进这女孩的纠缠、谎话和眼泪里；只要跟她搭上界，对方就会用变化无穷的情绪消耗你，让你疲于应付她的喜怒哀乐、漫无边际的废话以及没完没了的小困难小烦恼中。这丫头说不定还有艾滋病。这下可好，自己的下半辈子就要被这丫头拖垮消灭了。她厌恶地浑身一凛，毫不犹豫地拉起自己的包往外走。她不知道阿木那间房里还有没自己的东西，但有也好，没也罢，她不要了。她不能沾这女孩，除非她要给自己找无穷无尽的麻烦。

"我把车钥匙放在前台。"她撂下一句就往外走。武羚羊在后面"哇——"地大哭。喻小骞只是顿了顿，打开门，走出去。她没等电梯，而是从温热的安全通道下楼，经过前台，连一句 A325 的房卡是否送到前台也懒得问。他们爱咋地咋地。自己现在就去机场，换张机票回北京，跟那位前女教师说，那个破电影自己不拍了，欠的 200 万自己拍广告也会还给她。而她们姓武的，不管老的还是小的，谁也别想再卷入她的生活，她打不起，还躲得起。她走出主楼，沿着花砖小路走到停车场，打开后备箱，两个箱子都在。她提出箱子，招来一个路过的服务生，嘱咐他把车钥匙交给 A301 的房客。

喻小骞拖着行李走出热带阔叶植物覆盖的酒店大院，发现这个豪华、奢靡的酒店完全置于海边的荒野中，不仅离城市很远，甚至离正经公路还有六公里。眼前这条水泥道完全是酒店的经营便道，举目望过去，只有散漫的农人和慢慢吃草的水牛。现在是中午十二点，天气热得只能穿一件衬衫。喻小骞向白花花的水泥路尽头望一眼，除了摩托没有可称为车的。她苦笑一下，叫大门保安帮她联系出租车。

说话间，武羚羊开着黄色跑车冲过来，嘎地停在喻小骞身边。她落下车窗，探出哭过的脸，哑声说："你上车。"喻小骞执拗地不瞟她一眼，把目光斜向远处。"你上车吧，这是我家的酒店，你等一天也等不来车。"听这话，喻小骞的鸡皮疙瘩出了一层。武羚羊把手闸推上，跳下车，拖着一个箱子往车后走。大门保安走上来悄声对喻小骞说，这里根本打不到出租车。无奈，喻小骞只得把另一只旅行箱放进后备箱。

"中午了，你得吃饭吧？"这时候武羚羊说话挺清爽，人虽然哭过，但还算硬气。老话里说"千张脸"的，应该就是她这样的人。喻小骞被动地上了车，刚关上门，车子"嗖"地蹿出去。

喻小骞刚坐上车就后悔，即使步行六公里，她也应该自己走到正经马路上，打个车，去机场。武家母女，剥夺了她的电影，还剥夺了她的尊严。她不知道还有什么必要继续跟她们打交道。

"到正经公路，你给我放在路边。"这么说着，喻小骞心脏周围的神经和血管放射状酸楚，心就像蚀烂了。

武羚羊也不做声，怒火和自怜让她的身体像竹木沤烟，青烟滚出来，身体越来越黑，越来越枯槁。"你看看我。"过了很长时间她呜咽道，见喻小骞纹丝不动，她把车速放慢，撸起右边的衣袖，胳膊伸到喻小骞眼前。喻小骞故意把身子往后撤撤，看一眼不看一眼地扫过去，武羚羊粉白的手臂上是一道道旧伤痊愈后留下的肉楞子。见喻小骞依旧漠然，武羚羊放开方向盘，把左边袖子撸起来，左边胳膊上肉楞子更多，有几道当初一定溃烂了，疤痕的边沿乱糟糟的。

"谁干的？"喻小骞冷淡地问。不出第一印象，武羚羊就是个混在街头、地下室，以打架吸毒淫乱为荣的问题青年。她一双眸子就像两只破洞，半露半掩二十几年不堪的人生。

"我自己搞的。"武羚羊自艾自怜道。

这个说法喻小骞倒没想到，但也不愿问，她知道话匣子一打开，自己就脱不了身。她已经对武羚羊、武玉梅没兴趣了，不想知道她们的任何事。她不写那该死的剧本了，对她们的任何故事都不感冒了。她蹙着眉头看着远方，等着一句话说出口："就把我放在这儿，给你母亲带句话，她的电影我不拍了。你们好自为之，不要再纠缠我了。"当车子拐上大路，她这句话刚要出口，武羚羊抢在了她前面：

"所有人都烦我。我知道是我的错。我跟谁在一起都想死抓住人家不放，我就是太孤单，这世上就是没一个人能让我靠靠。"武羚羊呜咽，一下一下吸鼻子。这句话怎么打动喻小骞的，让她把堵在嘴边的话咽了回去？也许是，这说的也是她的境遇。她把脸扭到一边，把忽然涌上来的情绪压回去。当她平静下来，车子已经经过武玉梅的I号桥，也就是已经进城了。

"手臂是怎么回事？"这句话与其说是探听不如说是安慰。别人暴露伤疤，就是想讨个安慰。

"小时候，我妈出去，说好的哪天回来又不回来，我就在胳膊上割一刀。我让它红肿，让它化脓，等她回来，亮给她看。"

"你妈一定很烦你。"虽这么说，喻小骞也知道，小孩子这么做是为了引起大人的注意，换来大人的爱。

"她说我是她的冤家，讨债鬼，前生造的孽。她也不打我，就是说根本不喜欢我，小时候就应该把我掐死；还说我是海家的脏种，海家坏了她的女儿身……小时候她这么说，现在不说了，开始对我好了。"

"你小时候总在火车上过？"

"大部分是一个人在郑州，后来在北京。她去做生意，我一个人在家。"

"那你的独立性应该很强。"车子已经进城，气氛正在软化。喻小骞有些焦躁，一会儿准备把那句话撂出，一会儿又想听听武羚羊还会怎么说。

"不强。我故意什么事也不干。她走几天，几天的碗就留着，衣服也留着，她准备多少吃的，我就吃这么多，她不回来，我就不吃。最后她没办法，找个老太婆看着我，我就气那个老太婆，每天不穿衣服在家里走来走去，硬是把又老又臭的老太婆气走了。后来有 BB 机了，我一天呼她十几次、二十几次，后来她有手机了，我一天打她十几个电话。她说要把我送到精神病院，我说你要送就送，反正傻的是她女儿。我一直等着，她也没送。"武羚羊不带情绪地说，仿佛说的是别人。

"你真够祖宗的！"喻小骞想起刚见武羚羊时自己总结的一句话。

"我就是想让她陪着我，不要赚那么多钱。她是个神经病，赚那么多钱现在不是都捐出去了？有什么用？"

"你们闹得最凶一次是怎样的？"不知不觉，喻小骞的职业习惯又出来了，她习惯从一个情节中看到人的本质。

"她说好回来又不回来，我就把家里所有能砸碎的东西都砸了，把书都撕了，我也不扫，就那么乱着，坐在家里等她回来。唉嘿，那家里跟遭了地震似的……"

"她呢？她什么反应？"喻小骞浑身一惊一凉的。

"她哭，往死里骂我。最后报了警，要警察把我抓去拘留几天。我才不怕呢，逼急了，我告她猥亵少女……"这句话说完，武羚羊突然住了口，但身体在高内压下颤抖。

"怎么回事？"喻小骞抓住这一句。

"我睡觉，她摸我下边。"武羚羊羞耻地一闭眼，泪珠掉满脸。

"天！这算什么人呐！"

"那是十三岁以前。后来我抗议了，跟她吵了两架，她不敢了。"

"但这影响了你的性价值观。"喻小骞气愤地说。

"这我不知道。"因为义愤，武羚羊的搪塞喻小骞没听出来。

"你不能跟男性有正常的两性关系，热衷于街头艳遇，恐怕就是那件事留下的阴影。你在性关系上作践自己，跟在家里摔东西的心理如出一辙，都是希望别人注意你、关心你。你跟多人性交，就是在跟别人发生关系时才感觉到自己的存在，自己对别人有用。你这是通过别人来确认自己。"

"可能是吧。"武羚羊把车停在路边，愣愣地看着前方。

"包括你喜欢女性——当然，我对昨晚的事向你道歉——你也许根本不是拉拉，你只是缺乏母爱。你在年长女性那里找的是，一个母亲的替代。"

这句话，说到了武羚羊的最软处，她捧着脸，"噢——"地一声长鸣。喻小骞眼里也蓄满眼泪，这说的是武羚羊，何尝说的不是自己。自从父亲去世后，她感觉自己就像个孤儿。虽有母亲和姐姐，却不知什么原因，她们不待见她，她也觉得自己就像父亲的私生女，在家里遭人厌弃。她年轻时找的丈夫，不是像父亲就是像菩萨，慈爱无边，但最终都离开了她。后来跟阿木发展成情人，除了当时相依为命，还有一个重要原因是，她在年轻、弱势的男子那里找到自信和独立，摆脱了对年长男人的依赖。事实也正是如此，当她在阿木那里找到独立和自信后，她才真正开始自己的创作，虽然才出品一部《卖脸》，但只要东风一到，她相信下一步是部成熟电影。喻小骞看清了武羚羊，也看清了自己。耐心和慈心又回到她身上。

"找个地方吃饭。我来开。"

武羚羊从方向盘上抬起脸，吸了两下鼻子，哑声说：

"不用。我开。"

她们找了家湖南餐馆。喻小骞感觉，真得吃点辣椒，壮壮阳气。

落了座，武羚羊在对面，喻小骞这才看见武羚羊换了顶清汤挂面假发，粉红的小脸在头发里一会儿遮进去，一会儿露出来，看上去像个芭比娃娃。她穿了件长款的白衬衫和洗得发白的牛仔裤，样子倒蛮干净。喻小骞把目光投向玻璃窗外，公路上，汽车无声地滑动，椰子树柔顺地向一个方向吹拂。

"你是怎么找到我的？我们第一次见面不怎么自然。"实际上很多事已经弄清了，喻小骞不过是想听听武羚羊自己怎么说。

"还真是设计的。"武羚羊低头看着桌面。这时，她可能还没勇气正视喻小骞。"我从法国回来不知道怎么打发时间，就去了西藏。在拉萨一个青年客栈住了三个月，在客栈里第一次看见《藏地漫游》，看见了你，我觉得你就是我真正想找的人。我上网查你的资料，也不是很多，回北京后就到新闻制片厂找《中国通商口岸录》。还真搞到光碟，就在家里看。看了五六遍，就萌生了见你的念头。"

"你母亲……是怎么找到我的？"喻小骞说话打了个结。

"我在家里看么，她也看，她就说要找你拍电影。但，她是她，我是我，她不知道我找你。"

"她不知道你找我？"喻小骞提高嗓门。

"现在……可能知道了吧……我来海南后她才知道。以前不知道。"

"我以为是她怂恿你来找我的。你车上有跟踪器，她跟踪我。"

"那不是针对你，是针对我。她怕我又跟北京那些混混在一起。"

"可这是海南的车。"喻小骞倒感觉武羚羊不像说假话。

"哦，那可能还是不放心我吧？不然没理由啊。"

"知道你母亲为什么要逼我拍电影么？"喻小骞盯着对方的眼睛，不放过任何眼波。

"她就是自我膨胀。以为她自己的事就是天大的事，别人都得为她服务。"

"她对你说起过我么？"

"她说你长得好看，要找你拍她的电影。"

"那么你自己呢？你找我的真实意图……不会就是搞拉拉吧？"

喻小骞嘴上虽是调侃，眼睛却没一丝的松动。武羚羊尴尬地一笑，接着是委屈地动容。

"我不能这么混一辈子吧？"她声音弱得快听不见了，"她要是不在了，我怎么办？我就想，趁她给你投资，我就跟着你学点本事。"说着，一滴眼泪从眼外角滑落。

"你母亲把我一个准备成熟的片子扣下来，又设套让我欠大武200万，做了这么个连环套后，让我给她拍电影。这事，你怎么看？"

"我不知道这个。"武羚羊第一时间叫道。

"你一点儿不曾耳闻？"

"我从不介入她和公司的事，我就管我自己。"

"那以你对她的认识，这是为什么？"喻小骞端起茶杯，但目光从杯子上沿射出去。

"我还真不知道为什么！"武羚羊不假思索地叫道，转而又揣测道："为什么？就是给她自己的电影让道呗？她又不怕花钱，管你成熟不成熟。这路这桥，还有什么双面观音，钱都往外扔；她不管花不花钱，只要高兴。"

"她要的是让别人服她？"

"唉，对！应该是这个。对我，她都能报警，何况对别人。你说？"

喻小骞放下茶杯，长久地看着武羚羊，这女孩不像是说假话。菜上来了，香辣蟹，喻小骞拿起一只蟹黄肥厚的蟹壳放在武羚羊的盘子里，自己也夹块蟹肉。

"你原名叫武海南？武羚羊是怎么回事？"

"我烦我妈起的这个'海南'，好像我是海南岛的孩子、大家的孩子，就不是她的孩子。我不是刚从西藏回来么，藏羚羊挺可爱的，就随口编了一个武羚羊。但好像还是被你发现了。你问我父母，我不想跟他们扯上关系，才那么说。"

"我让你找人给你妈打招呼，看来你根本不需要托人，直接跟她说就行了。你说了没有？"

"说了。"武羚羊艰难地说，"她说，你不要管，我就没法再说了。"

"为什么没法再说了？且不说拆庙伤天害理，单那一头是你亲生父亲，你就忍心？"

"我得靠养活我的人不是？谁最后是我的饭票，还是我妈。"小丫头说话气冲冲的。

"但这件事，你妈做错了……"喻小骞指出事实。

"小骞老师，放到我这位子，一个是整天在一起，出钱养活我的人；一个是十几年不见，另有一大家子的人；你说我听谁的？"

"可那是你的亲生父亲！"

"你也别说我自私，小骞老师。当年他要是不自私，也不会把我五千块卖掉？"武羚羊嘟嚷道。

这对喻小骞是个新视角。在此之前，她一直认为这是武玉梅为达到目的不择手段，甚至不惜牺牲女儿的童年和教育。现在武羚羊却提供一个新视角：海青山因为再娶，顺水推舟，把她出让了。

"他要是为我着想，可以既给钱又把我留下。他们巴不得把我推出去，好全心全意养他的儿子。你说我不为自己打算可能吗？我生活了九年的家不要我了，领走我的人成天就想自己的事。我要是不为自己着想就没人替我想……他们是大人，我是孩子，他们不替我想还让我替他们想？"

喻小骞从武羚羊的瞳仁看进去，这是一个没有是非的人。她衡量一切的标准仅仅是，这件事对自己好不好、有利无利。一件事她做与不做，只看这件事对自己有无妨碍。她知道养活自己的是谁，对这个人永远不得罪，不管对方是对是错。谁都不能让她离弃养活自己的人，即便是亲生父亲。喻小骞浑身的汗毛沾了一层汗，接着它们凉了，感觉到寒冷。

如此情形也出现在阿木身上。那种绝对保全自己的昧愚，真令人绝望。如果说，武羚羊如此这般是因为少年时的生活像毒瘤一样浸害了她的灵魂，那么阿木的问题又出在什么地方？一个瘸子如果以跳舞演戏为生的话，势必会遭受比常人更多的痛苦和磨难，如果其内心没有强大到除了熬得住艺术的磨难，还能扛住生理缺陷造成的弱势格局，选择艺术为职业无疑是个错误。阿木选择了艺术，却没学会一个艺术家必须学会的忍耐。忍耐和持久力是天赋，没有这个天赋，则上天不佑。昨天，喻小骞最终签了那个合同，并不完全是惧怕阿木的刀子，而是震惊于他居然要用刀子解决问题的绝望。试想一个跳舞的人，到什么地步才会用刀子解决问题？这个突然冒出的念头让喻小骞冷静下来，她吃惊地看到已经陌生的阿木眼睛里的黑暗。是什么造成这种黑暗？六年的离乡背井？接二连三的失败以及本人是瘸子？在酒店昏黄的灯光下，喻小骞在这双眼睛前战栗了；她自己也经历过如此绝望，明白内心黑暗对人意志的吞噬。她经历过，知道如此情景怎么才能熬出来——实际上，只需一个人伸把手，甚至仅仅是一个体恤的目光。当制裁（也就是对抗）使尽，当道理无能为力，能救一个人的就只有爱了。阿木已经陷入恶的泥淖，能解救他的只有善了。对喻小骞来说，尽管作品是她的命，但如果此"命"可以救一个人，她也只好割舍了——丢了《舞者》她还不至于沉沦，但照阿木现在的情形，他可能会铤而走险，事实上，他已经铤而走险了。事已至此也只能是，"愿你的灵魂得安，愿我的泪长流。"。

眼下，喻小骞看着用筷尖夹米粒往嘴里送的武羚羊，她的问题是，童年时缺少爱，成年后，母亲为弥补过去而溺爱。所以，她的世界只有她自己；为了消除虚无感就滥交；她只向一种人低头，那就是给她饭票的人。

武羚羊看到喻小骞眼里的泪花，不知所措地说：

"小骞老师，你是不是看我无可救药，所以……"她停了一下说，"她也是这样，看见我就烦。"她用"她"来称呼母亲。

"武羚羊，"喻小骞叹口气说，"如果你把注意力稍稍从自己身上移开点儿，去关注一下身边人，你就不至于那么虚无。"

武羚羊抬起眼皮看着她，有些好奇，也有些不信任，但这句话不是完全碰到铜墙铁壁。她听后幽幽地低下头，筷子尖捣着鱼，砂锅鱼腩让她捣成一锅糊糊。她眼里噙上泪，寂寞地点点头。

"你还叫我武羚羊……真好！"

放在桌上的手机响了，喻小骞看了一眼来电显示，是×长。她不知道×长还有什么话要说，但眼下正好是转入下一个环节的契口。她想从武羚羊这里打听的，现在都知道了，要说的话也说了，这顿饭也差不多吃完了，两个人可以干自己的事了。

她推开手机滑板，×长在电话那头说，他已经给市公安局的党副局长打了招呼，那位当年的部下愿意帮忙。现在的状况是，因为喻小骞不是司法人员不能看卷宗，所以，党副局长把卷宗借出来，她必须到老党办公室连夜看。喻小骞正想问犯人卷宗怎么会在公安局，×领导猜到这一点，解释说，武玉梅是"三种人"，过去"三种人"叫"反革命罪"，这类案件的卷宗存在公安局。现在党副局长冒着违纪的危险借出卷宗，她必须严格保密。喻小骞听得一愣一愣的。她已经对此不抱希望，现在事情有转机她也顾不上怀疑了。可能为打消喻小骞的疑虑，×长挂电话前说："我和北京的老宋都是朋友，老宋托的事肯定要办。我看你也挺执著，呵呵呵，女同志干一件事不容易，我们能帮忙就帮。你去

237

前先打个电话给老党。将来电影出来发个短信我们去电影院看啊。"喻小骞放下电话瞅着武羚羊,虽说她对这女孩有点温情,但还是要去调查武玉梅。

"我得立即赴个约会。行李就放你车上,我办完事找你。"

"我跟你一起去吧……我实在是啥事也没有。"武羚羊赶快整理手袋,招呼服务员买单。

喻小骞倒起了恻隐之心,但无论是党副局长偷借卷宗,还是卷主就是武玉梅,都不适合武羚羊在场。她抱歉地对武羚羊耸耸肩,便抓起背包离开了。在路边等出租车的时候,她看见武羚羊还坐在桌前,幽怨地用筷子拨着盘里的菜,大概眼泪还滴在桌子上。

等车的时候喻小骞给党副局长打电话,对方告诉她,从大门走要登记,下班后人不出来还要查,所以他派司机等在嘉华大厦门口,司机将带她从地下室电梯上来。

挂了副局长的电话,上了出租车,喻小骞又给邵洋打电话。拨电话前她深切地叹口气,想想来海南这六天,合同没签下,反而丢了一部作品,也彻底失去了阿木。自己没找到武凰的真相,反而让武凰的女儿吃了豆腐。这么一想心揪着疼,她拨通邵洋的电话,告诉对方阿木昨天来海南,自己跟他发生激烈争吵,最后,还是签了一个联合著作、出版的合同,这样阿木就能免于起诉。她艰难地陈述完,叹口气,对着话筒说:"邵洋,跟一个人的人生相比,一部作品没那么重要。过去咱把它当命可能也要检讨一下。"说着她"哧——"地抽泣一声。邵洋在电话那头劝:"算了,签了就签了。你对他也仁至义尽了。"眼泪淌满脸。虽然邵洋跟她说的不在一个频道上,但她还是把自己的想法说出来。"也许救赎了他也救赎了我自己。也许我们应该反思一下,是为作品活,还是为人活。人为大,邵洋。"邵洋在那头不做声了,她应该明白喻小骞说的是什么。说出这句话,喻小骞哭得更厉害了,她头顶在出租车金属防暴网上,几天来的委屈一起泛出来。邵洋在那边说:"不行你就回来吧。我们抛开'大武',重新找投资人;或者咱贷款。"喻小骞吸了一下鼻子,忍住抽泣,用鼻音很重的声音说:"下面这件事你先听着,我过后再解释。这个武凰我认识，二十多年前我们曾有过两年的交结，曾发生的故事就是《海南往事》的主线，但感情线是武玉梅的杜撰。对了，武凰过去叫武玉梅。这就是为什么事情会如此突变，这些我事先并不知道，到海南后才确定这是一个大圈套，但我直到现在还不十分清楚这是为什么？这也是我没告诉你的原因。具体的我回头给你解释。我现在去公安局，也许能知道这一切的真相，等我把这个底揭出来，无所谓她投不投资，我们会有个真正的好题材好故事。"邵洋恐怕被她说的事实镇住了，没有话递过来。喻小骞也怕她问，又说了一遍回头解释，便挂了电话。

喻小骞吐了口气，虽然还不敞亮没有解释，但她终于把憋了二十多年的、鼓胀的气球撒了一点口，使自己不至于被往事胀破。喻小骞深呼吸，调整了情绪给海青水打电话。她妄想感动大人物看来只是良民对包青天的幻想，但不管怎样她要鼓励海家坚持到底，让事情惊动地方政府。她拨通海青水的电话，对方显得怔忪，不知道该说什么似的。喻小骞换了一副开朗的口吻——虽然她始终戒备武羚羊的百变面孔，但自己也跟演员似的有几副面孔、几副嗓音。她问公庙的现状，阿琼嫂是否还坚持在庙里。出乎意料，海青水用开解的口吻冷淡地说，公庙已被打掉一边墙，阿琼嫂还在庙里，但家里其他人已经想通了，要点钱算了。他说："要不你劝劝大嫂？她坚持认为你会带回好消息。"喻小骞蓦地僵住，眼睛瞪着，闪亮的椰子树从车窗一棵棵划过，发白的楼群一栋栋掠过，手又下意识地在车座上到处摸——这是在找笔记本。她摸到背包，捏了捏里面的笔记本，神智又回到大脑。她把海青水说的重复了一遍，听着自己的声音，她明白了怎么回事。

"怪我给你们出的主意，你们是不是骑虎难下？"她傻不楞登地说。

"也不能怪你……"海清水也不想继续难为情了。

"为什么你们这么快就放弃了？"她也想到海家最终会放弃——什么事最终都这样，跟地方政府对抗，老百姓最后没有赢的。想不到的是，这么信誓旦旦的仅仅一天就放弃了，只有阿琼嫂还在坚持。

"她来了……"海青水停顿一下，让喻小骞明白说的是谁，然后接着说，"带来公安、城管，看都不看我们，先把榕树推倒。

把榕树拉到一边，铲车就能进来了，铲车臂够到公庙的墙，一铲下去，半边墙就倒了。"

"阿琼嫂当时不在里面？"

"在。"

"在，他们也敢铲？"喻小骞眼前都是画面：武玉梅；跟着她的小官小吏；黄色冒黑烟的铲车，钢索拽着往外拉，五六百年的老榕树连根拔起，留在土里的根用板斧斩断；老榕树被拖到场子边，铲车轰隆隆开到庙门前；阿琼嫂不出来是吧？人死了伤了大不了赔点钱；铲车臂一记下去，公庙墙像瓦楞纸板一样折断。

"他们把墙往外推，烟很大，砖头砸不到人。"

"但是……"喻小骞哭起来，就像看到暴行忍不住哭出来一样。"即便碰不到人，可是，房子里有人，他们的铲车竟敢拆房！她……她在现场？"

"在。"

"你们认出她了？确定无疑？"

"她在东昌，像阿拉法特一样天天在电视上……"

"她看着铲车拆庙？"

"这……"海青水犹豫一下，"区领导说，谁破坏建设，谁就是刁民，是暴民，政府就要铲除我们这些恶势力……喻导，我们成恶势力了……"

"你们没跟他们说明武凰跟你们家的旧怨？武凰这么做就是报私仇？"

"没机会说。根本不给你机会。他们宣布我们是破坏建设的恶势力，我们被挡在公安仔城管仔外面，就大嫂一个人被围在庙子里。领导讲完，铲车就开过来推树，推完树，他们就一铲子砸倒公庙的墙。墙倒了他们就走了，留下几个小仔跟我们谈价钱……我们……"电话里，传来海青水的哭声，卖儿卖女的哭声也不过如此。喻小骞抱着自己的肩膀，忍住哭声。出租车司机可能看到喻小骞在恸哭，他慢慢开着车，绕着金龙路转圈。当然喻小骞并没觉察，她忍了忍眼泪，哑声说：

"你们打算怎么办？"

"我们没别的办法……你也走了。"海青水这样也说不上有什么怨言，但让喻小骞愧疚不已。

　　"我临走时告诉阿琼嫂，我联系到一个高官，看看他肯不肯帮忙……"喻小骞这么说自己都不相信，临阵脱逃者的托词都这样。

　　"他帮忙么？"海青水不抱希望地说。

　　"对包青天抱有幻想就是痴人说梦。我太天真了。"喻小骞说的是实话，但对方不一定相信。

　　"……"海青水没说什么，或根本不信喻小骞这番说辞，这不过是为自己脱身找借口。只不过他厚道，不会揭穿这谎言。喻小骞突然脸红了，虽然没人看到。但她不争辩，有什么好说的呢？她做了，海家人没看见，最终也没结果。她能说什么呢？还是不说罢了。

　　"我们还是很感谢你……"海青水准备结束通话了。

　　"阿琼嫂怎么办？"

　　"我们劝她吧？你要是能来……你……还有事吧？还是我们劝她吧。"海青水心灰意懒地说，"我们全家很感谢你。"

　　喻小骞不知该说什么，海家并不信任她，但他们认命地认为，她和他们非亲非故，她也没义务帮他们。这个逻辑里有深洞般的犬儒主义和宿命论，这在她心中激起愤怒和反抗的欲望。她咬了咬牙，跟海青水道别。她马上就能看到武玉梅的卷宗了，她相信里面有她需要的武器。

　　出租车停在嘉华大厦门前时，喻小骞已经平静了。出租车司机不要她的钱，他说女人干事不易呐，又说阿姨呀，实在干不了就回家吧，外面不好混啊。喻小骞看看计价器已经八十多块，才知道司机在她打电话恸哭的时候在马路上绕圈子，她谢过司机，离开座位时放在上面一张二十块纸币。

　　"六十多算您请我的，二十块车费还是要付的。"

　　下了车，喻小骞深吸气，用手拍脸，打掉哭过的浮肿。她很快看到黑色轿车，半小时后，她走进党副局长的办公室。这是一位绝对的官僚。这种官僚的好处在于，他可以因上下级关系或者曾经的恩惠而作出任何让步。他把武玉梅当年的卷宗借出来，让不知底细的喻小骞翻阅，自己还要担风险。

　　他给喻小骞沏上茶，交代几句后就把办公室的门反锁了。他告诉喻小骞，柜子里有方便面，有饮水机，另一个柜子里有一张毛毯，沙发背后还有一个痰盂。从现在开始她不能出这个门，别人敲门也不开。他已经交代工勤人员明天早上不做早卫生，上午九点他来办公室之后她才能离开。"这是违纪的你明白么？但×长交代的事咱一定要办，而且要办好。"党副局长说完从外面反锁了门。走廊里是下班警察的相互寒暄，这个过程持续了一个小时，然后可能是大楼保安来检查楼道电灯、厕所水龙头，之后大楼里就彻底安静了。喻小骞无不调侃地想，如果这是陷阱，自己已无法逃脱。她从窗帘后往外看了看九层楼的层高，心想，跳下去肯定摔死。她能倚重的只有手机。她看了看电池，还有三格，能坚持到明天中午。

## 第十七章

这是一本足有六百页的、像一卷隔夜千张的卷宗。卷宗封皮上写着编号、姓名。那个坐在北京某间豪华办公室翻手是云覆手是雨，搞什么"修一条路，盖一座大厦，建一座桥，立一尊佛"的女人，不管是媒体称呼的武凰，还是书中人物舞红妆，或者是街头挑担妇女嘴里的武女皇，那些称呼都从这个名字衍化而来：武玉梅。打开这个卷宗，那自以为可以掩盖的，或可以修饰的人生，最后都会还原到它的本来，回到开始的地方。

案犯姓名：武玉梅
最终定罪：反革命罪——武斗致死群众罪
量刑：十年

盯着"武斗致死群众罪"这行字，喻小骞仿佛听到棍棒敲击的声音，肉体相互撞击和皮肉开裂的声音，以及作为背景的"加强无产阶级专政"、"保卫党中央"的言论和口号声。"文革"开始时喻小骞五岁，她在父母的学校看见过武斗。武斗中那种棍棒搏击声曾长久地留存在她耳膜和皮肉上，形成一种形而上的疼痛，这种疼痛记忆形成一个较低的阈值，让她的诸多思想和行为，止步于这个较低的阈值前。"打人就是要打得你记住。""武斗"的棍棒虽没直接落在她身上，但她记住了那种疼痛。

现在，当一个具体的人因为武斗致人死命获罪，她还是感到茫然和恐惧。"武斗"和"武斗致死"这对词，就像是"疼痛"这个词和直接用竹针扎手指，前者是名词，是形而上的；后一个是动词，是疼痛直接作用于肉身。怎样的人能下得这个手？武玉梅怎么就下了这个手？——当然她不能任自己沉溺和懈怠，连忙去摸笔记本，这个下意识的动作持续了一会儿，意识回到大脑，她稳住情绪，翻开笔记本的空白页，写上当天日期。

　　2002 年 2 月 27 日　　正月十六　　海口·市公安局 902 室
　　武玉梅是谁？（8）

　　尽管已经总结了七条"武玉梅是谁？"但之前说的武玉梅就像一个"人物"，是一个纸上的、或者人们口头上的人。只有到这时，当喻小骞的手摸到卷宗，手指尖触到"嫌疑犯"武玉梅的照片，以往那个带着声音、带着气味的人才扑面而来。这个已经被遗忘的、在以往二十多年故意定义为不值一提的人，经过这几天的调查慢慢在她记忆里复活，现在带着股霉味撞到她指尖。她从椅子上弹起来，在办公桌前转了两圈，左手抓紧右手，好像这样心脏就不会从嘴里跳出来。她憋着小气儿，凑近那张褪色的相片：平直的长脸，不大的眼睛目光倔强，嘴唇隐藏了许多秘密地抿着。女民兵似的齐耳短发，右边头顶打了个独辫。这个英气勃勃的小辫子，让这张看上去平白的脸显出石头尖角般的与众不同。喻小骞蓦地想到，猜测武凰就是武玉梅也有一周了，自己居然没有上网查一查武凰的图片。实际上，证明武凰就是武玉梅只需上网看看图片，自己为什么会回避遇到这张脸，是存着侥幸还是不愿面对，自己要逃避的到底是什么？为打断这股情绪，喻小骞在笔记本上写下感怀二字——记录自己的情绪也是剧作家的功课之一——当然她最终要用镜头表现这种情绪。

　　喻小骞麻乱地从贴有照片那页逃开，快速翻阅卷宗。即便有十四五个小时，但要看完六百页的卷宗也是困难的。她决定绕开各种意见书、通知书、决定书，寻找能表现性格的东西。她向后翻看"诉讼证据卷"目录，找到"证人证词"子目录，共有四个人的证词：检举人毛瑞霞、证人章迎新、证人张勇力、证人郭子红。他们的证词被编入卷宗总编号：078－080；081；082；083。

检举人毛瑞霞的材料有三份，分别由"北方农业大学清理三种人办公室"、"北京市海淀区清理三种人办公室"和"北京市清理三种人办公室"转入，在信笺天头空白处，分别盖着该单位的"外调材料专用章"。喻小骞先读盖有"北方农业大学清理三种人办公室·外调材料专用章"这份材料。

卷宗编号：078
《检举揭发武玉梅杀害北农大园艺系65级学生李杰峰的材料》

我叫毛瑞霞，女，现年58岁，国营北京第一无线电器材厂退休工人。群众，政治清白。我检举原北方农业大学植物系65级学生、现任海南海口五七二中革委会副主任武玉梅杀害群众李杰峰的事实。

武玉梅是原北农大"红星"战斗队的急先锋，是1966年12月到1967年2月北农大三次大武斗的主要组织者。武玉梅还是直接造成我儿子、园艺系65级学生李杰峰死亡的第一凶手。

我儿子李杰峰于1966年12月5日听从煽动，错误地参加"四海毛泽东思想战斗队"。在"四海"队攻打"红星"队占据的主教研楼的过程中，于1966年12月6日被以武玉梅为首的"红星"队抓进主教研楼。经过一晚上的刑讯——当时在场的学生章迎新（农系，65级）、郭子红（植物系，64级）、张勇力（园艺系，65级）可以证明，李杰峰已经十分虚弱。第二天，也就是1966年12月7日，"四海"战斗队再次攻打主教研楼，与"红星"队在主楼门口相持，眼看主教研楼就要被攻克，"红星"战斗队当时守在楼里的也就十七、八人。许多学生纷纷逃走，也有学生主张投降，但就是这个武玉梅不肯承认失败，跳出来妄图挽救残局。她伤天害理，想出一个残酷的办法，就是把我儿子李杰峰（当时已经昏昏沉沉，无反抗之力）五花大绑推到窗台上。可怜我儿子李杰峰被堵上嘴巴，蒙上眼睛，五花大绑，站在五楼窗台上。楼下二百多"四海"队员都看在眼里，广场上成百上千的围观群众都能作证。武玉梅站在窗口向下喊话，叫嚣："四海"战斗队如果再进攻，他们就把李杰峰推下去。"四海"队跟"红星"队又相持了半个多小时，"四海"队要救他们的领袖和队员（和李杰峰一起被抓的还有"四海"队二号人物张勇力），于上午十一点再次发动攻击，武玉梅不甘心自己覆灭的下场，想通过武斗捞取政治资本，她丧心病狂地把我儿子从五楼512教室窗户推下楼。可怜我儿子被捆住手脚，无法自救，被当场活活摔死。武玉梅的滔天罪行罄竹难书。

我儿子李杰峰听从煽动，错误的（地）参加"四海"战斗队，但他的错误不足（以）被武玉梅推下楼活活摔死。现在，武玉梅依然逍遥法外，是海南行政区海口市教改委老中青三结合领导班子成员，同时任五七二中革委会副主任。

现在中央成立"文化大革命武斗事件调查组"，调查清理武斗恶性事件。我恳请北农大领导班子出面调查李杰峰在校期间被武玉梅推下主教研楼摔死一案，严惩凶手，还我儿子一个公道。

国营北京第一无线电器材厂退休工人　毛瑞霞

1978 年 6 月 13 日

喻小骞又看了毛瑞霞另外两份揭发材料（卷宗编号：079，080），大同小异。对这样一个事实喻小骞还不算太吃惊。喻小骞小时候就住在北农大家属院，五六岁时，这样的事件多得就像现在听到交通事故中死人一样，但它给予一个孩子的惊恐，一方面足以覆盖这个人童年的底色，另一方面也熬磨得麻木不仁。她的震惊在初次听到武玉梅杀人这个消息时已经释放了，对受害者家属提供的材料，并不特别出乎意料。喻小骞在笔记本上简单记下：1966 年 12 月 7 日 11：00，武玉梅把李杰峰从五楼窗户推下楼，摔死。像大多数人一样，喻小骞急于获得更多信息，她没有盘桓，连忙翻到下一页，阅读章迎新的"询问笔录"。

这份笔录由书记员记录了章迎新的简历：1945 年生人，33 岁，已婚，中共党员。祖籍河南开封。1964 年 9 月入北方农业大学农系。1968 年 7 月毕业。1968．7～1970．7 "留校闹革命"。1970 年 7 月留校农系玉米教研组任教至今。

卷宗编号：081
笔录时间：1978 年 7 月 10 日
地点：北方农业大学农系玉米教研室 3 号楼 411 室
被询问人：章迎新
询问人：朱杰 李军队
记录人：刘彩苹

询问人：1966 年 6 月以后，你是农大"红星"战斗队的几号人物。

章：谈不上几号人物，只成立几个月就被打散了。当年十二月之后，"红星"就不存在了。

询问人：你是几号人物？

章：谈不上几号吧？我就是脑子好使点儿，被他们利用写一些理论性的东西。

询问人：被谁利用？

章：被谁？被林彪四人帮呗？

询问人：你见过林彪四人帮中的哪几个？

章：没！谁也没见过。

询问人：那你怎么说被林彪四人帮利用？你还是自己想参与。

章：你没参加过？

询问人：你说说 1966 年 12 月开始的、围攻主教研楼那件事。

章：这个问题我已经跟我们学校"清理武斗事件调查小组"说清楚了，已经过关了。你们不是外调么？你们要外调谁就调查谁，我的事已经了结了，组织上有结论了。

询问人：我们想了解攻打主教研楼这件事的来龙去

脉，了解武玉梅在这个事件中的表现。

……

这份笔录的起始页码是第 463 页，紧接着张勇力笔录的起始页码是第 470 页，从第 464 页到第 469 页的卷宗不见了。同样的情形也发生在编号 082 张勇力的卷宗，同样也丢失了七页。仔细探究，装订线内明显留有纸张扯去的残留。喻小骞一时想不明白在什么情况下会发生这种事情，她在笔记本上记下：章迎新、张勇力的证词缺页。暂时搁下。

她翻到编号 083 的文件。这份证词是集合在郭子红名下的材料汇集，其中有调查人员的记录，还有一份郭子红自己写的材料。在调查人员的记录中，郭子红的简历如下：1944 年 10 月生人，1964 年 7 月从广东佛山考入北方农业大学林系热带植物专业，1968 年 7 月从该校毕业，同年留校。34 岁，未婚。父母在香港。1971 年开始申请移居香港，1978 年 8 月得到批准。

郭子红自己写的材料在天头空白处有三行小字：该材料于 1978 年 12 月 26 日经由邮局投递，寄至"北京市清理三种人办公室"。1979 年 1 月 18 日由"北京市清理三种人办公室"寄至"海南行政区清理三种人办公室"。该材料是"重复材料"，予以归档。喻小骞继续往下看，是一些娟秀小字，看得出，这个叫郭子红的女人从小练过帖子，即便写"交代材料"也一丝不苟，只怕字写得难看影响自己的优雅形象。

各级"清三办"有关领导：

我叫郭子红，北农大林系热带植物教研室助教。34 岁，未婚。

你们让我说武玉梅在"1207 惨案"中的所作所为，我觉得这样不好，你们应该直接问她。我从小信奉基督教（我父母在香港，是教徒），坚守不告密教义，也坚信作恶要自己忏悔。一个人不忏悔，只是说明他还没觉悟。一个人做了错事，最终要忏悔的。我坚信。

"1207 惨案"的当天我在楼里，我只能承认我在楼里，但是我不愿说我在楼里还看见了谁，他们做了什么，除非他们自己承认。我在楼里干什么？我什么也没干。连木棒都没拿。我在里面，只是因为我爱的那个男生在里面。我当时正跟他热恋，他在哪里，我就在哪里。"1207 惨案"发生后，我吓坏了，就跑到顶层的女厕所藏起来，直到广场的人冲进来。大楼里到处都是人，我混着出了大楼，在学校的小卖部买了两个面包吃了，回到寝室睡了两天两夜。等我醒来，斗争的矛头已经转移到揪斗走资派、当权派。我再也没参与过任何小集会，大集会大游行都是随大流。别人去，我就去。不表态，不发言。

好吧，我承认，章迎新是我当时的男朋友，我被他的口才和理论水平迷住了。我们同届不同系。"1207 惨案"后，我就不跟他交往了，我怕极了，一心只想着回香港。毕业后我留校，他先是留校闹革命，后来也留校。但我们很少说话，他后来结婚生子，我一直未婚。我不结婚是因为，怕结了婚就回不了香港。谢天谢地，如今我的申请终于批准了。

就要告别这里，感慨万千。马上圣诞节了，基督为众生替罪，然死而复生。恐怕人必须死一回才能复生。我在 1966 年 12 月就已经死了，但十二年了，还没有得到复生。我想可能是因为没有忏悔，没有为他人替罪，所以一直得不到重生。明天我就要去香港了，我希望在一个新地方，可以在精神上得到复活。

现在，我忏悔我的罪孽：1966 年 4 月，春天来到北京，我认识了同级农系的章迎新，被他的相貌和口才迷住了。"516 讲话"后，他的大批判文采和口才脱颖而出，成为全校风口浪尖上的人物。许多女生都爱慕他，其中也包括武玉梅。武玉梅虽生在渔村但有领袖气质，她缺乏的只是找到适当机会表现出来。66 年正好给了她施展的机会。女生都嫉妒她，同时看不起她，这是我们的罪孽之一。抛弃我们的姐妹，仁爱也从我们中间消失了。这年八月，当大字报大论战演变成武斗，我想象的爱与智慧美神章迎新，也走到了仁爱的另一面。我本应提醒他的，但我没有，纵容了他的恶念。这是罪孽之二。我为什么认为那是恶？因为混乱、不讲伦理就是恶，不给人以尊重就是恶。我的罪孽是，我已看到那是恶，但还去跟从；虽然看到章迎新同学已经不是我喜欢的男生，但因为许多女生喜欢他，暗恋他，为了虚荣，我继续跟随他，没有制止他的恶思、恶行。这段时间，我发现他只是对我的脸蛋感兴趣，他更欣赏的是武玉梅的顽强和斗志。我不但没有离开他，嫉妒之心让我继续紧紧跟着他，这是罪孽之三。我不懂政治，却也跟着"红星"战斗队在主教研楼挨了五天饿，担惊受怕了五天。不仅如此，我的存在让武玉梅更加斗志百倍，甚至不惜偏激，以致酿出恶果。以女性的直觉我感到，如果我不在场，她也不至于急于表现"立场坚定，意志刚强"，从而干出极端的事情。而我当时已经对章迎新失望，仍然留在楼里，章就不能公开表示对武的兴趣。罪孽啊，嫉妒心让我留在主楼，也让武玉梅进入不自控（状态），不惜干出一件又一件出格的事以吸引章迎新的注意。这是我的罪孽之四。

"1207惨案"后，我再也没跟武玉梅说过话，很多女生也不再跟她接触，她被完全孤立了。这使她更加孤注一掷（从她的角度来说是更加投身运动），以致最后，她好像为运动而生，成为战斗"女神"。经过十几年沉淀和反思，我慢慢理解并开始同情她：一个不穿鞋进城的渔家女儿，不斗争，靠什么获得自己的一席之地？而且她又是个极具有领袖气质的人。我宽恕了她！我自己也会在今后的岁月中时时忏悔，以求上帝的宽恕！

愿主宽恕那些罪恶的灵魂！愿他们早日回头，忏悔自己的罪过！阿门！

1978年12月24日

另：

各级"清理三种人办公室"负责人：这份材料是我个人

的忏悔以及对"1207惨案"的看法。因担心不能如期赴港，也恐殃及别人，故每次找我谈话我都避而不谈。请原谅我的懦弱，也请理解我的善良。我不想因为多嘴而使别人遭殃。苦难已经够多了，我只想安安静静过日子。我想这里提到的人，也想安静过日子。愿他们原谅我，也愿他们灵魂得安！

喻小骞在这份材料前发呆，与其说这是揭发材料不如说是一个女人的忏悔日记。喻小骞震惊于1978年就有人这么自省而高贵地生活，并且身体力行"宽恕"这个词的含义。回想1978年自己身边那些"文革"走来的人，要么清算要么回避，谁提到宽恕呢？谁又真正忏悔呢？喻小骞叹了口气，在笔记本上记道：

武玉梅是谁？（8）
（续上）
郭子红说：◆以致最后，她好像为运动而生，成为战斗"女神"。
　　　　　◆一个不穿鞋子进城的渔家女儿，不斗争，靠什么获得自己的一席之地？

平静了会儿，喻小骞离开桌子在房子里踱了两圈。她看了一眼挂在墙上的钟，晚上八点，便打开饮水机的热水开关，打开柜子门，发现里面有许多进口食品：韩国泡面、日本快餐米饭、意大利冷餐火腿萨拉米、马来西亚白咖啡、俄罗斯榛子巧克力以及几瓶进口葡萄酒。喻小骞抽出神儿，一眼一眼瞪着这些食品。如果不知道，你还以为这是好吃嘴少妇的食品柜。不过转念一想，如果一个人的职业要每天经历恐惧、内心波澜，恐怕是需要食物安慰的。只不过这位副局长偏好进口食物罢了。喻小骞找了桶海鲜口味的方便面泡上，将一只250克重的萨拉米放在泡面盖子上焐热。在等待食物加热时她想，武玉梅怎么就能亲手把同学推下去？想想这回事和亲手做有着天壤之别。如果不是身处战场，面对面地杀人，能做到的只有极少数。难道武玉梅就是心狠手辣？联想到她十一岁面孔穿仗，十五岁想把残疾弟妹淹死的旧事，喻小骞打个冷战。这是性格使然，还有另有缘由？喻小骞把快餐面毫无滋味地吃完，发现油脂粒像雪花一样均匀分布的萨拉米只能吃下小半根，便把剩余的用不透水的方便面盖子包起来，又用公安局的信笺包了两层，放进背包。她给自己泡了一杯白咖啡，又伏在卷宗前。她特别想看武玉梅的陈述或辩词，一个女人在面对别人指控自己杀人时，会说点什么？

卷宗编号：091
1978. 9. 8　星期一　海口市公安局第一审讯室
讯问人：李大伟　唐军
被讯问人：武玉梅
记录：符英

【第一次讯问。时间：9：03】
　　武：谁举报我的，告诉我我找他，看他当着我的面还敢不敢说。
　　讯问人：你没必要知道。你就说说害死人命这件事。
　　武：我哪害死过人命。谁说我害死过人，你说出来，我去找他对质。
　　讯问人：1966 年 12 月 7 日都发生了什么？
　　武：那哪知道，都过去那么多年了。
　　讯问人：那你就在这儿想想吧。想出来，叫我们。

【第二次讯问。时间：10：30】
　　武：同志，我得回家，我怀孕了，身体受不了。
　　讯问人：你想清楚 1966 年 12 月 7 日发生的事情了？
　　武：我想不起来。你提示一下。
　　讯问人：在北方农业大学主教研楼发生的武斗。
　　武：66 年你在北京么？没有吧。那几年，天天武斗，谁能记清是哪场武斗。
　　讯问人：12 月 7 日那次武斗你参加没有？
　　武：那我不清楚。

讯问人：有人揭发，你在武斗现场。不仅如此，你还把一个园艺系的学生推下了楼。

武：我不知道有这事。我怀孕了，你们讲讲革命的人道主义好不好？

讯问人：看不出你怀孕了……

武：那好，你们跟我一起去检查。

讯问人：现在就派人跟你去。

武：怎么去？

讯问人：有两辆自行车，一人骑一辆。

武：那不行。我是高龄孕妇，流产了怎么办？我得坐三轮车。你们非要跟着，跟着也行。

讯问人：走吧。

【第三次讯问。时间：15：00】

武：我说怀孕不假吧？国家干部怎么会撒谎？我要求你们拿出对孕妇该有的革命的人道主义，谈话可以，但身体随时会顶不住，你们不能超时谈话。

讯问人：我们已经掌握充分证据，证明在你1966年12月7日"红星"战斗队对"四海"战斗队的武斗中，把一个叫李杰峰的学生从五楼窗户推下楼，导致李杰峰当场死亡。对这一事实，你承认吗？

武：同志，你知道什么叫革命？主席语录：革命不是请客吃饭，不是做文章，革命就是暴动，是一个阶级推翻另一个阶级的暴烈行动。什么叫暴烈行动？啊？革命，哪有不死人的？我劝你们多读点马恩列斯。

讯问人：你不承认也没关系。你把植物系教师于直的死亡经过写个书面材料吧。

武：于直？于直跟我有什么关系。

讯问人：于直死前三天，只有你一个人跟他有接触。你把经过写出来。

武：谁说于直死前三天只跟我有接触？既然只有我们两个，别人怎么知道？这项告发完全是捏造！

讯问人：你就写吧。我们知道真相的，你就把经过写出来。

看到这里，喻小骞心尖儿哆嗦一下，她站起来在房间里兜圈子，在身上摸手机，想给姐姐打个电话，随即她意识到周围环境要求她不能发声，她张着疲倦的双眼扫一下黑咕隆咚的窗外，又扫一眼墙上的时钟，然后用手捂住嘴巴，顶住牙齿，不让它打架。下面几页是武玉梅亲笔写的材料，她忍住心脏的狂跳，权且把资料看完——

卷宗编号：092
《我所接触的于直》
本人武玉梅，现年33岁，中共党员，干部。
本人自始至终不明白于直自杀与我有什么关系。我跟于直无怨无仇，他教我们热带经济植物。1966年10月（忘了具体哪一天），学校开公开批斗会，批斗当权派、反动学术权威。名单是院里发下来的，我们系这次有于直和魏勤两个。领导派我给两人画脸，这样的事他们一般都派女同学干，以往也是女生干的，这样分配也没什么出格的，我就去了。那天我看见于老师不敢上前，他教过我们，但院方催了，我只能上前说："王光美，刘少奇，你挑哪一个？"就是在批斗对象脸上画"王光美"或"刘少奇"。于老师说："能不能不画。"我说，"不能。"我有什么办法呢，你说？人家分配给我的任务我能不完成？这时候魏勤抢着说，他要"刘少奇"，我就给他画了"刘少奇"。画完，我就站在于老师面前，于老师流泪了，我让他把眼泪擦干，然后在他脸上画"王光美"。当然，在男人脸上画"王光美"很恶心，但魏勤先抢了"刘少奇"。你说，他俩都不相互让着，我有什么办法？在于直脸上画"王光美"的时候我都不敢看他。但是，我得完成组织交给我的任务，你说对不对？另外，按当时的说法，这是阶级斗争，容不得半点儿私心杂念。
这天是跟林大联合批斗游街，游完街，学校让我们看着游街对象，怕他们自杀。66年7、8月已经开始流行自杀了，三天两头就听说有人自杀。那里大学又集中，一传传得各大学都知道。我们系派我和另外一个男生看住这两个人。于直说他要回家。我说你回家干啥？他说："回家洗澡、吃饭、然后死……"我说："你想自杀？那就别回家了。"我们不让他俩回家。天黑后魏勤说，他不自杀，他回家吃饭、睡觉，好迎接第二天更大的斗争。当时时兴各高校联合行动，我们这几所学校第二天要联合游行到天安门。我们也没东西给他们吃，饿着肚子第二天也没法游街，所以，就让魏勤写下不自杀保证书，放他回家了。他最后也没自杀。

晚上就我一个看管于直，那个男同学出去找东西吃，去了一直没回来。零点都过了，于直对我说，如果他不死，明天游街到天安门他可受不了。我问，"你受不了什么？"他说，"受不了侮辱。"我跟他说这怎么是侮辱呢，是革命群众帮助你改造思想。他说，"我谢谢革命群众的帮助，但身体受不了。明天肯定死在游街的半道上，给学校抹黑。"我说："你要是死在革命群众帮助你改造思想的半道上，说不定你的思想还升华了呢。"又过了一小时，于直又说："你还是放我走吧。"我说："那我的任务没完成。"他说："你找个人替你，这样责任就不在你。"我说："我不能把责任推给别人。"他狠狠地说："你愚蠢得像猪猡一样。"我好心好意看着他，不让他自杀，他倒骂我像猪一样。这回我真生气了。我说："你到死还是看不起工农。你去死吧，我不拦你。"我离开教室，到食堂找东西吃。那时候食堂给值夜班的准备夜餐。我在食堂看见那个男同学，他趴在案板上睡着了。我吃了两个馒头喝了两碗热水，跟男同学又回到看守的教室。我以为楼下会躺着跳下来的于直，实际上没有。别看他嘴硬，他怕死。我们打开门，天已经亮了，我把两个凉馒头给了于直，他吃了，靠着墙睡了。我们也睡了。我们睡着这两小时他不是也没死么？他就是鸭子嘴，有啥用？八、九点的时候，院里通知准备上街，我又给于直和魏勤画了脸，去天安门游街。天黑的时候游街结束，于直回教研室洗了脸。那天不是我值班看他们，所以没我什么事。据说他是跟组织打报告申请回家，组织让他俩写保证书不自杀，结果，人家魏勤保证了不自杀就没自杀，他呢，离开学校后就几天不见踪影，直到铁路部门通知院里认领尸体才知道，他根本就没回家，直接去撞火车了。他是决心要死，谁也拦不住。

我再次声明，于直不是在我看管时自杀的，没有我的责任。我只是完成上级交给我的任务。事情经过就这样，望组织彻底调查。

1978 年 12 月 14 日

看到材料的后半部，喻小骞已经泣不成声。材料里提到的于直就是她父亲。那位出生在杭州城的才子，于 1966 年 10 月在丰台火车站自杀。二十多年过去了，不能说喻小骞每一天都提醒自己父亲是自杀的，但这个隐痛像枚残存体内的子弹，时不时地硌疼她；它也像一种风湿病，让你像防范阴雨天一样，本能地防范这个世界。关于父亲的死，她们家迄今所知道的就是"畏罪自杀"这一结论和一具不完整的尸体。父亲为什么自杀，自杀前的心境、处境，母亲和她姐妹俩一概不知。父亲后来的平反也滑之大稽。活着的臭老九们都平反了，而自杀的，是你自己不想活了，那还平反什么呢？母亲身为一个外国人也不敢多问，或被打怕了认了命。父亲后来的平反滑稽到因他是华侨家属，要顾及到华侨政策，才被"破格（！）"平的反！

"文革"后，特别是母亲得了老年痴呆症后，家里不大有人再提起父亲的死。却没想到，时隔二十多年、在几千里之外的海南岛，竟会看到父亲死亡的真相。更没想到的是，父亲的最后几天，竟跟自己的冤家对头一起度过的。那个愚昧的女人，那画在脸上的"王光美"，是把父亲推下悬崖的最后一把力？

而事情更丑恶的是，在 1975、1976 年喻小骞做武玉梅学生的时候，那个大女人知不知道于直就是她父亲？如果她知道，那么她那样对待少女于红杉，和她一起跳芭蕾，接头对脑黏黏糊糊，又到底出于什么心理？喻小骞瘫坐在座椅里，整个身体的氧气都仿佛挤尽了。

# 第十八章

　　喻小骞陷入黎明前的极度困乏和大脑休眠的无意识里，有一会儿都坐在椅子上睡着了。后来，她听到走廊里走动的回声，猛地惊醒，抬头看看挂钟七点四十，连忙把剩余的重要资料、包括其他证人的证词、武玉梅的最后陈述、判决书等复印下来装进背包。她希望党副局长不要搜她的包，她很抱歉这么做，但她需要琢磨每个人的语态和说话方式，还有一些重要资料，比如说武玉梅的交代材料，她应该拿给母亲和姐姐看。对于她们母女仨，只知道父亲 1966 年 10 月下旬某天自杀的，具体哪一天，父亲最后的情形、精神状况都不知道。现在，可以跟家里人说说其中的细节了，至少，父亲是不堪侮辱才自杀的，是清高的有骨气的，这多少可以告慰母亲——二十多年来，母亲多少还有猜测，是不是父亲因为她不是真正的大家闺秀而心生厌意，当政治运动到来，就丢下她们母女仨，自寻解脱去了——结婚前，夏碧莲曾向于直撒谎说，自己父亲是雅加达的资本家。事实上只是一间卖肉骨茶、追风油、白虎膏的杂货店老板。也因为父亲自杀的缘故，母亲再也没回过印尼——那两位其实来自岭南渔民的外公外婆认为，夫君自戕的女儿是回不得娘家的。相对于后来吃的苦，夏碧莲认为于直走这条路是："精，吃不得一点亏。吃点亏，他就不干了，找清静去了。"

　　喻小骞用矿泉水擦了把脸，漱了口，又享用了一袋局长大人的新加坡燕麦片及一袋立顿红茶。她把食物包装等垃圾收到一个塑料袋里，系紧口；把弄乱的办公用品归了位；掏出化妆盒，在那张隔夜的油脸上抹了粉底，打上胭脂，涂上口红。她对镜子里那张随时都会碎掉的面孔自嘲一笑，说：现在可以回北京了。我倒要去大武集团找她当面问问，她难道从不忏悔？难道从来都这般心安理得？两条人命，一个直接一个间接，她难道还能自诩"在任何年代都是最优秀的人"么？

上午九点，党副局长打开办公室门，他看到的喻小骞跟昨天见到的已不像一个人。昨天进来的那个美妇还有点女孩子相，哭过的眼睛楚楚动人，今天这个化了妆的女子就是个妇女，而且像个老椰子，没有多少水了。喻小骞向局长大人道了谢，指出自己消耗了不少食品，又声明"大恩不言谢"，便跟副局长握手告别。出了公安局大院，她打开手机，给×长发短信："需要的都看到了。大恩不言谢。将来奉上作品。"当她在短信末尾署上：喻小骞三个字时，忽然有些陌生。

喻小骞走进熙熙攘攘的生活大军，她已经没心情欣赏这个从前是"天气好的时候才做活"的闲淡的城市，她要赶回京找到武玉梅并告诉她，自己既不是她的复仇对象，也不是她的奴役对象。那个该死的剧本她不写了，如果武玉梅想通过投资电影控制她，那就见鬼去吧。

昨天一走进党副局长的办公室，她就把手机关了，现在手机就像放小鞭炮，哔哔啵啵一大串短信通知。喻小骞不得不把手机调到静音状态，由它没完没了响去。她伸手拦了出租车，打算找到武羚羊，拿上行李就奔机场。反正是张 OPEN 票，赶上最早一班回北京的航班，跳上去再睡觉好了。她这么想利落了，人也坐上了车，掏出手机看短信，居然有四十三条。大部分是"移动秘书"留下的"未接电话"通知，除此之外有武羚羊的短信，阿木的短信，海青山的短信以及署名四川民工王志军的短信。她已经忘了四川民工是个什么由头，便凑近了仔细看："好人，我们几个兄弟去了董事长他（她）妈家，逼着他们把我们一年的工钱给了。谢谢你好人。好人一生平安。"喻小骞笑得嘴角酸，过了会儿眼睛浮上一层泪。想来这是跟武玉梅"斗争"的唯一胜利，手段还不怎么光彩。"妈的，不光彩就不光彩！手段光彩就要不到钱。"接着她打开阿木的短信，这个短信像痴人说梦："我知道你最终签合同是因为还爱我，你等着，我会回来重新爱你的。"
"哼！"喻小骞在心里冷笑，随手回信："去你妈的蛋！"骂完两句
"妈的"，喻小骞感到卸载般的轻松：她从此也可以用用不光彩的
手段？也能骂一句"妈的"？谁该一直负重？谁该就是忍受？

喻小骞长出一口气，绕过武羚羊的海量信息，打开海青山的
短信。短信竟是阿琼嫂写的，信很长，简直就是一封正规的信，
上面写道：

> 喻导您好！
>
> 公庙保不住了。男人退缩了，女人再用劲也没用。
> 海南就是这样，男人跳一步退两步，女人把命拼上又有
> 什么用？这是海姓祠堂，最后就我一个外姓女人还在坚
> 持……但我不坚持，海家就没有一个硬的挡那女人。
>
> 不怕你笑话，我这辈子也心高气傲，但命不好没干
> 成一件事：跳舞吧中途放弃了；想有一个诗情画意的爱
> 情，最后找的就是这样；教书吧，没到年龄就让人家清
> 退了。我这辈子快过完了，是想啥啥都不来了……但是
> 已经有的这点（东西）总不能让人家夺走吧？我这个
> 家，让那女人弄得里子不齐整已经没办法了，现在面子
> 上也不齐整了。祖庙都让人推了，祖宗都让人侮辱了，
> 人还活个啥呢？咱教育孩子有骨气，大人不做骨气怎么
> 教育孩子？男人还要活脸面不好意思扛，女人的脸面低
> 一点，他们不扛我扛。我这一辈子还有什么事要顶？这
> 是一个非顶不可的事。你走了我理解，你有你的难处。
> 好好拍电影吧，明年阿嫂去电影院看你的电影。

喻小骞头顶发热，太阳穴一鼓一鼓的，退出阿琼嫂的短信。
阿琼嫂这么说对她是个解脱，她努力过，但没效果，她还能怎么
办呢？跟阿琼嫂一起死守公庙？这又不太可能。尽管利他主义模
范让人感动，但喻小骞只会把类似的牺牲给予最亲近的人，或者
被逼到绝境，不得不为。喻小骞想过，如果死守在庙里的是自己
母亲，自己也许会花上半个月一个月捍卫母亲的利益，除此之
外，换了姐姐她都做不到。人是可怜的动物，伟大情怀只产生在

自己的价值和施与对象的价值相一致的时候。抵制武玉梅拆庙的霸行虽然有意义，但这个意义给喻小骞的价值回报还是有错位。这点错位，让喻小骞只能选择叹息一声，而不会甘愿让大人物"吃豆腐"，自己也不会守在庙子里。她能做什么呢？……她现在想不出还能做什么。

她长叹一口气，有些厌烦又有些无奈地打开武羚羊的短信———一般来说，不管是异性吸引还是同性吸引，一对一的吸引大致都经历那几个阶段，当这几个阶段都经历完，没有更新的内容，不管是同性还是异性，最后都是疏远，闪人。老实说，对那个满嘴谎话、懦弱多变的女孩，喻小骞已经看透了：她过着怨天尤人的寄生虫生活，虽想超脱但又没勇气；既不能吃苦，又满脑子幻想；当困局出现，她想的是怎样让自己混过眼前，尽快躲到一个安全地带；而一旦安全了，又寻衅滋事，寻找刺激。她像寄生虫一样，从这个人身上逃跑，又寄生到另一个人身上，只要用她的柔弱，她的驯服，她的古灵精怪。她把古灵精怪表演得像钱一样好使，只要找对人，变着法儿一要，就有吃有喝有人疼爱。

"还有她那像馊米糕一样的身体。"想到对方酸哄哄的味道，喻小骞又有些怨恨。她猜想，武羚羊在法国没好好读书，却受萨德侯爵小说的浸淫，把一种颓废而疯狂的世界观植入大脑，把任何人，包括她喻小骞都作为实验的对象。昨天晚上，虽说是她找的武羚羊，但在此之前，这个女孩无所不用引诱和欲献身调动别人对自己的渴望。这十几天，喻小骞自己也对这个女孩充满了好奇和渴望，但这个渴望以那种暴烈的形式导致那样一个结果时，她感到厌恶，特别是当她知道武羚羊就是武玉梅的女儿时，一种深刻的厌恶感就仿佛含在了嘴里。她甚至这样感觉，武羚羊是她和武玉梅之间的霉毒病菌，通过武羚羊，武玉梅把一种不健康的心理和人际关系传给了她。这个小女人像孢子一样随风飞，在这个人身上寄生一堆，又在那个人身上寄生一堆。这类人的命运，只能被强物摧毁，或者自行腐烂。

喻小骞打定主意，不管她跟武玉梅最后发生什么，都不再瓜葛武羚羊———现在是武海南，不管是正面的还是负面的。她在心里已经把这个女孩排除在她和武玉梅的漩涡之外，自己不能保证完全对她没成见，但尽量不再瓜葛。她打开短信完全是，落实自己的行李在什么地方。

　　闲得发疯的武羚羊居然发来几十条短信，喻小骞从最早收到的看起，她倒要看看，这个事儿精又出什么幺蛾子了。打开短信，都仿佛能闻到孢子的霉变味，文辞里，那格涩人的句子一句追一句：

17：28　你把我丢掉的地方，亦是我等你的地方。你来吃晚饭吧，我点了好多菜。

17：48　你来与不来，我都在这里等你。

17：51　你总得吃饭吧？亲爱的导演？

19：20　你不来我也吃了，吃不完的都扔了。我在这里喝茶，等你来。

20：30　看，你烦我了吧？我知道会这样，总是这样，你们都烦我，最后都远离我。来吧，夜未央，华灯初上。

21：45　你总得给我一句话吧？你到底怎么了，短信也不回？

21：47　你在忙什么？我五分钟后给你打电话，你要接哦？

21：55　你怎么关机了？找男人过夜去了？你真是男女通吃啊！也罢，你十二点总会开机吧，我到那会儿给你打电话。现在，我去你经常住的得胜大厦开间房等你。你昨天醉得像少女呵，颜如桃花！

　　接下来是一连串"移动秘书"提醒的"未接电话"记录。喻小骞急呼出租车司机，不去凤凰海滨酒店了，改去得胜大厦。她堵心地把目光望向车窗外，过一会儿继续看武羚羊的短信。

00：05　你真的不管我了？你把我扔在饭店里真的不管我了？哦——不会的，我知道你喜欢我。

00：50　我活着有什么意思呢？靠树树倒，靠墙墙塌。我好不容易对一个人付出真情，人家还不理我。

00：53　你怕什么呢？时代都这么开放了，你喜欢一个人，为什么不敢敞开心怀？你这样累不累呀！

00：54　我突然意识到，你是怕我拖住你，你像男人一样怕被女人缠住，是吧？你放心吧，我对一个人的兴趣只有两年，最多三年……也许你和我只有一年，等这个片子拍出来，你的兴趣转频道了，我可能又换胃口找同龄男孩子了。

01：21　你的手机是"不在服务区"，我知道这是怎么回事。既跟一个人幽会，又不让其他人因为关机而乱猜测，你有多少男孩女孩呢？你不接电话我就用短信陪伴你，我每半个小时发一个短信，你最终总会看到我彻夜陪伴着你……

02：05　又半个小时过去了，你在哪里？

　　你说像我这样的废人，没人需要的人是不是应该出家？我在西藏就想出家，但还断不了尘缘，在那里呆了三个月还是跑回来了，后来就想法设法找你。找你成为我生活的目标，这半年，把我看《藏地漫游》时的感想告诉你成了我生活的方向。我找到你了，可是你又转到哪里了呢？

02：28　一个人生活的意义是不是应对别人有用？

　　我发现，从小到大，除了对我家老太太有用，我对其他人没用。而我对老太太的作用也仅仅是，能从海家换回五千块钱。她现在的一切都来自我替她换回来的五千块钱。

　　一个对别人没有意义的人是不是就没有存在价值了？我是不是应该出家？

看到这儿，喻小骞厌恶地皱了皱眉头，人遇到抓住自己不放的一般都会冒出这种情绪。接下来，是继续这种情绪还是流向另一种情绪，则要看外界给的是什么刺激。喻小骞继续翻看武羚羊的短信。

> 03：04 你还不回我短信，你这一夜干什么去了呢？
> 你在哪里睡觉？我也不是"扣"着你不放，
> 我就是想让你对我说句话，说句让我安心的
> 话，我就可以放下你，去过我的人生了。
> 03：44 我的忍耐已经到极限了……我现在脑子里就
> 两个念头，一个是睡觉——可我不甘心睡
> 觉，一睡着，我对你一夜的等待就化为乌
> 有，而且一觉醒来，我可能再也不念想
> 你了。
> 所以，第二个念头是去死。我现在就出
> 去，开车一头撞到老太太修的大桥上；或
> 者，车子撞在栏杆上，飞到江水里。

喻小骞浑身一震，在座位上站起来，"咚"地一声，头顶撞在车顶棚上，把她撞回座位，她嘴里同时叫道：

"师傅，早上电台里有车撞到大桥或掉进南渡江这样的消息么？"

司机一句"你的头没事吧"说到一半又咽回去：

"没听说。你从哪儿听到的？"司机是东北人，他可不像当地人息事宁人，好事儿地反问。

"哦……"喻小骞听着司机的话，又快速翻看手机，从三点四十四分开始，再也没武羚羊的消息。她嘴里敷衍司机的问话，脑子里已经是一幅幅画面：汽车撞毁在正施工的桥上；南渡江浑浊的水里漂着进了水的汽车。或者在得胜大厦某个房间，武羚羊则像一堆光滑又不堪一击的蘑菇，香消玉殒在凌乱的白单子里；或者躺在卫生间积水的地下，没有血之类的红液体，只有白色的身体、衣服、被单等等烂糟糟的灰色……喻小骞已经不能转动的脑子这时裂开一条缝，一点氧气透进来给了她一点指示，她应该给武羚羊打电话。她哆哆嗦嗦反复操作了几次，电话才拨出去，

没人接，又拨一次，铃声响到十二次出现一个电脑录音：您所拨打的电话无人接听。她又翻看"移动秘书"转来的"未接电话"记录，武羚羊最后一个电话是四点十八分，之后，既没有短信，也没"未接电话"记录了。喻小骞脑子里白茫茫的，四点十八分以后，武羚羊的世界就寂静了？发生了什么？或者什么都没发生？喻小骞握着手机，一时间完全无措了。这时，出租车停下来，司机在前座叫了一声，把个喻小骞吓得差点叫出声。"到了到了，你叫的得胜大厦到了。"喻小骞像是被"得胜大厦"这个词吓住，她抽了一口冷气，然后提起背包慌慌张张下了车。司机不耐烦地叫："车费车费。"脑满心满的喻小骞笨手笨脚地把手机放在地上，蹲下来从包里找出二十块钱，跑过来给司机。司机不耐烦地嚷嚷："手机，手机。就扔路上。"喻小骞回头看看手机，还是先把钱递给司机，往回跑的时候脚下又绊了一下。她嘴里念念叨叨：无论如何要先看到事实。不管她是死在房间里，还是别的什么地方，得先看见事实才报警。好在党副局长还可以给自己作不在场的证明。操！他还做不了，自己是偷偷进公安局的。在得胜大厦，喻小骞跟前台服务员说话的时候，牙齿都在打架。

"昨晚有个叫武羚羊……不对，应该叫武海南的女孩子来登记住店没有？"

"我查一查啊。"前台服务员大概还能认出这个女人几天前在这里住过，还不算不耐烦，她翻了一下记录簿说："没有这个名字的人。"

喻小骞脑袋里嗡地一下。不是说她愿意看到武羚羊死在这里，而是，对方如果不在这里，死的可能性更大。

"今天早上你们看新闻没有？听说有车掉进南渡江……之类的事没有？"喻小骞说着蹲下来，她感觉自己要昏倒了。这个动作引起服务员的关注，两个女孩撑起身子，伸过柜台看她。她们的关注倒让喻小骞一松懈，一屁股坐在地下。

"给你一杯水吧？"一位有主张的服务员说。

"好。有糖么？我是低血糖。"

"我这里有个包你吃不？"海南人把各种带馅的甜包子咸包子都叫"包"。

喻小骞想起自己还有半段从党副局长那里"棍"① 出来的雪花火腿，便虚弱地说，水就行了。有主张的女孩从柜台后跑出来，搀起喻小骞，另一个女孩把半杯热水放在柜台上。喻小骞坐在大堂的木沙发上，喝了点热水，咬了口雪花火腿。那位一直在柜台后的服务员这时抬头说：

"昨天这里有个登记护照的女孩子，是不是你要找的？"

"啊！"喻小骞立即站起来，眼前一黑，连忙扶住墙。

"你可以吧？"女孩定睛看了看喻小骞的身体状态，然后说："就是前两天来过这里的女孩。"

"啊？"喻小骞又一惊，既为武羚羊住在这里放心，又为她的状况担忧。"她……还没退房吧？"

"没有。"

"你们……还没打扫房间吧……还没看见她人吧？"

说着，喻小骞已经走到楼梯口。

"帮我打开门。"

"我们这里……"

喻小骞见俩服务员为难，便吞下一口喘不上来的气说：

"她说要自杀，然后再没消息了。我怕……"她说着，已经上了几个台阶。她的话显然吓住了对方，但有主张的服务员已经拿起钥匙跟了上来。

"你把门打开，我进去看。"喻小骞加快脚步，又回头说，"但是需要你站在门口，真要有什么事，你给我作个证。"

有主张的姑娘已经走到前面，扯了嗓子高声喊："二号，你也过来！"她是叫另一个女孩也来作证。

就是几天前喻小骞住的房间，楼道里弥漫着隔夜的酒气。安眠药自杀最难救的就是，吃了药，再喝酒。喻小骞有些恍惚，她扶了一下墙，脚步没有怠慢。有主张的服务员沉着镇定地打开门，一股浓烈的酒气像一群昆虫，枝里八叉地带着锋刃扑出来，把她的面皮、眼睛、喉头、甚至脖子上的皮肤割了一遍，人差点儿没被这铺天盖地的气味撞倒。武羚羊像一丛新长出来的粉灰色的舞茸，楚楚地、鲜嫩地侧卧在一堆堆自己的呕吐物中。

① "棍"在海南话中有"混"、"骗"之意。

喻小骞被熏得只想吐，眼睛刺得就像进了七十年代初的公共厕所，她半天才在这气味中站稳，用左胳膊堵住鼻子和口腔，走近床，绕过雪白的光头，把指头伸到武羚羊鼻子前。一股热气正吹到她的食指上，它就像一声洪钟乍然敲起，把喻小骞吓了一跳。她的手一抽，猛地抬起，把后面有主张的女孩也吓了一跳，她哇哇大叫："打110吧？打110吧？"这时的喻小骞来了气，她用力一扳武羚羊赤裸的肩膀，这个躺在秽物里的玉人儿深切地叹口气，摊开身子继续睡。与此同时，喻小骞"嘭"地一下爆发。

"你还睡？你把人都吓死了你知不知道？"

"你咋那么祖宗啊！"

喻小骞哭着走出臭气熏天的房间。那个有主张的女孩拉住她的手，把她牵到外面走廊里。潮湿的海风从走廊窗户吹进来，像一头头小猪乱撞，撞得她一噎一噎的——这个冤家的女儿，怎么就成了她的冤家！

三小时后，小憩一会儿的喻小骞和洗干净的武羚羊坐在黄色现代小跑里。喻小骞边把握方向盘，边使足力气泄愤般地痛骂武羚羊。"你如果每天用十分钟看看那些卖菜的，想想那些为讨薪在大街上脱光衣服的，你就不会光想着自己，满脑子就自己那点小悲哀了！""你过一下正常日子好不好？不要熬夜，不要酗酒，不要搞什么乱七八糟的混交。当你的生活健康了，身体才能健康；身体健康了，大脑才会健康。""你每天伙食不超过三十块钱，争取自己洗衣服，每天晚上十点钟上床睡觉，一周一次性生活……坚持一个月，看你的精神状态还是不是现在这样子？""实在不行了，就去云南贵州支教。你都能出家，为什么不能去支教。支教也是修行。不仅修自己，还兼修别人。""不要老想着让别人爱你，你反过来试试好不好，去爱一下别人？关心一下别人？去试验一下，结论是什么自己找。""我可以让你跟我学电影，但必须是，你先去支教三个月，不支教去饭店洗三个月的碗……你不用说我是左派，我也不知道我是什么派，我就知道，你手上的经验、身体上的经验决定你的屁股，而屁股决定大脑。你坐在哪一边，决定你遇到一件事怎么想。你要改变自己，必须体验与以往不同的经验，而这个经验，不是让你像演员那样去观察，而是亲手做。""我最后一次明确告诉你，我不是'拉拉'，你不要对我寄予非分之想。另外，你自己也不一定是，你没有找过同龄人对吧？你就是缺乏母爱。""你不要动不动就想找个依靠，不管是男依靠还是女依靠。你要在精神上独立。另外，也别把今天的一切都推到父母身上，你已是成年人，再过不好就是自己的问题，别想再赖在别人身上。"咱咱咱咱咱，叨叨叨叨叨……喻小骞有个习惯，就是听着自己的话开始思想，她在数叨武羚羊时也不是完全不是说给自己听。在说的过程中，她厘清了一些认识。她自己何尝不需要把关注点放到自身之外？

武羚羊像只生病的小鸡，蜷靠在椅子里，满脸苍白。喻小骞怒吼时，她就像等着老师吼完进教室的小学生，无辜地、心不在焉地眼睛瞄着窗外。她穿了件白衬衣，外加件太空棉小背心，关键是戴了顶短假发，看上去娇小清纯。她昏昏欲睡又像是无比委屈，只有当喻小骞喊出不要对之存非分之想，她才委屈地流出眼泪。她的眸子还蒙在醉酒后的一层雾气中，脸颊像一张颤抖在风中的麻纸，脆薄得随时会被撕破似的。

"你让我去东昌，不是让我夹在中间难受么？"她鼻尖红红的，说完，连忙补充一句："小骞老师。"

关于这趟去东昌她俩之前有几句对话。喻小骞把钥匙要过来对武羚羊说，"你这样子一个人呆着怎么能行？要不你跟我回北京，要不就去东昌。""我不回北京。""那我们呆着干啥？整天就是吃？数星星？""我一个人在旅馆。""那不行！你跟我走，你去看看别人是怎么生活的，就不会一天到晚要死要活了。""她要是知道了，肯定不给我钱了。""你知道自己的问题在哪儿吗？"喻小骞瞪了一眼武羚羊，"如果你总在钱上担惊受怕，她就永远捏着你。""可是我现在就是花她的钱……"武羚羊哭叽叽地说。"你为什么不去工作。""我就想跟你学电影，然后……就能自食其力了。"问题又转回来。对武羚羊来说，她要做什么事，都需要靠着一个人，否则什么也做不成。好在她已上了车，她们现在已在路上了，喻小骞问武羚羊：

"到了海南都不见你父亲，这是为什么？"这问题终于可以问了。

"不想因为我闹起来。我烦闹。我自己也不想见，多一事不如少一事。"

"你怎么那么怕事？那人是你父亲。"

"我不多事，事已经够多的了。想想都想自杀……"她沉浸在自我世界里，恨恨地说。然而她又怕得罪喻小骞，换了一副较正常的口气："我谁都不想见。我就管好自己的事。另外就想跟你学电影。"

喻小骞沉默地开着车。像人们常说的那样，跟一个人讲道理是没用的，每个人的道理都是从他肉身经验中得来的。好在海口到东昌只需五十分钟，这种沉默还没到不能忍耐，海家坡已经到了。喻小骞把车子停在正街，返身到后座拿相机，武羚羊抢先说：

"我不下去。你自己去吧。"她边说，边把身体往下出溜。

"先去找点东西吃。"喻小骞皱着眉头在车外又说，"锁好车。"说完拐进狼藉的巷子。

巷道显然被履带工程车压过，地面上留着一道道白印和破碎的崩口，街拐角的路牙和花池被撞碎、压平。议事广场的出口被躺着的小叶榕树冠塞满，树枝树叶狼藉，像刚刮过台风。枝叶间，有个供人钻进钻出的通道被人扩出，这两天，可能不断有人从这里进出。喻小骞探进去半个身子就被两个穿窄腿裤的年轻人挡住，他们操着大公司员工训练有素的小嗓儿，阻拦喻小骞。

"女士，你有什么事吗？这里不让参观。"

"我是你们总裁的客人，你可以联络她，看看我能不能进。"虎皮从来都是对看人下菜碟的披的。

"女士，不好意思，上面交代，谁也不能进来。"

"你们是警察么？一个公司怎么能封路？"从纷乱的枝丫间望过去，海家祖庙塌了一面墙，碎石遍地，从这个方向还看不到阿琼嫂。

"女士，请问您的姓名。"另一个小嗓儿说话。

"喻小骞，是你们总裁请来拍电影的。她肯定给你们交代过。"

俩打工仔还在踌躇，喻小骞已经大步走进小广场。老榕树被推倒了，堵在路口，树根一半翘在半空，一半别在土里。挖掘机从树根上压过，停在公庙前。此时它像头巨型豺狗，野蛮地岔开四肢，挖铲像噘出去的丑陋臭嘴，支在地下。几个穿迷彩服的壮汉坐在广场一边，若无其事地抽烟。据说，现在施工人员把迷彩服当工作服，一面吓唬居民方便，另一面，对付街头小吏方便，最不济，逃起来也快。喻小骞在广场上看见浮肿的海青山，他比军坡节那天瘦了一圈，齐刷刷的白发茬子，撑着漆黑的染发，像茅草一样随风乱摆。见到喻小骞他有些吃惊，又有些拿不准态度，这让他有些萧索又有些冷漠。喻小骞脑子里回响着阿琼嫂的话："男人们都退却了……"径直走向破了口的庙子。

少了一面墙的庙子实际上完全暴露在光天化日之下，就像一个自尊的妇女虽然两臂还挂着袖子，但前后襟被豁开了；耻辱已经不关外人是否窥视，而在豁开的一霎那。而里面，小庙的最深处，把自己绑在庙柱上的阿琼嫂就是最深处的耻辱。

喻小骞知道海南民间有种戒毒法，就是用钢筋焊一个两立方大小的笼子，将吸毒者塞进去，再将笼子置于荒郊野岭的路边，每天家里给送一次饭，其余时间，笼中人就置于路人的蔑视好奇、自己的羞耻、毒瘾的折磨以及蚊虫叮咬走兽窥视的孤独寂寞中。有些人戒到最后，往往目露凶光，情绪暴躁，连杀家人的心都有了。他们出来之后就两件事，再次找到毒品和与家人反目为仇。喻小骞见到的阿琼嫂就像那些被关在笼子里的、被展览的自囚者。她面目黢黑，脖子伸得老长，短发湿漉漉地贴在头上，眼睛里是生命受到威胁时爆发强大生命能量的那种黑光。她偶尔抬起眼睛，看任何人都像是看敌人，而且是冲过来的敌人。喻小骞进了庙子，阿琼嫂像掀起一块铁片一样掀起眼帘，戳喻小骞一眼，那目光仿佛进入这种状态：对外界视而不见，即便被关注也不想跟你交流；同时把全部体力神智都用在性命保全上，捍卫对象的保全上——喻小骞在难产产妇脸上见到过这种神态——这时候的女人，就像战场上的士兵，只有杀了你才有我；或者像被天敌追赶的动物，只有拼尽所能，才能从你手里逃脱。喻小骞整个背都凉了，她看着阿琼嫂，对方暂时没有发作只是需要歇歇下场战斗可能就"挂了"的身体。

喻小骞退出来，神经质地在身上拍了拍，下意识地要找笔记本，但脑袋里闪出的是找一支毛笔。她还没想好找毛笔要做什么，又不由自主去摸手机；手机就像另一只手，在自身之外能帮你做点什么。她推开手机滑板，看都没看即拨打第一个电话，拨通的是武羚羊；等对方犹疑地"喂——"一声，她才清晰地想到自己要做什么。她对话筒说："你给我找几张大字报纸，一支粗一点的毛笔……另外……那个叫什么来着？牌子，可以插到地下的……我告诉你用途，一张纸上写一些字，这张纸就糊在牌子上，牌子不依靠外力就能站在地下。你明白吗？""明白了。"喻小骞对听筒交代完，才明白自己要做什么。她重拨一次号码又对武羚羊说："知不知道去什么地方买？杂货店。路边的杂货店什么东西都有。"对方应了一声。喻小骞又说，"你买完回车上把我的电脑拿来，注意上面的无线网卡。"

喻小骞在满是碎石、树叶的小广场上徘徊。穿迷彩服的壮汉关心她的身材，操小嗓儿的小白领关心她接下来会闹什么事，海青山则半是羞愧半是无奈地过来跟她搭讪。喻小骞不想跟海青山说话，她憋着一口气，怕撒了。

这时，庙子里传来响遏行云的嚎叫。这长啸超出你所能承受的长度和高音，像一排刮骨刀，从颈腔开始，愤然而下，一直刮到你的腰底，刮到你最柔软的地方。这是一个五十岁妇人的嚎叫，其嗓门和力气处在最后的饱满期，而积攒了几十年的无处声讨的愤怒，无法伸张的绝望却达到饱和点——这是一个总也实现不了那怕很小一个目标的绝望，是目睹年华逝去，衰老漫延上身的人的最后一搏，也是这样一种无奈：在希望和绝望之间，她不断让自己挣脱又不断陷入，到某一天，这种绝望连成一片网把她箍住，她再也无力挣脱，只能坐在网里，一遍遍嚎叫……阿琼嫂的嚎叫每隔一刻钟响起一次，她似乎要把自己劈开！把天宇撕开！

武羚羊不知什么时候站在喻小骞身边，她半弓着腰，伸着脸，吓坏了似地悄悄问："这是……怎么了？"

喻小骞扭过脸，正好看见武羚羊的眼睛。

"绝望。"

武羚羊缩起脖子，把手里拿的，怀里抱的塞给喻小骞。

"为什么女人总是绝望？"但她并不想知道答案，说完就两手揪着衬衣袖，踮着碎步跑了。

这个话头喻小骞也说不好，她还没站到总结生命的高度，这个高度是阅历和不断从绝望中爬出才可能具备的。她把大字报纸裁成 4 开纸，把它糊在一个破木牌子上，在纸上书写：

　　　　请给一位母亲尊严！

　　在另一个牌子上写道：

　　　　请给一辈子教育孩子公正的教师以公正！

　　散落在广场各处的人这时凑过来，那几个壮汉看见牌子上的内容就闪开了，有人摸出手机给什么人打电话。喻小骞把牌子写好，一手一个提到庙子里，像布置场景一样，把两个牌子放在阿琼嫂身边。阿琼嫂置若罔闻地对着一个方向瞪着黑眼睛。她的神志已经恍惚，大概，拼尽全力的嚎叫让她虚脱。她坚持着，就像是等着有人把她从废墟中挖出来。

　　喻小骞把牌子放好开始给这个"场景"拍照。她能做什么呢？一个到处碰壁的小导演，一个动一动就被人觊觎美色的女导演，只能用这两句话："请给一位母亲尊严！""请给一辈子教育孩子公正的教师以公正！"安慰这个绝望的、嚎叫的女人。而这个女人此时仿佛已经麻木不仁。喻小骞拍了百十张照片退出小庙，阿琼嫂在她身后又一声撕心裂肺的长啸。这一声，把喻小骞的眼泪直接喊了出来，她抽泣一声，嘴里嘟嘟囔囔：一个口口声声"六条远景"的，请观音的女人却要拆另一个女人的祖庙，她再建观音有什么用？！

　　喻小骞在广场上找一处空地，蹲在电脑跟前，把相机磁卡退出来，把照片导出来。很快选出二十四张，配上文字说明，然后到"天涯社区"、"网易社区"、"搜狐社区"注册 ID——这是阿木给她的启发。既然阿木能上网发黑传单，她也能利用网络把这件事公之于众。舆论的压力能阻止武玉梅么？她也不知道，她还没尝试过网络的威力。她这也是没有办法的办法，就像白色恐怖时期地下党通过发传单表达主张一样。她必须要做点什么，七天来承受的各种打击、欺骗、被耍弄快使她爆炸，她必须出击，才能使自己的内压得到释放或部分释放。她给这些图片拟定名：

为什么一个民营公司能假借政府之名拆公庙？

想了想，感觉这个题目太像政论文，不够吸引人，于是换了一个：

大武集团逞凶，民妇誓与祖庙共存亡！

喻小骞感觉这个题目行是行，就是正了点，网络欢迎邪性的标题。喻小骞思忖了会儿又拟出一个题目：

公司绑定政府，民妇自囚祖庙
——且看票子硬，还是女人的骨头硬

是否再搞一个更邪性的？这让喻小骞想了半天。她本人就是不邪性，从心里排斥妖魔化的文字和镜头，并常常以保持纯正的文学味、艺术味而沾沾自喜。但现在不是要引起人关注么，她踌躇半天又抓住一句：

谁逼得女人脱裤子？！

这粗陋的题目让喻小骞踌躇再三，但耍网络就要牺牲自己，不舍点形象套不住眼球。她用第一个题目发"凯迪"网，照片还没上传完就被斑竹设为"红脸"，等她把二十四张图片发完，已经超过两千的点击量。这让她有点兴奋。她用第二个题目发搜狐网，搜狐可以照片连发，这没用多少时间，待她转过头回看"凯迪"，已经有六千的点击量，帖子被设为"热点新闻"。她身上有点热。她又用第三个题目发网易，网络掉了一次线，待她重新登录，用最后一个题目把照片和文字说明发到天涯社区的"社会聚焦"栏目。她发完以后回头看，网易的点击量已经是八千。再回头看天涯社区，帖子已经被题目加红，放到首页上，而点击量已经有一万六。

"如此人民战争！"

她悲呼一声，一屁股坐在地下。她只读了首页上的网民留言，就给常一发短信，这一招也是跟阿木学的。看来她呆在抽斗屋里，每天沉溺于影像文字，已经弄得自己生存能力极差了，一出门，她就学到如此强悍的搏杀能力。

"常一：让你们董事长上网浏览大武的最新消息。搜索标题：①谁逼得女人脱裤子？②公司绑定政府，民妇自囚祖庙——且看票子硬，还是女人的骨头硬！③大武集团逞凶，民妇誓与祖庙共存亡！④为什么一个民营公司能假借政府之名拆公庙？"

她熟练地按了几个键，把短信发出去。

武羚羊不知什么时候又站在她身后，此时正弯着腰，伸长脖子看电脑屏幕上的网页。喻小骞意味深长地瞥她一眼，撑着膝盖站起来。她又有些低血糖，但此时，不会有人再伸手了，她只能依靠这副躯体，把事情做下去。她把电脑交给武羚羊，自己又走进破碎的公庙。她不知道这件事最后能到哪一步，她的力量到底能起多大作用，她只是尽此时的本分，也就是人在现场道义激起的本分。可什么又是她的本分呢？一个有相机有电脑有手机的电影人可以做到的那些吧。

这时，手机铃声响了，她一看来电显示是常一，便推开手机滑板。电话里，那个破锣嗓子显然失去往日的文雅，恼羞成怒道：

"喻导，你这个人是怎么回事？放着电影不拍，啊，剧本不写，管什么闲事？这事，你能管得了吗？你连自己的事都管不了，啊？网上关于你潜规则男演员的议论铺天盖地，你倒有闲心挑别人的刺儿？

"你给我听着，啊！我劝你，从现在开始收手，回北京，坐在家里好好给我写剧本，这才是你的出路。否则你的麻烦会不断的！

"什么麻烦？我会把你的丑行，你的过去，在文艺圈搅得比大粪还臭。你信不信？你不仅潜规则男演员，还咸猪手女孩子，你就是个色狼！"

喻小骞根本插不上嘴，电话那头的喧嚣就像浪头，她只能用挂掉电话挡住它盖过来。但没过一分钟，电话又打过来，喻小骞没等对方发话就抢先说：

"你这是代表你说话，还是代表武凰说话？"

"见到武凰你是不是会收敛点儿？告诉你吧，我就是武凰，武凰就是我！"

电话那头斩钉截铁的声响震得喻小骞心脏差点吐出来。当初这个声音说他叫常一，喻小骞想都没想就认为是个男人。现在细想，这个长期服用类固醇激素的声音，不仅毁坏了性别，说话人的骨骼仿佛也毁坏了，肉体也枯槁了，仿佛那副躯干正一截一截土崩瓦解。而这个把她所有好东西都打碎的声音，原来是假借别人之名。这个武玉梅不仅有易名的嗜好，还有改变性别的嗜好。电话那头还在继续喧嚣：

"我们已经打了十几天交道了，不，实际上已经三个月了，嘎嘎嘎，只不过你在明处我在暗处。我已经估了你的成色了，还不行，差远了。到现在为止，你也就是个惊慌失措、连连失败的文艺妇女。所以我给你说，玩政治你还上不了等量级，而我已经是九段选手，所以，你也别在我面前玩了……传什么照片？我让你闭嘴你就得闭嘴。不信你试试？你这几个帖子十分钟后就会删掉，不信你现在就数着时间，看看我说话算话不。我劝你还是老老实实把剧本写了，把电影拍了，也多多少少算是一辈子干成一件事……"

可以说，喻小骞完全懵了。上岛这一周，尽管她已经感到常一的背后就是武玉梅，但还是没想到，一周以来跟她打交道的、耍弄她的，就是武玉梅本人。自己总想找到初六以来一系列事件背后的东西，却没想到，事情就在前台，人家都不屑于躲在幕后，始终在最前沿跟她打交道。由此看来，自己那点小政治头脑跟武玉梅真不是一个等量级的——连对手的位置都看不清，还打什么打？是的，武玉梅那句话是对的，自己就是个惊慌失措、连连失败的文艺女中年，奋斗到四十岁才拍过一部剧情片，何谈一个成熟的电影人？喻小骞深吸一口气，让大脑透透氧，然后按她自己的习惯重新梳理这件事。这个世界公平的是，虽然闷在家里苦思冥想让她丧失强悍的搏杀能力，但给她看透事情本质的能力。当她按自己的习惯梳理这件事，便从最初的大脑缺氧状态缓出来。好吧，即便玩政治她不上段位，在电影界摸爬滚打二十年也只能算个文艺女中年，但并不耽误她利用网络——这不需要成本、也不需要看谁脸子、更不需要审批的平台，把大武集团强拆海氏祖庙的真相公之于众。武玉梅她要怎么着就怎么着吧。

她挂掉电话走进庙子——她不跟武玉梅谈了，如果她财富的黑爪铺天盖地，那么躲也没用。阿琼嫂已经虚脱了，额头和脖子里全是汗，眼神也在贼亮和恍惚之间跳跃。当她一激灵，打起精神，眼睛就贼亮；但只能持续一小会儿，另外时间她像困了似地，眼皮一垂，一垂。喻小骞跑到庙子的豁口处，冲外面大喊：

"海青山，给她拿点糖水来！她要昏过去了！"

她喊完又跑回庙子对着阿琼嫂按动快门。她没看见庙子外发生了什么，武羚羊听到喊声，是否去看广场上徘徊的男人。这段时间她忘了武羚羊，全部精力用在应对眼前事件以及远方看不见的张牙舞爪的武玉梅。她又拍了二十多张照片跑进小广场，冲着那几个穿迷彩服的人喊：

"人都要饿死了，累死了，你们……她男人去拿吃的没有？"

"去拿了。去拿了。"几个工人显然是内地人，他们事不关己的神态慢慢隐去。

"你们的水给她喂一点……"

一个迷彩服递过来喝过的半瓶水。

"你去给她喂水。我给你们拍几张照片。网上已经轰动了，已经有四万点击量。这个事件一定会惊动市里、省里，你们不想惹麻烦就马上换个立场。"

拿水的迷彩服迟疑地走到庙子门口，往里看看，然后把瓶装水塞给站在废墟口的武羚羊，自己跑开了。

"这事儿我不掺合，你别拍我。"迷彩服边跑边说。

喻小骞从取相框上抬起眼睛，看着拿瓶装水的武羚羊，这才意识到武羚羊跟这家人的特殊关系。武羚羊把瓶子掂在半空中，看看喻小骞，又看看水，然后走过来，把瓶子递给喻小骞：

"你去吧，我来拍。"

她一手拿过相机，一手把瓶子递过来，身子转向阿琼嫂时，相机已经挡住面孔。

喻小骞走过去，一边蹲下，一边抹了把阿琼嫂额头上的汗，阿琼嫂猛地睁开眼睛。喻小骞坐在她身边，拧开瓶子盖，喂水给阿琼嫂。阿琼嫂摇晃着头，把水打翻。

"你得喝水。你会出危险的。"

"我得坚持到他们来处理。我好好的，他们就不会处理。"

"没人来处理，外面都是打工的。你等不到……"喻小骞没说完，猛地咬住下嘴唇。她又把瓶子伸到阿琼嫂嘴边。"活着才是最重要的。庙子，历史上也被毁过几次，人不是还得活？"

阿琼嫂喝了一口水，缓口气，看着喻小骞，后者又用手掌给她抹了另一边额头上的汗。这时闪光灯亮起，武羚羊抓拍这一瞬，接着她又拍了几张，然后掏出手机，用手机拍了几张后，转身出去了。

武羚羊在外面游荡着打电话，电话基本上是对方说，她转游着听着，没说什么就挂掉电话。接着她发短信。有些话嘴巴上说不出，但能写出来。喻小骞在庙里注视着她，海青山提着一塑料袋东西从她身边跑过。武羚羊低着头，像是对手机发狠似地编写短信。

海青山跑进庙子，后面跟着杂货店老板娘。她用海南话大声说着什么，阿琼嫂悲情地看着她，也转眼看大口喘粗气的丈夫。

老板娘先用海南话，然后改用普通话说："放糖放盐一起喝。"说着拧开一瓶矿泉水，伸到海青山跟前。海青山笨手笨脚解开装盐的塑料袋，哆哆嗦嗦地把一撮盐放进瓶子里。老板娘蹲下身，喻小骞让位给她，这老阿姨没一个多余动作地拧上瓶盖晃了晃，又拧开，喂给阿琼嫂喝。

喻小骞拿回相机，拍下这个镜头。她又接二连三拍下几个镜头。

拿相机的时候，她听见武羚羊对电话说："你要拆，就连我一块儿埋。"武羚羊声音不大，几乎是耳语，但那个狠劲儿，跟在胳膊上划刀子一脉相承。喻小骞不禁转个身，对着打电话的武羚羊拍下一个镜头，在定格时喻小骞看到，说这狠话时，武羚羊还是一副漠不关心的冰冷，她也许不关心母亲听这话的感受，也不关心自己在这中间的位置，她就是要说出此时想说出的话。接着武羚羊像是跟谁赌气似的，大步走到废墟前，往一堆砖石上一躺，右手举在半空中，举一下，凑在眼前看一下，再举一下，然后移到眼前看。这个动作反复了两次喻小骞才明白，武羚羊这是用手机给自己拍照，然后把照片发给她妈，或者别的什么人。喻小骞也适时地拍下：躺在废墟上的武羚羊；近景的武羚羊和远景的阿琼嫂；震惊地回身看武羚羊的海青山；海青山手里散装白糖掉在地下，皱着一张百感交集的脸，一顿一顿走过来。

"阿兰！"海青山离得老远就停住了，从那张百感交集的脸上送出一句呼唤。

喻小骞则一哆嗦，眼泪掉出来。武羚羊在东昌的时候叫海纪兰。喻小骞透过泪水模糊的眼，连续按动快门。

武羚羊从废墟上勾起脑袋，她的假发这时掉了，从一堆头发里昂起一颗白秃头！这个瞬间让海青山下意识地一弯腿，双手伸出去接，身子矮了一半。眼泪直接流到下颏。

躺在废墟上的武羚羊勾起头，看着自己的父亲，她没起来，也没眼泪，只是昂着一颗脑袋，直到脖子撑不住，脑袋"咚"地放回废墟上的假发里。喻小骞拉近镜头，才看见一串泪，从武羚羊眼外角流到耳朵里。海青山不能靠前，也不能退出去，半弯着腿，最后蹲下了。

庙子里，喝了糖盐水、缓过气来的阿琼嫂，哀鸣般地长啸一声。

这天下午稍晚的时候，躺在废墟上的武羚羊吐了一条一米多长的勾蛲虫。她的身体从轻微到激烈，像女子生产的阵痛，一阵紧似一阵地痉挛。刚开始，喻小骞还以为这个神经质的女孩又"做"什么，也许是为逃离现场而做的表演——谁说她的表演课都是白学的？而到后来，武羚羊难受得蜷曲了身子，身体在每次痉挛时都发抖哆嗦。海青山首先发现武羚羊不对劲，他弓着腰伸长脖子，看身体一耸一耸的武羚羊，然后焦急地转过脸，看着也发现情况的喻小骞。"她不好！"这当父亲的发出警报。喻小骞把相机递给海青山，上前去扶武羚羊，而后者举起手挡住喻小骞的搀扶，整个人则陷入昏迷似的痉挛中。当痉挛持续到阿琼嫂都在杂货店老板娘的搀扶下过来打探时，武羚羊开始泥石流般地呕吐，那条勾蛲虫随着呕吐物打着弯爬出来。虫子只出来一半，随着武羚羊的痉挛又缩回去一点，这位老板娘很有经验，惊呼起来：

"蛔虫蛔虫（她错误地认为是蛔虫），快拉住！又进去了！"

海青山不需要过脑地扑上去，赤手揪住已经往回缩的虫子。喻小骞过后想，自己会不会赤手去揪这肉嘟嘟肠子一样的虫子？恐怕自己会被杂念干扰而延迟了揪住虫子的时间。也不一定是怕脏，而误以为武羚羊把肠子吐出来了。大脑一多虑，可能就耽误了揪虫子的最佳时间。

老板娘紧接着又喊："轻手点。拉断了。"她放开阿琼嫂跟过去帮忙。

喻小骞抢一步过去扶住阿琼嫂。但见嘴里还有半条虫子的武羚羊举起手机，对准自己的脸拍一张。一阵痉挛，她缩着身子承受着，那条虫子在海青山和老板娘的手中，一点一点被拉出来。武羚羊又举起手机，对准自己的面孔拍了一张。

武羚羊拍的这两张吐勾蛲虫的照片发给武玉梅了。她用惯用的方法威胁武玉梅，并说，武玉梅一天不改路她就一天留在东昌不回去。她这一招最终还是得逞了，两天后她回到武玉梅身边，听到对方说：

"那条路，换个地方开口子吧……"

## 第十九章

武羚羊终于留在了父亲家。照她的脾气，她是无法面对几乎是生人的生父一家，但放出"你一天不改道，我一天不离开东昌"这句话，另外本身吐虫子引起的痉挛又让她十分虚弱，她也就躺在废墟上不起来了。隔几分钟她就拍一张手机照片发给武玉梅，再隔几分钟又如法炮制，直逼得武玉梅一会儿打电话给武羚羊，一会儿又打给喻小骞。打给喻小骞的劈头就骂：谁让你把阿南卷进去的？你让一个小孩搅到里面什么意思？你这个女人心眼儿是太毒了，怪不得男人都不要你！……吧啦吧啦一大堆。武玉梅又给武羚羊打电话，只听武羚羊耳语般地说："你改了没有？你交代他们改了没有？"过一会儿武羚羊再发自己躺在废墟和呕吐物中间的照片，武玉梅的电话再打来，她还是那句："你改了没有？你交代他们改了没有？"

武玉梅估计是气急败坏了，她又把电话打到喻小骞处，一接通就气急败坏："你现在就给我回凤凰酒店，有些事，我看得说说清楚了。"武玉梅说的实际上也是喻小骞想说的，但话语就是这样，谁先说出谁就占主动。喻小骞向海青山及武羚羊告辞，对他们说，是那女人要她去。她不敢回头看阿琼嫂，怕她探究的目光。她提着自己的包、电脑、相机走出小广场，还没上车，武羚羊的电话就打过来：别继续贴照片了，老太太会屈服的，她保证。武羚羊虽是武玉梅的女儿，但在喻小骞心里，无法将她归入武玉梅阵营，当然也不能归到海青山阵营。她是那一类寂寞的、仿佛孤儿的年轻阵营的一员。喻小骞倒不担心只有一部手机的武羚羊怎么过后面的几天，人家是回家了呢！再生分，那当爹的也养了她九年。

喻小骞驾着现代小跑离开东昌。太阳偏西，饱含水分的红光照在她脸上，她说不上是想哭还是想大喊几声。从年初六开始积攒的郁愤，从筹备《过山车》开始积攒的郁愤，从她决定学电影开始积攒的郁愤，从她父亲自杀、从五岁半就开始的恐惧、耻辱和孤儿样的孤独所积攒的郁愤统统都堵在胸口，她太需要粉碎一个什么，在废墟上再建立起一个什么了。而那个笼罩着她命运的庞然大物就在面前，它具象成一个人，现在就等在凤凰海滨酒店，就看她是折服于前，还是摧枯拉朽。

四十分钟后，喻小骞的车拐进凤凰酒店绿树夹道的曲径，她把车停在老位置，从大堂出来一个年轻人打扮的中年人。喻小骞下车，见这是个脸颊和嘴角有刀疤的男子，想起落地海口那天，来接武羚羊的就是这个人。而此时，这个人正用单眼皮像钩子一样盯着喻小骞。

"小骞老师，我是常一，我在这等你多时了。"

这人近乎耳语般的声音让喻小骞一激灵，这个人才是常一，那破锣嗓子假借的是这个人的名义。喻小骞不禁打量此人，他有张被内心世界划得乱七八糟的脸，虽然自有它英俊和触目惊心的地方。他给喻小骞更多的是预警：现在不是她能不能战胜对方的问题，而是挺住，不被对方吃掉——武玉梅从去年十月就开始设计，为的是把她吃掉。恐怕人家早已等得不耐烦了。好吧，人家收网，她自己也需要结局尽快来到！

常一在前面带路，边走边对着胸口上的蜂麦跟什么人说话。只见他眼睛像瞄准靶心一样盯着前方，嘴唇如磕瓜子一样噏动，声音极低，仿佛耳语。喻小骞思忖，生活在什么环境中的人才需要这样说话。如果条件允许，喻小骞很想在笔记本上记两笔，但现在她必须全身收紧，集中在眼前的格局。

他们穿过副楼大堂，现在是下午五点，领班正对员工进行班前动员，只听一个海南普通话在空荡的大厅回响：

"大家跟我念：天大地大，不如给我饭吃的恩情大。爹亲娘亲，不如给我前途的人亲。"

喻小骞头皮木了一下，停下脚步，看这伙穿统一制服的人。一个穿白衬衫、窄脚裤的青年恨铁不成钢地使着劲儿。一群青年发出毫无生气的稀稀拉拉的声音。大堂一角，很讲究地嵌了个壁龛，砌了一个台案，案子上供着几个尺寸不大的牌位，这群员工对着牌位重复着上面的话。

"供着谁的牌位？"

"祖公祖婆。"

"武米把？"

"还有平王武姬。"

"是武凰让员工这么做的？"

见喻小骞驻足，常一倒回几步，提醒道：

"请吧，武总在等你。"

"刚才员工说的那些是武凰让大家说的？"

"早班一遍，晚班一遍。这是我们的企业文化。"常一说话听不出感情，这跟武羚羊如出一辙。

"你们总裁想让员工明白什么？"

常一做个"请"的动作，然后跟在喻小骞身边耳语般地说：

"比如说我，刚开始我以为给我饭吃、给我前途的是我自己的力气和我家祖先，要不就是天上的神仙，有一天她对我说：'你看见祖先给你米吃了？你爹妈都不给你米吃，你还想祖先？半脑！好好想想，谁给你米吃？谁给你前途？'半年后我才明白，给我前途的是她老人家。"

"听口音你不是本地人。"喻小骞又瞅一眼这个发蜡梳头的中年人，他大约四十四岁。

"武总不雇本地人。"常一毫无表情地说，不知他是认同还是嘲笑。

"为什么？"

"在陌生人中更自如些吧。这只是我猜测的。"

常一跨前一步，自己先上楼梯，回过头，将有刀疤的下颏转向喻小骞，耳语般地、但清晰地说：

"时隔十四年，埃德蒙·唐泰斯又回到巴黎的时候，自称基督山伯爵。"

喻小骞一震，她看着站在楼梯转弯处的常一，感觉对方在提醒自己什么。

"哎——"有些人不可欺，有些人一看就可欺。这个常一虽步伐干净，面孔既英俊又邪恶，但一看就可欺，而且他试图要告诉喻小骞一些不为人知的事。

"这十几天，武凰一直以你的名义给我打电话。你在'大武'什么角色？"喻小骞却忽视这种暗示，就一根筋地转着自己的事。

常一却低下头，像是思索该怎么回答。他继续上楼，在踏上二楼地毯时，又训练有素地做了个"请"的动作。他把喻小骞带到一个两扇门对开的房间门口，推开门，把喻小骞让进去，而他自己站在门口，小声而清晰地说：

"我是她袖套里的耍活儿。"

他的话让喻小骞立即升起本能的厌恶。北方人说耍活儿就是玩意儿。一个阴阳不明的男人自称是一个小老太太的耍活儿，其中的腐朽、奢靡、穷奢极侈可见一斑。常一说完冲喻小骞点点头，转身出去了。喻小骞看着他的背影，其邪恶都能从皮肤、肩膀、后背穿出来。一个人要经历什么，才能时时保持这种尖锐的邪恶？

喻小骞习惯性地摸摸自己的背包，摸到笔记本时神志安定下来。她掏出手机充电器、相机充电器先充上电。出门在外，电池就像子弹，子弹不足是不敢出击的。她边充电，边给邵洋柏树则群发短信，告诉他们自己已到武玉梅老巢，其人不善，自己会每小时给他们发短信报平安，否则就打她的手机，或者拨打当地公安局党副局长的电话报警。喻小骞的短信写到这儿便四处逡巡，见茶几上有一叠酒店专用纸餐巾，便对着上面印的酒店地址拍照，连同短信一起发出去。这也算是从武羚羊那里学来的吧。

做完这些，喻小骞才定神打量这间装饰奢靡的房间，闻着隐约飘来的薰衣草精油的气味，她怔忪了会儿才明白，这是所谓洗浴中心的休息室。她从没进过这种地方，听说北京这种地方消费动辄上千，里面的服务五花八门，极尽奢靡，如同妖术。她收回目光，坐在茶几边，倒了一杯咖啡，吃起小饼干来。这一天她只吃了半段"棍"出来的萨拉米，她深知自己低血糖的体质，不能关键时刻子弹不足。

走廊里传来一群人走动的声音，尽管地毯厚实，但轮椅声还是嘎嘎传来。喻小骞嚼完食物，喝完杯子里的咖啡，轮椅正好出现在门口。一个高大臃肿、烫着短发的女人坐在轮椅里，她身穿白色西装套装，白皮鞋，整个人像007的女上司，又像一团白乎乎的、飘在水上的牛肝菌。一双辣椒酱般的目光，从菌子裂开的缝隙里泄出来。一群人簇拥着轮椅，常一站在这群人的外围。

"你什么时候把阿南搞到手的？"这副辣椒酱目光跟喻小骞一对上，那副破锣就直接敲出来。

喻小骞没想到，自己的对手竟是坐在轮椅里；那个曾经女扮男装跳过洪常青的人，现在是个大胖子。喻小骞看着这个臃肿、虚弱的老妇人，之前的紧张释然了。健康人对病人总怀有不自觉的同情或优越，这种同情和优越往往导致怜悯从而放松警惕。喻小骞翘起一边身体，让椅子倚重一条腿转动，她坐在椅子上纹丝未动，身体已经转向武玉梅。对面这位曾是自己的老师现在又是宿敌的人，就像一块割下来好几天的、已经腐烂淌水的牛肝菌瘫在轮椅里。喻小骞明白了，武羚羊身上强烈的蘑菇气质是从哪儿来的。

轮椅被推进门，武玉梅盯着喻小骞继续嚷：

"你怎么挑动她阿南反对我的？你以为你是拍电影，让阿南躺在石头上……你这一套，对我没用！

"那个庙我是砸定了！孔家庙还打倒过呢，那个小庙我拆不得？你看我拆得拆不得！"

武玉梅哇啦哇啦，好像对面有几十人上百个人似的，这种不相称反而让喻小骞迅速转入自己的判别机制。现如今读点书的人很多，礼点佛的就更多，你不能拿他转述书上的真理当作他的信条，也不能拿他演说宗教的慈悲来当作他本人的慈悲。你得看他身处各种肉身经验时，他的实际选择。也就是说，你不能看他说过什么，而是看他怎么做。武玉梅搞什么"六条愿景"，说什么造福海南人民，这样的言辞只适合在新闻里，听听这句话：孔家庙还被打倒过呢，那个小庙我拆不得？这一句就把"造福说"打得稀烂。喻小骞现在还不知道"六条愿景"背后是个啥，但武玉梅把拆公庙跟打倒孔家店拉扯一气，把自己的外祖母跟平王武姬拉扯一气，把自己的样貌跟观音拉扯一气，这做派，你就知道她最后要干啥。由此可判断，武玉梅才不在乎海青山一家的感受，甚至不关心自己女儿的安危，她只把注意力放在：你怎么挑动她反对我的？这里一个关键词是"我"，另一个是"反对"，她要把挡在她路上的一切牛鬼蛇神都扫清，对人用人的办法，对神用神的办法。这种时时处处的对抗姿态就能解释，为什么武羚羊是个自私的女孩？为什么她凡事都漠不关心？她的处世哲学就是既不"反对"，也不"赞成"，免得给自己饭票的人跳起来喊："你这一套对我没用！"武羚羊的那一套对武玉梅还可能偶尔有用，她毕竟是她女儿，除此之外，任何人的"那一套"对她都没用。喻小骞瞥一眼常一，这个既温顺又狡黠，既英俊又邪恶的男子，恐怕就是在做情人的"那一套"既管用又不管用的漩涡中求生存的一个"鱼泡"。

"你给我说句话！我让你来，不是让你当哑巴的！"武玉梅是那种随时准备对抗，也随时准备反击的人，她说完话，身体还像发动机，一蹦一蹦地等着还击。喻小骞不说话，倒让她把握不住节奏了。

喻小骞都能看见武玉梅唾沫星子喷出的抛物线。面对这位搞过武斗，挣过大钱，政治手腕不是一个等量级的女大佬，她倔强地想，除了健康美貌，自己应该还有文雅和教养，还有自己的电影和诗歌，尽管现在那么脆弱，但她不耻于赖以自守。

"那个女孩你叫她武海南，一个月前她初次见我时自称武羚羊，自称没有父母。直到前天晚上，她才告诉我她实际叫武海南，实际上是你女儿……"喻小骞沉稳地说，武玉梅不耐烦地打断她——

"不管谁的女儿，你也不能咸猪手啊！你多大年纪，她多大年纪？"

"我不是'拉拉'！"喻小骞回得绝不拖泥带水。

"那她怎么说爱你，啊？"

喻小骞听了一惊，她严肃地看着武玉梅，而对方根本没心思滚过什么内心波澜。

"你这个女人太妖精了，我算看透了！搞了老的再搞小的，搞了男的再搞女的。你这种人，咋不去当鸡？拍什么电影？我阿南有个好差，你跑不掉！"

"武羚羊的好歹取决于你。她说你不改线,她就不离开东昌。"

"我就不改线!我就不信,她听你的,还是听我的。"

"那个光头女孩根本谈不上听我的。那条路,那个公庙,既不关政府的事,也说不上关我的事,那是你们的家务事。"

"谁让你带她去的?!还发什么照片上网,我明确告诉你,对你这种文艺流氓我见多了,我要是怕你,我这条船也驶不到大海!"

啧!语言是个滑稽的东西,如果不明就里的人听到这,肯定认为一无所有的喻小骞是个文艺流氓,携武羚羊要挟大款武玉梅,可事情真是这样么?喻小骞不想辩解,辩解就是示弱,她只想把自己要说的说出来,然后走人——如果还走得了的话。

"我认为,我这条小船和你那条大船,本来一个在海里一个在沟里。我可不知道你为什么要把我拴到你的船帮子上,而且还设计下套。三个月来你步步为营把我诓进来,可有这事?关于武羚羊,她说要跟我学电影,至于说什么她爱我,那是她一相情愿。她之所以出现在东昌完全是她要自杀,她喝得烂醉,躺在自己的屎尿、呕吐物里,一个人呆着有危险我才把她带在身边。"

语言的多歧性也在于,你明明说的这个意思,别人截取一段,发挥成另一个意思。武玉梅可不像有几十个亿的大老板,你说鸡她说鸭的本事要得上下翻飞。

"你少管别人的闲事管好自己吧!一把岁数了房也没有,车也没有,老公也没有,孩子也没有,还潜规则个瘸子……像你这么失败的人还有什么资格说别人!"武玉梅换了口气又说,"睁眼看看吧,都四十多了还这样,就别拿导演当幌子了!"

喻小骞看着武玉梅,那句"好像你叫我来,就是为了当面侮辱我"也忍着没吐。她不能跟武玉梅对骂不是?武玉梅见她不说话,以为把对方说住了,开始一泻千里:

"你不服是吧?我这条大船为什么把你拖在船帮上,我就是要让你看看,我的成功,我的权利,我对你的说一不二。你说三个月前我就下套了——我承认,我下了!这三个月我啥也没做,就看你跟着我的牛鼻绳转圈。现在,你不是也颠儿到海南来了?没脾气吧?"武玉梅的语言里混杂着海南话、北京话、广东话、河南话，这让她说出的话像她这个人一样"二尾子"兮兮。

"你高估自己了。你对我没那么重要，而且，我对你也没那么重要。"喻小骞揶揄道。自以为很重要多半都是自作多情，想想大鳌湾里那座貌似武玉梅的观音，她还真以为修个那样面容的观音就可以让自己永垂不朽？可说到底谁会在乎呢？人们像海浪一样一拨一拨赶着自己的生活，谁会在意谁的脸贴在观音的面容上？

"那不对！你对我可是重要！"武玉梅挥挥手，让围在身后的服务员撤下，她身后只站着常一。而后者，背着手，低着头，默不作声。

"我可要好好跟你算算这笔账。你个小告密的，你的一句话，让我坐了九年牢。你个忘恩负义的小蹄子！"

"你坐牢是因为在'1207 武斗'中，把同学推下楼……"

"但谁知道呢？我跑回海南岛，躲在一个中学里，谁会找到我呢？"

"你也太低估了当时的无产阶级专政，亏你还是其中最红的成员？"喻小骞讪笑一声，"你还声称跟'两报一刊'同频共振呢，竟不知道它层层网络的厉害？"

"如果没你第一个吱嘴，我会悄无声息偏隅一所中学，谁也不知我在哪里。"武玉梅挡住喻小骞的话头，继续说："我看了，你是最早告密的。你把我揪到前台，那些叛徒们才一个个跳出来脱干系，表忠心。"

"你看过卷宗？"喻小骞吃惊地问。

"从头到尾我都看了，就我一个无辜，那么清白那么耿直。他们一个个都是出卖朋友的叛徒。而其中，你是第一个。"

"真是是非颠倒！有你推人在先，才有调查在后，才有人出来作证……"

"我推人那是战斗！战斗有不死人的吗？"

"你为什么到现在都不忏悔？"喻小骞也提高了声音。

"忏悔个屁！"武玉梅也气愤地拍了一下轮椅扶手，指着喻小骞说："武斗死了那么多人谁站出来承认错误了？要几个老百姓、学生坐牢，这本身就不公平！况且我已经坐过牢了，你要硬用文艺腔说'忏悔'，我也'忏悔'过了。而且我明确告诉你，你那套文艺腔没用，历史不是按那个腔调推进的，在我这儿也不起作用。你先别说话，让我说完！"武玉梅喝住喻小骞，"我给你摆摆我的逻辑。我在武斗中把人推下楼那是因为当时在战斗，是革命，不管革命是夺权还是争取平等，革命是要死人的，死的人越多，成本越高，激起的斗志和反抗的动力也就越高。这些词儿现在不时髦了是吧，但理儿是这个理儿。那个学生被我方推下楼，那是革命的成本！当你下了本儿，不管是我方还是敌方，都要捞回本儿，那么攻击和保卫都有了理由。"武玉梅辣椒酱般的目光从虚泡的眼睛里射出来，她看来着实愤怒了。

"你太嫩，不懂政治。我告诉你什么是政治。当一个人的利益跟你绑在一起时，他才会为你卖命。扩大了说，一伙人的利益跟你的利益绑在一起时，这伙人才会为你卖命。所以，推下去一个人，这楼上一伙人的利益就绑在了一起，所以他们谁也当不了逃兵，谁也不能撤退，所以，他们就跟你生死在一起了。

"可那些瘪种，搞不定革命还想革命，最后逃跑了，最后把我一个人出卖了。我一个人，替他们十八个坐了牢。所以我这辈子最痛恨叛徒！"武玉梅气概昂扬地打着手势。

"那是一个人，不是一个物！谁的生命应该是你们胡闹的成本？"喻小骞听着都想哭。一个人的心，得黑暗到什么地步才会这样想问题？

"谁说那是胡闹？那是'伟大革命'！你不革命，你就会被抛进历史的垃圾堆！"

"你到现在还持这观点？"

"那时候的潮流是搞革命，现在的潮流是搞经济，表面上变了意思没变，那就是跟上潮流。你不赚钱，就会被抛进历史的垃圾堆！在任何时代我都是弄潮儿！你服不服？不服，我就打着你让你服。"

"所以你就用惯用伎俩，先用'使亏损200万'，把'今天'绑在你的利益柱上，然后让我们为你卖命？！"喻小骞低声陈述着，事情也想明白了。但这样做是犯了大忌：当你顾及自己，就说明露了怯。武玉梅鄙夷地剜喻小骞一眼，继续自己的话头。

"你的事我还要谈。现在不是要清算么？今个儿就给你算算清楚。"武玉梅是老太婆算账，一堆儿一堆儿算。"从死的学生那头算，啊，就算我们错了，我们听信了别人，瞎胡乱革命，把同学当作革命的成本，但是我们自己呢，不也成了别人革命的成本。我坐了九年牢，我的妹仔刚一岁就离开了我，等她再回到我身边，已经是一个只顾自己、歇斯底里的女孩。这女孩一辈子都不会幸福，这不是成本？我的九年，我女孩的童年，就算我欠那个死了的，现在也扯清了！"

"那个同学死了，而你活着，活得这么滋润，怎么叫扯清了？"喻小骞反驳道。

"他死了算他活该！"武玉梅的破锣嗓子啪地敲起，辣椒酱般的目光从蘑菇样的脸上射出来。"一场革命，那么多人死了。那死了的，还不是死了？"

"那是你同学，不是战争中的敌对双方……"喻小骞感觉自己词汇不够，按她熟悉的价值观，她跟不上武玉梅的逻辑。

"但是，你要清楚，武斗就是两个阵营的斗争。而两个阵营的斗争跟一对一的出卖相比，就算不得什么！我推下去的是敌人，是个陌生人，而那十八个出卖我的，是我的战友！跟你同甘共苦饿肚子的战友最后都出卖你，你什么滋味？嗯！这些个没出息的，事后个个把自己择得一干二净。那个香港婆，把自己说得跟圣人似的，她是这样的吗？她一个资本家女儿，当然不想革命就想恋爱了。照那时候的价值观，她就对了？还说什么因为她的存在我就表现得更革命，我老实告诉你，我当时就想革她的命！不是她在那里涣散军心，大家也不会逃跑。而且老实对你说，我对这些三心二意干不成事的，从心里鄙视。事实证明，到现在，我是那帮人里最出色、成就最大的。这也证明了我那句话，在任何时代投机取巧的人都成不了大事。而意志坚强、不怕吃亏的人，最后才成大事。你别看我替他们坐了九年牢，我照样是他们中最有成就的。"

"你把杀人，看作是不怕吃亏？"

"那我还能把它看成什么？是谁让我们贴大字报的？是谁让我们武斗的？几个烂学生，鞋都没穿的，知道什么是炮打司令部？知道什么是文攻武卫？那些城市学生还读过什么费尔巴哈什么鬼，我们这些挑着铺盖卷进北京的，除了两本课本什么都没读过，我们知道什么？我们就知道出力气，人家叫干什么就干什么，人家不想干的咱就主动去干。那推人的把戏，说白了就是人家不愿干，让你这老实人去干，咱土头土脑光想在人家组织里占个一席半席，至少让人家正目看一眼。就这么个原因，你还以为是啥?! 还有，我还可以告诉你，我们小时候，杀野猪杀猴子不怕见个血，抓蒋匪抓偷渡的不怕打人吓唬人。那是武斗，是两军对垒，我根本不拍推个俘虏下去!"

武玉梅说着拍了一下轮椅扶手，目光直逼喻小骞，仿佛她是当年的法官。喻小骞完全无语了，她想不出用什么话阻击武玉梅，而对方的气势完全把她压住了。这时的武玉梅还不善罢甘休，趁着那股气势，她乘胜追击：

"他们出卖我也就罢了，他们是当事人，想把自己撇干净，这也能理解。而你呢? 卖朋友求自保，我对你那么好，你却把我卖了! 说到忏悔，你怎么不忏悔? 我参加武斗伤人不对，你出卖朋友就对了? 我倒认为，你的行径更可耻!"

武玉梅的话音一落，墙上的古董钟"嗤——"地一声报时，武玉梅警觉地抬眼看了一下钟，常一立即一副蓄势待发的姿态。武玉梅吐了口气，挥了一下手，常一奔出去叫来站在楼道上的人。这些人进门后迅速变队形，推着轮椅，哗啦一下，像群鸟一样黑压压地扫出门去。

"武总六点要准时吃饭吃药。你在这儿坐，我去给你叫晚餐。"留下的常一对惊魂未定的喻小骞说。

"她吸毒?"喻小骞唐突地问。

"她有病。"常一口气里既隐忍着感情，又似乎带着嘲笑，然后像武玉梅突然消失一样，也倏忽不见了。

突然地，大楼里就像一栋废弃多年的歌剧院，奢华的装饰和霉浊的气息，让喻小骞落入巨大的寂静和古怪的氛围中。她坐了会儿，目光散漫地看着暗下来的起居室，半晌儿才站起来，把相机手机的充电器拔下来，收好。她给搭档发短信："平安。"然后把手机揣兜里，踱到门口。一个面目模糊、穿紧身裤的男子从黑影里斜插出来，挡住她。

"女士，您需要香氛沐浴么，我给您安排。"

"我到沙滩上走走。"

"您不能出这栋楼。"

"看来我被软禁了。"

"不能这么说女士。如果您需要按摩开背我给你安排。"

喻小骞退回休息室，坐在靠墙的沙发上发了会儿呆，掏出手机，但不知该给谁发短信或打电话。她的生活实际上很闭塞，除了搭档，连个能说话的人都没有。她又把手机放进口袋里。愤怒就像哭泣一样，发泄完了也就蔫了，也想睡了。天色已暗，喻小骞窝在沙发里，很快就昏昏欲睡。

武玉梅这是切开一层皮，揭开一个伤疤。三个月来，她可能就等着这一天：当面揭穿一个事实，接下来劈脸给你个嘴巴，把几十年的怨恨发泄出来——当然，这要先在你不知觉的情况下拖垮你的事业，让你的生活大厦倾覆，然后再来跟你清算，看着你告饶或落荒而逃。喻小骞窝在沙发里，脑子里乱七八糟闪现一个个念头："幸亏武羚羊没跟过来，如果她在场，听了武玉梅这话她会怎么想？娘和女儿，绕来绕去跟一个人死磕，这世界真是太小了点儿。"真应了陈老师那句话："她整你，都不让你知道。"看来武玉梅也看了卷宗。一个案犯怎么能看到自己的卷宗？又是钱起的作用？想到卷宗里少了两个证人的材料，喻小骞吸了一口冷气。不过现在，还有更大的屎憋在屁门上的事儿，你可以说是成心，也可以说是存有侥幸，喻小骞始终噙着一句话，绕开一件事，而这件事，现在迎面拍在她脸上：她不仅跟武玉梅认识，而且武玉梅坐牢也跟她有关——当然这也是看了武玉梅的卷宗才确认的。

今天凌晨，在党副局长的办公室，喻小骞在武玉梅案件卷宗的第365页，看到了**于红杉**三个字，当时她的震惊不亚于蓦然撞见传说中已经死去的人。她心尖一哆嗦，从椅子上跳起来，在房子里连续做蹲起，直到腰膝酸胀才确认了那种真实感。除了身份证，周围现在没人再提起于红杉这三个字，她自己有时也觉得，自己这副肉身对应的就是**喻小骞**这三个字。令人难以想象的是，在这个孤岛的一卷落满灰尘的卷宗里，不仅有她父亲的名字，还有她的本名。而她对于红杉这三个字的陌生，就像一个早年远走他乡的人又出现在故乡的小巷，又像是看见一张似曾相识的老照片，踌躇半天才恍然明白，照片上的人原来是自己。她看到这份外调笔录里的名字，就是这种恍若隔世的感觉，她已经忘记有人因为武玉梅曾找过自己这件事，更不记得当时都说过什么，如果没有签名，她会因为完全遗忘而否认这件事。看来人们的记忆是有选择的，遗忘亦然，人们多么愿意遗忘丑事、悲惨的事、坏事、不道德的事，就像它们从未发生过一样。

卷宗编号：094
笔录时间：1978 年 6 月 15 日
地点：人大附中 2 号楼 601 室
被询问人：于红杉（人大附中高二（5）班学生，1961
　　　　　年 10 月生，团员）
询问人：朱杰　李军队
记录人：刘彩苹

　　"武老师怎么了？我是她学生。她是大人，我不了解她做了什么，执行谁……的路线？我去年二月就回北京了。为什么还上中学？是这样的，我妈认为我考不上大学，回北京后重新上高一下半期，我姐姐上高二下半期。哎，对，下月高考，于紫檀去年已经考上北钢。
　　"我一个学生怎么知道武……老师是'四人帮'爪牙？我 1975 年 3 月才去海南的，已经不武斗也不造反了。我就是跳舞，没写大字报，也没批斗哪个老师。我……怎么知道武老师是捞取政治资本？我不清楚她怎么当的学校革委会副主任……我不知道她有什么目的。我当时只有十五岁。对，今年十七。
　　"我对武老师……没认识。我跟我妈下放到海口，分到五七二中上学。她发现我会跳舞，就组织几个女生练功跳舞，后来就排练《红色娘子军》，校内外演出。她为什么跳洪常青，因为没人跳。武老师在大学期间练过艺术操，所以就……她说她来跳洪常青。我们是准备跳到广州去的，后来总理去世没去成，天安门事件没去成，再后来主席去世了，再后来就粉碎'四人帮'了，所以一直没去成。转过年我就回北京了。

"我在海口很出名？可能因为跳舞吧。我没反过潮流，也没打倒过任何老师。我和我姐并不知道自己有多出名……你在三亚育林基地就听说过？那我们不知道。我们就是上学、跳舞，我妈妈平时不让我们出门，你说男青年到学校围观我们？这我不知道……看我们的很多，我们走到哪儿都有人看，但不知道哪些是专门来的。

"我跟武老师是师生关系，她对我挺好的，但除了跳舞、演出，她不跟我说别的。她也没跟我说她在大学期间的事……就说过她练过艺术体操。我不知道她在哪个大学上学，只知道在北京上大学。后来，我也不怎么找她了……没什么原因，我不喜欢她支使我干这干那。主要是我后来对跳舞不感兴趣了，想读书了。我不知道她利用我做政治资本，我一个学生能觉察什么呢？学校对我们有看法？我怎么知道为什么？可能……是不是太抛头露面了？

"'十月大游行'那件事啊，我为什么站在排头？因为教育系统就在第一方阵。教育系统里又是五七二中最活跃，所以我们学校在最前头。我们学校就是我了，所以……我就成了全市大游行的第一人……这不是我想怎样就能怎样的啊。因为武老师是大游行指挥部的，走后门？朱叔叔，你要是当校长也想让自己学校站第一排吧。武老师是为自己学校，谈不上为我……你说我聪明？朱叔叔，我可能算是聪明，但不代表我说的不是实话。

"为什么在北京不提海南的事？也没故意不提，没人问起，大家都忙着考大学，不关心学习以外的事。我也没隐姓埋名是吧，就是重新上了高一，也是为了考大学……没人找过我谈话。我父母也是被冲击对象，我爸……对，是，自杀的……我们也恨'四人帮'，我妈带我们下放到海南……我也不知道为什么下放海南，我妈没跟我们说过。你说我妈的祖籍是海南？不可能，我妈是印尼华侨。她爷爷是琼海人？你怎么知道？我妈可从没跟我们说过。我不知道她为什么不跟我们说。她一

直跟我们说是四代印尼华侨……你是说，我们下放到海南是因为我妈的祖籍是琼海？我不知道这是怎么回事儿……（哭）

（你也别哭了。揭发一件武玉梅的罪行，你就能过关。）

你说我能过关？……朱叔叔，（哭）我还得参加高考。我要是过不了关还怎么参加高考？

（你好好想想，你跟武玉梅在一起两年，学校里有很多你们的闲话。你要想过关，就得把自己洗干净。你再想想吧。）

"朱叔叔，武老师给我讲过一件事，不知道算不算……她说在北京只有一件事最后悔。我不知道是哪一年，她只跟我说有一天她被派去看管两个'白专'典型，组织上让她给那老师脸上画'王光美'。她说实际上她很喜欢那老师，人家那么白净，那么文雅。她说当时是两个人，一个画'刘少奇'，一个画'王光美'，她当时想给白净的老师画'刘少奇'，她觉得一个男人脸上画个男人，总比画个女人好点儿。可是，另一个老师抢着说他要'刘少奇'。武老师很为难，但既然有人抢走了，总不能不给人家吧，都是老师？她后来后悔的就是这个，如果当时她坚持自己的主张，把'刘少奇'给那位白净老师，那么，这位老师游街后也许就不会自杀了。武老师跟我说这件事的时候真的很后悔。"

（那老师叫什么？）

"她没有说。这也不能算是她的错吧？是那个人自绝于人民。"

（你父亲不也是自杀的吗？）

是。（哭）报纸上不是说，自杀是自绝于人民？党员不能自杀？既然这样……自杀是坏的吧？

（今天就到这里。你不能离开北京，随叫随到。）

好。

被询问人：于红杉（签名）

　　这段历史不仅被人为遮蔽了，而且她自己也忘了。昨晚上，当她前前后后翻看卷宗才大致厘清：1978 年 6 月，于红杉在人大附中准备高考。有天上午，校长来班上叫她去办公室一趟。在校长办公室，三个操"鸟语"的人拿出介绍信，自称是海口"清理三种人办公室"的，要找她了解有个叫武玉梅的女教师搞"反党小集团"的情况。起因是武玉梅给党中央写信，认为目前党内有些人的做法是搞复辟，搞修正主义，建议中央调查这些人。中央把信返回海南行政区，又转到海口，于是，海口成立专案组，先查查武玉梅在"文革"中的表现。他们的切入点就是那两年和武玉梅一起在风口浪尖的潮流人物于红杉。他们找到她，要她谈谈武玉梅是怎样把她拉下水的。毫无疑问，这吓坏了十七岁的于红杉，可以说是吓破了胆。她不是特别明白政治，但知道政治运动的后果：她父亲就是运动的受害者，于 1966 年 10 月撞火车自杀。她自己的童年少年生活在恐惧中，母亲夏碧莲整天以泪洗面，甚至出现诅咒屡教不改的父亲"死了才好"的疯狂。至少有九年时间，母亲和她姐妹俩被政治运动、出身、父亲自杀箍得透不过气来，母亲决计带她们姐妹俩下放海南，就是对这个笼子的逃避。种种这些都让她明白，再也不能卷入任何政治斗争了，不管它是正义的还是非正义的。于是这个聪明而狡猾的女孩对海口"清三办"的人表演了自己的无辜，混过去之后又对自己的过去闭口不谈。她曾对漂亮而蠢笨的姐姐严正地说："不要跟任何人提起我们在海南风光的事，甚至不要提我们去过海南岛！如果你嘴不严，看我不'敲'了你！"于紫檀则反击，跟她大吵一架，指责她为什么要出风头，说她简直就是个"骚逼"，像他们这样家庭的人怎么经得起出风头，她在海口的表现纯粹是作茧自缚、自取灭亡。这大吵一架之后有许多年，她们姐妹俩互不说话，她两次结婚姐姐都没参加。当然，婚姻的结果也如姐姐预料的、或者说诅咒的，都好景不长。这都是后话了。海口"清三办"到来的直接后果是，学校知道了她在海南的"表现"，跟她谈了四次话，并把海南方面做的"于红杉在文革后期表现的结论"放进她的档案。1978 年 7 月她参加高考，考分 387 分，这是可以上北大的分数，因为是考前报志愿，她在大专以上院校的第一志愿，填报了中央戏剧学院戏剧文学专业；在中专学校的第一志愿，填报了北京银行学校；最后她被北京银行学校录取。进了银行学校，班主任找她谈话后才知道，她的政审表中有这样的结论：该生在文革后期，错误地站到"四人帮"文艺路线上，成为执行"四人帮"反动文艺路线的帮凶。但鉴于该生年纪尚小，对阶级路线认识不清，属于尚可教育好的子女，建议各大中专院校酌情录取。在银行学校，她再也不提海南故事，也从不暴露自己会跳舞，她把自己封闭起来读书写剧本。

昨天晚上，窝在党副局长办公室的喻小骞读到这两页，羞耻让她流出了眼泪。一方面，这个十七岁的高中生极尽开脱之能事，满纸都是无辜，也仿佛十分单纯，但她真的如此单纯如此无辜么，凭良心说未必是的。只不过那个"小政治运动员"早已学会开脱自己、隐藏真实想法的本事。她不见风使舵，但绝对明哲保身。她母亲回国四十余年，学会的最主要的生存技能就是"明则保身"，这一点，潜移默化让她俩姐妹都学会了。另一方面，在一个揭发别人，自己就可以过关的政治氛围里，叛徒、告密者就这样为求自保而产生。他们中有些是软弱者自己投上门；还有的是强者对弱者的诱骗。急于参加半月后高考的于红杉，就这么供出武玉梅以求过关。而当时她自以为聪明的是，她把"故事"当事实，即便"清三办"的人最后知道那不是事实也无法求全责备，她本来讲的就是"故事"。而事情的滑出常规的是：这个"故事"不仅是真实的，而且事关父亲的自杀。在不知情的情况下，她挑出了父亲的自杀案，也挑出了武玉梅在大学期间的表现。她前前后后看了卷宗才明白，尽管被害学生的母亲毛瑞霞锲而不舍地上告，但她的告状信最初无法进入"清三办"的视野。那几年告状、要平反的人太多，一个退休工人的告状信根本排不上号。揭开武玉梅案的就是她自己，写什么信，揭露中央政治局的什么修正主义。真是运动上了瘾。国家两年不运动她就浑身风湿痛。对武玉梅的调查就是她给中央的信中吹嘘成立什么"读书小组"，这个小组很快被定性为"反党小集团"。对这个小集团调查的突破口就是于红杉。于红杉讲的"故事"把对武玉梅的调查引向其大学期间的表现，引向了北农大。当调查组走进北农大，毛瑞霞的告状信正等着他们。如此看来，武玉梅迟早会被送进监狱，但吱第一嘴的是她于红杉。这就是武玉梅三番五次说的告密。而照武玉梅的说法，一个受老师恩惠的学生不该告老师的密。这就跟父子不该相互告密的情理一样。这话表一头。另一头，武玉梅是迫使于直自杀的具体的人——虽然自杀是迫于大环境，而捅最后一手指头的一定是一个具体的人。于红杉万万没想到的是，捅这最后一指头的竟是自己的老师……她们还小女儿家家地相处，还一起跳什么双人舞呢。她于红杉算不算认敌为亲，认贼作师？这是第一耻！

羞耻还在于，不管是 1966 年 10 月还是 1970 年末对"三种人"的清算，她们家谁都没想去弄弄清楚父亲自杀前的情景。她们被先验地灌输了自杀可耻的观念，便真的以为父亲自杀是件丑事。"文革"结束后，父亲自杀的事因不再以批判对象提起，便从此没人提起了；别人不提，母亲也不提了。事实上海口"清三办"还是弄清了父亲死前的情形，但没人告诉她们母女仨，她们也没再讨个究竟。"文革"后，已经驯服的母亲好像终于把一件丑事盖住了，如果没人揭，自己是不会去揭的。她们家的人，就那么认命地没再清算父亲的死，仿佛父亲真是自己郁结而死的，跟那个社会，跟所有人都没关系。犬儒主义就这么变成她们家人的习惯，也变成很多人的习惯。

羞耻还在于——因为它还在延续——这个 1978 年 6 月的文本提供了一个信息，那就是，母亲夏碧莲的祖籍是海南。事情滑稽的是，在此之前和之后，她母亲从没跟她们姐妹俩说过，即便她们曾下放过海南，生活过两年。这是为什么？参加完高考喻小骞曾问过母亲，母亲的回答令人心酸，她说能躲过这么多政治运动就是因为她是华侨，所以，除了入学第一张表填过祖籍是琼海，之后的岁月她从不说祖籍，从来都强调自己是印尼华侨。她说这句话时的坚强意志影响了于红杉，十七岁的她也决心不提海南的事。于是，海南琼海这个标签仿佛又被忘记了，就像从来不知道一样。于是，曾到过海南这个标签也被于红杉故意忘记了，她不再对任何人讲起，包括她会跳半吊子的芭蕾舞，当过"红小将"、"教改尖子"，曾经红极一时。海南就像她、她母亲夏碧莲的原罪，被她们一家深深掩埋了。

今天凌晨，喻小骞读着那份十七岁复读生的材料，羞耻之后是对这一切的哀伤和悲怜。那个十七岁渴望参加高考的女孩，那个十八岁唱着《梅娘曲》乘着冒浓烟的轮船回祖国上大学的女孩，那个十九岁光着脚挑着担子进北农大的女孩，怎么就变成一个个浑浊不清的人……

喻小骞恐怕是打了个盹儿，或者睁着眼睛睡着了。她恐怕又钻进那个迷乱的梦里，迷乱地把现实、梦境、想象、书中文字、设计的电影场景混杂在了一起：

> 跑，往一个锥形的隧洞里奔跑。不断退后的灰碴碴的洞壁，前路模糊，但不能停止，停下来就会被憋死。
>
> 有了。有个小径；慢慢地，小径两旁就有了草、灌木、藤蔓；有了藤蔓就有了藤蔓攀着的大树；大树仿佛支架，架着一棚一棚的泛滥的生命。幽深混乱的热带雨林真像女性，气味也像女性，吸引着外来者，征服或者沉溺其中。——她的身体出汗了。到这时喻小骞已意识到自己在做梦。在梦中她看着自己做梦。
>
> 梦继续表现为奔跑，向网一般的密林深处突进，跑到绝望，热到绝望。她在梦中想起，自己三十岁之后经常做找不到出路的梦，这个梦已经重复许多次了……她在梦里看着自己透不过气来——女性的绝望和奔跑在热带雨林里的双重绝望。之后，她替做梦的自己想到一句话："在森林里迷路了，就先闻海的味道，朝海的方向走，你就能走密林。"哦！她深沉地叹口气——她也听到自己在叹气，在梦里她哀伤地看着这个已经不年轻的妇人，随即又闭合了感官感知。她又沉到梦的深处，像海洋一样靛蓝的深处。
>
> 梦朝海的方向奔跑。气味噬骨。穿过尸臭果甜的热带气味，哗啦一下，梦撞进蓝的炫晕中。她嘴里有些甜，梦就带着甜意奔向炫晕的深处——那是一望无际的海，蓝得让人头晕；海捧着小船摇晃，船舷上此时支着一只穿芭蕾舞鞋的脚尖，脚背向前弓，脚心窝出一个令人遐想的弧度。两根银色丝带交叉捆在芭蕾舞鞋上，带子系好后，那只穿舞鞋的脚就在船舷上竖起来，然后，

另一只脚也竖起来。两只像刚出泥的茭白样的芭鞋，在船帮子上轻轻移动；有时右脚点地左腿翘起，有时左脚点地右腿举到背后，从舞者的脑后缓缓升上来……小船被蓝色的大海融化了。天上的明月和明月照耀的浮云像银器店到处摆放的银片。月亮、海水交相辉映……在梦中，喻小骞吃惊地打量这月光下的海，这船，这在船舷上跳芭蕾的少女……

# 第二十章

　　喻小骞恐怕是在大叫中醒来的，这一声正好跟常一唤她一致。喻小骞醒来的一刹那，感觉好像是被海深处的声音唤回，她不由自主呼唤一声，像是对自己的搭救。喻小骞醒来发现，身上的衬衫和棉卫衣全部汗湿，但只要她醒来，理智回到身上，她就能——她无法掌控全局，但能掌握自己的神志。她摸出手机看了一下时间，已经过去两小时，邵洋和老柏已经打过询问电话，是自己松懈了。她连忙给两位搭档发短信：安全。这才抬头应承常一。

　　"喻导，总裁请你到船上用晚餐。"

　　"她六点钟离开不就是吃饭去了？"喻小骞站起来，身上的湿衣服发出汗酸味。

　　"您不是还没吃么？武总特意准备了船上晚餐。"

　　喻小骞手上习惯性地摸摸笔记本，让她踏实的是，笔记本、相机都在背包里，背包里还有复印的笔录、交代材料。她没细想船上晚餐会是什么情景，以为跟渔排差不多——想到武羚羊她无不揶揄地想，从海纪兰到武羚羊，光从名字看不出这个人的岁月流变。而从武玉梅到武凰，包括舞红妆，倒是能看出"宿主"的脾气怎么一脉相承的。那么自己呢？喻小骞跟于红杉也没什么关系，怪不得成年后，她的生活根本没有"同学"这个关系网，除了自己有意跟过去隔断，大概也因为喻小骞这个跟过去毫无关系的笔名，或者说，她本人消失在一个没有历史的名字后面。

　　喻小骞随常一走出那座散发各种精油气味的洗浴中心，外面潮湿温热的海风吹来，身上的衣服被吹透了。她顺道把背包放进车里，这样做主要是不让武玉梅发现自己复印了材料。材料有什么用呢？她现在还认为很有用。她在木板铺就的沙滩栈道追上常一，职业习惯让她不轻易浪费一对一的交谈机会。

　　"你们总裁以你的名义给我打过多次电话，这事你知道么？"

　　常一放慢脚步，但并不转身，等喻小骞走近，则蜂鸣般低语：

　　"我就在旁边。"

　　"她这么做，你不反感吗？"

　　"怎么说呢？我是她的……玩具。"

　　"什么？"喻小骞站住，就着酒店路灯看着常一。

　　"我不是我。我是她的，也是她！"常一停顿一下，以便喻小骞听清他说的每一个字。"我是她肚子里的蛔虫，也是她的面具。她把我拿捏得像……像她制造出来的、嗯……杜撰出来的一个人物。杜撰就是想怎么改写就怎么改写，想合二为一就合二为一。所以，她可以是武凰、武玉梅、舞红妆，也可以是常一。"

　　"那么反过来可以么？"喻小骞马上插一句，"你可以是武凰么？"

　　"除非我不想活了。"

　　"那……你甘心么？"喻小骞小心地问。如果激怒眼前这个人，她能依靠谁，难道是武玉梅？

　　"当完全放弃自己，无我了，我是谁，还重要吗？"

　　"这是你学的佛？"

　　"喻导，这是我学的人生。"

　　"可是下午……如果你不介意我就说了——你下午说，你是她的耍活儿、玩具，用这些词说明你还是有自我的。"

　　"喜剧就是把自己放得比观众还要低。这是演好喜剧的基础。"常一又往前走，喻小骞只好跟上。

　　"你这世界观是怎么形成的。"

　　"呵，我不懂世界观。先吃饭吧。如果以后有机会，我也许会给你讲讲。"

　　"我只想问一句，你是世界观形成后跟武玉梅的，还是跟上她之后形成的？"

"呵，女士，也许我是表演的呢？"

常一这后一句口吻阴险，你就不知道他前面说的到底是真话还是假话。喻小骞感到一阵寒意，如果说她在北京自家的小黑屋里，还不断寻找真实、真情、真理的话（这说起来有点矫情），出来这一周，跟姓武的这家人打交道，则感到一阵强似一阵的虚无，一阵强似一阵的无力感。不知道这一切是经历造成的，还是财富造成的，甚或他们读的那些奇怪的书、从中获取的那些奇怪而疯狂的想法造成的。也许负面的直接经验太多，当面对间接经验，只有那些负面情绪负面事件才能让他感同身受，从而强化已有的负面经验。

海边已到，所谓的船是一艘小型游艇。喻小骞根本不知富人已经奢华到什么地步，有豪华车已经是她认识的极限，而游艇和飞机，她以为只停留在美国电影展示的富人生活场景中。武玉梅身裹白貂皮坐在甲板上的轻便沙发里，臃肿得像一堆双孢菌，也不知手下怎么把她弄上船的。常一上了船就一副马仔相，就是既为你办事，又不打听闲事的姿态，上了船就消失在船舱里。武玉梅也像没看见他，全神贯注盯着喻小骞。

"你是想告诉我你有这条船？"喻小骞索性大方地坐在另一张沙发上，调侃一句。已经小睡一觉，体力又回到她身上，再看眼前的格局，已经不那么悲观了。

船已经启动，驾驶舱似乎在下层舱里。

"你应该吃点东西。你这么一天到晚赌命，过了四十岁就没什么可赌的了。所以，要吃好点。"

武玉梅说完拉了一下茶几下的绳子，叮铃铃的铃声从下仓传来。常一端了一个托盘上来，喻小骞闻到海鲜粥的鲜香。常一把托盘放在茶几上，盛了两碗粥，在碗边搁上勺子，说了一句沙虫粥，又消失在下仓。

游船驶出酒店灯光区，又驶出防风林倒映在海面的黑影，天和海开阔了。月亮还没出来，星星和海面微弱的光波围成一个扁圆的、群青色的隧洞，船，就向隧洞的深处驶去。喻小骞这半辈子仅有两次夜游大海的经历，这两次都是跟眼前这位像一堆肉山瘫坐在白椅子里的女人。这女人此时的神情，完全是一副等你吃饱了就将你推出去斩首的姿态。到此时，喻小骞反而笃定了，她大口吃着沙虫粥，对武玉梅的注视置若罔闻。

"我就想不明白，怎么会两代人都落到你手里。"待喻小骞吃完第一碗，武玉梅先发制人地说。见喻小骞又去盛第二碗，她冷笑道："你倒不客气。"

"你跟武羚羊联系了么？她现在安全么？不过也没什么不安全的，她在她父亲家。"喻小骞也不看武玉梅，继续一勺一勺吃沙虫粥。沙虫这玩意长在烂污的滩涂里，形似蚯蚓，用筷子捣住一头，将其从里到外翻个面，用水一焯，或煮在粥里，鲜如琼膏。

"这十几年我都堵着她跟海青山见面。你一来，这道墙就拆开了。"

"你为什么不让他们见面？"

"惩罚他。"

"那也惩罚了你女儿。她见到海青山时的样子，就像刚孵出来的小鸡第一次见到人。"喻小骞放下碗，拿起一片餐巾纸揩了揩嘴。

这话让武玉梅停顿了会儿，她沉闷地呆了会儿，转个话锋。

"我是从那些影碟看到你的，你变化太大了，拍西藏那个片子你才二十多岁吧，一点儿都不活泼。离开我时你多高兴啊，整天的，像一大朵鸡蛋花似的。"武玉梅就像一个到处开裂的陶罐，动一动就会掉渣。她的声音就是从这漏风的陶罐里发出，嗡嗡的。

"别说我了，说说你吧。你转悠我三个月，又以常一的名义要弄我，这一切的原因就是，你认为你坐牢都缘于我揭发了你？"

"我这辈子最恨叛徒。可我身边的，一个一个都是叛徒。为了自己，出卖我。"

"这句话你已经说过了。"喻小骞打断她，"那么你做这一切是为了报复？"

"可以这么说，我从来不做没名堂的事。"

"那么你知道那个故事里，那个被画'王光美'的、后来又自杀的老师是谁吗？"

"我知道，但当时你不知道。你就是听了一个故事。你拿一个故事去揭发人家？就为了自己能蒙混过关？"武玉梅招架着。

"这么说，1976年，你给我讲那个故事的时候，就知道那人是我父亲？"

武玉梅显然怔了怔，但她还是无情地说："知道。"

"那你不认为这太残酷吗？你对一个少女谈论她父亲怎样自杀的，你明知道那个胆小怕事的女孩已经被洗脑，被灌输了自杀可耻的观念；也明知道自杀对这个少女是既禁忌，又羞耻，却看着这少女轻蔑地议论自己父亲的自杀，假装厌恶地说活该他是自绝于人民……你看着女孩那么腌臜自己的父亲难道快慰么？你这黑暗的灵魂，为什么到现在都不忏悔，难道你从来没有羞愧过吗？"

喻小骞聚集全身能量，喊到最后大哭起来。说不上她是为父亲哭，还是为她童年少年的耻辱哭，以及为四十年来总不得志、总不开心、接二连三的打击而哭。她哭得像泥石流，把自己的内脏都哭翻了个个儿。她的暴怒把武玉梅震慑了，后者坐在椅子里不由自主往后缩。常一在机仓里听到声音，踱出来在舱口观察动静。

"你们这些软弱的人，动不动就忏悔。革命不革命忏悔，灵魂深处闹不闹革命忏悔，要不要做个高尚的人忏悔。你们怎么有那么多忏悔？嗯？我告诉你吧，我从来不为那个被镇压的爹忏悔。她是我爹就是我爹，他挨枪子儿该他倒霉。我既不跟着声讨也不跟着忏悔！你为啥腌臜你爹？你们这些意志薄弱的，你怎么不把这个也忏悔忏悔？"

喻小骞被说得身上一凉一凉的。是的，她也该忏悔。在一个告密成为流行病的年代，你也可以不说话不告密；在一个两面派成为人们普遍表情的年代，你也可以不向组织表忠心。如果当时做不到，现在也应该忏悔了吧？至少不把告密变成生活的习惯，也不把两面派当做习惯性表情；或者至少，面对当事人，躬身认个错总可以吧？喻小骞全身麻疼，让她给武玉梅认错，她还做不到。

"我给你爸脸上画'王光美'，最后你也揭发了我。这算扯平了。"

武玉梅说话的口气就像一块地今年投了多少化肥、水费，最后收的粮食够不够本儿，她的平静在于她觉得够本儿了。

"你怎么把人命当做成本计算？"

"咱得说清楚，于直的死跟我没关系。我对不起他的就是给他脸上画了'王光美'。但一报还一报，于直的女儿把我揭发了，我也不欠你们家的了。"

"你是这样算的？"喻小骞也看到了，即便她躬身认错，也会被武玉梅认为是"到处忏悔症"在发作，对她来说，什么都没用。于是她哑着声音说："你用坐九年牢抵消一个人的死；用揭开你的犯罪盖子，抵消对一个人自杀的无动于衷。如果这样的话你不是扯平了？现在又来纠缠我是为什么？还要用这种连环套？还要跟踪？"

喻小骞怒目而视，身体前倾过去。她的头发松散了，飘得满脸都是。面对暴怒的喻小骞，武玉梅幸灾乐祸，她好像就是要看到喻小骞暴怒、团团转、不知道问题出在哪儿……这样就享受了"玩弄股掌之上"的优越。

"我平生最痛恨背叛。"

"你这句话已经说三遍了！没有忠诚也就谈不上背叛。你我就是师生，跳《红色娘子军》只不过你在工作，我在成长。"喻小骞不耐烦地打断武玉梅的话头。

船已行驶了一个多小时，从琼州海峡绕到南海海域。宽阔的海洋上没有任何参照物，可做参照的居然只有天上的物件：星星、看得见的云彩、风的方向。月亮刚出来，像刚出炉的扁烧饼，悠悠的敦敦的，带着炉子里的温度悬在海面。今儿是正月十七，红月亮大约是水汽过重的缘故，巨大的铜盘看上去有些恐怖。

船向南行，风从西南刮过来，坐在船上的两个女人受不住这风，常一拿了两条毯子上来，又把喻小骞背后的船帆升起一米。帆把风兜住，喻小骞感觉不再"腹背受敌"。

游艇上的灯泡应该有 400 瓦，但在偌大的海上，光失散在黑暗里。混杂着夜色的灯光打在武玉梅脸上，尽管混沌，但喻小骞还是看清了，怨恨成为一个固定表情，已经深植武玉梅的面孔和眼睛里。它像伤疤，刻在皮肤上就拿不去了。

“你把一切看错位了。”她像是自言自语，又像是说给武玉梅听。而武玉梅不管这些，她固执地沿自己的思路想问题。

“那一年，十月吧，我带你来我家……”

“你没说那是你家，只说是你家附近的村子。你不敢让我看见你弟妹。”

“就算……是吧。那时候虚荣，顾忌得太多。现在我也不愿接他们去北京，一看见他们我就觉得活着是个悲剧。不说他们，说说我愿意说的吧。76 年双十，是个星期天，原准备去广州演出的最后又没去成。我带你到我家，吃罢晚饭，带你去出海。你还问我，为什么晚上出海，我说，你跟我去就知道了。刚过了八月节，十六十七吧，月亮升得晚，划了会儿船，说了会儿话，月亮才出来。那是个白月亮，年轻月亮，不像这个，呵呵呵，是个老月亮……你在船帮子上跳舞……你美得像鸟？鱼？天上的仙？不知该说什么！反正在那之前，我没见过这么美的……好像已经不是人，人哪有这么干净的？是仙。”武玉梅瞥一眼沉闷的喻小骞，怪嗔道：

“我说的不是你吗？一点高兴样子都没有。”

“我说了，那是认识的错位。我有多美我自己并不知道，而当时我有多不情愿是知道的。”

“看看，还跟十五六岁时一样。过去，你漂亮、会跳舞，是北京人，人家让着你。现在你也四十了……再有五六年，你的漂亮就不值一提了，没人让着你了。”

见喻小骞隐忍地不说话，武玉梅继续说。

“实际上说说也没关系嘛！看你老大不高兴的样子还跟当年一样。唉，还是那个味，根本的东西没变。你那时候多坏呀，跳个舞，就像啥好东西让人看了，就是不肯……”

“别说了！过去那点小女孩的事儿有什么好说的？”喻小骞烦躁地抗议道。

“海边有个说法，月亮圆的时候妹仔容易失身。现在你我，想失身都没处失，回忆失身居然成了最好的慰藉。”武玉梅不理会喻小骞嘟囔的“你别恶心了”，继续说：“那天我就失身了。你让我把衣服脱了，我也没啥给你的，只好把衣服脱了。我光着身子，躺在船头看你跳舞，你磨不过，只好噘着嘴，在船那头跳起来。你踮起脚尖真好看呀，穿着红衣服，翘起大腿，一点一点慢慢跳，我真的起了性了，全身都抽抽了，太难看了，只好栽进海里……"

"别说了！"喻小骞厌恶地把脸扭向一边。

红月亮仿佛伸手可及，上面似乎爬着蝎子。

"我掉进水里你也不在乎……你可真是宠坏的孩子，毫不关心地坐在船头，等着我出来。我就是不出来。实际上，我藏在船尾看你，你根本不担心的样子太气人了。海水围在你周围，你也是蓝蓝的，冰冰的，那时候，我真爱上了你。我真想把你霸着，一辈子不让你离开我，将来也不要出嫁……"

"你别说了！"喻小骞打断武玉梅。她浑身发抖，像打摆子一样。"我说过了，那是认识的错位。不管那时候还是现在，我就是想离开你。"

"这些年，你想过海南的事么？"

"从来没有！它像噩梦，就像人身上的丑疤。我根本不敢拿出来示人。直到现在，我都不愿正视。"

"可那是我人生中最好的两年。"

"那是你的，不是我的。当时我就是个少女，我对你，是一个少女对年长女子的信任和依赖。根本不是那破书里写的，好像我爱上你似的……你歪曲了原貌。"

"发生的事儿都是事实吧？因为你没心没肺，只当是人家该对你好。对你当然意义小点，但对我，那是一辈子。"

"你别一辈子一辈子地要挟人。我跟你说什么是事实——"喻小骞盯着武玉梅那肿胀的牛肝菌样的脸，恶狠狠地、一字一顿说：

"事实是，当时我害怕再次被边缘化，遭人白眼，让人揪住出身不放，揪住父亲自杀的事不放，我怕再次成为狗崽子，黑五类，牛鬼蛇神的孝子贤孙，一句话，我怕过在北京时的耻辱生活，我不愿放弃海南给我的自信、开朗、出人头地的生活，而我当时错误地认为，是你给了我那一切。所以，我对你不反抗但不代表我不厌恶。我他妈的跟你说了，我不是该死的'拉拉'。我只是胆小怕事没反抗而已！我只是害怕重新打入牛鬼蛇神而已！"喻小骞流着眼泪说。这是她的耻辱，是她一辈子不堪的往事之一。她没有阳光、健康的心态，无法跟男人好好过家庭生活，根源就是这个。

"你知道我二十年来孜孜不倦非要拍电影是为什么吗？我就是要成为一个再也不在你这种人面前委屈自己的人！我再也不当牛鬼蛇神，也不向牛鬼蛇神屈服！这就是我要告诉你的！"

眼泪也爬满武玉梅的脸，之后，她像鸣锣一般尖叫着哭起来。哭了两声就止住了，用毛毯擦着脸，深呼吸，让自己平静。

"你跟我一样，"半天，她擤了一把鼻涕说，"我做的一切也是为了不让人看不起我。我造反是为了扳正老师同学对我的看法。我光着脚进北京，穷得没有棉袄棉被，头脑简单得只读过几本课本。我把课本背下来，就凭这个考上了大学，但靠背课本考上大学在大学里遭到耻笑。我有什么呢？只有一副身板一把力气，所以我参加体操队，"516讲话"后又去帮人抄大字报。章迎新写，我用毛笔抄到纸上，就这样被人家重看。困在大楼里后，人家活脑子都跑了，就我一根筋要坚持到底。坚持的结果是，我把守楼当作守城，把一个人推了下去。我原以为，造反可以让别人看得起我，但风向变了，我得为自己的赤胆忠心坐九年牢。九年后出来我就不单纯了，成了一个投机分子？就算是吧。这个世界，投机分子占便宜。只是没想到的是，我以为最美好的两年，对你却是委曲求生。"

两个泪水涟涟的女人怨恨、委屈、羞耻地将脸别向一边。她们都吐出了余恨，但对于武玉梅，吐了恨却抱了憾。喻小骞把皮筋扯下来，重新拢了拢头发，挽成个髻。武玉梅看见了，说："这个发型对你太老气，我看人家都散开披着。"喻小骞摇摇头，不愿说这个。过了会儿她说：

"你的'六条愿景'是怎么回事？跟广告词儿一样。"

"还是这么嘴不饶人。"武玉梅叹口气，"不过，说说也不妨。啊？我修路，是为大鳌村的人能直接进东昌城，也是为每星期光着脚挑着番薯、从大鳌村跑到仁教中学上学的武家大阿姐修的。你想得到吗？"

"差不多。"

"修凤凰海滨宾馆，是因为中学语文课本上有这么一句，'安得广厦千万间'，那时候我就想，有一天盖座大房子，'风雨不动安如山'，再也不用一到下雨，就外面大下里面小下，刮台风的时候也不必把前后门都打开，免得风把房子憋塌。我小时候就住那样的房子，每到刮台风下暴雨就担心这次要死在家里了。

"建那座桥呢，因为它是通往海口的桥。小时候，海口是一个美好的、也遥不可及的地方。我去北京上学才第一次进海口。我修这座桥，就是要把东昌和海口连接起来，'天堑变通途'，所以，我把它叫做'Ⅰ号桥'。"

"那尊观音呢？"喻小骞这么问，实际上她已经知道，武玉梅不过是效仿武则天，按自己的容貌塑造龙门石窟的卢舍那大佛。她不过是想听武玉梅自己怎么说。

"呵呵呵，这个到了观音底座再告诉你吧。"

"这么说，你做这些基本是安慰自己的童年。"

"我的童年、少年像噩梦。"语言是相互影响的，武玉梅现在用的仿佛是喻小骞的语言。

"可以理解。但似乎早了点儿，你才五十六岁？你现在的任务似乎更应该是孝顺老人，管好孩子。"

"呵呵呵，唉——"武玉梅摇摇头，然后一拍沙发扶手，下决心似地说："全倒给你吧，横竖你早晚也会知道。我呀，得了一个比中六合彩几率还小的病。你看，我现在大部分时间都得坐着。"

"什么病？我看你还行，只是用脑过度有些憔悴罢了。"

武玉梅笑着摇摇头，然后垂下眼帘，似乎又对自己摇摇头。之后猛地抬起头，有力地叹口气，硬朗地说：

"这个病，俗称'渐冻症'，学名叫卢伽雷氏病。它的特点是，上肢周围性瘫痪，下肢中枢性瘫痪，上下运动神经元对称性损害，身体逐渐被冻住，一点点递进、扩大，最后影响到脑部。话也说不成，饭也吃不成，呼吸困难，肺部感染，最后全身衰竭而亡。"

"天！还有这种病？"喻小骞从遥远的愤怒中缓过来，大脑第一次清晰地关注眼前的事，口齿又清脆了。

"所以我说，这是比中六合彩几率还低的病，但让我抽到了。"

"已经确诊了？"

"去年初确诊的。我的手，已经不能让你看了，腿也不灵便了。我现在好的只有心脏、大脑、嘴、眼睛。"喻小骞禁不住上下打量武玉梅，这个陷在毯子、裘皮、白西装里的身体，原来已是废墟。

"这个病自然病程是三年，快的一年。我已经一年了，看来我还不是最坏的。慢的可撑十年，但不管怎样，我正看着自己一截一截死去，所以——"她用力出了口气说，"我要建一座以我的名字命名的大厦，修一条以我的姓氏命名的路，建一座№1的大桥，最后请一尊菩萨……我的生命可能很快就结束了，但通过它们，我至少还能存在一百年。"

这才是"六条愿景"背后真实的东西。尽管武玉梅刚才已经表白过，但喻小骞还是觉得那还不够本质。偿还童年愿想虽够强大，但还没有强大到同时做这一揽子事情。刚才她直觉感到最本质的还没呈现出来，现在本质袒露了，却没想到它是死亡——不出意外地还是死亡！尽管有无数的怨恨和委屈，但喻小骞宁愿它背后是蛮不讲理的功利心，也不愿是这个。她眼眶里浮上眼泪。

"'六条愿景'的第六条是找到你后又加上去的。老天有眼，在我最后的几年让你空降到我家客厅。阿南在客厅里看你的片子，我就想，可以把那个故事留在银幕上。书我写不好，但电影可以拍好。可以让全国，甚至全世界的人，知道我的故事。"

眼泪流到喻小骞的嘴角，她悄悄吸了一下鼻涕，拽起身上的毯子，压在脸上。

"如果是这样，我们可以拍一部更好的。"喻小骞哑着声音说，"你的一生很传奇，好好坏坏，是传记电影非常好的题材……"

"不，"武玉梅打断她，直摇头，"不要，不要这个瞎巴烂贱的一生。我只把最好的留下来。我这一辈子，最好的时候就是跟你一块跳舞的两年。我第一次发现了美，发现了美的感情，尝到了甜蜜，同时又当个小官儿，手上有点钱，一切都是顺的，美好的，生活像花儿一样。如果把它拍成电影，是最后的安慰。"

两个女人不再说话。船带着她们前行，发动机的声音在潮湿的空气中也变得滞重沉闷。

虽然没有参照物，但人有奇异的方位感，船行到这里，连喻小骞都感觉大鳌湾就要到了。他们离开海事部门划定的航道，向西折，进入大鳌湾，之后，就能看见那尊双面观音了。事实上，话说到这里已经没话了。喻小骞披着毯子不再说话，武玉梅则弯腰在自己座位下摸。她摸到一个折叠金属拐棍，展拉开，一手拄着，另一只手撑着椅子扶手站起。喻小骞看着她颤抖的手臂和不协调的双腿，满怀对一个病人的担忧，但也没伸手。她心里还转不开这个筋，甚或，她嫌弃这个病女人。武玉梅拄着拐棍，一步一挪，像扛一口重箱子——她巨大肥胖的身体就像一个巨箱子，她搬着它挪到下机舱的台阶口，一屁股坐下。游艇随着这一屁股下去，斜了斜。

"要不要帮忙？"她终于忍不住问。

"不要。"

船又行驶了七八分钟，喻小骞看到了海岸——实际上是看到岸上的灯火，接着，那尊黑魆魆的海上观音，被不很明亮的月光烘托出来。武玉梅又一坐一挪地移上台阶。屁股一坐，船体一斜，船就这么一翘一翘地晃着。让喻小骞不忍的是，此时的武玉梅已经没力量直立着回到座位上，她一挪一坐地移到船头，一边招呼喻小骞过去，一边指挥着游船接近双面观音：

"靠近点儿，再靠近儿……打灯！"

船头上的高强远光灯突然亮起，武玉梅又指挥常一把灯翘起一个角，灯光投向观音的上部——看起来足够亮的远光灯，其遭遇就像雨线落进海里，它落在暗夜里，爬到一定高度，亮光就不见了。

"糟糕！灯光够不到。我专门让他们打开红布的。"武玉梅无不惋惜地说。

"以后还能看。"喻小骞不是特别想入武玉梅的辙，虽然她多少已经理解她了。

"当你看到它，你就不会对我这么凶了。"武玉梅像个哀怨的母亲。

喻小骞没说话。她不想再说什么，只想赶快上岸，找个小旅馆，洗个热水澡，钻进干燥的被窝。明天一早拿上行李，把那张OPEN换了，打道回府。她不拍剧情片了，"今天"转换拍摄方向，以邵洋为主拍女性题材的纪录片——他们不是一山藏二虎、有俩导演么。纪录片这个门类虽受众少，但那是知识分子经营的行当，也比较符合知识分子气质：我表达我想表达的，较少受制于人。

这当儿，武玉梅又指挥常一将远光灯换一个角度，灯光打在观音菩萨的莲花底座，武玉梅指着基座朝海岸的一面，对喻小骞说：

"我在这个底座留了一个洞穴，到那一天，我就叫人把我制成木乃伊放进去，再用水泥填死，我就跟这尊双面观音进入永恒了。"

喻小骞看着被远光灯照亮的武玉梅，半晌才明白她说的话。这时，船又划一个弧度，绕着莲花底座转圈儿。底座没被红布包裹，朝向海岸的一面有块莲花浮雕，武玉梅说，那块浮雕取下来，里面就是那个永存尸身的洞穴。

喻小骞不愿再听下去，她离开船头蹀到船尾。月亮飘在船尾，它像从火山里升起的一块石头。

"在我座位上有本画册，你看看。那是我在里边儿画的。"

喻小骞不情愿地走回武玉梅刚才坐过的圆沙发，从层层叠叠的毛毯、白裘皮、丝绸的褶皱里翻出一个小册子。借着灯光，喻小骞打开这个小学生作业本大小的本子，里面是没经过漂白的甘蔗纸，纸的大小不很整齐，缎子硬封面是后来装上的，经过正规的装订压切，看上去像一本特型开本的小人书。

这是一本手画的小人书，书中内容是两个人跳舞。喻小骞看了几页才明白，这是舞剧《红色娘子军》的绘画本，但这个绘画本跟她曾经看过的舞剧《红色娘子军》连环画不一样，它是一个人物姿态画几张，十几张，这本三百多页的图画本结束，才画到"连长当场授枪，清华参加红军"。最后几页散片是洪常青英勇就义的特写。喻小骞不明就里，把图画书合上。这是武玉梅九年狱中生活打发时间的一个玩具，当然，玩着玩着也玩出心得，画得还算不错。但它只对作者本人有意义，对别人，谈不上什么意义。

喻小骞从小书上抬起头，听见半截帆背后，武玉梅发出鼾声。她站起来，走到机舱楼梯口，对里面说："常一，我们可以回去了吧？再过几小时天就亮了。"她听见舱里有声响，便退回船尾，撑着栏杆，看看四周的星空，再看看已上中天的月亮，它像阿司匹林药片似的毫无生气。海水满嘟嘟的，孕妇的羊水似地、嘤——嘤——地拍着甲板。一阵困意袭上来，她掏出手机看了看，三点四十分，手机没信号。她没在意手机没信号这个问题，又踱回来，重新坐在椅子上。武玉梅的鼾声断断续续，好像每一声之后，下口气还不知能不能上得来。喻小骞无聊，重新拿起那本图画书。跟一般人一样，即便不十分上心，但因为无聊也就翻翻手边的书。她从头到尾迅速掀动书页，书页的快速行进形成一个特效：快速翻动的书页形成视觉的连续，那一帧帧画上的人物，成为可以行动的角色，她们从这个动作跳到那个动作，在纸上活了起来！喻小骞一下子全身冰凉，亏她还是拍电影的，居然没从这大大小小连续的图画中看出，这实际是画出人物连续不断的动作——动画片就是这样制作的。也就是说，武玉梅画出了《红色娘子军》的几场戏，当书页快速滑动，一个个人物在书中跳起舞来。喻小骞因为心脏快速跳动而发抖，书页跳到最后几张，洪常青英勇就义的特写赫然呈现，喻小骞看到，那原来是年轻武玉梅的面庞！她冷汗下来了，连忙往前翻，在"大雨过后，苏醒后的清华足尖碎步独舞"这个场景中，喻小骞看到吴清华的样貌，是 1976 年的于红杉！

喻小骞"哦——"地一声轻叫，跌坐在椅子里！

如果喻小骞自己不搞创作她可能无法体会九年做一件事情的绝望和忍耐，如果她的创作不是心手合一，也许不能体会把心押在手中活计时，内心的挣扎和苦境。二十多年前，武玉梅是怎样在监狱里画下它们，又是怎么东躲西藏把它们保存下来，最后把它们带出来的？喻小骞往那儿想想都心力交瘁。即便失去自由容易使人专注于一件事，但这件事也不一定用情用力于一个人。而事实是，在九年里，武玉梅用情用力的就是她一个人——这没办法不让她手脚冰凉，心脏像被手揉搓。

当喻小骞不仅感觉内心怆然，脚下也是实在的物质性冰凉时才发现，她的脚和座椅已经浸在水里。她本能地跳起来，下意识地往外跑，但栏杆让她蓦然想到，这是大海，可以"跑"的地方就是这个船；而此时，这艘船，正在沉没。

事后想想征兆早就开始了，只是当时喻小骞沉浸在与武玉梅的对抗中，把身边可以防止的苗头都忽略了。马达什么时候停止的她没在意，远光灯是越来越弱的惨白，船帆从起航时就升起一米，当时是为了给两个女人挡风，现在，当发动机停止，它兜着西南风，带着船，往远离陆地的东北飘移。

"船怎么进水了？……武老师！武老师！常一！船怎么进水了？船怎么不开了！常一，你在哪里？"

水已经没过脚踝，喻小骞涉水到船头，摇晃坐在一堆缆绳上的武玉梅。这个打着鼻鼾女人仿佛从深水里钻出头，奋力地透口气，目光锐利地斜向船舱口。喻小骞撂下武玉梅又往机舱方向挪，大声喊：

"常一，常一，你在哪儿？"

她的喊叫被二十多年前的武老师厉声喝住：

"水就是从舱里漫上来的！你不用叫了！"

喻小骞蓦地站住，返回身，看着苍白灯光下的武玉梅。武玉梅的目光让她镇定，也让她思考：

"常一怎么回事？"

"别管他了，你现在自身难保！"说着，武玉梅仰脸看看天上的星斗，扭过身，从一米高的风帆上沿看看月亮的位置，然后拽住一根缆绳，站了起来。她的镇定让喻小骞突然意识到什么，厉声发问：

"怎么回事，武玉梅！"

"怎么回事？船舱进水了，常一跑了，就这么回事。"

武玉梅敷衍着喻小骞。她皱起的眉头和辣椒酱一样的目光里，可以看出她在审度眼前的局势。

"你是怎么知道的？"喻小骞警觉起来，她听出事出有因。

"留着你的力气往回游吧！"

"告诉我怎么回事？这里离海岸多远？"

水已经到膝盖了，没有海边生活经验的喻小骞这时候还在追究原因。

"你听好我说的话，一句也不能漏。第一，你要是能活着上岸就先报警，由公安局出面冻结我的遗嘱。第三份遗嘱作废了，第一份遗嘱有效：就是一半给我妈，一半给武海南，这份遗嘱可以保你说得清。"

"你这到底唱的哪一出？你知道这结果？"

"别说话了，留着力气逃命去吧。听我说，第二点——"说着她又抬起头，看看天，估计这次是看风云的走向。"第二点，你看这海水的波浪是横的，对不对？这是西南风吹的结果。你要切海浪35度角，从波浪里面穿过去，这么游，你才能游到大鳌。"

"那你呢？"这么说着，喻小骞鼻子一酸，而且脚底下已经站不住，身体漂起来。

"第三，不能睡着，不能喝海水。这一条往死里记。"

"那你怎么办？"喻小骞急了，她又往周围看看，尽管月光惨淡，但还能看出到处都是水。这会让一个没有水边生活经验的人恐惧，他们实在对脚不着地的状况没把握。

"我是游不回去了。你逃命去吧。"

喻小骞看着武玉梅，这时船上的灯已经耗光了电，熄灭了。她想都没想就把手放在武玉梅的肩膀上，说：

"不行，你是会游泳的，你必须跟我一起往回游。"

"这里游到岸上，至少十几个小时，我游不回去了。你走吧，你又叫我武老师，我也满足了。"武玉梅抬手把喻小骞的手推出去，那只手，顺势抓住船帆。

"不行，你这身肉，消耗三十小时也消耗不完，十几小时没那么可怕。你十几岁时就有过游一夜游回家的经历！"

喻小骞蹚着齐腰深的水去拉武玉梅，奇怪的是，武玉梅这么胖，居然漂在水面上。

"唉，那时候看我妈真太苦了。那两个小的，就知道自己吃，根本不想想阿妈有多难。"说着她一笑，"你连这个也挖出来了。"

"想想你妈，还有两个残弟妹，他们还靠你养呢。你不游不行，你必须跟我游回去。那个什么35度角我可掌握不住，你必须带着我。"

武玉梅"嗤——"地笑了，摇摇头。

"你十五六岁的时候就这样……必须，必须……现在还是一口一个必须。"

"你必须跟我游回去……"喻小骞又加一句"必须"，她委屈

315

得都带着哭腔。

"不能哭，妹仔，留着力气。好吧，物竞天择，咱们就做个比赛，谁能游到岸上，谁就活。"

说完，武玉梅身子一横趴在水面上，两只脚相互蹬，把皮鞋脱掉，又脱了身上的西装外套，留一件套头衫。她边脱还边说你也把鞋子、多余的衣服脱了，穿多了游不回去。说着她开始划动手臂，游了出去。喻小骞还踮着脚，坚持着把头发用皮筋扎紧，像黎妹一样盘在头顶。见武玉梅已游在前面，脚离甲板，开始游。

对喻小骞来说，脚离开甲板，就算离开了最后的支点。这种恐慌首先是形而上的，对于一个不常与水打交道的，失去脚下支点就像逐渐失去生命一样。到这时，她才开始恐惧和悲怆。她游了十分钟开始浑身打颤，觉得自己根本游不了十几小时，武玉梅也游不了，她们都会因筋疲力尽而淹死在大海里。她的眼泪出来了，甚至哭出了声，恨身边这个肥胖女人，也怪自己对身处环境不留心。常一去哪了，是淹死在舱里，还是中途跳海了？武玉梅怎么知道水是从舱底漫上来的——当然，了解船的人都知道，船如此下沉肯定是舱里漏了水。但喻小骞就是执拗于武玉梅为什么能这么沉着镇定，而且根本不管常一。她的遗嘱是怎么回事，为什么第一份遗嘱就能让自己说清楚。她因为哭泣吸进海水，不得不收起泳姿，踩着水，把鼻子里的水大声擤出。

当不用双腿走路，而主要靠双臂划水时，武玉梅不见得比喻小骞差。已经开始中枢麻痹的双腿还能帮她做一件事，那就是向后蹬。

"不能哭，妹仔，要留住体力。"武玉梅挥动双臂，肥厚的腋下肉发出啪啪的声响。"你这游泳还是我教的吧？你那时候可机灵了，不像现在，吃下去的都长到四脚上了。长胳膊长腿有啥用？……啊，现在游水有用了。"

"别哭了，节省体内的水。也别尿，虽然海里尿尿不用脱裤子。"

武玉梅说着笑起来，她避过一个小浪，接着说：

"你那时候笨得跟鸟一样。在海里还要上岸尿，因为怕把海水尿脏了。上岸尿吧，又怕人看见，东躲西藏。"

她这话把喻小骞逗笑了，她多此一举地用手抹抹眼泪。

"你还记得把花裤衩拴在绳子上当风筝飞的事吗？我阿妈说，我们家的倒运就是你把花裤衩挂在船头飞的。"

喻小骞"啵——"地一声笑起来，这声笑随即演变成委屈的哭。她发现，在海上，自己还像二十多年前一样依赖武玉梅。

"阿南这孩子任性，没长性，你带带她，她喜欢文艺，让她给你打个杂，当个场记什么的。如果我没了，她总得干个事，嫁个人，你帮我压着她，让她学会干点事。"

"你能游回去的……"喻小骞淌着泪，边划动手臂，边说。

"好了，不说话了。节省体力。"

两个人都不再说话，只有一下一下划动手臂，蹬腿，换气。月亮还在西南天边，白得只是个意象。海面正处在黎明前最黑暗混沌的时候，一层层波纹就像地狱里传来的消息。武玉梅已经渐渐落在后面，喻小骞停下来，浮在海面等她。停下一会儿她就发现，一旦停下，海浪可以把她自动推到武玉梅身边，而她跟武玉梅拉开的二三十米距离，不知要划多少次手臂才能游出来。

"我们没游出多远。浪太大，我们是游十米退回五米。"武玉梅游到喻小骞身边说。

"天亮后，也许会有船。"喻小骞踩着水说。

"我得给你再说说角度。你能感觉到波浪的走向么？"

"你比划一下，怎么个走向？"

武玉梅也转为踩水，拉着喻小骞的手放在水面上。"水是不是这样从手下面滚过去？"喻小骞感觉了一会儿，明白了，看上去波浪起伏的大海，实际上浪头是往一个方向走，现在虽然什么也看不见，但手掌放在水面上可以感到：波浪像一幅布匹滚过去，接着，下一幅布匹滚过去。武玉梅又抓住喻小骞的手在水上一划，像铡刀斩草一样，把滚滚而过的波浪劈开来。"你永远往这个方向游，就能游到东昌。"

"你跟我一起游……"

"你往前游吧，不要管我。我们中间有一个游回去，另一个才有可能得救。"

"可是……"

"别可是了。我这么熬着，等着，还死不了。游下去可能因为太累而睡着，最后淹死。"

"玉梅老师……你就一个人呆在海水里？"

"你还要一个人游过大海呢。"见喻小骞把头发散开，重新扎紧，武玉梅说：

"割了吧，不然你游不到岸上。"她说着，从身上不知什么地方摸出一把折叠刀，放到喻小骞手上。

"你怎么会有这个？"喻小骞倒也没表现得太吃惊，她打开刀子。

"防身。"武玉梅虚弱地说。

喻小骞嘴里干得都粘成糨糊了，她看着武玉梅，把折叠刀打开，揪住自己的头发，从脖子根儿开始割。她以为刀子很钝——她过去使用的刀子都很钝，根本就没用过所谓锋利刀子。而这把刀就像快镰割麦子，只需稍微用力，湿头发就嚓嚓嚓地割断，漂了海面一层。喻小骞的脖子瞬间轻松多了。她把刀子合起来，递给武玉梅，自己钻进水里把碎头发晃荡掉。

当海面上只有一层长发，武玉梅沉思般地看着水里的喻小骞……如果此时，喻小骞的脑袋跃出水面，只要用那把锋利的刀往那根白净的脖子上一抹，所谓"自己死也拉个垫背的"便可成立……武玉梅不是没想过，想到自己一两年后孤独地死去，也曾想过种种延续生命、或形而上延续生命的办法，而拉个垫背的不失为一个最感性的办法；而人越老是越喜欢感性的。她看着喻小骞鱼鹰一样钻进水里晃动脑袋漂清头发，又水鸟一样钻出来的样子；她已经瘦了许多，眼睛里原来的复杂忧伤变得单纯直接，甚至有对抗死亡的锐利；看得出她已调动所有的智力和体能，对抗眼前的大海。武玉梅想到半夜两点起床挑盐的自己，也想到抓一把咸鱼籽、喝一肚子自来水挑着铺盖走进北京城的自己，她手一挥，撩了一把还没漂走的头发，缠在刀子上，刀子塞进裤子的暗兜。

"上了岸，叫我妈开船来救我。除了我家人，不要告诉任何人。"她对从水里钻出来的喻小骞说。

"如果上岸的地方不是你家呢？"

"让人把你送到我家。只有我妈能救我。'大武'的，大鳌的，说不上谁盼着我死。"

"那你呢?"这时的喻小骞已经没眼泪了,她甚至不坚持一定要和武玉梅一起游回去。她也看出来了,如果这样耽搁下去,她们谁也游不到岸。

"让我妈带上玉兰,她方位感好。我在'靓仔星'下,她知道哪颗是'靓仔星'。"

"好。"

"记住。不能睡着。不能喝这个水。去吧,切波浪 35 度角。"

喻小骞伸手拉了拉武玉梅的手,她这才发现,武玉梅的手已经开始萎缩,变成鸡爪形。武玉梅用这副残肢游到现在已是不易,能救她的只有自己游回去,找来救兵——但也可能,自己也游不回去;也可能等武老太太驾船找来,武玉梅已经永远留在大海上。喻小骞有些伤感,但她已经没力气伤感了,她的全部能量都在一件事上,那就是游水。

"玉梅老师,你要坚持住!"

喻小骞松开武玉梅的手,睁着一双湿淋淋的但聚集了全身能量的大眼睛,看看这位昔日的老师,鼻子还有点酸,但还是一头扎进水里,游走了。

游水和换气变成剩下的唯一的事。喻小骞全身能知觉的只有两个地方,一个是换气,一个是划动手臂。她都不知道腿是否还在蹬水,只有在精疲力竭停下来踩水时才发现,自己的腿还在帮助找平衡。

她每次踩水都为了再次确定方向。"切波浪 35 度角",她脑子里此时就能记住这一句话,其他储存似乎都屏蔽了,或者遗忘了。这种"就一个念头"的状态,过去只在书里看到过。

最压头的实际上还不是累。累超过一个极限,就变成了麻木,游水也变成了机械行为。难耐的是渴。她感觉,自己的口腔像个硬纸壳,每次都是机械地张颌,有些海水进入口腔,她像鲸鱼一样吐出来。她真想咽进去一口,海水也不那么咸,也不那么涩,在现在的她感觉,简直就是甘露。但武玉梅说:不能喝海水。喝了你脱水更快!这句话是这次说的,还是二十多年前说的?忘记了。但海边长大的武玉梅这么说,听就是了。

太阳什么时候出来的喻小骞没有在意,她蓦然发现这时的海面已完全清白了，也正因为这个，恐惧才真正来临。在昏暗的天光里，参照物虽然远得不靠谱，但还有个参照：大海，因为看不清而也不觉得无边无际。但现在天光使一切暴露无遗，你便是任何参照都没有了。太阳倒是在背后，但太阳的运动轨迹很不靠谱，或者因为它光芒辐射太大，你无法把"太阳的对面"作为你的参照物。而大海，在此时的喻小骞看来，除了跟天连接，简直不与任何物件交接。她在海里游，就像一片树叶漂在水上，或者一个随时会散架的木偶，被一根绳子牵拉，机械地泳着。她怀疑自己游不到岸么？老实说除了刚离开船那会儿有，现在，游了七八个小时后反而没有了。这就像她不怀疑自己能拍出了不起的电影一样。她怀疑自己游的方向么，这倒是不断怀疑，但不怀疑"切波浪35度角"这句话。她在神智还清晰时，不断调整自己跟波浪的角度，后来，神智就不清晰了，压在这句话上面的，是"不能喝海水，不能睡着。"她可真是想睡，只要撑住眼皮的那点劲儿松一毫，眼皮就会掉下来，神智就会关闭……但是，留在脑屏的最后一个概念是："睡着就淹死了。"

死是强心剂。死比困倦要强大得多。喻小骞已经耳鸣了，但还能听见："不能睡，不能睡，睡着就死了。你还没拍出最想拍的那部片子呢。"喻小骞是不是还在划动手臂，自己已经没知觉了，她所有的力气都用在不能睡着上……太阳真热啊，才二月，那热带特有的蒸热就已经示威了。这时的喻小骞感觉自己就像一个封闭的容器，也像一只蚕茧？她飘离蚕茧打量自己——在海水里周身是水她居然还觉得热，还能闻到自身肉体发出的臭气，好像身体原本积攒无数污浊，现在，随着体力的消耗渗透出来……她现在能看见自己的内部——身体里的门洪、王苘香、阿木都顺着毛孔渗透出去了，她干干净净，又像处女时那样，又像跟武玉梅跳舞时那样，楚楚的，秋毫不犯的样子。她现在可以不爱这些反复无常的男人了，可以完完全全爱自己了，可以回头爱自己的母亲和姐姐，爱邻居和采访对象，爱阿琼嫂及陈妤妯们……太阳光真是太亮了，都把她照得透明了，她能看见自己就像只透明的白青蛙，趴在碧绿的荷叶上……

喻小骞恐怕是睡着了。如果不是雨这时下来，她会因睡着而淹死也说不定。热带地区气候的特点之一就是一天一场雨，憋了一昼夜的老天爷如果不把一肚子热气热水撒出去，好像就走不到天黑似的。太阳雨突然就下来了，打在喻小骞搁在水面的脸上。她因为割掉长发而老觉着脖子里空荡荡的，雨直接打在她脖子上，这尖锐的感觉刺醒了她。她先是下意识地划动四肢游水，划动了几下才意识到，雨下来了。人的本能是先于意识的，照喻小骞对自己的看法，她会先在心里感叹：这下我得救了，然后张开嘴接天上的雨水。实际上错了。即便你是导演，成天想着艺术、超越自我这些形而上的问题，放你游水十几小时，渴得皮都起皱，你的本能肯定是，第一时间张开嘴接雨水！雨下得太分散了，看着四周都是雨，浪费地掉进海里，而掉进嘴巴里的只有那么几条。喻小骞急得都想哭，但她来不及哭，甚至来不及"想哭"，她就是尽量张大嘴，尽量让渐渐恢复功力的大脑保持平衡——不要"一失足"，"跌"进海里呛死。

从海上看雨，就像一片云彩下长着白色毛须根，它带着这一大蓬根须游动着；也像一座建筑被连根拔起，带着地下的混凝土根基、水管、电线，在失重的太乙中飘浮。喻小骞仰着脸喝雨水，双手捧雨水，跟着那一朵兜不住水的云彩仰泳着，喝着水。太阳雨终于演变成局部阵雨，雨线变成了雨柱，不间断地从天上掉下来，喻小骞也终于把缺水的肚子灌满。她大脑里甚至还能闪出一句幽默：被打伤的吴清华也是被大雨浇醒的。她翻过身，再量"切波浪 35 度角"的方向，用力划动手臂。游了一阵，痛快地往海里撒了一泡尿。

太阳爬到头顶。太阳又滑向西面。太阳光以 25 度角斜插进大海的时候，喻小骞看到了海岸，甚至看到岸边游弋的小渔船。岸上的人很难发现她，就像一个名不见经传的小导演，你不离观众近点儿，观众发现不了你；你的思想你的艺术观也不会被认识。喻小骞是在海上认识到这一点的。现在海岸在前，无人理睬，她还得自己游。她又游了大约一小时才游到被人发现的位置——

一位中年妇女和她老公在海上放网，准备第二天早上来收鱼。她抓着一把网站在船头呆住了，她看见海上有块白，在波浪下执拗地向岸的方向"爬"——这还是游么，在这妇女看来就是爬，在水里爬。前进的幅度被海浪一次次抵消，但这个像纸折的白鹤一样的人，还是在水里爬，爬。这妇女把手里的网一丢，从船上拿起一柄鱼叉，照着那团网扎下去。鱼叉兜住渔网斜插进海底。她老公十分默契地掉过船头，绕开自家的网，朝那个枝里八岔在海里爬的白衣服驶去。

喻小骞是被这对夫妇抓住膀子提上船，提都提不动，那位丈夫不得不跳下船去。从下面托着屁股往上推。比较丢人的是，喻小骞瘦得腰胯已经挂不住裤子，那夫妇俩齐心合力把她拖上船，人还没离水，长裤掉了一半。那位做妻子的，不得不一手拉着喻小骞的臂膀，一手拽住她的裤腰，把她像鲨鱼一样甩上船。喻小骞明白无误地知道自己躺在船板上，明确无误地看到这两个人是当地渔民，说了声：

"带我去大鳌村武稻子家。我有她家大阿姐的消息。"

说完还真跟电影里似的，喻小骞头一偏就睡着了。

喻小骞没看到武老太太怎样驾船去救她的大阿姐的。那对渔民夫妇把她送到大鳌村，她是被武老太太两巴掌扇醒的。她从深睡中眼睛隙开一条缝，武老太太敌视又戒备地看着她，口齿迟缓地说："旁边还有别人吗？'大武'的人在不在？"武老太太还是朴质，要是换了武玉梅肯定说，"你有啥事说吧，别的不要管。"武老太太老老实实地说没有。喻小骞闭了会儿眼睛说："有人要害大阿姐，她的船沉了，我们俩游了一夜，她游不动了，现在'靓仔星'下面。她说，武玉兰知道'靓仔星'在什么位置。不要告诉任何人，要害她的人会找到家里的。"喻小骞听着自己的话，又想了一遍，感觉说完整了。武老太太似乎很有这方面的觉悟，她让渔民夫妇继续在船上照顾喻小骞，给她粥吃，不要跟任何人说他们听到的话，然后吩咐那位丈夫去她家，带武玉玺武玉兰来海边。那位丈夫就跑着离开了。天色暗沉的时候，武家母子仨驾船到海上寻找武玉梅去了。

喻小骞听到武老太太离开就脑袋里一黑，又睡着了。半夜时分，她听见渔民夫妇帮助搬运武玉梅的声音。武玉梅说话居然比她上船时还清晰有力。喻小骞听见她对渔民夫妇用普通话说："把我们送到市医院，我给你们两万，送到后就给。"又听见她对武老太太说："妈，先把你的钱拿出来给我用用。'大武'的人谁来都说没看见我，也没看见外人。"渔民丈夫提出异议：怎么送。

武玉梅思忖了会儿还是说："妈，把你的手机拿来，那个小灵通也拿来。"

这天半夜，驾车来接走武玉梅和喻小骞的，居然是武羚羊和海青山，她们被送到市医院特等病房。第二天早上，几个陌生人到病房向武玉梅报到。照喻小骞看，这些人是吃官饭的。之后的几天，这些人一直呆在病房外，只让武玉梅的亲戚进出。

喻小骞恢复的比武玉梅快多了，同在一个病房，她们很少说话。武玉梅醒着的时候就蹙着眉头思考什么，或者打电话；睡着时也是睁一只眼，喻小骞在屏风那边稍微动一动，就会把她惊醒。第三天半夜，武玉梅在屏风那边说话了，她好像知道喻小骞也没睡着。

"你知道那船是怎么漏的？"

喻小骞确定武玉梅说的不是梦话——这几天，武玉梅睡着就说梦话。她的梦话连缀起来，喻小骞大致知道是常一要害武玉梅。两个女人在海上失踪，哪个女人都有可能害死对方，她们的死将成为无头案。如果武玉梅死了谁有好处？有好处的除了海青山一家不用拆庙了，就只有常一了。这个自称是武玉梅"耍活儿"的男人知道最后一份遗嘱的内容，他可以坐享海上双面观音风景区，可以在四十四岁的年纪重新开始娶妻生子的生活。喻小骞把武玉梅狂躁的梦话拼接起来，大致知道这些，也证实了为什么海难发生后，武玉梅不依靠她雄伟的大武集团，只能依靠她七十七岁的老母亲以及灵异的妹妹武玉兰。

喻小骞在黑暗中说：

"我大致猜到一些。不用再说了。"

武玉梅也沉默了，终也没把这个秘密从自己嘴里说出。

"你打算怎么处置他？"

武玉梅那边长久地沉默，半天才传来破锣一样男性化的声音：

"他已经提走四百万，跑了。"

"你打算报警么？"喻小骞一激灵，说。

"算了。天要下雨，娘要嫁人。跑了就跑了。不过，我还是要报警，有警察追着，他就不敢明目张胆再找我。"

喻小骞听得耳寒。这时的武玉梅，才是她原本的做派。船上那个怨妇，只是船上的。

令喻小骞吃惊的是，来病房探望武玉梅的，居然有一个是党副局长。对方也很吃惊在这里见到喻小骞。但他在探视中一直装作不认识。他离开病房跟楼道里的人打招呼，喻小骞这才想到，那几个人可能是他的手下。

"你怎么在这里?"

党副局长离开后，发来一条短信。顺便说一句，出事后的第二天武玉梅就让人买了三个手机，补办了手机卡。武玉梅用两个手机给不同的人打电话，一个手机送给喻小骞，轻描淡写地说："给你搭档报个平安吧。在船上我就看见，你一到整点就发短信。这一招，我也用过。"

现在，喻小骞看着党副局长的短信，笑起来，回了一句：

"我不认识您！党副局长。"

## 第二十一章

海南最热的季节是四五月。北方开始进入暖季，没有冷空气南下，海洋上的热空气还没强势到天天自造风雨，所以此时的海南岛处在高温少雨季节。这个季节在海南搞田野调查无疑是件苦差事，但“今天”俩女当家的，邵洋和喻小骞，搭班另一个黑粗的妇女陈妚姒，在海南琼海搞田野调查：《琼纵女兵》和《海南妇女和海南巫文化》。目的之一是考察，海南妇女为什么在七十五年前去当兵，现在又是小商品贸易的主力。考察方向之二是，海南为什么有发达的女性文化，它和巫傩文化、盐文化、气候的深层联系是什么。喻小骞还有一个小私心，看看母亲的祖籍。

上次离开海口回北京，喻小骞先去探望母亲。当时已是傍晚，姐姐于紫檀把她让进屋，打开母亲的房间，自己去厨房忙活了。母亲家这栋七十年代修建的老楼房间小得像个盒子。她们母女仨从海南回京就一直住在这里，喻小骞和姐姐都是从这里嫁出去的。只是离婚后，于紫檀又搬回这里住。现如今，老房子也加了防盗窗，这物件儿在母亲家还有个功能：在上面吊一个过去南方家庭才有的婴儿睡篮。从三年前开始，一到天黑，母亲一定要睡在吊篮里，而吊篮必须装在窗户防盗网、阳台晾衣钩这些悬在半空的物件上。那些天又下雪了，天阴沉得早，母亲可能以为天一直黑着，所以白天也要呆在吊篮里。喻小骞爬上板凳，看着蜷曲在吊篮里的母亲，她的脊椎完全对折而弓，像一只干枯发黑的蚕，仿佛有一天她会变成蛾子，飞走，或变成粉末。

"妈，我去海南了——"喻小骞伸手撸了撸母亲稀疏灰白的头发，说完看着母亲的反应。母亲的眼珠果然动一动，她接着说：

"我还去琼海了。咱们老家那个琼海。"虽然她在海南的十天里根本没走进琼海，但还是撒了个谎。母亲听到"琼海"，眼神从眼底浮出来，但她没动，依然盯着某个点。

"那里的天可暖了，穿裙子。妈，我在那里天天穿裙子。树叶都是绿的，花儿到处开，跟北京真不一样。妈，雅加达这时候也应该是树都绿着，花儿都开着。"

母亲稍稍偏过头，眼珠尽管转动得慢，但有神儿了。喻小骞把手从母亲额头上移开，抓住母亲的手。

"那儿的东昌鸡可好吃了。咱们下放那会儿我也没觉得东昌鸡好吃，这次吃，哎呀，那真是你做饭的味道！"

母亲看见她笑，也跟着笑了。她的手不再是被动地被女儿抓着，而是有了点力气，回应喻小骞手上的情感。

"啊——对！妈，我给你买了个吊床。我到海南看见家家门口拴个吊床我明白了，也许你是想睡个吊床。"

母亲慢慢转动眼珠，看着面前晃动的吊床。眼里慢慢涌出潮湿。

之后的一个月，喻小骞要求自己每天下午步行到母亲家，跟母亲讲有关海南、琼海的风物。夏碧莲从睡吊篮改睡吊床，虽然看上去那么窝着很不舒服，但老太太就是习惯。在她清醒的时候还是很少提琼海，对那里，她可能的确陌生。

愚人节那天喻小骞和邵洋再赴海南岛。俩大女人带了一台16毫米电影摄影机、一台佳能 XM2 专业摄像机，准备拍一拍那位两进两出的琼纵女兵赵晴天。危机过去，武玉梅大难不死重新坐回大武集团在北京总部的总裁宝座，只是保镖秘书换了一遍。她还是计划投资一部影片，但拍什么，要喻小骞提出可行性报告。她还是原来的她，当然，喻小骞还是那个书生气十足的喻小骞。生活又回到原位，但两人肯定发生了变化。对喻小骞来说，仿佛一夜间所有的扣结都解开了，她一下"自由"得都找不到北。虽然大武集团大开方便之门，但照喻小骞的脾气，并不想乘机大展什么宏图，主要是对武玉梅还有所警惕——不是警惕她这个人，而是她那个世界，她那一套行事办法。柏树则就说，既然"大武"不要求我们一定拍什么，那么现成的，《过山车》已经筹备了六年，借着东风去江南岸便是了。喻小骞反而踌躇了，还不完全是阿木反目，而是，这就像谈恋爱，之前死缠烂打不肯松手，而一旦松了手，松了就真松了，一点儿心气儿都没有了。《海南往事》做片名倒是挺好，但她不想拍俩女孩跳芭蕾舞的故事——她有个主意，借《海南往事》这个片名，拍一部全景式的对海南妇女生活的回忆，不一定局限武玉梅的故事。跟武玉梅的海上历险也不是完全没有收获，武玉梅的很多话让她深思，比如："你的问题是，你有一个书本上教你的标准，你拿这个标准把这个人划到这，把那个人划到那，划来划去把朋友都划成敌人。你那个杠杠还把自己变成一个有洁癖的人，而一个有洁癖的人干不成伟大的事，也当不好导演。""还有你如何面对自己的问题。你都不敢承认自己来过海南，不敢承认在海口有过风口浪尖的生活，不敢承认这本书里写的都是事实，你还怎么能讲好一个故事，拍好一个电影？"这些话是两人躺在特等病房武玉梅对喻小骞说的。老实说，如果不经历这次海难，喻小骞根本听不进别人、特别是一个商人对她创作的指手画脚。在此之前，她从没以这个角度思考过自己的创作，总结创作停滞不前的原因。她的心灵从没真正打开，一些角落从来未被触及。她的电影仅限于狭窄的文艺青年和知识分子，她的人物最大冲突就是创作的难度和家庭冲突（这跟她自己一样），而对肮脏的、复杂的人际关系则采取逃避和绕开的态度。基于这种局限，她的人物软弱无力，她的故事涉及面狭窄，所以，费了半辈子劲儿，并没拍出真正的好作品，不被观众或专家任何一头看好。

她用整整一个月反思这个问题，决定换一种创作方法，先去采风、研究，然后再决定写什么。切入点就是拍摄纪录片《琼纵女兵》，另外搞一些《海南妇女和海南巫文化》的田野调查。她和邵洋都是拍纪录片出身，搞田野调查不算陌生。钱呢？——总是钱。但这次她们名正言顺有 100 万。红画公司买下《舞者》的发行权，支付她 100 万的版权费——这是上岸后她跟武玉梅打的唯一交道。他们决定用这 100 万先拍纪录片。

时隔一个月，喻小骞又在得胜大厦见到陈妩姒。她们讨论采访计划，第一天在旅馆谈，第二天讨论就搬到陈妩姒家的露台。符吉昌见仨女人用他根本插不上嘴的语言讨论电影，便悄悄出去买菜了。陈妩姒瞅着空，悄悄对喻小骞说："那个问题解决了。"喻小骞一时不明白"那个"是什么问题，后来才想起，对于符吉昌，最大的问题就是性功能问题。她调皮地对陈妩姒眨眨眼，没再问怎么解决的。"这个不能说得太细"——这句话，几年后居然风行全国。第三天，三个女人就出入琼海养老福利院了。她们并没有一开始就支起摄像机，而是跟福利院老人聊天、帮忙做饭开始。喻小骞刚接触纪录片时曾获得这样一个理念：只有手上的经验和情感传到大脑，再从自己身体里涌出来的想法和情感才是可靠的。这时，艺术家才能把拍摄对象的经验，变成自己的情感经验，才能拍出对象的灵魂。这理念喻小骞屡试不爽地用了二十年。一周后，当她和邵洋架起摄像机，养老院的老人们已经对这仨女人习以为常——她们做的饭一点儿也不好吃，但她们说话好听。所以，当喻小骞问赵老太太对自己既参加队伍，又嫁给土豪，既投奔过队伍，又因不信任被撵出来等等这些变故有啥想法时，赵老太太冷淡地说："乜看法？乜看法也没有。人要活呢！随便怎样最后都要活呢。你说不呢？"她的室友也跟着反问一句："不活着，还有乜办法？"这句话打动了陈妩姒。两个月后，当田野调查结束，陈妩姒感怀万千地对喻小骞说："能活着，比啥道理都是道理。难道还有别的道理？"喻小骞从监视器上抬起头，看着她，而后者自顾自地说，好像是边说边劝自己："对阿昌来说，能活着，每天吃好三顿饭，比啥道理都是道理。在这个面前，写不写书不重要了，拍不拍纪录片也不重要了。"那天，她们从琼海开车回海口，下车前，陈妩姒对喻小骞说："纪录片拍完了，我也回去伺候老公女儿了。你们再拍电影，我就给你们带带路，做个翻译，自己不想再费力读什么《第二性》、《女性心理学》了。"喻小骞拥抱了陈妩姒，后者委屈，抽泣了两声又笑了，下了车。喻小骞想，对于陈妩姒来说，想通这个可能比再写几本半半拉拉的书要好得多。

在两个月的田野调查中，她们又去了海家祖庙。祖庙那堵塌了的墙现在用新砖砌好，祖树被重新种回原来的坑里，只是一多半的枝叶干枯了，不过阿琼嫂说没事，海南插根筷子都能活，缓上个把月，新叶又会长出来。再见阿琼嫂时喻小骞不好意思。阿琼嫂说，从她看见喻小骞第一眼就认出这是当年的于红杉，她把那张登有于红杉照片的报纸存到自己成家生了仔，那张脸已经刻进她的脑仁里。她当时忍着没说是瞅着喻小骞不愿认这个账。喻小骞的眼里蒙上泪花，说，当年水葱水灵的女孩儿也得嫁做他人妇，嫁了人家还不要，又退了回来。阿琼嫂则倔强地说，好女不怕再嫁，咱一定嫁个好的、称心的。喻小骞邵洋要回北京时，阿琼嫂送她们一人一包老盐。贮藏三年以上的海盐叫老盐。阿琼嫂说，老盐可以去火消肿，牙疼喉咙疼化点盐水喝喝就能好。老盐还可以治风湿和妇科病，缝个袋子装进去，微波炉里加热敷在疼痛处，比那花钱的膏药一点儿不差。喻小骞想起海南女巫会"使盐"的说法，恐怕这就是"使盐"的种种。

喻小骞也偶尔收到武羚羊发来的短信。武玉梅遇海难时，武羚羊和父亲深夜开车来搭救母亲，之后就跟武玉梅回北京了。四月八日大鳌双面观音开光的当晚，来参加开光仪式的武羚羊吐出第二条勾蛲虫。这第二条虫子要短得多，她自己拉着，从嗓子眼儿里拽出来。她用车钥匙把那条不知是死是活的物件儿轧成一段一段的，用脚趾在沙滩上抠了个坑，把那劳什子埋进去。她跑到海里，捧了海水漱漱口，就往深海里走。她游到看不见岸上灯光的地方哭了会儿，又往回游，上了岸，没耽搁，就回外婆家了。之后，她就去了拉萨。四月底给喻小骞发来一条彩信，说自己在拉萨一个青年客栈当服务员。图片是她和一群青年盘腿坐在客栈地毯上搞怪的情景。这些青年每人手里举个纸牌子，脸上做着怪表情。牌子上写着："狗不睬的愤青"，"乐天的抑郁症患者"，"我的未来总是梦"，"理想藏在怀里，金钱挂在嘴上"，武羚羊举的牌子是："不靠谱青年羊坚强"。喻小骞看着图片，哑然失笑。

四月八日，大鳌双面观音开光仪式如期举行，仪式在上午十点开始。清晨五点二十，作为嘉宾的喻小骞、邵洋、陈妍姒被武玉梅请上豪华游艇，武总裁要带三位先沾沾福气。上船的时候，邵洋无不调侃地说："你这船不会再沉了吧？"武玉梅马上接一句："就咱这四千斤还压不垮这家伙吧？"她说话的口气还是钱重压身的粗俗和霸道。不过，邵洋跟这人挺对口味，她俩正式见面后就发现，至少两人的粗嗓门有得一拼。

武玉梅的轮椅推上甲板，船就起航了。从大鳌湾驶到观音的莲花底座也就七八分钟。大鳌湾向内折了小半个圆，船从外湾驶进内湾，当船身抹过弧形的海岸线，就看见双面观音屹立海上。

“不管怎么说，你给海南这自然崇拜、多神崇拜的地方立了个大神。”邵洋一手拿烟，一手把眼镜取下来，插在头发里。“宗教归宗也是归宗啊。”

“不要散布谣言，”一直没说话的喻小骞为避免不说话的尴尬，插上一句：“海南岛从汉代开始就归了宗的。”

“那是那是，尽管岛上有二三十种语言，还是普通话为统一语言。”邵洋把烟蒂丢在甲板上，踩灭。武玉梅见此笑道说：

“你这灭烟的多此一举跟杉子当年从海里跑上岸尿尿一样。”

这话引得邵洋哈哈大笑。喻小骞耳赤，她耸耸肩，背过身跟陈妡姒说话。

“我请你们来，是要告诉你们两件事。第一是，当年我跟红杉说老师自杀的事，并不知道那老师就是小骞的父亲。天下哪有那么巧的事，我都没往那头想，也没打听红杉的父亲叫什么。那天在海上我那么说只是想气她。后来想想，自己还没那么坏；但如果事先知道再跟红杉说三道四，那就真坏到家了……今天澄清一下。”

喻小骞双手插在裤袋里，腰杆笔直，目光淡远地看着轮椅上的武玉梅。邵洋听这话，走过来拍拍喻小骞的肩膀。喻小骞不动，既不呼应武玉梅，也不呼应邵洋的关切。

武玉梅仰起脸，看看远处的蓝海蓝天和渐渐靠近的观音菩萨，用力吐口气，说：

“第二件事我想了一个月，不说出来，我立这尊菩萨也不安；几年后，我死的时候也不瞑目。小骞老师那天质问我为什么不忏悔，我觉得这件事我必须忏悔——过去那件事，我还是不太服气，所以……我先把这个事给你们说清楚——”

喻小骞的手依然插在裤袋里，为了找重心，她退两步靠在栏杆上。邵洋也后退几步，站在四边形的第四个点，以事外人的冷静看着武玉梅。陈妡姒从口袋里拿出一团用过的餐巾纸，蹲下来，不动声色地包住邵洋扔在甲板上的烟蒂，甲板被烟蒂熏黑一小块，陈妩妮就着这团纸，拭了拭，纸就团在自己手里。武玉梅看了一眼陈妩妮，叹口气说：

"小骞老师啊——"她的破锣嗓子一点没变，只因为含了情感，不那么尖锐了。顺便说一句，在海上熬了二十几小时，把武玉梅的一身膘熬下去一半。昨天晚上，她派人把仨客人接到她母亲家，一见面她还自我调侃说，她肚子上一下子多出来的皮可以提着走，又调侃道，可以考虑做个身体整容术，去掉一尺皮，趁活着这几年，好好美一美。此时的武玉梅又穿了件白色西服套装，很平的肩膀把西服撑得很展。

"小骞老师啊，不知你是怎么看沉船事件的，有一次我想跟你说，没说出来。沉船是这样的：船的确是常一沉的，他拔出舱底的塞子就跳了海。我当时可能睡着了，没听见。船漏了，漏得很慢，风把船吹到东边。"

"但是，小骞老师，我要给你说的是，船是常一沉的，沉船的主意是我出的……"

"为乜?!"陈妩妮尖声叫道。

另外两个女人虽然没把"为什么"喊出来，但身体都倾向武玉梅，眼睛瞪成铜铃。武玉梅一个一个看过她们，继续说：

"二十多年后又见到红杉，我突然想跟她同归于尽算了。我让常一干了这事，把船底从外面凿个洞，用木塞塞上。原计划是，我们的船开到观音底座这儿，看过观音，常一跳海走掉，我下船舱撬掉塞子。将来不管谁调查起来，都像是我杀了小骞老师，或是小骞杀了我……"

"可这是为什么?"喻小骞脱口而出，"有什么能让你起杀心?杀人的决心，为什么对你就那么容易下?"

"我要死了啊，杉子。今年不死也就明年后年……"

武玉梅说不下去，闭上嘴，满眼泪，看着旁边的海。

"后来呢?怎么又是常一啊，做的这事?"邵洋从来都是四川人的直性子，她总能在最快时间砍掉多余的枝杈，直奔主题。

"后来啊，我跟小骞老师在船上聊得很好，虽然她一直跟我吵，但过去那个杉子又回来了。她那个样子真让人窝心。我不想这么做了。是啊，何以起杀心呢?我活一天是一天，我老娘还在呢，我不能先死。这样，我就下舱跟常一说，计划取消，看完观音就回去。只是看完观音又跟小骞老师吵起来，忽视了常一那边，也怪我太信任他。你看，这就是我的宿命：遭最亲近的人背叛。他有自己的想法吧？拔掉塞子，跳海跑了，第二天提走了我四百万。"

"可是，富人自杀也是常事，啊……为什么要跟小骞同归于尽？"邵洋并不知喻、武两人的深层纠葛。喻小骞只跟她说《海南往事》是她和武玉梅的往事，但情感部分基本是"一个老女人对一个少女的意淫"。

"抬头看看这尊观音吧。"武玉梅这么说，但她自己把脸扭向一边。

三个年轻女人抬头向上看：初升的太阳几乎是把第一缕光投在向海一面的观音面容上。观音还没揭幕，红布包着的观音只露出眉毛以下、下颏以上的半张脸。那张藏在红布里的、沐浴在第一缕阳光中的纯净脸庞，像极了十五岁时的于红杉！

"我说过，那是我一生中最好的两年！"

武玉梅的目光如电如炬，看着大海，喃喃地说。

**图书在版编目(CIP)数据**

双人舞/杨沐著. —北京:中国华侨出版社,2012.9

ISBN 978－7－5113－2930－1

Ⅰ.①双…　Ⅱ.①杨…　Ⅲ.①长篇小说—中国—当代

Ⅳ.①I247.5

中国版本图书馆 CIP 数据核字(2012)第 220790 号

●双人舞

著　　者/杨　沐

出 版 人/方　鸣

责任编辑/崔卓力

形象包装/苏丽丽

版式制作/晓　月

责任校对/钱志刚

经　　销/全国新华书店

开　　本/710×1050 毫米　1/16 开　印张/21　字数/306 千

印　　刷/北京高岭印刷有限公司

版　　次/2013 年 1 月第 1 版　　2013 年 1 月第 1 次印刷

书　　号/ISBN 978－7－5113－2930－1

定　　价/38.00 元

中国华侨出版社　　北京市朝阳区静安里 26 号　　邮编:100028

法律顾问:陈鹰律师事务所　　编辑部:(010)64443056　　64443979

发 行 部:(010)64443051　　传　真:(010)64439708

网　　址:www.oveaschin.com　E－mail:oveaschin@ sina.com